Os Ladrões do Paraíso

RICHARD
DOETSCH

OS LADRÕES DO PARAÍSO

Tradução de
NATALIE GERHARDT

EDITORA RECORD
RIO DE JANEIRO • SÃO PAULO

2007

CIP-Brasil. Catalogação-na-fonte
Sindicato Nacional dos Editores de Livros, RJ.

Doetsch, Richard
D673L Os ladrões do paraíso / Richard Doetsch; tradução de Natalie Gerhardt. – Rio de Janeiro: Record, 2007.

Tradução de: The thieves of heaven
ISBN 978-85-01-07671-7

1. Ficção americana. I. Gerhardt, Natalie. II. Título.

07-2616 CDD – 813
CDU – 821.111(73)-3

Título original norte-americano:
THE THIEVES OF HEAVEN

Direitos exclusivos de publicação em língua portuguesa somente para o Brasil adquiridos pela
EDITORA RECORD LTDA.
Rua Argentina 171 – Rio de Janeiro, RJ – 20921-380 – Tel.: 2585-2000
que se reserva a propriedade literária desta tradução

Impresso no Brasil

ISBN 978-85-01-07671-7

PEDIDOS PELO REEMBOLSO POSTAL
Caixa Postal 23.052
Rio de Janeiro, RJ – 20922-970

Para Virginia,
minha melhor amiga.
Amo você de todo o meu coração.

Existe um conforto em um grande amor que apenas os que realmente o conhecem são capazes de sentir. É um sentimento quente e seguro, sem raiva ou ciúme. É eufórico, tornando quem o sente imune à crueldade do mundo. É repleto de esperança, apreço imortal e verdadeiro altruísmo. É a mais rara das dádivas.

AGRADECIMENTOS

É com muito prazer que agradeço a estas pessoas:

Gene e Wanda Sgarlata, por sua amizade e auxílio, sem os quais você não estaria lendo estas linhas; Irwyn Applebaum, por abrir as portas, dando-me essa oportunidade; Nita Taublib, por fechar o negócio e tornar o meu sonho realidade; Kate Miciak, pelas orientações, confiança e paciência sem-fim; Joel Gotler, por conseguir o impossível; Maria Faillace e todos na Fox 2000, por criarem a expectativa inicial.

E acima de tudo, a Cynthia Manson. Obrigado por seu pensamento inovador, sua fé inesgotável diante da adversidade, e por sua amizade.

Agradeço também à minha família: Richard, por sua curiosidade, sagacidade e força; Marguerite, por seu senso de humor, bondade e beleza; Isabelle, por seu sorriso, sua risada e sua inocência. E mais importante: obrigado, Virginia, por aturar meu trabalho compulsivo que começava às três horas da manhã. Você é minha inspiração, meu riso, minha alegria; você é a razão de tudo de bom que aconteceu na minha vida.

Por fim, gostaria de agradecer a você, leitor, por ler este livro. Nessa época em que as pessoas escolhem se entreter assistindo a um filme com duas horas de duração, a uma comédia de situação de meia hora ou ainda a videoclipes de três minutos, é muito bom saber que ainda existem pessoas que escolhem ler e deixar que a história se desenrole em sua imaginação.

Richard

PRÓLOGO

CIDADE DE NOVA YORK, À NOITE

Michael St. Pierre ajustou o monóculo Steiner de visão noturna no olho esquerdo, afrouxou a mão na corda e continuou a descida que começara no décimo quinto andar. O beco escuro, agora esverdeado, era o local onde aterrissaria. Teve o cuidado de não olhar para as luzes da cidade a distância, pois não poderia arriscar um momento de cegueira agora. O beco abaixo dele estava vazio, exceto por uns poucos sacos de lixo e alguns ratos em suas andanças noturnas. Uma corrida de 27 metros para o outro lado da rua o afastaria da parede de granito de 3 metros de altura, levando-o para a segurança do Central Park. Ele se manteve nas sombras dos prédios à sua volta. Não estava preocupado em ser pego: já fizera a parte difícil e essa esquina específica do mundo encontrava-se deserta.

Faltavam apenas 18 metros para chegar ao seu destino, quando vislumbrou, através do monóculo de visão noturna, uma mulher nua. Ela estava no prédio adjacente, uma casa no centro da cidade, no décimo quinto andar. No prédio escuro, que não era o lar de ninguém, localizado próximo à Quinta Avenida. Podia jurar que distinguia um seio. Virou o rosto; não era um *voyeur*. Mas era uma visão agradável. Nunca teria notado se não fosse pela visão noturna. Mas não estava preocupado: ela não poderia vê-lo, disso Michael tinha certeza.

Continuou descendo pela noite abafada e quente.

Mas, como um ímã, sua visão era atraída para o prédio, mesmo que apenas por um segundo. Sim, era um seio. Um par deles, na verdade. Bem proporcionais, acima de uma cintura fina, toda a cena banhada em verde. Nossa, ele adorou aquela visão. A mulher estava deitada de costas. Não podia distinguir seu rosto, mas o corpo era excepcional. E observou enquanto ela se contorcia de prazer. *Concentre-se no trabalho,* lembrou a si mesmo, lutando contra a onda momentânea de desejo.

Soltou a guia, continuando a descer. Havia investido muitas horas para arriscar perder tudo, bisbilhotando dois amantes. Ele estaria em casa rapidamente se agisse de acordo com o plano, seguro nos braços de sua esposa, bem mais sedutora do que essa mulher diante dele. *Mesmo que nunca tivesse visto um corpo como o dela.*

Sem nenhum aviso, como se estivesse lendo seus pensamentos, a mulher virou o rosto em direção à janela. Michael congelou, segurando rápido a corda, nenhum som, nenhum suspiro. Será que ela o vira? Impossível. Estava vestido para se ocultar nas sombras; a região ao redor dele não podia estar mais escura.

E então sentiu o seu estômago revirar.

Ela não estava olhando para ele. Não podia. Os olhos estavam cobertos por uma venda escura; e a boca, amordaçada. Estava se contorcendo de terror e não de prazer. Olhou com mais atenção. Encontrava-se estendida de braços abertos sobre a mesa e estava sofrendo. Sentiu-se dominar por uma raiva repentina quando viu uma figura parada ao lado dela; o rosto do homem estava encoberto, mas a arma em sua mão era bem visível. Isso não era um jogo: a mulher estava sendo estuprada. E tudo acontecia a menos de seis metros dele.

Olhou para baixo. Faltavam apenas quatro metros. Liberdade. Sentiu a pequena bolsa presa às suas costas. Seis meses de planejamento cuidadoso para obter o que estava dentro daquela bolsa; era o seu futuro. E ele não o deixaria escorrer por entre os dedos. Não era hora de bancar o herói.

Mas ela estava lá, o brilho verde do monóculo de visão noturna tingindo a pele, seu corpo distendido preso por grilhões. Michael não precisava ouvir para saber que ela gritava por trás da mordaça.

Verão em Upper East Side. A maioria das pessoas deixou a cidade e seguiu para Southampton, Easthampton ou Greenwich para encontrar um pouco de paz no que chamavam campo, deixando seus apartamentos fechados e pegando poeira até setembro. Reis e rainhas abandonavam seus castelos em busca de pastagens mais verdes e ar mais puro, deixando para trás seus feudos na Vila do Silício* e impérios em Wall Street. Ali, havia uma concentração de riquezas como nenhuma outra no mundo, reunidas em trinta quadras de fachadas de calcário e porteiros irlandeses desajeitados.

A imponente embaixada fora originalmente construída para servir como escritórios e residência de J. S. Vandervelde, um barão do petróleo cujo império rivalizava com o de Getty, Rockefeller e Carnegie. O governo do Abiquestão comprara o prédio no início dos anos 1970, não pela beleza pomposa, mas pela impenetrabilidade da estrutura exterior: paredes com um metro de espessura, portas maciças, janelas blindadas. Os Vandervelde sabiam bem seu lugar no mundo: conheciam melhor seus inimigos do que a própria família e, desse modo, sua residência fora projetada de acordo. Johan Sebastian Vandervelde construíra uma fortaleza: oito andares para residência e sete andares de escritórios. Em 1915, tirou a família da casa em Greenwich Village, mudando-se para a Fourth Street. Era comum ocorrerem problemas entre Johan

*Jogo de palavras com Vale do Silício, na Califórnia. *(N. da T.)*

Sebastian e seus funcionários e havia um preço a ser pago. Mas esse preço não seria pago com sangue bem na porta de sua casa.

Os abiquestaneses também conheciam seu lugar no mundo e sabiam que precisavam mais de uma fortaleza do que de um simples prédio de escritórios. Depois da mudança, modernizaram o antigo lar de Vandervelde, revendo a parte elétrica e hidráulica e as questões de segurança. O único modo de entrar era pela porta da frente, se alguém estivesse a fim de enfrentar guardas, detectores de metais, armas etc.

No entanto, as pessoas tendem a pensar apenas em duas dimensões e não em três. Um assalto vindo de cima nunca fora considerado uma ameaça, mesmo quando o embaixador abiquestanês se encontrava na residência.

O telhado tinha apenas os sistemas de alarme padrão nas portas, janelas e clarabóia.

Foram seis meses de planejamento. Michael conhecia cada canto do prédio melhor do que seu morador mais antigo. A Comissão de Preservação de Prédios Históricos fora extremamente prestativa ao fornecer as plantas e as especificidades da propriedade. Quando souberam que ele estava escrevendo um livro sobre a história da avenida mais famosa do mundo, pararam tudo o que estavam fazendo para auxiliar o jovem atraente, vestido em um terno Ralph Lauren. Não só forneceram informações sobre o prédio em questão, mas também sobre as estruturas adjacentes. Forbes Carlton Smyth — nome escolhido por Michael por denotar um *pedigree* — assegurou a cada um dos membros da comissão que todos receberiam agradecimentos pela ajuda prestada na pesquisa para o livro. Foi fácil descobrir o sistema de segurança do prédio, e os códigos de acesso foram comprados diretamente do fabricante por um valor nominal, já que os americanos não tinham sentimentos muito profundos pelos abiquestaneses.

Como todo bom homem de negócios, Michael era meticuloso no trabalho, colocando todos os pingos nos "is" e todos os traços nos "ts".

Profissional perfeito, não deixou de considerar nenhuma parte do prédio, olhando detidamente cada detalhe da pesquisa. Todos os cenários possíveis foram imaginados e havia um plano para cada um deles. Mas diferente dos outros homens de negócios, Michael tinha uma empresa formada por apenas um homem. Nenhuma equipe de pesquisa e desenvolvimento, nenhuma secretária ou vice-presidente de recursos humanos. Michael sempre trabalhava sozinho. Em um ramo de negócios como este, não se pode se dar ao luxo de confiar em alguém. Sempre executava roubos abaixo do radar: governos, criminosos, pessoas que fraudavam o seguro. Nada poderia levar a ele ou incriminá-lo. Sempre entrava e saía em questão de minutos, nunca cometia erros, nunca deixava rastros nem pistas e, o mais importante, nunca fora pego.

A embaixada contava com poucos funcionários agora que as Nações Unidas estavam em recesso. Dois guardas de plantão por turno, meia dúzia de secretárias durante o dia e isso era tudo. Os demais funcionários haviam voltado para casa para aproveitar a terra deserta e montanhosa que representavam.

O embaixador, Anwar Sri Ruskot, era um general respeitado que se destacava no campo da diplomacia, mas esse talento estava bem distante de suas verdadeiras habilidades. O general Ruskot era bem conhecido no mercado negro como mensageiro especial, receptador de objetos roubados e comerciante especializado no movimento de antigüidades, jóias e pinturas, enquanto se escondia atrás das credenciais diplomáticas. Para o general, a imunidade diplomática era uma invenção melhor do que a eletricidade, a lâmpada e a mulher. Os rumores de suas atividades ilegais corriam soltos pelos círculos da lei, mas o FBI e a Interpol estavam de mãos atadas, pois se mexessem no vespeiro, o Departamento de Estado enfrentaria uma séria crise que poderia chegar ao derramamento de sangue entre dois países que não eram tão amigos assim.

Quando o general Ruskot estava na cidade, cuidava dos negócios no escritório do décimo quinto andar da embaixada, fora do alcance de guardas, conselheiros, secretárias e outros curiosos. Seu escritório ficava no último andar e ele era a única pessoa autorizada a entrar. Ruskot dizia que aquele era o local de onde conduzia os negócios mais delicados de seu país e que, se esses negócios fossem expostos de forma prematura, o impacto seria catastrófico para o mundo da diplomacia. Ninguém jamais entrava nesse andar, em circunstância alguma.

Michael foi o primeiro a ver a verdadeira operação do embaixador. Estava pendurado por um cabo Kevlar bem no meio do aposento, a um metro e meio do chão, segurando uma pequena lanterna. O aposento era grande, a mistura de biblioteca de um cavalheiro e um esconderijo de ópio. Uma mesa maciça e masculina cercada por cadeiras de couro vermelho ocupava a parede de trás e no lado oposto ficava uma sala de estar em estilo nômade com grandes almofadas em volta de um narguilé, cujo cheiro narcótico ainda impregnava o ar. Entre a grande quantidade de antigüidades orientais e pinturas famosas, tapetes persas e tapeçaria, havia livros de contabilidade, arquivos e computadores contendo detalhes das transações criminosas, dos pagamentos ilícitos, das negociações feitas por baixo dos panos. Embora a maioria dos criminosos fosse discreta ao registrar os negócios, essa era uma preocupação que Ruskot não precisava ter, pois o general não se encontrava em solo americano, o prédio era território abiquestanês, protegido pela Convenção de Viena.

Michael chegara ao beco um pouco depois da meia-noite para começar a subida. A butique de quatro andares ficava próxima à Madison Avenue, sua fachada de blocos de granito constituía o sonho de um alpinista. Na mochila que carregava nas costas havia vários metros de corda para escalada; na cintura, mosquetões, grampos e um kit de ferramentas — tudo preso com fitas adesivas para evitar barulho. No beco escuro, começou a escalada, seus dedos unindo-se às bordas extremamente finas entre os blocos de granito. Como se estivesse a passeio, escalou a butique em segundos, atravessou o telhado e seguiu para o prédio de apartamentos de oito andares. Com estilo e força de um alpinista profissional, passou de prédio para prédio em direção à Quinta Avenida, cada vez mais alto à medida que seguia para o destino final. Michael gostava muito mais de escalar prédios do que pedras, pois eles eram mais desafiadores, proporcionando uma sensação maior de realização. Começara a escalar fachadas feitas pelo homem na época da faculdade: as torres do dormitório foram seu primeiro Everest. Subira até o vigésimo segundo andar, entrara pela janela do quarto do professor de uma colega sem fazer barulho; tudo por causa de uma prova. A aventura acabou sendo infrutífera, já que a garota para quem roubara a prova fora reprovada mesmo conhecendo as questões.

Michael chegou a um prédio de 18 andares, de onde desceu para o telhado da embaixada. A clarabóia, instalada em 1968, contava com um sistema de alarme, que foi facilmente desativado isolando algumas conexões. Removeu o vidro e olhou para o aposento escuro através do monóculo, para só depois descer. Isso é que era um apartamento! E que coleção de arte! Michael estudara os planos como estudaria a estratégia de um jogo e poderia redesenhá-lo de olhos fechados; conhecia cada centímetro do lugar bem antes de ter entrado lá.

Através de diversas fontes, ficara sabendo sobre uma quantidade considerável de diamantes e seus contatos se provaram certos quando conseguiu abrir o cofre Wells Fargo de dois metros de altura usando os dedos bem treinados. Sim, havia diamantes. Desenrolou o veludo negro no qual se encontravam e os viu brilhando como estrelas no céu noturno, piscando e cintilando para ele. Eram tantos que dava para encher um pote de biscoitos. Trinta milhões de dólares do mercado negro que não tinham como ser rastreados. O que tornava o trabalho ainda melhor era que ninguém podia denunciar o roubo desses diamantes. Certamente, haviam sido roubados, segurados ilegalmente e sua existência era de conhecimento de poucos selecionados. O embaixador não poderia dar o alarme, pois isso levantaria muitas questões sobre a origem dessa fortuna. Em nenhuma circunstância, entraria alguém para investigar a cena desse crime. Sem polícia, sem investigação, sem problemas.

Ao mesmo tempo que a porta do cofre abriu, o cabo Javier Samaha estava ficando inquieto no seu posto na porta da embaixada. Os guardas haviam tirado a sorte no palito para ver quem voltaria para casa e Samaha tirara o proverbial palito pequeno. A monotonia de turnos de doze horas deixava-o com os pés latejando, além de lhe causar dor de cabeça. Era uma noite silenciosa, uma quinta-feira e, como sempre, nada acontecia. Além de comer, ler e jogar cartas, não havia muito o que fazer. Apesar de todos os temores de um estranho em terras desconhecidas, nunca ocorrera nenhum incidente na embaixada ou contra qualquer um de seus conterrâneos. Samaha achava que a paranóia do embaixador e suas precauções eram infundadas e exageradas. Estavam no século XXI, a era da tolerância, e a embaixada ficava na cidade mais diversa e liberal do mundo. Além disso, era o meio do verão, quando todos os radicais e estudantes estavam de férias e nada aconteceria, nenhum protesto, pelo menos até setembro. Samaha disse para o oficial de plantão que faria sua ronda um pouco mais cedo, pois precisava esticar as pernas e clarear os pensamentos. Normalmente, começava pelo segundo andar e ia subindo, mas, nessa noite, exercendo o pouco de autoridade que possuía, decidiu começar por cima.

Michael fechou o cofre e colocou os diamantes na mochila e a colocou nos ombros. Deteve-se um instante para admirar as obras de arte, confiante de que ninguém entraria nessa área restrita, foi quando notou um crucifixo cravejado de pedras preciosas no canto da sala. Ele tinha cerca de 22 cm de cumprimento e era feito de safiras, rubis e esmeraldas. Viera apenas pelos diamantes, mas o crucifixo o atraíra de forma inexplicável. Isso não fora planejado, e odiava sair do plano; estava sendo meticuloso demais nesse trabalho. Sabia que a chave para o sucesso (que significava não ser pego) era seguir tudo à risca. Mas, por que não? Afinal, esse seria o último trabalho.

A porta do elevador abriu no décimo quinto andar. O cabo Samaha conhecia as restrições, mas, nessa noite, a curiosidade o vencera. Não havia ninguém para pegá-lo, então não teria problemas. Verificou a única porta do andar, a única porta cuja chave os guardas não tinham, confirmando que se encontrava trancada, e se dirigiu para as escadas, um pouco desapontado. Depois, virou-se e olhou para a porta de mogno, a entrada para o santuário de Ruskot. O cabo não nutria muito respeito pelo diplomata paranóico, mas jurara proteger o general e garantir a dignidade de seu país. Samaha se resignara a nunca conhecer a verdade sobre este andar, e seus pensamentos se voltaram para o café. Abriu a porta de incêndio e já estava descendo quando ouviu um estalido nítido quebrar o silêncio. Parou e aguçou o ouvido. O som viera do apartamento. Ouviu novamente. Não tão alto dessa vez, mas, com certeza, um estalido, e não era natural. Voltou e verificou a porta: estava trancada. Encostou o ouvido na porta de mogno, concentrando-se para ouvir alguma coisa. Estava certo de que ouvira algo. Pensou sobre as implicações, sobre suas obrigações para com seu país; considerou e reconsiderou a personalidade violenta do general.

Mandando as precauções para o inferno, chutou a porta. O apartamento se encontrava mergulhado na escuridão, exceto pela luz que entrava pelo hall e pela clarabóia. O cabo notou um escritório amplo e bem decorado, com muito mais bom gosto do que os demais aposentos da embaixada. Um palácio no céu. Deteve-se por um momento olhando o local. Nada parecia fora do lugar. Notou um grande cofre e verificou se estava trancado. Tudo OK. Virou-se para sair, decidindo que o som que ouvira fora produzido pelo ducto de ar. E foi quando notou a parede.

Parecia uma marca d'água, um contorno de poeira. Samaha se aproximou para olhar mais de perto, passando por cima de almofadas e notando, incrédulo, o narguilé. Embora o apartamento estivesse mergulhado na escuridão, havia luz suficiente para distinguir a marca. O cabo passou os dedos por ela, trançando seu contorno. A luz do sol, com o passar do tempo, desbotara a cor da parede, mas uma área específica ainda retinha o verde vibrante original, uma pequena área em forma de cruz.

Michael estava pendurado a quatro metros e meio do chão com o futuro garantido dentro da mochila em suas costas. Eram apenas cinco andares em direção à liberdade. Uma mulher torturada estava à sua frente prestes a morrer. Um sentimento ruim, na boca do estômago, que costumava fazê-lo fugir para outro lugar, o envolvia. Mas nada se comparava ao medo que sentia pela vítima inocente que vislumbrara.

Subiu pela corda, galgando, em segundos, os trinta metros. Pulou para o parapeito. A casa de seis andares se encontrava a seis metros de distância e nove andares abaixo. Escalou o condomínio adjacente, enfiando os dedos na fachada de tijolos, atravessando o caminho, fixando a corda para depois descer.

Gostava de planos bem traçados e pensados e sempre tinha um, além de um plano B de segurança e um plano C para o plano B. Seguir seus instintos era algo que preferia evitar. Agora, a adrenalina era sua força motriz e só poderia contar com os instintos. Procurou lembrar o que sabia: a casa pertencia a uma empresa têxtil européia e, em geral, era ocupada pelo marido, a esposa e um pequeno *schnauzer* e contava com um sistema de alarme barato e ineficaz. O prédio havia sido parte do plano: uma rota alternativa que havia estudado bem.

Não conseguia parar de pensar. Onde estava o marido? Quem era o invasor? Era o marido? Isso era algo que os excitava? Mas não havia tempo para perguntas, apenas fatos: a linguagem corporal da mulher pedia ajuda a Deus e ela estava prestes a morrer.

Não fora muito difícil tomar uma decisão. Samaha explicou para o oficial de plantão que ouvira algo no décimo quinto andar e, apesar das ordens de não visitar aquele andar, sentira que era seu dever proteger o país. Explicou que verificara o restante do prédio e achava que alguém poderia ter entrado pelo telhado. O oficial dissera que não era nada, e Samaha sugerira que ligassem para o departamento de polícia de Nova York para que fizessem uma ronda e verificassem se havia algo suspeito pelas redondezas. Era uma boa história de cobertura, deixar a polícia vasculhar a área; se o ladrão ainda estivesse por perto, os policiais o pegariam e Samaha levaria os créditos. Poderia até conseguir uma recomendação. E se não pegassem ninguém? Em duas semanas, o general Ruskot e seu temperamento cruel estariam de volta. Abandonar o serviço sem aviso prévio, desertando seu posto, em uma cidade como Nova York não era uma alternativa ruim.

Michael entrou silenciosamente na casa pela janela do último andar. Não tinha arma. Na verdade, odiava armas, nunca usara uma e nem saberia o que fazer se tivesse uma. Mas trazia sua faca, cujo cabo macio o confortava, a lâmina refletia a luz em seu fio mortal. Rodou a faca na mão, fazendo uma oração silenciosa para que não precisasse usá-la; o metal da lâmina nunca perfurara a pele de alguém.

Ajustou o monóculo de visão noturna e vasculhou o quarto de hóspedes através do lúgubre brilho verde e entrou no saguão. Distinguia sons de pele friccionando a superfície da mesa e um gemido baixo, que causava um tremor em sua alma, dando-lhe forças para continuar. No final do corredor, bem ao lado da porta, jazia o corpo do *schnauzer* em uma poça de sangue. Michael continuou o caminho e examinou o aposento. Tratava-se de um estúdio de cerâmica: vasos de argila secando em uma prateleira de madeira; várias tintas, solventes e vidrados estavam sobre a escrivaninha. Havia um forno grande no canto, ele podia ouvir o exaustor interno ventilando o intenso calor. O cheiro de terra e umidade misturava-se a um toque artificial de jasmim. Restos de argila seca e ferramentas de madeira estavam espalhados pelo chão, como se um furacão tivesse passado pelo lugar. Viu a mesa na qual o trabalho era realizado, onde a argila era colocada e moldada, cortada em pedaços para se tornar arte. Mas, nesta noite, não era argila que estava sendo manuseada.

A mulher loura devia ter cerca de 40 anos. Uma camada fina de suor cobria o rosto e ela arfava de medo. Mesmo nua, podia-se afirmar que era extremamente rica, pois o corpo apresentava a tonicidade de uma atleta, o rosto perfeito, talhado por algum cirurgião plástico da Park Avenue. Os pés bem-feitos e esmaltados estavam sobre a borda, amarrados aos pés da mesa, os braços, amarrados sobre a cabeça, e os olhos, vendados. Os gemidos chorosos que emitia através da mordaça gelavam o coração de Michael, mas, pelo menos, confirmavam uma coisa: a mulher ainda estava viva.

Sobre o peitoril da janela, havia algo que poderia ser descrito como um kit médico do século XIX, uma coleção de ferramentas cirúrgicas antigas: facas, bisturis e serras.

Ele olhou em todos os lugares, mas não havia sinal do agressor. Tirando o monóculo, Michael acendeu as luzes e correu para o lado dela. A pele não apresentava nenhum sinal de violência. Quem quer que tivesse feito aquilo, ainda não começara o trabalho. Michael cortou rapidamente as cordas que a prendiam. Ela chutou e soltou um grito abafado, sem saber que ele era seu salvador.

Então, ele sentiu um violento golpe no lado da cabeça, que o fez cambalear para trás, tonto, perdendo todo o senso de tempo e de realidade. Viu uma sombra, cujo rosto estava oculto por um cachecol. Segurava um macete de escultor em uma das mãos e um grande revólver na outra. A cabeça de Michael latejava enquanto lutava contra a inconsciência que ameaçava envolvê-lo. Nunca imaginara que o desfecho da noite pudesse ser a morte, mas agora... Nenhuma palavra foi emitida quando o homem encostou o cano no revólver em sua testa. O louco engatilhou a arma e parou, parecendo se divertir ao prolongar o momento. Michael apertou o cabo da faca, agradecendo ao fato de ela estar escondida. Então, sem hesitação, enfiou a faca no pulso do atacante, enterrando-a até o cabo, a ponta saindo pelo outro lado do braço. O atacante cambaleou para trás, chocando-se contra o forno. Bateu com os ombros contra a superfície de metal com uma temperatura de mais 550 graus e o revólver caiu de sua mão. O cheiro de pele queimada impregnou o ar.

Michael ficou de pé, tentando recuperar o equilíbrio, a cabeça ainda latejava devido ao violento golpe. Segurou na mesa para se equilibrar e, por fim, deu uma boa olhada em seu atacante. Os olhos do homem permaneceram frios e mortos mesmo com a fumaça saindo do ombro e o sangue escorrendo pelo pulso, ensopando o cabo da faca. Indiferente à dor, o homem puxou a faca do pulso e enfiou-a no ombro de Michael, derrubando-o no chão. O louco agarrou o cabo da faca e, como se Michael fosse um porco morto preso em um gancho, o puxou pelo aposento, arrastando-o até o forno. Com um rosnado de raiva, o homem chutou a faca; e uma dor insuportável atravessou o corpo de Michael.

Já a ponto de desmaiar, Michael se sobressaltou com o som alto de um rádio. Um rádio de polícia. E era do atacante. Michael mal conseguiu distinguir as palavras: *Possível roubo na embaixada abiquestanesa, carro fazendo a ronda.*

Michael ficou ali estendido, o corpo em choque provocado pela dor. A mulher na mesa soltava gritos abafados através da mordaça; ela certamente veria a morte agora. O pensamento de Michael passou para a esposa. Como ela entenderia isso? Imaginou a polícia explicando a morte dele para ela; como fora encontrado; como fora assassinado. Será que ela poderia ajudá-los na investigação? Ajudá-los a explicar os diamantes roubados na mochila encontrada com o corpo. Ela conhecia a socialite nua que fora assassinada junto com o marido? Será que o marido e a socialite tinham um caso?

Contra qualquer pensamento racional, Michael alcançou a faca e a arrancou do ombro, a dor tão forte quase o fez desmaiar. Mas quando estava quase apagando, foi despertado por um líquido que o trouxe de volta à vida. O chão estava encharcado de solvente, espalhando-se por todos os cantos, queimando o nariz e fazendo com que o ferimento do ombro ardesse. Pela primeira vez na vida, tomou consciência da própria mortalidade. Se não se mexesse, e rápido, ele e a mulher amarrada à mesa morreriam.

Em pé na soleira da porta, o atacante levantou o braço para atirar um coquetel Molotov. Michael lutou para ficar de pé, enquanto o homem atirava a garrafa bem na sua direção. Pareceu se passar uma eternidade enquanto a bomba voava em sua direção, formando um arco na descida, para finalmente explodir no forno quente. O fogo subiu, espalhando-se rapidamente pelo chão. O atacante desapareceu pela porta quando esta foi tomada pelas chamas.

Michael, lutando contra a dor insuportável em seu ombro e contra uma possível concussão, cambaleou através do aposento em chamas e cheio de fumaça. Puxou de uma das prateleiras um pano e jogou sobre a mulher atordoada. Arrancou sua venda e a mordaça. Ela viu o fogo e gritou, à beira da histeria. Amarrando sua corda ao pé da mesa, Michael arremessou uma cadeira através da janela e, logo depois a corda, que prendeu no mosquetão e agarrou a mulher. Não era necessário dizer a ela para onde iriam: ela segurou firme nele.

Atirou-se, juntamente com sua carga, pela janela e o aposento explodiu. Juntos desceram aos trancos e barrancos, pelo ar noturno de verão, à medida que a mesa era arrastada pelo chão até bater contra a janela, fazendo com que parassem com um solavanco, alguns andares acima do beco abaixo. As chamas saíam pela janela alguns metros acima deles.

Atingiram o chão assim que as janelas da casa explodiram, chamas e muita fumaça subiam pelo céu da cidade. O interior da casa brilhava com uma cor alaranjada à medida que todos os andares eram tomados pelo fogo. Michael deitou a mulher no chão. Ela murmurava frases desconexas e incoerentes, enquanto apertava o pano firmemente ao redor do corpo e chorava.

Michael tirou o cinto, jogando as ferramentas nos arbustos e verificando o conteúdo da mochila recheada de diamantes. Ainda estavam ali. O sangue jorrava do ferimento no ombro, e a blusa escura que usava já estava encharcada. Esperava que a perda de sangue não fosse fatal; não tinha tempo para perder morrendo agora. Debruçou-se sobre a mulher. A vida estava retornando aos seus olhos. Ela sorriu, enquanto as lágrimas escorriam pelo seu rosto.

As sirenes soaram e, em segundos, pôde ver três carros de polícia, que pararam, cantando os pneus, do outro lado da rua. Michael olhou para o outro lado da Quinta Avenida, para o muro do Central Park. Tocou a mochila nas costas; era seu futuro. A liberdade estava apenas a alguns metros de distância.

Talvez ainda conseguisse escapar.

UM

Não se fazem mais vitrais como antigamente: roxos brilhantes, rosas profundos, dourados magníficos, todos combinados para representar as Portas para o Céu, a peça central de uma igreja à moda antiga cujo interior era branco. O sol matinal entrava pelos vitrais, projetando sombras coloridas sobre o grande número de paroquianos, que se encontravam ali porque queriam ou porque eram obrigados. E, como em qualquer casa de adoração a Deus, não importando a denominação, havia pessoas que se sentavam na primeira fila como se a proximidade com o altar fizesse com que ficassem mais próximas da salvação. As mulheres com seus bonitos vestidos, os homens perfumados usando ternos e gravatas de seda, todos achando que eram as roupas que faziam o santo.

No púlpito, encontrava-se o padre Patrick Shaunessy, com os cabelos brancos cortados rente à cabeça, contrastando com as duras sobrancelhas negras. Os braços curtos, ocultos nas dobras da volumosa batina verde, moviam-se no ritmo irlandês da sua fala. Há anos pregava para aquele rebanho, muitas horas dedicadas a passar palavras de sabedoria, mas nunca deixava de se perguntar se suas palavras já haviam chegado a penetrar em um único indivíduo. Atualmente, assim como quando era jovem, havia um alto índice de criminalidade, adultério e êxodo geral da religião. Parecia que as pessoas colocavam a fé na tecnologia, na ciência e no sexo, crendo apenas no tangível. Se algo não pode ser tocado, simplesmente não se crê. Sem ter muita certeza do porquê, padre Shaunessy continuava pregando, na esperança de que pudesse salvar pelo menos uma alma neste mundo confuso.

O padre era pequeno e franzino. Na juventude, chegara a sonhar em ser uma lenda da equitação, correndo pela glória no hipódromo de Churchill Downs, mas seu verdadeiro dom era a voz, considerada forte demais para um corpo tão leve. E era sua voz que agora reverberava sobre a congregação.

— Não se pode roubar a salvação, como um gatuno na noite. Pois não é a perfeição na vida terrena pela qual tanto lutamos que nos leva à salvação, mas sim a perfeição da fé. A fé em Deus nos dará a vida eterna. A fé, e somente a fé, é a chave que nos garantirá a salvação para a vida eterna.

Juntou os papéis e, para dar ênfase, murmurou:

— Abram o missal na página 103, "Chegou a manhã".

A congregação cantou o hino de louvor e, embora não fossem Cat Stevens, pelo menos eram afinados e promissores, as vozes enchendo o ar e ecoando no teto.

Perto da porta, sentada em um dos últimos bancos, como se se escondesse, encontrava-se uma das fãs mais ardorosas de padre Shaunessy. Mas era muito difícil se esconder, já que os cachos castanho-avermelhados caindo sobre as costas como uma cascata de fogo tornavam praticamente impossível não percebê-la. Com um ar de confiança e o missal nas mãos, cantava baixo, para si mesma, um ato que contrastava com o resto de sua vida. Sempre fora muito difícil contê-la. Desde os 13 anos, ela se apresentou como uma daquelas contradições: durante o dia aprendia sobre os sete pecados capitais na escola católica em que estudava e, à noite, saía tentando cometer todos eles. E embora, com o passar dos anos, tivesse desenvolvido a temperança e o senso de responsabilidade, nunca abandonara suas raízes rebeldes. Era comum encontrá-la dançando nas noites de sábado, mas, quase todos os domingos, fizesse sol ou chuva, estivesse doente ou saudável, ela se encontrava sentada no mesmo banco às onze horas da manhã, com a cabeça inclinada, agradecendo a Deus por tudo o que tinha na vida. Mesmo que nem sempre concordasse com a Igreja e que, com seu modo de vida, nunca se tornasse uma santa, Mary St. Pierre depositava em Deus uma fé verdadeira.

O marido estava sentado ao seu lado, os lábios apertados em protesto enquanto observava a congregação cantar. Um emaranhado de cabelos despenteados emoldurava um rosto forte e surpreendente, mas parecia mais velho do que os seus 38 anos. Estava inquieto. Podia-se perceber nos olhos escuros que os pensamentos já estavam na saída. Até hoje, Michael St. Pierre nunca revelara à esposa sobre sua fé cada vez menor, e esse, definitivamente, não era o momento. Já tinham problemas suficientes com os quais lidar.

Mary e Michael saíram da igreja entre os paroquianos, que queriam cumprimentar o padre, esperando que, de alguma forma, um pouco de sua santidade pudesse passar para suas almas.

Padre Shaunessy passou entre eles com uma saudação cordial para cada um, agradecendo quando elogiavam o sermão, e o leve sorriso ocultando o que pensava: *Se eu perguntasse, alguém seria capaz de repetir uma única frase do que eu disse ou, quem sabe, a moral do dia?* E, então, seu rosto iluminou-se, pois viu Mary St. Pierre.

— Lindo sermão, padre — disse Mary, tendo de inclinar a cabeça para olhar para o pequeno padre.

Era como se estivesse falando com uma criança, pois a diferença de altura era grande demais. Temendo que a altura o deixasse desconfortável, tinha sempre o cuidado de nunca usar salto alto para ir à igreja, mas, mesmo com sapados rasteiros, ela tinha 1,80 m.

— Obrigado, Mary — disse ele, pegando as mãos dela entre as dele. — Sempre posso contar com o seu sorriso enquanto estou no altar.

Padre Shaunessy não deu atenção a Michael. Era como se ele nem estivesse ali. Sentindo o desconforto no marido, Mary sorriu e o puxou para mais perto dela.

Por fim, não querendo ofender Mary, o padre cumprimentou Michael com um aceno de cabeça:

— Mike.

— Patrick — respondeu Michael.

A fila de cumprimentos atrás deles estava crescendo e ficando impaciente. Relutante, o padre soltou as mãos de Mary e disse:

— Que a paz esteja com você, filha.

— Obrigada, padre. Que a paz esteja com o senhor também.

O casal saiu, caminhando em direção ao estacionamento, enquanto padre Shaunessy continuava cumprimentando os membros do seu rebanho.

O Ford Taurus 1989 saiu do estacionamento da igreja, seguindo para o oeste. O carro até podia ser velho e barulhento, mas pelo menos era limpo. Michael dirigiu em silêncio, concentrado no horizonte e perdido em pensamentos. Mary sabia que Michael estava sofrendo novamente. O marido se retraía e entrava em um mundo do qual excluía a todos para resolver os próprios problemas sozinho. Era uma muralha que sempre tentava quebrar, usando uma estratégia diferente. Piscou os olhos, sorriu e esticou o braço para tocá-lo.

Ele olhou para ela.

— O que é?

— Só estou tirando uma poeira do seu ombro.

— Caspa?

— Não. Uma lasca de madeira.

— O quê? — Michael realmente estava confuso, mexendo-se como se houvesse uma aranha andando nele. — Que lasca?

— A lasca de madeira no seu ombro.

Michael fechou a cara, tentando segurar o mau humor.

— Pat não é um mau sujeito — disse Mary.

— Ele me esnoba, como se eu fosse infectar a congregação. Eu achava que os padres eram tolerantes — desabafou com um tom amargo.

— É muito difícil que um homem daquele tamanho consiga esnobá-lo, Michael.

— Tente enxergar o mundo a partir do meu ponto de vista, Mary — disse Michael sem tirar os olhos da estrada.

Mary odiava quando ele respondia asperamente. Isso não era comum, acontecia apenas aos domingos e, normalmente, uma hora antes ou uma hora depois da missa. Mas era apenas uma hora da semana. Ela era capaz de enxergar o mundo através dos olhos dele; sempre fora e, em sua opinião, ele poderia ter um pouco de paz na vida.

— Por que temos de passar por isso toda semana?

Mary apenas colocou as mãos sobre a perna dele em um sinal de reconciliação.

Um silêncio desconfortável se instalou no carro.

Havia dezenas de carros parados no acostamento da estrada. E uma música, que parecia ser de Bruce Springsteen, ecoava de algum lugar. O som do oceano não estava distante; uma brisa marítima enchia o ar com aquele cheiro inconfundível de verão. Mary seguiu pelo caminho de ardósia em direção à casa em Cape Cod escurecida pelo tempo. Michael estava cinco passos atrás dela, ainda silencioso e tenso. Ela tocou a campainha. Ninguém atendeu. Tocou novamente, quando Michael finalmente a alcançou. Mary pegou a maçaneta da porta...

— Não sei se estou a fim disso — avisou Michael.

— Você está a fim de quê? — perguntou ela, parecendo prestes a perder a paciência.

Michael não disse nada.

— Vamos cumprimentar todos, ficamos uma meia hora e saímos antes das duas.

Pegou a mão dele e entrou. Os aposentos estavam escuros e estranhamente vazios. Mary seguiu até a parte de trás da casa, passando pela simples sala de estar e pela sala de jantar. O barulho ia crescendo a cada passo. Chegaram a uma porta de vidro coberta por uma cortina.

— Lembre-se de sorrir — murmurou Mary.

Ela puxou a cortina para revelar a festa. Não uma festa qualquer: esta era uma festa para colocar todas as festas no chinelo. Um mar de gente lotava o terraço, espalhando-se pela praia. Três churrasqueiras estavam acesas, o fogo lambendo o céu. Se ainda houvesse alguma carne nelas, certamente já teria virado cinzas e voltado para os deuses. Alto-falantes enormes emitiam a voz chorosa de Bruce Springsteen cantando "Candy's Room", mas era difícil competir com o alvoroço festivo.

Mary pegou a mão de Michael e eles abriram caminho se espremendo no meio da multidão de bêbados. Quando encontraram um espaço, viram um homem enorme vindo na direção deles. As pessoas saíam do caminho, como se a realeza estivesse passando, acenando com a cabeça e dando tapas nos ombros enormes à medida que ele avançava. O homem era pesado, mas sem ser gordo ou musculoso, apenas grande e troncudo. Com 1,98 m, ele era mais alto do que todo mundo. Os cabelos louros lembravam os de um surfista, mas provavelmente não existiam pranchas tão grandes. Mary foi engolfada por ele, enquanto a abraçava apertado: um gigante gentil acariciando uma pomba.

— Agora a festa pode começar oficialmente — gritou o homem, soltando Mary.

Virou-se e abraçou Michael, que não poderia ter ficado mais embaraçado quando o ar fugiu dos pulmões.

— Como sempre, estão atrasados.

— Fomos à igreja — defendeu-se Mary.

O gigante olhou nos olhos de Michael e perguntou:

— É isso mesmo?

— Estava rezando pela sua alma lavada em uísque.

Os olhos do homem endureceram.

— Desculpas, nada mais que desculpas.

Ele pegou a cabeça de Michael e a aproximou da dele.

— Eles são como o cu. Todos têm um e todos fedem.

Depositou um beijo na testa de Michael antes de soltá-lo.

— Estou feliz que tenha vindo.

Finalmente Michael relaxou.

Paul Busch não bebia muito, a não ser quando tinha uma boa razão para isso, o que era raro, não fumava e as drogas sempre foram suas inimigas. Na verdade, tirando uma quedinha por fast food, Paul provavelmente era o homem mais correto que se poderia encontrar. Exceto uma vez por ano, quando Paul fazia uma festa durante o fim de semana do feriado do Memorial Day. Convidava a todos que conhecia, com quem já tinha brigado, beijado, conversado, orientado, abraçado ou casado para comemorar o início do verão. Essa era sua festa em comemoração à vida e em agradecimento a todos os seres vivos, e já que estava pagando, sentia-se no direito de participar de tudo, incluindo as bebidas alcoólicas. Daí o estado desajeitado e sorridente.

O som de risos e gritos de crianças se sobrepôs ao som da música e da multidão, ficando cada vez mais alto. E, de repente, lá estavam eles, como se tivessem se materializado na frente deles, um menino e uma menina de cerca de seis anos de idade. Robbie — 11 meses mais velho — e Chrissie Busch, um casal de crianças louras com um sorriso capaz de derreter as geleiras do Ártico. Passando pelos outros convidados, eles pularam direto no colo de Michael.

— Vamos ao trampolim — gritou Robbie, puxando Michael para a esquerda.

— Não, vamos fazer castelos de areia! — disse Chrissie pendurada no braço direito de Michael.

— Crianças, que tal dizer "oi"? — repreendeu Paul.

— Tudo bem — disse Michael, adorando a atenção.

— Vocês têm de dar um tempo a ele. Deixem que ele beba alguma coisa — repreendeu-os Paul, tentando afastar as crianças.

— Mas pai, ele é o único aqui que brinca com a gente! — choramingou Robbie.

Paul olhou o filho nos olhos.

— Isso é porque ele é o único que tem o mesmo nível de maturidade que vocês.

— Está tudo bem — repetiu Michael.

Paul podia ser um homem forte, provavelmente o mais forte que se pode conhecer, mas quando se tratava dos filhos, era mais do que fraco, chegando ao ponto de ser manipulável. Colocando as mãos para cima em sinal de desistência, virou-se para Michael e disse:

— Fique à vontade, mas se eles matarem você, não venha reclamar comigo.

Paul sorriu e abraçou Mary:

— Gostaria de se divertir um pouco, senhora?

E sumiram no meio das pessoas.

Michael e as duas crianças sentaram-se no chão sem se importar com as pessoas em volta. Era como se estivessem em um quarto de brinquedos. Como um mágico, Michael levantou os braços e mostrou as mãos vazias. As duas crianças olharam-se confusas. Então, Michael aproximou a mão das orelhas das crianças e puxou de trás de cada uma delas um elefante de pelúcia. Os sorrisos não poderiam ser mais intensos.

Sentada despreocupadamente entre as mulheres, Mary ouvia a conversa rápida que se desenrolava. Elas se juntaram, tomando drinques com pequenos guarda-chuvas de enfeite e comendo petiscos. As conversas variavam desde fofocas até ao desapontamento que algumas tinham com seus casamentos e voltavam para a fofoca, sem que Mary conseguisse acompanhar a relação entre os assuntos. Ao seu lado, encontrava-se uma mulher que não tinha paciência para a arrogância das outras. Jeannie Busch estava sentada assistindo ao grupo diversificado de amigos do marido e suas esposas misturando-se, conversando e bebendo, sem tentar esconder o desprezo. Jeannie odiava festas. Todos os sorrisos e gestos falsos pareciam se dissolver quando o álcool derrubava as fachadas cuidadosamente construídas. Não que não apreciasse a companhia das amigas, mas essa era uma festa do marido e preferia manter seus amigos afastados, não desejando expô-los a essa loucura. Todos os amigos, exceto Mary. Mary era o porto seguro de Jeannie, sua rocha, ajudando-a a se controlar, temendo que estourasse e mostrasse o seu lado duro, que não levava desaforos para casa, a um dos colegas ou ao chefe do marido — ou pior ainda, à esposa do chefe. O verdadeiro caráter das pessoas normalmente surgia depois do consumo de álcool e, em geral, Jeannie não gostava do que via, mas usava um sorriso e só bebia água em todos os feriados do Memorial Day, porque podia odiar festas, mas amava o marido.

— Como está na nova escola? Eles a tratam bem? — perguntou com voz rouca.

Mary respondeu que sim, com os cabelos brilhando como brasas sob o sol de meio-dia.

— Minha turma tem 26 crianças. São as coisas mais fofas do mundo.

— Eu não poderia lidar com tantas — retrucou Jeannie, prendendo os cabelos castanhos-claros em um rabo-de-cavalo. — Estou bem ocupada com os meus dois pequenos diabinhos.

Mary sorriu.

— Eu me sentiria feliz em ficar com eles.

— Espere até que tenha os seus e verá.

Jeannie parou de falar quando viu as cabecinhas louras passando rapidamente antes de desaparecerem.

— Você pensa que todos são fofos e lindos, mas depois que o sol se põe... Eles são seres noturnos, sabia? Ficam acordados a noite inteira. Parece que ficam elétricos quando você já está pronta para dormir. Oh! Eles podem beijá-la e abraçá-la, mas tudo isso faz parte de uma grande conspiração de crianças. Elas se voltam para você como animais.

Mary deu uma gargalhada suave, mas já não estava mais prestando atenção. Seus olhos verdes estavam assistindo a um jogo de futebol americano. Jeannie seguiu o olhar de Mary para Michael. Sorriu e inclinou-se para a frente, passando as mãos diante do rosto da amiga.

— Olá? Terra chamando Mary...

Mary voltou à realidade e sorriu envergonhada.

— Desculpe — disse ela, ao olhar novamente para o marido.

— Querida, nunca se desculpe por desejar seu marido.

O jogo de futebol estava a pleno vapor, os homens descalços correndo pela areia quente. Os atletas embriagados estavam felizes em reviver os sonhos, comemorações e triunfos da juventude. Mas para Michael, parecia que todos estavam prestes a explodir, com dificuldades para respirar e os rostos vermelhos. Claro que eram homens de verdade, de modo que a dor não era um problema, pelo menos não na frente dos amigos.

Michael agarrou o lançamento, inclinou-se para trás e arremessou a bola com força, assistindo enquanto deslizava pelo céu azul. Paul podia ser um homem grande, mas seu peso não o tornava lento, enquanto corria pela areia até a linha do gol, deixando seus marcadores para trás. A bola desenhou um arco perfeito, aterrissando bem em suas mãos. *Touch Down!* Paul dançou na zona de finalização, colocando a bola no chão e batendo no peito. Avançou para os companheiros batendo as mãos, como se o ponto os tivesse colocado mais próximos do Superbowl.

— É assim que se faz, Peaches! — gritou Michael, satisfeito com o desempenho do time.

Um dos homens do outro time, ao ouvir o apelido de Paul, olhou para ele com uma interrogação.

— Nem pergunte — disse Paul com o semblante sério e afastando os cabelos claros do rosto.

Alinharam-se, seis a seis, enquanto Michael dava o chute de saída, mandando a bola rolando pelos ares até a zona de finalização: gol de campo. Juntaram-se lentamente, conversando sobre a última propaganda de cerveja e, batendo palmas, começaram de novo. Paul agachou-se, com os nós dos dedos na areia, olhou para a direita e para a esquerda, e finalmente para o seu oponente. Jason era bem menor do que ele, o topo de sua careca estava queimada de sol e começando a formar bolhas, mas a dor parecia anestesiada, graças a ingestão considerável de cerveja. Olhou Paul nos olhos e disse de forma debochada:

— E aí, Peaches, qual vai ser?

Paul ficou vermelho de raiva. O tempo pareceu parar enquanto Paul resfolegava como um búfalo, de forma profunda e rítmica. E a bola foi lançada, Paul parecia um animal enfurecido, derrubando violentamente Jason, enterrando-o na areia. Ficou em pé ao lado do oponente confuso e atordoado.

— Desculpe — murmurou alegremente.

O sol já tinha se posto há algumas horas, levando consigo o calor de um dia do final de primavera. A festa já estava no fim. Havia garrafas vazias de cerveja por todos os cantos; os últimos sinais de fumaça saíam das churrasqueiras. A maior parte dos convidados já tinha desmaiado ou sido levada para casa. As crianças eram as únicas que ainda tinham energia, correndo pelos cômodos da casa.

Michael colocou sua jaqueta azul sobre os ombros de Mary, que a puxou mais para se proteger do frio da noite. Eles juntaram as coisas e foram em direção a Jeannie, que estava na porta da frente.

— Tenho de passar na loja para pegar umas coisas — informou Michael a Mary.

— A essa hora? — perguntou Mary, que só queria chegar em casa e ir direto para a cama.

Antes que Michael tivesse a chance de responder, Jeannie inclinou-se para beijar Mary.

— Obrigada por terem vindo.

— Obrigada por nos ter convidado.

— Algumas sobras, leve para vocês — disse Jeannie, entregando duas sacolas para Mary. — Essas coisas vão durar até quinta-feira, e vocês estarão me ajudando a manter a forma para o verão.

— Mike?! — chamou Paul de outro aposento.

Michael seguiu até a cozinha, deixando as duas mulheres na porta.

— Almoço na terça-feira? — perguntou Jeannie.

— Ih, não posso. Tenho consulta com o médico. Que tal sábado?

— No Mulligan's?

— Meio-dia — disseram juntas.

Paul, ainda bastante bêbado, apoiou-se no balcão da cozinha e puxou alguns papéis.

— Só preciso de sua assinatura.

Michael pegou a caneta.

— Obrigado por tudo. Isso significa muito para mim.

— Você faria o mesmo por mim — respondeu Paul, dando mais um gole no uísque.

— As crianças não sabem sobre mim, não é?

De todas as pessoas no mundo, Michael ficaria arrasado se os filhos de Paul soubessem a verdade.

— De maneira nenhuma. E nunca saberão.

Michael continuou passando as páginas do documento, assinando todas, mas ignorando o conteúdo, que já conhecia de cor. Ao chegar à última página, juntou tudo e entregou para Paul.

— Posso perguntar uma coisa?

— Qualquer coisa — respondeu Paul, enchendo o copo novamente.

Michael pensou um pouco.

— Havia outros aqui hoje?

— Cara, eu já disse que convidei você porque queria sua presença, e não por causa disso — disse apontando para os papéis. — Nossa amizade não é um subterfúgio. Em geral, é apenas o beijo da morte, mas o que é a vida sem riscos? Pat Garret era amigo de Billy The Kid. Além disso quem mais ia querer ser seu amigo?

Paul esvaziou todo o conteúdo do copo de uma vez só.

— Mas tenho de ser honesto com você. Você é bonito, mas Mary tem um traseiro bem mais atraente.

Levantando-se da cadeira, Paul colocou o enorme braço em torno de Michael e o acompanhou para fora da cozinha.

No dia seguinte, como vinha fazendo nos últimos 24 meses, Paul teria de preencher os formulários que Michael acabara de assinar: uma cópia para a corte, uma cópia para o seu comandante e outra para seus arquivos. Eram documentos legais, que traziam o símbolo do estado no topo das páginas. Em letras grandes e em negrito o título dizia: JUNTA DE LIVRAMENTO CONDICIONAL DO ESTADO DE NOVA YORK.

DOIS

Michael estava trabalhando na escrivaninha que ficava na área de consertos da loja de equipamentos de segurança e sistemas de alarme. A loja era organizada de forma obsessiva, já que seu trabalho consistia em ser meticuloso para manter tudo são e salvo. Havia componentes eletrônicos alinhados na estante de madeira; monitores de segurança, interruptores e painéis de controle enchiam as prateleiras. Havia várias mesas vazias encostadas na parede de trás da loja — provisões para o sucesso que estava por vir. No momento, Michael só podia contar consigo mesmo. Na frente da loja, havia uma vitrine exibindo os mais modernos equipamentos de segurança: câmeras em miniatura, coletes à prova de balas, dispositivos de escuta, relógios especiais, detectores de mentira e cofres ocultos. A maioria acabava não sendo vendida; era a instalação de sistemas de alarme que realmente mantinha o negócio e era o que Michael fazia de melhor. Sentia-se em casa aqui. Não era muito, mas havia construído tudo do zero. Embora ainda dependessem do pagamento semanal de Mary, estava determinado a ganhar dinheiro suficiente para que ela pudesse parar de trabalhar para cuidar da família.

Sem que Michael percebesse, um homem entrou na loja. O recém-chegado era bem-apessoado, devendo ter cerca de 65 anos. Os cabelos brancos e compridos estavam puxados para trás em um rabo-de-cavalo; sobrancelhas escuras emolduravam os olhos castanhos. Transpirava riqueza com sua capa de chuva escura sobre o elegante terno europeu.

Quando Michael se levantou e viu o homem, levou um susto.

— Meu Deus!

O homem deu uma risada.

— Não — disse com sotaque alemão. — Mas obrigado pela comparação. Eu não queria assustá-lo.

O sorriso caloroso do estranho transmitia segurança e charme. Este, com certeza, era o rei do carisma.

— Estamos fechados.

Pairou um silêncio desconfortável.

— Sinto muito atrapalhar você...

Michael abriu a primeira gaveta da escrivaninha e pegou alguns projetos.

— Estou com um pouco de pressa.

— Serei rápido.

O estranho entregou a Michael um cartão de visitas.

— Creio que podemos ajudar um ao outro — afirmou ele, andando pelo escritório, observando e avaliando. — Posso ajudá-lo a resolver os seus problemas e você me ajuda a resolver o meu.

— Problemas? Desculpe, senhor... — Michael olhou para o cartão. — Finster.

Colocou o cartão no bolso e tirou do armário um envelope no qual se lia "Proposta" e o colocou, juntamente com os projetos, na pasta. Prendendo as chaves no cinto, olhou diretamente para o homem.

— Eu não tenho problemas — afirmou de forma sucinta, encaminhando-se para a saída da loja.

Michael programou o alarme, puxou a porta de aço, trancou-a e seguiu para o estacionamento. Finster acompanhou-o.

Andaram em silêncio até que Finster falou:

— Eu poderia lhe pagar muito bem...

Michael parou e fez um sinal com a mão interrompendo o que o homem ia dizer. Sabia exatamente aonde essa conversa chegaria.

— O que você leu nos jornais? Você é algum tipo de fã? — perguntou meneando a cabeça. — Estou em outro ramo de negócios agora.

— As circunstâncias mudam — sugeriu Finster.

— Não as minhas.

Michael não poderia ter sido mais claro quanto a isso e se afastou.

— Ligue para mim caso elas mudem. É tudo o que peço.

Finster observou Michael se afastar em direção ao carro. Vendo Mary sentada no banco da frente observando a conversa deles, sorriu para ela.

— Por favor, não perca o meu cartão — disse de forma jovial.

— Não espere meu telefonema — respondeu Michael, sem se preocupar em olhar para o homem.

Mary olhou para Michael e depois para Finster, demonstrando certa curiosidade. Sorriu e acenou para o estranho.

Finster retribuiu o gesto, enquanto o casal partia.

A porta se abriu mostrando um lugar simples e modesto. Nada havia de extravagante no apartamento de dois quartos, mas Mary o tornara confortável e aconchegante. O terceiro andar de um prédio de classe média era perfeito para eles. Quando Michael e Mary entraram, um grande cachorro da raça Bernese Mountain Dog pulou nos braços de Michael.

— Ei, Hawk! Faça isso com os bandidos, OK?

Michael se jogou no chão, rolando com o cachorro, preto, marrom e branco, como duas crianças brincando, sem saber quem estava no comando, mas sem dar a mínima para isso.

— Tenho de levá-lo para uma caminhada — falou Michael.

— Você não vem para a cama? — convidou, esperançosa.

— Já vou. Só tenho de fazer algumas coisas — disse sem olhar a esposa, enquanto pegava a coleira sobre a mesa.

— Não chegue muito tarde, tá? — pediu, sabendo que suas palavras não seriam ouvidas.

Michael estava de volta em 15 minutos, a caminhada fizera bem a ambos.

— Michael?

— Sim?

Não houve resposta.

— Mary?

Michael entrou no quarto escuro. Não conseguia enxergar um palmo diante do nariz. Olhou em volta. Tudo estava quieto.

— Mary? — tentou acender a luz, mas parecia que estava queimada. — Mary, vamos parar com a brincadeira.

Olhou no banheiro, nada. Tentou acender a luz mais uma vez, mas não adiantou.

— Tudo bem, isso já está perdendo a graça.

A porta do quarto bateu. Michael agachou-se. Não estava preparado antes, mas agora estava. O instinto tomou conta dele. Já haviam se passado cinco anos, mas a memória dos músculos ainda estava lá e seus sentidos afiados estavam intactos. Deu um passo para trás, e sobressaltou-se imediatamente. Com o coração disparado, ele preparou-se para a luta, mas desviou-se do soco. A figura o virou, jogou-o na cama e montou em cima dele... Abrindo violentamente sua camisa, os botões voaram para todos os lados.

O estado de alerta de Michael estava passando quando Mary sussurrou:

— Você esqueceu de me beijar.

Mary, recostada em uma montanha de travesseiros, os lençóis em desordem, acariciava sua gata, CJ, enquanto Michael vestia o short. Tinham acabado de fazer amor, bastava olhar os olhos deles: apesar da tensão anterior, ainda eram apaixonados, do mesmo modo como quando se conheceram, seis anos e meio atrás.

Ela tinha 24 anos e estava acabando o mestrado em educação. Havia sido convidada para trabalhar na Wilby School em Greenwich Connecticut, uma das melhores escolas do ensino fundamental dos Estados Unidos. Embora Michael fosse oito anos mais velho, desde o momento que se viram pela primeira vez surgiu uma inegável atração.

Fora um encontro acidental. Mary dera marcha à ré no carro, batendo no carro de Michael. Voaram faíscas para todos os lados. Foi algo passional, embora nem um pouco romântico. Discutiram vinte minutos sobre de quem era a culpa, trocando insultos e socos, ambos se recusando a dar o braço a torcer, nenhum dos dois querendo admitir a derrota. Nenhum dos carros sofreu qualquer dano, mas essa não era a questão. O engraçado foi que nenhum dos dois se lembrava de já ter brigado com alguém daquele jeito nos últimos vinte anos. Ambos eram pacifistas, sempre tentando acabar com as discussões alheias. Mas não naquele dia. Era uma questão de honra. Mesmo o policial que tentara resolver o problema acabara desistindo depois de ameaçar ambos com a prisão. O guarda, na verdade, fora o primeiro a perceber que ambos haviam sido feitos um para o outro. A discussão já passava dos limites, quando Michael, exasperado, disse que desistiria com uma condição. Claro que isso deu início a outra discussão, mas, depois de cinco minutos, Mary se rendeu. Um jantar. Michael não conseguia entender o que o fez convidá-la e acabou concluindo que era uma dessas coisas que se faz no calor do momento. E até hoje Mary não conseguia entender por que aceitara. Nunca ninguém despertara o seu lado irlandês de forma tão violenta como esse homem.

Depois de dois meses de namoro, casaram-se nas Ilhas Virgens, onde, descalços na areia, com o pôr-do-sol às suas costas, fizeram seus votos perante um padre local. Não havia necessidade de flores, amigos, ou da "Marcha nupcial". Para ambos, a cerimônia fora perfeita, já que haviam encontrado o par perfeito. Um casal de 80 anos, que conheceram no vôo para a ilha, serviu como padrinho do casamento. Nem o noivo nem a noiva desejaram a presença da família na cerimônia e a única pessoa que se mostrou chateada com isso foi Jeannie Busch, sendo que Mary não havia sequer apresentado Michael a ela, a não ser depois que voltaram da viagem, já com as alianças nos dedos. Mas depois que Jeannie brigou, gritou e saiu intempestivamente da casa, voltou com os braços cheios de presentes de casamento e um grande abraço em Michael, dando as boas-vindas a ele.

Mudaram-se para a casa de verão de Michael em Bedford, que Mary transformou rapidamente em lar. Acostumado a comer fora a vida toda, Michael se sentia um pouco desconfortável em não ter reservas para o jantar, mas isso rapidamente mudou. Mary adorava cozinhar e rapidamente o mimou com seu talento culinário, que fez com que tivesse de adicionar alguns quilômetros à corrida diária para queimar as calorias extras. Mary descobriu o talento que Michael tinha para trabalhos manuais e logo começou a envolvê-lo na sua lista sem fim de esquemas de remodelamento. Ele tinha um jeito peculiar de ver o problema — um modo físico, mecânico e até emocional — e fazê-lo desaparecer. Eles viam o mundo de maneira diferente do resto das pessoas e por causa disso tinham uma admiração ainda maior um pelo outro. Enquanto a maioria das pessoas passava a época do namoro se apaixonando e, depois de casados, observava a decadência do casamento, Michael e Mary tinham uma premissa em mente: todos os dias tinham de descobrir algo novo sobre o outro. Isso fazia com que se apaixonassem ainda mais e aumentava a amizade entre eles.

TRÊS

Estava tudo silencioso. O ar estava parado e viciado. De repente, a grade do teto sacode, oscilando nas dobradiças. Uma figura de preto entra pela abertura aterrissando no chão do museu do mundo antigo. Vasto, espalhando-se pelo que pareciam quilômetros. Pé-direito alto, chão de mármore e colunas alinhadas até se perder de vista. Aposentos e mais aposentos cheios de quadros, esculturas e artefatos antigos. Todos os períodos ancestrais do homem até a arte computacional atual estavam ali representados; uma verdadeira cápsula da história. Durante o dia, este seria um palácio magnífico para os feitos de um homem. Mas o dia já se fora há algum tempo. A pouca luz que entrava pelas janelas em estilo medieval criava um efeito surreal, projetando sombras em todos os cantos.

O homem vestido de preto move-se de forma graciosa, seguindo pelos corredores. Nas mãos, gira uma faca, mais pelo nervosismo do que por alguma motivação fatal. O cabo esculpido de marfim encontra-se coberto com couro e a lâmina brilha de forma intermitente na escuridão. O homem segura a faca como se fosse um talismã que afasta os maus espíritos, ou, pelo menos, algum guarda-noturno curioso não considerado no plano.

Ele desliza pela exposição de armaduras, que exibe trajes de batalha de todas as nações e de todos os períodos históricos. Cada peça montada em pose de luta ou sobre um cavalo como se as almas dos donos nunca tivessem deixado de ocupá-las e estivessem apenas aguardando uma ordem.

Ele passou pela exibição da cultura indígena anasazi, que mostrava ossos desenterrados nos rochedos, acompanhados de pequenos cartões de identificação que explicavam a localização correta de uma tíbia ou de uma mandíbula. Sarcófagos egípcios enfileiravam-se em uma parede; as múmias estavam deitadas em tumbas de vidro fechadas a vácuo, aguardando um mundo do além que as enganava por três milênios, sendo que suas jóias de ouro, presentes para agradar os deuses, nunca haviam sido entregues. Cada artefato — armaduras, carne e osso — o domínio de alguém há muito falecido, irradiando uma aura que parecia permear as salas enormes e os corredores longos e frios. Essa era uma celebração aos mortos, a vidas invadidas, ao descanso eterno violado. Esses itens não deveriam sequer ter sido tocados e, ainda assim, foram pilhados, roubados, desenterrados para trazer fortuna e glória ou, simplesmente, por vaidade. Não se pode deixar de imaginar o que estava enterrado com eles e que foi trazido para este museu, porque, embora não houvesse nenhuma alma a vista, a sensação de uma presença tomada de ira estava em todos os lugares.

O homem de preto não dá atenção às riquezas que se espalham por todos os lugares enquanto se encaminha até uma grande escada, do outro lado da sacada, para finalmente chegar a uma sala circular. No centro da sala há uma urna de vidro, cujo conteúdo é iluminado por um único facho de luz. O homem se aproxima cautelosamente, circundando-a quase em reverência, girando a faca entre os dedos. Passa as mãos sobre a urna, como se testasse a sua vontade. Quando se afasta, é possível, finalmente, ver o que está lá dentro. Descansando sobre um veludo azul-marinho encontram-se diamantes. Antigos, surpreendentes, inestimáveis. Jóias pelas quais se prometeu amor, lutaram-se guerras e destruíram-se impérios. Sem dúvida, eram a riqueza de um reino há muito perdido, já que nenhum indivíduo poderia possuir diamantes daquele tamanho.

O homem se aproxima da urna novamente, permanecendo parado, com as mãos ao longo do corpo, a respiração quase imperceptível. Aguardando. Passam-se segundos e, depois, minutos. Ele se mantém estável. O ar parado e mortal. O silêncio envolvendo os corredores. Finalmente, ele se afasta e...

A urna está vazia.

O homem de preto sobe, sem esforço, por uma fina corda de náilon, passando pela grade e entrando no duto de ar. O espaço é um pouco apertado. Enquanto sobe pela lata de estanho, uma luz pálida passa pelas grades banhando-o com um brilho sombrio. Se os corredores abaixo pareciam infinitos, esses dutos eram intermináveis. Mas o fato de saber que o pior já passara o conforta; agora pode respirar um pouco mais aliviado, já que o prêmio se encontra guardado na mochila em suas costas.

De repente, ouve um barulho atrás dele. Distante, mas parece estar se aproximando. Encontra-se em um lugar apertado, não sendo possível se virar para olhar para trás e verificar o que se aproxima. Então, continua subindo através do duto... Um pouco mais rápido, porém. Talvez seja apenas a expansão e a contração do duto de estanho depois do resfriamento do dia de trabalho. Nada com que se preocupar e, depois dessa racionalização, fica mais tranqüilo, pois logo estará em casa.

Ouve o ruído novamente. Dessa vez, um pouco mais alto e mais próximo. Certamente, não era a contração do duto. Não se trata de um som que se espera ouvir no tubo de ar-condicionado ou em um museu vazio. O que quer que seja continua se aproximando. Não é um som produzido por um homem, é gutural e feroz, como se produzido por um animal. O homem consegue ouvir os batimentos enlouquecidos do próprio coração, sentindo um suor frio descer pela espinha, enquanto acelera o ritmo da escalada. O som parece cada vez mais próximo, ribombando cada vez mais alto como uma tempestade distante. Agora já consegue sentir os movimentos do perseguidor no tubo, flexionando o estanho. E a julgar pelo volume, seja o que for que o persegue, é enorme.

Tinha um plano para cada eventualidade: os guardas, os alarmes, as luzes; cada variável imaginável fora antecipada. O tempo fora cronometrado: mesmo no caso de falhas, esse era um trabalho para ser feito de acordo com o plano, do qual ele era o autor.

O rosnado profundo está cada vez mais distinto: não muito longe agora. O que quer que seja, está se movendo rápido, seu peso retumbando no metal; algo que estava além de ser derrotado. Todo o prédio parece balançar com o seu movimento.

É uma corrida contra a esperança através de um desarranjo de sons. Passando por outra grade, Michael finalmente vê a luz. Os olhos focados e determinados, o suor escorrendo pelo rosto. Está voando pelo duto de ar como um esquilo em sua gaiola. Sua corrida poderia ser considerada cômica por um espectador a distância, mas não há nada de engraçado em fugir da morte. Isso não é mais sobre as jóias, nem sobre o último dispositivo contra o crime. O que se encontra dentro do duto junto com Michael não deveria estar ali. Não deveria estar em lugar algum.

Desejando poder ir mais rápido e correr, Michael fica cada vez mais amedrontado e frustrado. Os músculos doloridos enquanto as palmas suadas das mãos deslizam sobre a superfície de meio metro de largura. A dor nas articulações e nos músculos o deixa mais lento; o ouvido parece que vai explodir com o rugido ensurdecedor da criatura que se aproxima. É como se estivesse preso dentro de um tambor, com o músico tocando incansavelmente uma marcha fúnebre.

E, de repente, não ouve mais nada. Silêncio total. Parou. Ele aguça os ouvidos. Nada. Sua mente está a mil por hora, perguntando-se se o perseguidor está aguardando o momento certo para atacar — ou será que, por milagre, ele caiu por uma das grades? Procura ouvir com atenção; o ruído era ruim, mas o silêncio era martirizante, deixando um ponto de interrogação sobre os próximos momentos da sua vida. Talvez a criatura tenha perdido o seu rastro, sua direção. Um único suspiro poderia indicar onde se encontra. Seja o que for, como poderia se defender agachado dentro dessa caixa? Seus pensamentos se desviam para as aulas de biologia do Sr. Buffington, lute ou fuja, a lei da sobrevivência.

Segue em disparada novamente. Não sabia que podia se mover tão rápido. Desesperado, todos os seus esforços concentrados na fuga, na sobrevivência. Melhor morrer por um ataque cardíaco do que pelas presas do perseguidor. Esquecido das mãos feridas, pernas machucadas, ele daria boas-vindas a um ano repleto de dor se conseguisse sair do duto desse prédio.

E agora, com toda a força, o som volta, ressoando pelo tubo, rosnando, latejando. Michael pode sentir a respiração mortal do corpo que se aproxima. Pior, pode sentir o cheiro: vil, pútrido, como carne podre, penetrando-lhe os sentidos e trazendo lágrimas aos olhos.

Então, vê a salvação, bem à frente, a 45 metros de distância. Há uma esperança. A luz proverbial no final do túnel: a saída do tubo. Com todas as forças que consegue juntar, arremessa o corpo em direção à luz. Vinte e dois metros. Em breve, o alívio estaria ao seu alcance e, como se percebesse isso, o terrível som emitido pelo monstro pára completamente, como se nunca tivesse existido. O som, o cheiro, tudo desaparece.

A quinze metros da liberdade, Michael pára. A fera havia partido. Era a luz. Deslizando de volta para o mundo das sombras, distante da dela. Essa era a única explicação. Mas antes que tivesse tempo de dar um suspiro de alívio, a luz acima é apagada. O coração de Michael pára ao se dar conta: havia mais de um. Deparava-se agora com um par de olhos predadores. Olhos maléficos, de algo extremamente mau. Eles se estreitam como se considerassem um ataque.

Uma vez mais, ouve o rugido do perseguidor, seu bafo fétido o envolvendo. Está paralisado. Não tem como virar para ver o que vem atrás dele ou enxergar à frente. Está preso. O momento parece durar uma eternidade. O coração parece parar dentro do peito e a mente encontra-se entorpecida. Os atacantes aguardam. Invisíveis, mas presentes. O hálito deles, penetrante em antecipação. O cheiro fétido o envolve, revirando o seu estômago. Está a ponto de desmaiar, ou talvez fosse a morte se apoderando do corpo como uma resposta ao destino.

A respiração dos perseguidores pára. Será que mudaram de idéia e foram embora? Mas o cheiro da morte ainda está ali, na escuridão. As torturas que estão por vir pesam em sua alma.

Então, em um instante, a criatura atrás dele agarra o seu pé, puxando-o para trás. Michael está paralisado de medo, com o grito preso na garganta. E depois, com uma rapidez humanamente impossível, ele é atirado para trás em uma velocidade espantosa. De volta ao duto, de volta à escuridão.

Mary sentou-se na cama, lutando para respirar. Procurou por Michael. Ele não estava ali. Na verdade, não voltara para a cama depois que fizeram amor. Seu coração batia descompassado, seus piores temores ocultos nas sombras. CJ parecia ter visto uma assombração, regougando para Mary como se fosse uma estranha. Mary saiu correndo do quarto, sem se preocupar em vestir a camisola, chegou à sala: vazia. Foi à cozinha, onde se encontrava um sanduíche pela metade no balcão, mas nenhum sinal de Michael. Viu uma luz brilhando sob a porta fechada do escritório. Pegou a maçaneta, fazendo uma oração silenciosa: *por favor, de novo não.* E entrou no escritório.

Michael estava trabalhando na escrivaninha, com Hawk, adormecido, a seus pés. Sobressaltado com o barulho, virou-se.

Mary estava ali, olhando para ele com uma pergunta nos olhos. Então caiu em seus braços, ofegante, mas aliviada. As lágrimas escorrendo livremente pelo rosto.

Fora apenas um sonho.

— Querida...?

— Prometa-me uma coisa, Michael.

Michael a mantinha segura em seus braços.

— Qualquer coisa.

— Que você nunca vai voltar, que tudo faz parte do passado...

Michael olhou nos olhos da esposa e falou com sinceridade:

— Prometi isso a você dois anos atrás. Nunca voltarei... Juro para você, Mary, nunca mais mesmo.

QUATRO

Barulho. Muito barulho. Gente entrando e saindo do distrito policial de Byram Hills. Construído na década de 1920, esse distrito assistiu à cidade crescer vinte vezes. O departamento, que uma vez contara com cinco policiais, acabara de quebrar a barreira dos cem. Os bêbados e desordeiros costumavam ser os presos da semana e isso sempre acontecia no dia do pagamento. Agora, bem agora, estamos no novo milênio e cada policial daria o testículo esquerdo para evitar um homicídio.

Os policiais entravam e saíam rapidamente esta manhã, um criminoso entrou para ser autuado e, em seguida, desceu para as celas. Os patrulheiros em seus uniformes azuis se reuniam nas escadas de mármore gasto, bebendo café e comendo rosquinhas antes das rondas matinais.

A área destinada aos detetives ficava no segundo andar, acima da sala abarrotada com quinze mesas em um espaço onde só cabiam cinco. Paul Busch, com um casaco esportivo e calças jeans, estava realizando o trabalho burocrático em sua mesa, que parecia um pandemônio de pastas, umas sobre as outras, prontas para se misturarem. Já havia bebido a metade do primeiro refrigerante do dia. Paul sentia-se orgulhoso por não ser viciado em café e donuts. Claro que seu café da manhã com biscoitos recheados e Coca-Cola não o tornavam um candidato a um prêmio organizado pelo Instituto Nacional de Saúde. Já trabalhava nesse lugar há quinze anos, cinco como detetive. Antes, ele odiava o trabalho, mas agora tinha se adaptado à rotina, contando os dias para a aposentadoria: dia 18 de março dali a cinco anos. Entrara como todos os caras, jovem, ansioso e pronto para limpar as ruas da cidade, levando justiça para os cidadãos comuns. Mas os crimes acabam com qualquer um. Não importa o quanto faça, sempre haverá outro malfeitor aguardando a próxima vítima. O que irritava Paul, porém, era o número de condenações. Como um jovem idealista, sempre acreditara que uma prisão levaria à condenação, removendo o mau elemento do mundo, mas metade deles se livrava e rapidamente cometia outro delito. E embora sua atitude tivesse mudado com o tempo, seu código de honra nunca mudara. Sempre se considerou um policial determinado buscando o cumprimento da lei, um instrumento legal do sistema de justiça. Seu trabalho era obter provas que possibilitassem a prisão do criminoso. O que acontecia depois era responsabilidade de outras pessoas. Nunca se comprometera, seus valores e sua abordagem em relação à lei eram incorruptíveis, não podendo ser comprados ou dissuadidos.

Certa vez, a esposa estava correndo para levar o filho, Robbie, ao hospital. O menino havia fraturado o braço quando brincava de skate e ela foi parada por um policial, que foi um grande filho-da-puta, pensando apenas na quota mensal de multa, não dando a mínima nem quando viu o sofrimento da criança. A multa fora dada por dirigir a 100 km/h em uma área cujo limite de velocidade era de 50 km/h e seria de 500 dólares. De nada adiantou implorar. Nada fez com que o guarda mudasse de idéia. Ele nem ao menos se oferecera para acompanhá-los ao hospital. Jeannie pediu, depois recomendou e, por fim, exigiu que Paul cuidasse daquilo; enterrasse a multa, fizesse alguma mágica com os seus colegas de trabalho. Mas Paul não queria fazer nada a respeito; mesmo que a multa dobrasse o prêmio do seguro, recusou-se terminantemente a se envolver.

— Lei é lei — dizia tentando aplacar a raiva da mulher.

Jeannie ficou sem falar com ele por duas semanas e fez jejum de sexo por um mês.

— Você tem leis? Eu também tenho as minhas.

Johnny Prefi estava sentado ao lado da mesa de Paul com um cigarro apagado entre os lábios. Os cabelos negros estavam espetados para cima, não por causa de um gel aplicado, mas por falta de água e sabão nas últimas quatro semanas. Em sua camiseta sem manga estava escrito: *Tá olhando o quê? Vá se foder. Continue me encarando e eu mato você. Tenha um bom dia.*

Era fácil entender por que estava algemado.

— Johnny, como incendiário em liberdade condicional, qualquer coisa além de um churrasco é considerada uma violação — disse Paul.

Johnny apenas olhou para Paul como se não entendesse o idioma falado.

— E incendiar um depósito a mando de alguém é um pouco mais do que um churrasco no quintal.

— Ei, ninguém se machucou — respondeu Johnny com sinceridade.

— Você não está entendendo. Fogo...

— Você tem medo de fogo, né? — provocou Johnny, conseguindo acertar o alvo.

— Se eu gostasse de fogo... — disse Paul, puto da vida — seria bombeiro.

Dito isso, voltou ao trabalho burocrático.

Johnny estava pensando; um sorriso perverso nos lábios quando levantou o cigarro apagado que estava na boca.

— Tem fogo?

Paul o olhou incrédulo.

O capitão Robert Delia, chefe de Paul que seguia estritamente as regras, interrompeu o diálogo antes que o policial perdesse a cabeça.

— Paulie, cumprimente Dennis Thal, ele vai acompanhar você no trabalho.

Paul se levantou para cumprimentar o homem elegante à sua frente. Ele devia ter cerca de 30 anos e entradas nos cabelos castanho-claros. Terno bem cortado, aperto de mão firme. A linguagem corporal de Thal expressava entusiasmo arrogante: ombros para trás, mão esquerda no bolso, cabeça levemente inclinada para o lado.

— Prazer em conhecê-lo.

— O prazer é meu — respondeu Thal com voz aveludada e penetrante.

— Sem querer ofender — disse Paul, voltando-se para o chefe. — Não tenho tempo para ser babá, capitão.

Delia podia ser quinze centímetros mais baixo do que Paul, mas em sua mente podia esmagar um homem embaixo de suas botas, não tendo problemas em restabelecer a linha de comando.

— Ouça bem o que vou dizer, Paulie, o *detetive* Thal tem uma experiência de nove anos. Ele é um empréstimo do *estado* para nos ajudar a resolver nossos problemas de pessoal. Eles queriam que ele trabalhasse com os melhores homens, mas como todos estão de férias, você terá de servir. *Capisce*?

Paul sabia quando lutar e quando aceitar. Concordou com a cabeça.

— Além de suas responsabilidades como detetive, Paul é o encarregado do nosso programa de livramento condicional em nome da corte — continuou o capitão.

Paul olhou para Thal e decidiu que pajeá-lo seria uma discussão para outro dia, assumindo um ar compenetrado e sério.

— Tenho certeza de que o capitão o colocou a par do nosso excelente ambiente de trabalho. Alguns se referem a ele como Oz. Eu o chamo de Éden e todos os condenados em condicional estão cem por cento regenerados.

Delia resmungou algo, virou-se para Thal e se afastaram.

— Deixe que eu mostre a sua mesa antes que ele o envenene sobre o exercício da profissão.

— Vejo você por aí — disse Paul, sem gostar muito do chefe no momento.

Thal virou-se, apontando o dedo e piscando o olho.

— Claro que sim.

Paul voltou para a mesa, resmungando para si:

— *Nerd.*

Mary era o tipo de professora que todos gostariam de ter. Usando um boné de maquinista de trem, ela liderava uma fila de crianças de cinco anos de idade, cantando a plenos pulmões pela sala de aula.

Se no nosso trem você foi, um mais um é igual a dois. Nossa máquina faz um som alto, dois mais dois igual a quatro. Vamos à estação nada afoitos, quatro mais quatro igual a oito.

Sua sala de aula era muito organizada, constituindo o sonho de qualquer criança, com muitos brinquedos e estações de conhecimento. Desde sua contratação, para ocupar o lugar de uma professora que decidira não voltar depois da licença-maternidade dois meses antes, Mary conquistara não apenas o respeito dos demais professores, mas também o amor e a admiração das crianças. Elas a adoravam.

Recebera uma turma de jardim-de-infância, sua série favorita, jovens mentes para serem moldadas, pequenos corações repletos de pureza. A Greenwich Country Day pagava um pouco melhor do que a Wilby, mas foi a possibilidade de trabalhar com crianças dessa idade que a atraiu e a conquistou. Ela costumava dar aulas para crianças da quinta série, começando o ginásio. Mary os amava, mas sentia que poderia contribuir mais se pudesse trabalhar com crianças menores, quando os fundamentos ainda estavam sendo formados. Não podia negar, a inocência deles estava próxima à própria visão que tinha da vida.

Disfarçadamente, a diretora, Liz Harvey, com seus cabelos grisalhos presos em um coque, entrou na sala sorrindo para as crianças que cantavam. Bastou um segundo para a turma ficar em silêncio. Liz entregou à Mary um pedaço de papel. Mary olhou para ele, com uma expressão indecifrável.

— Está tudo bem? — perguntou Liz colocando a mão no ombro de Mary.

— Sim — respondeu Mary, sorrindo, ainda olhando para a mensagem que recebera do médico.

— Espero que sejam boas notícias. Essa turma parece aumentar a fertilidade das professoras — brincou Liz, já pensando como encontraria outra substituta.

Com isso, seria a quinta substituição de professora em três anos devido aos prazeres da maternidade que faziam com que as mulheres não quisessem retornar ao trabalho.

— Se seu marido não puder, ficarei feliz em levá-la ao consultório.

— Não seja boba. Você tem certeza de que não se importa de me substituir?

— Claro que não.

Michael estava atrás do balcão da loja Safe & Sound, sorrindo ao olhar um bilhete escrito à mão. Dizia apenas "Olá, querido". Mary o enfiara no bolso da jaqueta azul, que colocara sobre os ombros dela no dia da festa de Paul e que estava usando agora. Continuava jogando esse jogo com ele, deixando bilhetes e pequenos presentes nos bolsos, para que Michael os encontrasse quando usasse a roupa novamente. Era uma bobeira, mas ele a amava ainda mais por isso.

— Ouviu o que eu disse? — perguntou um senhor ríspido que atendia pelo nome de Rosenfield, que discutia com ele enquanto a linda esposa, tipo troféu, permanecia um pouco afastada de forma obediente.

— Quero que isso seja consertado — disse ele, apontando para um VCR de segurança que se encontrava sobre o balcão pela segunda vez naquela semana.

— Vou consertar.

Sem que o marido percebesse, a esposa de Rosenfield lançava olhares sedutores para Michael, que tentava não prestar atenção, mas acabou se rendendo. Era bonita demais e tinha um sorriso vivo demais. Coçou o nariz disfarçadamente com a mão na qual se encontrava a aliança de casamento, na esperança de que ela entendesse a mensagem. Mas ela sorriu, levantando a mão esquerda na qual ostentava um lindo diamante de dois quilates.

— A segurança de minha casa é essencial. O trabalho de instalação funciona bem, mas esse equipamento... sua escolha de fornecedores deixa a desejar... — reclamou Rosenfield e percebendo o foco da atenção de Michael, acrescentou:

— Você nem ao menos está ouvindo.

— Desculpe, Sr. Rosenfield — respondeu Michael voltando a atenção para o homem. — Disse que consertaria e é exatamente o que vou fazer.

— Quero ações e não palavras — afirmou Rosenfield, que fez uma pausa, continuando em seguida: — Gosto de você, Michael. Mas talvez devesse considerar mudar de ramo.

— Não. Faço o que gosto e sou bom nisso.

Rosenfield não parecia muito convencido.

— Você tem outros talentos ou habilidades?

— Nada dentro da lei.

— Nada dentro da lei? — repetiu Rosenfield rindo e encaminhando-se para a porta. — Gostei disso. Espero o aparelho consertado até o fim de semana.

A linda esposa do velho senhor olhou para Michael sobre os ombros e sorriu. Michael não pôde evitar sorrir de volta; era a reação de qualquer homem quando paquerado.

Mary, ainda usando o boné azul, entrou na loja cruzando com os Rosenfield que acabavam de sair.

— Clientes fiéis? — provocou ela.

— Hein? Não. Insatisfeitos e talvez um pouco excitados.

— E se eu fosse uma cliente insatisfeita e excitada?

— Então eu teria de verificar todo o seu sistema — Michael estava escolhendo as palavras de forma lenta e cuidadosa —, desmontá-lo, examinar cada parte, usando apenas as melhores ferramentas. Mas o mais importante seria deixá-la completamente satisfeita para que se tornasse uma cliente fiel.

— Posso continuar com o meu boné?

— Veremos.

Michael beijou a esposa de forma apaixonada, completamente seduzido por ela. O ciúme não constituía um problema na relação deles. Quando se separaram, ocorreu um pensamento a Michael.

— Você não deveria estar na escola?

Michael dirigia pelo centro da cidade. As articulações dos dedos brancos devido à força com a qual segurava o volante. A velocidade dos pensamentos era tão grande quanto a do carro. Mary estava sentada calmamente ao seu lado, com as mãos cruzadas sobre o colo.

— Como pôde esconder algo assim de mim?

— Não estava escondendo nada de você, Michael. Só não queria preocupá-lo.

— O que eles disseram?

— Que queriam marcar uma consulta para conversarmos sobre meus exames.

— E isso é *nada*? Que tipo de exames você fez?

Mary conseguia detectar o medo na voz de Michael, enquanto olhava a paisagem pela janela.

— Mary, que tipo de exames?

Ela respirou fundo e respondeu:

— Nos ovários.

Michael apertou ainda mais o volante, enquanto tentava respirar. Não podia se virar para olhá-la, temendo fazer com que esse pesadelo se tornasse realidade.

— Tenho certeza de que não é nada, querido. Não é como se eu estivesse morrendo ou algo do tipo...

— O médico disse isso? Não acredito que fez esses exames e não me contou nada.

Mary manteve-se calma, sempre otimista; tudo sairia bem, estava certa disso, esse era o seu mantra.

— Ei, olhe pra mim! — disse tocando o rosto dele. — Não vou a lugar nenhum, Michael. Estamos apenas corrigindo nossas vidas. Se eu não estou preocupada...

— Acho que podemos tratar — afirmou o médico.

Michael continuava acariciando as costas de Mary, em um esforço para acalmar a ambos. O Dr. Rhineheart assumiu um tom paternal:

— Vamos tratar a doença. Temos uma alta taxa de sucesso no tratamento do seu problema, sendo que, no seu caso, a doença ainda não se espalhou além dos ovários.

Estavam sentados em um típico consultório médico, estéril e frio, mesa de carvalho, duas cadeiras destinadas ao paciente e ao acompanhante, um porta-retratos com duas fotos, uma da esposa de meia-idade e outra dos dois filhos. O Dr. Phillip Rhineheart devia ter cerca de 45 anos e era grisalho. Estava em pé, ligeiramente inclinado sobre a mesa, pois achava formal demais se sentar em frente aos pacientes e discutir suas vidas como quem trata de negócios. Michael e Mary estavam tentando ser fortes um pelo outro, mas Rhineheart conseguia enxergar através deles. O médico já vira esse filme muitas vezes: a doença nefasta que consome não apenas o ser humano, mas também sua alma, devastando as forças, infectando a todos os entes queridos com um senso de pavor.

— Sei que isso é difícil...

— E se quisermos ter filhos? — perguntou Mary, com a voz distante.

Rhineheart balançou a cabeça.

— Ambos os ovários foram invadidos — respirou fundo, continuando. — Teremos de removê-los.

Essa era a pior parte do trabalho que fazia com que passasse noites em claro.

— Sinto muito.

Mary pousou a mão sobre a do marido, enquanto ele continuava acariciando suas costas. Ambos evitavam fazer um contato visual, pois olhar para o outro certamente acabaria com o pouco da compostura que conseguiam manter.

— Esse tratamento, quanto custará? — Michael não conseguiu segurar a pergunta.

— Vocês podem ficar tranqüilos quanto a isso, já que o tratamento é coberto pelo plano de saúde.

— Quanto? — insistiu Michael, temendo a resposta.

— O câncer de Mary já se encontra em um estado avançado. E o tratamento pode chegar a 250 mil dólares, dependendo do regime prescrito. Relaxe. Não há nada de experimental. O plano cobrirá todas as despesas — afirmou Rhinerheart, fazendo uma pausa para dar ênfase à sua confiança. — Asseguro que nosso hospital é o melhor para o tratamento de câncer.

O consultório parecia se fechar sobre Michael. Em toda a vida, nunca se sentira tão impotente como nesse momento. Era como se fosse um executor da pena de morte relutante perante o botão, sem nenhum poder para salvar uma vida.

— Não temos plano de saúde — disse como se estivesse decretando uma pena de morte.

Isso era cada vez mais comum. Pessoas vivendo sem se precaver. Rhineheart era um dos poucos médicos que pressionava o governo para obter cobertura de saúde total para todos os cidadãos norte-americanos, mas isso ainda era um sonho, pois não era lucrativo. Virou-se para Mary e disse:

— E a escola? Eles devem oferecer um ótimo plano de saúde.

— Só estou trabalhando lá há dois meses. A carência é de noventa dias — respondeu Mary, a esperança esvaindo de seus olhos.

— Entendo — suspirou Rhineheart lentamente.

Ele até poderia doar seus serviços, mas os custos da cirurgia, hospitalização, rádio e quimioterapia teriam de ser pagos, o hospital não oferecia serviços de caridade. A medicina era um negócio rentável. O hospital tinha orçamentos para cobrir, acionistas para satisfazer. A medicina deixara de ser sobre o paciente, e o lucro virara um objetivo na prática médica. De repente, ele odiou seu trabalho.

Por fim, levantou-se e afirmou em tom confiante:

— Bem, Mary, temos de começar a fazer uns exames de sangue para avaliarmos o melhor programa de tratamento. Michael, por que não entra em contato com o banco? Posso ajudá-lo com os papéis. Tenho certeza que conseguirá algo.

Michael apenas olhou para o médico, atordoado com tudo o que estava acontecendo.

CINCO

Michael passou pela porta giratória do First Bank of Byram Hills, entrando no saguão circular, sentindo-se imediatamente diminuído pelas grandes pilastras de mármore e o amplo espaço. Homens de negócios passavam ao seu lado enquanto ele ficava ali parado, usando o único terno que possuía e sentindo-se deslocado naquele lugar. Estava cinco minutos atrasado para a entrevista marcada e o fizeram esperara mais dez antes que o funcionário do banco lhe indicasse uma cadeira.

Kerry Seitz, um dos vice-presidentes do banco, com maxilar firme e vestido de forma impecável em um terno de três peças, avaliou o arquivo de Michael. Era impossível saber o que se passava em sua cabeça, enquanto examinava o material. Nos quinze minutos que se seguiram, continuou lendo informações sobre a vida de Michael, no que dizia respeito a agências de créditos, departamento de veículos automotivos, sistema estadual e federal da corte de justiça. Isso sem emitir um som sequer. Michael sentia-se como uma criança em uma cadeira grande demais, tentando se encaixar e não parecer desesperado.

Finalmente, Seitz olhou para ele. Passou a mão pelos cabelos impecáveis e, no tom mais frio que Michael já ouvira na vida, disse:

— Sinto muito, mas a resposta é não.

— O quê?

— Não podemos ajudá-lo — repetiu Seitz, colocando o pedido de Michael na caixa de saída.

— Mas você não me perguntou nada.

— Eu li o seu pedido. É necessário dar um bem como garantia para o empréstimo.

Parecia que o funcionário do banco já se esquecera da solicitação de Michael, ocupando-se com outro documento.

— A minha loja é o bem que coloquei à disposição — protestou Michael, enxergando através da alma desse homem medroso que só enxergava estereótipos.

— Sr. St. Pierre, seus antecedentes... — disse com voz fria —, por falta de palavra melhor, tornam a realização desse negócio impossível.

— Sei que cometi erros.

— Sim.

— Mas vocês não tiveram problemas com isso quando abri minha conta aqui.

— Manter o seu dinheiro e emprestar o nosso dinheiro são coisas completamente diferentes.

Michael levantou-se da cadeira de forma abrupta, mal conseguindo conter a vontade de pular no pescoço do homem.

— Vou a outro banco.

— Não perca seu tempo — aconselhou Seitz, levantando-se também. Os seguranças do banco já haviam notado a discussão e se aproximavam. — Ninguém emprestará a você um níquel sequer. Você é um criminoso condenado com um histórico de negócios que não vale nada e sem crédito na praça. Você é um risco que ninguém está disposto a correr.

— Seu filho-da-puta! Minha esposa está morrendo!

— Sinto muito, mas essa é uma cruz que você tem de carregar sozinho. Tenha um bom dia.

Os seguranças chegaram, aproximando-se de Michael, que sem dizer nenhuma outra palavra saiu do banco.

O quarto era extremamente branco. É engraçado que mesmo na época em que vivemos, com todos conversando sobre como agir na cabeceira de um doente, os hospitais tenham mantido o branco antiséptico nos aposentos. Todos os estudos sobre como os tons de azul ou de amarelo relaxam a mente pareciam ter se perdido no mundo hospitalar. "Impessoal" era a palavra de ordem, uma abordagem fria para tratamentos, atitudes e projeto arquitetônico.

Mary e Michael estavam comendo uma daquelas refeições de hospital: carne assada com um molho marrom aguado, feijão, purê de batatas, que estava mais grosso do que argamassa, e um pedaço de pêra de cor indefinida. A comida era uma explicação óbvia para a quantidade de salgadinhos e biscoitos ao longo da cama. Mary estava recostada, com tubos entrando e saindo do seu corpo nos lugares mais desconfortáveis possíveis. Michael puxara uma cadeira e usava a cama como mesa.

— Você quer alguma coisa?

— Não, estou bem. Como foi o trabalho?

— Bem — mentiu ele, já que não trabalhava há três dias.

Ele se inclinou, pegou uma garfada de purê e cheirou antes de colocar o conteúdo na boca.

— Até que isso não está ruim.

Um silêncio desconfortável caiu sobre o quarto. Michael olhava para Mary deitada, usando a camisola simples, pequena e branca do hospital com aquela abertura embaraçosa na parte de trás e percebeu que daria a alma para estar no lugar dela.

— Desculpe — murmurou ela.

— Não seja boba. Você não precisa se desculpar de nada. Você não queria isso.

Michael não conseguia tirar da cabeça que tudo aquilo era um terrível castigo pelos atos que cometera no passado.

— Como vamos pagar pelo tratamento? — perguntou ela, suavemente, sabendo que a simples pergunta já pressionava Michael.

— Não se preocupe.

— Nossas economias já estão quase no fim.

Mary lutava para esconder o desespero na voz, enquanto brincava com o crucifixo de ouro pendurado em um cordão. Esse era um hábito que adquirira ainda na adolescência: sempre que o nível de estresse estava alto demais, seus dedos procuravam conforto e proteção no crucifixo que usava, como se este fosse um amuleto poderoso. Com o passar dos anos, o gesto tornara-se inconsciente e Michael tinha certeza de que ela não percebia que o fazia, mesmo agora. Ganhara o crucifixo na Primeira Comunhão, presente de um tio querido. Quase nunca o tirava. O pingente sempre incomodara Michael quando estavam fazendo amor e ela estava por cima, a luz da lua iluminando o crucifixo, refletindo um brilho no pescoço da esposa. Ele considerava o crucifixo tão invasivo como se alguém os espionasse durante os momentos de intimidade. Embora Mary argumentasse que o pingente sempre a protegera, Michael duvidava disso, considerando seu estado atual.

— Você tem de se concentrar em melhorar, Mary. Vou conseguir financiar o tratamento. Não se preocupe

Seu estômago estava embrulhado. Em todos os anos que estiveram juntos, principalmente no período que passara na prisão, nunca mentira para ela, nunca. Talvez uma pequena inverdade aqui e ali: *adorei o corte de cabelo; o filme foi ótimo; ela não é mais bonita do que você*. Mas nunca mentiras enganosas e diretas. Nessa conversa de dois minutos, mentira três vezes.

— Michael? — chamou Mary com um sorriso que sempre aquecia sua alma.

— Hmmm?

— Tudo ficará bem.

E embora ela realmente acreditasse nisso, Michael não conseguia esconder o medo de que o pior ainda estava por vir.

Michael tentava encontrar uma posição na cadeira mais desconfortável na qual já sentara na vida. Mary tinha tubos e fios por todo o corpo, e dormia um sono agitado. Varrisa Schrier era a enfermeira de plantão no turno da noite e chefe de enfermagem, liderando a equipe com disciplina alemã e regras rígidas. Sua aparência era... Bem, o corpanzil esticava o uniforme branco, as mãos eram grandes e o rosto, carrancudo. Mas sua natureza não era dura; ao contrário, a compaixão era uma de suas principais características, e ela acabava recebendo os casos mais graves.

— Sr. St. Pierre? — ele detectou um tom de preocupação na voz da enfermeira quando ela o chamou da porta do quarto. — Por que o senhor não vai para casa dormir um pouco? O senhor precisa descansar tanto quanto sua esposa.

— Acho que não vou conseguir dormir por um bom tempo ainda.

Varrisa concordou com a cabeça e entrou no quarto. Em silêncio, arrumou as revistas e jornais, jogou fora os pacotes de comida, fazendo com que a ordem voltasse a reinar no local. Michael olhou para Mary e desejou que a enfermeira fosse capaz de restaurar a saúde da esposa de forma tão fácil quanto arrumara o quarto

— Vamos ver o que acontece — disse Varissa, colocando a mão enorme no braço de Michael. — Você tem de estar cem por cento em forma para poder ajudar sua esposa.

— Eu sei, mas acho que nunca consegui ser cem por cento com ela.

— Agora seria uma boa hora para começar — respondeu a enfermeira com um ar de quem sabe tudo. Pegou o prontuário de Mary, fez algumas anotações e acrescentou: — Você não pode se culpar pelo estado dela. Já vi isso muitas vezes. Entes queridos procuram uma explicação para situações trágicas e quando não conseguem encontrar uma razão lógica, acabam se tornando irracionais e culpam a si mesmos.

Essa enfermeira alta e grande sabia muito bem que a família precisava de tanto apoio quanto o paciente. Conversou muito com Mary sobre Michael. Ambas preocupadas, pois sabiam que ele precisava de um amigo, um confidente, uma pessoa que não fosse a esposa e com quem pudesse dividir seus medos e tristezas. Com a permissão de Mary, a enfermeira fizera uma ligação há uma hora.

A porta se abriu de forma silenciosa, revelando a presença de Paul, ocupando toda a entrada.

Paul estava jogando sinuca sozinho em sua mesa favorita, o feltro verde cheirava a uísque e estava desgastado. Matava cada bola com uma tacada. Um dos bares mais sujos dos Estados Unidos, o Old Stand datava da década de 1950. O pai de Paul costumava freqüentar o lugar, jogando nessa mesma mesa. Mesmo às 11h30 da noite de quarta-feira, o lugar ainda estava cheio: alguns trabalhadores que costumavam freqüentar o bar discutiam os prós e os contras dos sindicatos e qual o impacto que eles tiveram em suas vidas, enquanto um grupo de terno e gravata não tirava os olhos da porta, esperando que a mulher dos seus sonhos entrasse a qualquer momento.

— Mais um drinque?

Michael, que estava atirando dardos de forma impassível, nem se deu ao trabalho de responder. Aliás, não tinha dito muita coisa. Paul chamou o garçom e pediu outra rodada. Passara o tempo em que estiveram no carro e a última meia hora tentando romper o muro que Michael construíra a sua volta, fazendo com que se abrisse. Sabia muito bem o que a pressão fazia com policiais, criminosos e pessoas comuns. Ou explodiam, ou magoavam os outros ou, simplesmente, se fechavam, matando-se aos poucos. Mas ele também sabia que até que a pessoa estivesse pronta para aceitar ajuda, não tinha muito que pudesse fazer.

— A vida às vezes é uma merda — disse Michael.

Paul inclinou-se e encaçapou duas bolas, limpando a mesa.

— Vocês vão superar isso. Ela é forte.

Pegou o triângulo para armar a mesa para outra partida. O chão grudento e pegajoso o lembrava do asfalto quente no verão.

Michael atirou um dardo.

— Duzentos e cinqüenta mil dólares. É mais dinheiro do que já tive na vida. Nunca consegui roubar tanto.

Paul ignorou o comentário.

— Não entendo como não tinham plano de saúde.

— Achamos que seria apenas por três meses. Quando Mary saiu do último emprego, não pudemos continuar com o plano anterior e teríamos uma carência de noventa dias para começar a usar o novo plano da escola. Até pensamos em fazer um outro, mas era caro demais. Não pensamos muito sobre o assunto.

Paul entendia bem. A sabedoria vinha depois da experiência.

— Seriam apenas três meses — repetiu Michael. A garçonete trouxe a Coca-Cola de Paul e o Jack Daniels de Michael e saiu.

— Tenho cerca de 35 mil guardados — ofereceu o amigo.

— Obrigado, mas não posso aceitar o seu dinheiro.

— Não é para você, mas para Mary, e você vai aceitar — Paul parou de jogar e apoiou-se na mesa. — Sei que ainda faltará muito para cobrir os custos do tratamento. Você não conseguiria um empréstimo usando seu negócio como garantia?

Michael maneou a cabeça e disse:

— A comunidade bancária não foi muito útil.

— Vocês não têm alguém da família a quem recorrer?

— A mãe da Mary vivia cheia de dívidas até o dia em que morreu. Meus pais não me deixaram nada.

— Você já pensou em procurar seus pais verdadeiros?

Embora o nome de Michael tivesse origem francesa, esse não era o nome com o qual nascera. Tudo o que sabia sobre os pais verdadeiros era que tinham uma descendência irlandesa e que, por algum motivo, o abandonaram em um orfanato quando tinha menos de um mês de vida. Michael nunca trilhara o caminho da autopiedade buscando os pais biológicos. Considerava-se um homem de sorte: os St. Pierre escolheram adotá-lo, em vez de adotar uma das outras crianças.

— Acho um pouco tarde para isso — respondeu Michael. — Além disso, eu nem saberia por onde começar.

Um grupo de jogadores de *softball* entrou no bar comemorando uma vitória de forma barulhenta, parecia que queriam competir com o rock que vinha de uma jukebox. Paul estava matando todas as bolas, mantendo a bola branca sempre na posição certa para a próxima jogada. Mirou a bola sete e a acertou na caçapa do canto. De repente, voltou-se para Michael, perguntando:

— Mas que droga, Michael, você não está pensando o que acho que está pensando, está?

— Eu dei minha palavra a Mary — respondeu Michael. Voltar ao crime passou pela sua cabeça, mas ele nunca quebraria uma promessa feita à esposa. — Se eu não conseguir levantar o dinheiro... — seus olhos eram implacáveis.

— Ei! Pare de falar besteira. Sempre há um jeito.

— Não é justo.

— Nada nessa vida é justo. Deus não criou o mundo para ser justo.

— Não acredito mais em Deus.

— Não deixe que Mary escute você dizer uma coisa dessas!

— Olha, eu fiz algumas coisas, paguei o preço e nunca reclamei — disse, lançando os dardos com mais força. — Mas Mary, ela nunca fez mal a ninguém, é a essência da bondade. Depois de tudo o que a fiz passar... Você sabe que ela nunca deixa de ir à igreja, né? Não acredito que Deus deixaria que isso acontecesse com ela.

— Você só está procurando alguém a quem culpar. — Paul ignorou o fato de que Michael acertava todos os dardos no alvo, e disse: — Não sei se eu pensaria diferente se estivesse em seu lugar.

— Sério, Paul, não consigo ver evidências ou provas de que Deus realmente exista. Explique a doença de Mary. E não me venha com aquele papo de que é um teste da fé. Minha fé já foi testada o suficiente e cada vez retorna mais vazia. Mary não tem nada a não ser sua fé e olha onde se encontra agora.

Paul sentou-se na mesa de sinuca.

— Precisamos de algo em que acreditar. Não importa o quê. Deus, Buda, Elvis. Todos precisamos de fé. É o que nos dá esperança de que há algo melhor em algum lugar, algo pelo qual vale a pena lutar. A esperança é o que nos dá forças para continuar, é o que nos faz levantar da cama de manhã, esperando fazer uma grande venda no trabalho, esperando poder fazer amor com a esposa à noite.

— Não temos como contar com a esperança. Ela não paga as contas e não salva vidas.

— Você precisa de esperança e de um código simples. Uma doutrina que o guie, que lhe dê forças para continuar. O meu é a lei — disse Paul, acabando de beber sua Coca-Cola.

Michael sorriu para ele e levantou o copo em um brinde.

— À verdade, à justiça e ao modo americano de vida, certo, superhomem?

— Obrigado, Lois — respondeu Paul, forçando um sorriso. Não estava conseguindo chegar até Michael. — E você? O que dá forças para você continuar?

Michael parou por um momento e respondeu de forma simples:

— Mary.

Antes do amanhecer, o Memorial Hospital de Byram Hills era um mundo diferente. Não havia estranhos com os quais lidar, não havia telefonemas gentis nem oferecimento de compaixão para ajudar os confusos e os sofredores. O horário de visita só começava às nove horas da manhã. Os médicos e enfermeiras se preparavam para mais um dia de trabalho, fazendo rondas, preenchendo formulários, preparando cirurgias.

Como um fantasma, Michael entrou no saguão usando as mesmas roupas com as quais saíra cinco horas antes. Sabia que não deveria estar aqui, mas era difícil se manter afastado. Além disso, entrar sorrateiramente em algum lugar sempre fizera seu sangue correr mais rápido nas veias. Com uma pasta embaixo do braço, uma sacola de compras na outra, seguiu pelo corredor, ocultando-se na entrada dos quartos para evitar ser notado por alguma enfermeira.

Mary passaria por uma nova bateria de exames esta manhã e Michael queria vê-la antes que a levassem. A conta dos exames esgotou as economias que possuíam. Se não conseguisse o dinheiro para a cirurgia e o tratamento, o hospital lhe daria alta para abrir espaço para outra pessoa, e as poucas chances que restavam a Mary desapareceriam.

Michael entrou silenciosamente no quarto da esposa, tomando cuidado para não fazer barulho. Ela parecia muito cansada, sentada à mesa ao lado da cama. Sempre acordara cedo, antes de o sol nascer. Costumava dizer que era quando as coisas estavam frescas e renovadas. Seus cabelos castanho-avermelhados estavam perfeitos, como se fosse a uma festa, mas eles sempre estavam assim, não importava a hora do dia. Mary sempre se cuidara, não por futilidade, mas pensando no marido. Fazia ginástica para se manter em forma, arrumava os cabelos e lutava contra a vontade de usar agasalhos velhos de moletom, tudo para sempre se manter bela para ele.

Michael depositou um beijo carinhoso na bochecha da esposa.

— Bom dia!

— Olá — ela respondeu, beijando-o também.

— Como estava o café-da-manhã?

— Parecia pão requentado na forma de waffles.

Michael não pôde deixar de sorrir.

— Dormiu bem? — perguntou ela.

— A cama é grande demais sem você.

Ele tirou as compras da sacola: maquiagem; roupas limpas; toalhas de banho macias, em vez das duras do hospital. Pegou seu livro favorito, *Ah, os lugares aonde você irá!*, do Dr. Seuss.

— Você é bom demais para mim. Estava lendo este livro para as crianças antes de ter de partir.

— Eu sei disso — respondeu Michael, tirando um gravador da sacola e colocando-o sobre a mesa. — Acho que elas gostariam que você terminasse de contá-la. Grave com calma. Liz disse que viria buscar a fita para tocá-la para as crianças.

— Isso foi idéia sua, não foi? — perguntou com os olhos marejados.

Michael não respondeu, apenas sorriu enquanto continuava esvaziando a sacola que parecia não ter fundo. As últimas coisas a serem retiradas foram as guloseimas: *cookies*, refrigerante e biscoitos recheados.

— Você está tentando me engordar?

— Não, isso na verdade é para mim. — Michael lançou-lhe um olhar zombeteiro. Puxou uma pasta na qual se lia *Trabalhos escolares* e entregou a ela.

Mary olhou para a pasta e desejou poder estar na sala de aula com as crianças. Estremeceu ao ver os vários desenhos que elas lhe mandaram. Temia não voltar a vê-los.

— Eu estava pensando... Não quero que você fique zangado, é apenas uma precaução... Acho que eu deveria resolver meus assuntos.

Michael puxou uma cadeira e sentou-se ao seu lado.

— O quê?

— Desculpe, eu só quero...

— Não, eu não quero ouvir isso. Vamos superar isso juntos.

— Eu sei, eu sei — disse, envolvendo as mãos dele com as suas. — Sinto muito. Mas é tanto dinheiro....

— Não diga mais isso. Os St. Pierre não desistem nunca — Michael estava usando todas as forças para não perder o controle. — Nunca!

Ouviram uma leve batida na porta e padre Shaunessy colocou a cabeça entre a porta e o batente.

— Mike, Mary, essa é uma hora inconveniente?

Michael olhou com raiva para o padre. Não podia ter escolhido um momento pior para fazer uma visita.

— Você poderia voltar daqui a meia hora, padre? — perguntou Mary.

— Claro que sim — respondeu o padre, fechando a porta ao sair.

— Por que ele está aqui? — questionou Michael, com toda a sua fúria.

— Pensei... — mas Mary não teve a chance de concluir a frase, sendo interrompida abruptamente por Michael:

— Não pensou nada. Não me diga que o chamou para receber a extrema-unção.

— Michael, você está tirando conclusões rápido demais. Convidei-o para conversar e rezar.

O tom de voz de Mary era firme. Agora estava igualmente chateada, mas, diferente de Michael, conseguia controlar a raiva. Ele andou de um lado para o outro do pequeno quarto.

— Rezar? Você realmente acredita que, se Deus fosse misericordioso, permitiria isso que está acontecendo com você?

Mary respirou fundo. Nunca pensara que teria de defender a si mesma, que dirá as suas crenças, para a pessoa que mais amava no mundo. Sua raiva se esvaeceu e ela respondeu em voz baixa:

— Michael, você tem de entender isso. Existem duas coisas com as quais conto quando tenho de passar por períodos difíceis: você e a fé que tenho em Deus. E agora, querido, eu preciso de ambas.

O hospital estava fervilhando de atividade quando Michael deixou o quarto da esposa. Em um banco cheio de gente no corredor, encontrava-se padre Shaunessy. As mulheres estavam conversando sobre o perdão, enquanto ele rezava as contas do rosário, que já estavam gastas pelo uso. Michael simplesmente o ignorou e continuou caminhando pelo corredor.

— Mike? — chamou o padre.

Michael parou e se voltou para o padre, sem dizer nada.

— Como você está?

— Minha esposa está morrendo.

— Você deveria ter mais fé, Mike, isso está longe de ser um fim. Venha, vamos entrar e conversar — convidou o padre, apontando para a porta do quarto de Mary, como se mostrasse o caminho para a redenção.

Michael não conseguiu se controlar e explodiu.

— Você está de sacanagem! Eu sempre rezei, desde criança, e minhas preces nunca foram atendidas. Passei mais domingos na igreja do que posso contar, procurando encontrar respostas e tudo o que encontro é traição. E agora, minha esposa querida... Com toda a sua fé em Deus... Veja onde ela está!

— Você certamente não é a resposta. Enquanto esteve preso, ela esperou por você. Você acabou com a vida dela e ela sempre ficou ao seu lado, sempre teve fé em você. Só Deus sabe o que ela viu em um sujeito como você. — O pequeno padre tremia de raiva, continuando seu discurso. — Talvez fosse a hora de você deixar de ser tão egoísta uma vez na vida e ficar ao lado dela. Ajudá-la, em vez de se afogar em um mar de autopiedade.

Padre Shaunessy se aproximou de Michael. Se não estivesse usando batina, teria voltado aos dias da juventude e dado um soco no queixo do marido de Mary.

— Autopiedade? — gritou Michael em resposta. — A única pessoa de quem sinto pena é você e suas crenças enganadoras. Você está levando minha esposa por um caminho no qual nem a esperança existe. — Dito isso, virou-se e saiu.

O padre nunca sentira tanta raiva antes. Ainda assim não pôde evitar o pensamento de que a alma de Michael se perdera no caminho do longo corredor branco.

Michael saiu do hospital sentindo-se derrotado, confuso e sem esperanças. Sempre fora capaz de resolver problemas, consertar as coisas e não apenas objetos mecânicos. Sempre conseguira ver as coisas de uma outra perspectiva, fugindo das regras e trazendo soluções. E esse talento o salvara em mais de uma ocasião, sendo perfeito para a carreira anterior.

Essa carreira não fora algo que Michael desejara. Não fora o desespero ou uma falta de habilidades para fazer algo dentro da lei que levara Michael a roubar. Foi a descoberta de um talento ao realizar um ato totalmente altruísta.

Aos 17 anos, quando ainda procurava um propósito para a vida, seu melhor amigo, Joe McQuarry já havia achado o seu. Joe era um daqueles talentos esportivos inatos; aquele que receberia uma bolsa de estudos e seria aceito de cara em qualquer universidade para jogar beisebol. Joe descobrira o talento ainda jovem e sabia como tirar proveito dele. Senso de humor e esportes. Os esportes lhe garantiam popularidade e namoradas, enquanto o senso de humor dava-lhe certo charme e o metia em confusões. Joe era um bom garoto, que parecia conseguir tudo o que queria. Sua idéia de diversão consistia em travessuras e risadas à custa dos professores. Por isso, tinha cadeira cativa na sala do diretor da Holy Father High School.

Tudo aconteceu em uma sexta-feira. Joe encontrava-se sentado na sala do diretor, o padre Daniels, que estava lhe passando um sermão sobre a ruína da sociedade como resultado da falta de respeito. Padre Daniels detalhou como a vida de Joe poderia acabar se ele perdesse a bolsa de estudos conquistada devido aos talentos esportivos. As duas últimas suspensões de Joe deixavam o padre sem opções, a não ser expulsá-lo se ocorresse mais algum incidente. Daniels tentou explicar de um modo que Joe pudesse entender: mais uma de suas brincadeiras e seria expulso. Se Joe se achava tão inteligente, mais inteligente do que todos, então que testasse sua paciência. Daniels decretou uma semana de detenção e orientou que Joe não saísse de lá até que ele voltasse.

Joe ficou lá sentado, com raiva, perguntando-se quem o diretor achava que era. Em três semanas, Joe sairia da escola, alçando vôos mais altos, enquanto Daniels ficaria enfurnado ali ainda por alguns anos. Sentado lá, sem nada para fazer, Joe ficou olhando para um prêmio que padre Daniels recebera. A estátua datava de 15 anos antes, premiando o padre por sua influência sobre os alunos. Enquanto aguardava o retorno do diretor, as emoções tomaram conta de Joe. Quanto mais pensava, *influência sobre os alunos*, mais indignado ficava.

Joe ficou ali, encarando a estátua, por quase uma hora, até que a secretária da diretoria entrou, informando que o padre tivera de sair e não voltaria até segunda-feira. Joe quase ferveu de raiva quando a secretária saiu. Mas em vez de explodir, pegou seus pertences e fez algo que teria implicações por toda a sua vida. Implicações que nunca chegariam a acontecer: pegou o prêmio do padre Daniels que se encontrava na escrivaninha da sala.

Naquela noite, enquanto Joe, Michael e um grupo de amigos estavam no lago, bebendo cerveja, Joe mostrou a estátua que havia roubado. Os garotos morreram de rir desse feito heróico, os rostos iluminados pela fogueira que acenderam para se aquecerem. Eles se uniram a Joe, enquanto Michael tirava uma fotografia do ladrão com o resultado da pilhagem com uma máquina Polaroid. Joe abriu outra garrafa de cerveja e todos brindaram enquanto ele atirava a estátua no fogo.

No entanto, quando a noite foi chegando ao fim, a coragem de Joe começou a se dissipar. A realidade começou a penetrar na sua mente quando se deu conta de que segunda-feira de manhã, quando padre Daniels percebesse que o prêmio havia desaparecido, só teria um suspeito.

Suspensão número três.

Michael percebeu o pânico se formar nos olhos do amigo. Conheciam-se há dez anos, quando ambos eram coroinhas em um domingo frio de fevereiro, e Michael nunca vira o amigo tão desesperado. Joe manteve o jeito de durão, mas Michael sabia que não tinha jeito de ele escapar dessa vez. Nem os pais nem a escola o perdoariam. E a expulsão anularia a aceitação na universidade. A noite começara como uma celebração e terminara como um velório. Os seis garotos foram para casa sentindo pena do amigo. Mas ninguém sentia mais do que Michael, que podia vislumbrar o remorso nos olhos do amigo.

Ao chegar em casa, Michael foi para a garagem, que seu pai havia convertido em uma oficina de ferragens. Era o hobby do pai; ele construía tudo na casa e mesmo quando Michael ainda era pequeno ensinara a ele um pouco dessa arte. Mas, ao chegar à adolescência, Michael se rebelou e se afastou do interesse do pai.

Michael olhou para as ferramentas à sua frente, depois tirou do bolso a fotografia que tirara com a Polaroid. Nas 36 horas que se seguiram, com a fotografia sobre o balcão de trabalho servindo como guia, trabalhou sem parar. Foram 16 tentativas até que conseguisse moldar a estátua de acrílico; outras oito para criar a base de madeira gravada. Às 11h50 da noite, foi à escola, seguindo pelo bosque. Subiu em uma árvore e chegou ao telhado, alcançando a porta da sacada, que nunca fora trancada em trinta anos. Com o coração disparado e a adrenalina correndo nas veias, sentiu uma confiança em si mesmo que nunca sentira antes. Não importava que o que estava fazendo fosse errado, a sensação era boa demais e... parecia *certo.*

Na manhã de segunda-feira, Joe se encontrava novamente na sala do diretor. Havia sido chamado na primeira hora e sabia que veria sua vida ruir diante dos olhos. Padre Daniels sentou-se lá em silêncio durante um tempo que parecia interminável. Joe aguardava o fim de seus dias chegar. Foi então que o padre o surpreendeu, pedindo-lhe desculpas. Esse era um lado do diretor que Joe nunca tinha visto. Padre Daniels desculpou-se por ter perdido a paciência e por ter saído na sexta-feira, deixando-o no escritório. Informou que considerava que Joe já cumprira a detenção e desejou-lhe sorte na faculdade e disse que ele podia ir.

Quando Joe saiu, viu o prêmio na mesa do padre Daniels e achou que estava sonhando, pois tinha certeza de que queimara o troféu.

SEIS

Michael estava sentado à mesa de uma lanchonete, com a postura curvada. Havia duas xícaras de café à sua frente, ambas intocadas. Seus olhos estavam vermelhos e inchados pela falta de sono, obrigados a se manterem abertos. O sol já se fora há algum tempo e ele se preparava para mais uma noite interminável. A exaustão tornara seu raciocínio lento como se estivesse carregando um enorme peso. Sacudia o cartão de visitas nervosamente, enquanto seus olhos perscrutavam o restaurante. Violara a confiança que a esposa depositava nele; mentira para Mary três vezes. E agora isso...

Ele esgotara todas as opções. O hospital exigia saber como pagaria pela cirurgia e como pagaria o tratamento posterior. Em três dias, já tinha uma conta de 20 mil dólares. Exames e mais exames. Cada qual mais doloroso e mais caro do que o anterior. O Dr. Rhineheart tentara interceder por eles, porém não tinha mais o que fazer. O chefe da administração do hospital fora bem claro: se Michael não pudesse arcar com as despesas do tratamento da esposa, infelizmente, ela teria de ir embora. Mary e Michael estavam presos em uma armadilha: sua renda não era suficiente para pagar pelo tratamento, mas era alta para que pudessem solicitar ajuda ao governo. Michael virou um pedinte, implorando a todos que conhecia. Paul lhe emprestaria os 35 mil assim que liquidasse a aposentadoria. Cortava o coração de Michael, mas acabara aceitando o empréstimo; afinal, não tinha escolha, que seu orgulho fosse para o inferno. O dinheiro não estaria disponível por três semanas e, mesmo assim, não chegava nem perto da soma de que precisava.

Ontem recebera o golpe final e humilhante. Michael resolvera recorrer ao último lugar onde pediria ajuda, pois já havia esgotado todos os recursos, todas as possibilidades. Sentou-se no escritório e aceitou uma xícara de chá, não querendo parecer rude como sempre tinha sido no passado. Explicara o problema: se não conseguisse o dinheiro, a esposa morreria. Padre Shaunessy e o conselho da paróquia ouviram tudo o que ele tinha a dizer, concordando com as cabeças e demonstrando solidariedade, mas sem emitir uma palavra até que tivesse terminado.

E então a Igreja na qual Mary tanto acreditava simplesmente disse não.

— Não temos recursos para prover fundos para os paroquianos, mas lembraremos de Mary na missa de domingo.

Michael estava sentado na lanchonete, tendo à sua frente as xícaras de café frio. Encarou os outros fregueses. Eram apenas três e se encontravam do outro lado da lanchonete, rindo sobre algo que só eles sabiam. Não podia evitar olhar, desejando ter dado mais atenção a esses momentos no passado; momentos vividos de forma despreocupada, quando não sabia que tudo acabaria com o diagnóstico de um médico. Por que não prestara atenção a esses momentos, curtindo cada instante? O que mais queria era poder voltar no tempo e viver novamente esses momentos despretensiosos. Parecia que já havia se passado muito tempo desde que se sentira leve, mesmo que isso tivesse sido na semana passada. Cinco dias atrás, Mary e ele tinham bebido e se divertido na festa de Paul, sem saber o que os aguardava. Sabia que não podia fazer voltar o tempo, mas o que lhe causava mais frustração era o fato de não poder seguir em frente.

Vindo do nada, Finster se materializou na sua frente. Vestido de forma impecável. Usava um casaco esportivo Armani, os cabelos brancos puxados para trás em um rabo-de-cavalo firme. Quando se sentou, Michael notou que era mais velho do que aparentara na primeira vez que se viram. Era possível perceber isso pelos olhos envelhecidos e endurecidos, como se já tivesse vivido a vida mais de uma vez.

— Você parece precisar de um ombro amigo — comentou Finster.

— As circunstâncias mudam.

— Sinto muito por sua esposa — murmurou o alemão, demonstrando uma solidariedade verdadeira.

— É... Obrigado. — Michael parecia hesitante e as palavras soaram duras. — Você queria conversar?

— Como você está?

— Não temos muito tempo.

— Sei que está fora do ramo e respeito isso. — Então, parecia que Finster havia mudado de idéia. Recostou-se maneando a cabeça e disse: — Não precisamos conversar sobre isso agora. Talvez mais tarde, quando estiver com a cabeça mais leve.

— Não. É agora ou nunca. Sabia que se não conversasse com o alemão naquele exato momento, enlouqueceria e perderia Mary.

— Tudo bem, então. Mas se você não estiver interessado, eu compreenderei e ainda poderemos ser amigos.

Michael encarou o homem mais velho. Sabia que qualquer um que estivesse no seu ramo anterior era, no mínimo, questionável.

— Estou preparado para cuidar de todas as despesas médicas da sua esposa, não importa o valor...

— Em troca de quê? — cortou Michael, ciente de que este não seria um trabalho simples. Duzentos e cinqüenta mil dólares, o custo estimado do tratamento de Mary, era um pagamento perigoso.

— Existem dois objetos que preciso desesperadamente adquirir. Ambos se encontram em um prédio de segurança mínima. Não há guardas armados, o acesso é fácil...

— Estou em condicional.

— O trabalho é na Europa. Você não estará violando sua condicional aqui.

— Estaria sim. O mais importante, porém, é que estarei violando as regras *daqui* — afirmou Michael, apontando para o seu coração. — Fiz uma promessa à minha esposa.

Finster inclinou-se para a frente e apoiou-se na mesa.

— As circunstâncias mudam, Michael. É a vida da sua esposa que está em jogo. Você teria feito essa promessa se soubesse que ela seria a diferença entre a vida e a morte dela? Claro que não.

Finster estava certo. Michael sabia. Nunca teria feito a promessa se soubesse que isso colocaria sua vida em perigo.

— Preciso de mais detalhes — disse bebendo o resto do café.

— Bom. Pelo menos você está pensando no assunto. Infelizmente, isso é tudo o que posso dizer agora. Se você aceitar o trabalho, eu lhe darei todos os detalhes. Mas uma vez que aceitar... — Finster deixou a última frase no ar. Michael sabia que não teria como voltar atrás.

— Sempre termino o que começo.

— Uma coisa que talvez você considere importante ou talvez não. Este trabalho pode representar um conflito para suas crenças religiosas.

Essa era uma advertência precipitada, mas não deixava de ser um aviso.

— Prossiga.

— O trabalho é em uma igreja.

Michael soltou uma gargalhada.

— Ah! Uma das pequenas brincadeiras da vida. Recostou-se, pegando o café novamente. — Eu não acredito em Deus. E você?

Finster pareceu surpreso com o comentário de Michael, com sua falta de fé.

— Acredito de todo o meu coração. Depois de tudo o que já vi... — fez uma pausa, parecendo avaliar sua fé por um momento. — Na minha mente, não existem dúvidas.

Uma garçonete se aproximou e encheu novamente as xícaras de café e sorriu para Finster.

— Obrigado — ele agradeceu, com um aceno de cabeça. Ela afastou os cabelos do rosto de meia-idade, os olhos exibindo certa timidez, e saiu.

— Pense na minha oferta — disse Finster, colocando dinheiro sobre a mesa e se levantando. — Tenho de ir agora. Tenho outros negócios a tratar.

— A essa hora?

— Você nunca ouviu a expressão "Nenhum descanso para os exaustos"?

— Você não queria dizer "perversos"?

Finster exibiu um de seus sorrisos fascinantes, e com um aperto de mão disse:

— Espero que tome a decisão certa.

Hawk correu para a porta no segundo em que ouviu a chave na fechadura. CJ não estava nem aí. A pequena gata zombou do grande cachorro e se enroscou no sofá. Michael entrou e Hawk pulou no dono, lambendo, pedindo carinho e latindo. Se este fosse um dia comum, Michael estaria rolando no chão, feliz com as demonstrações de amor incondicional do cachorro, mas não hoje. Fez um carinho de leve em Hawk e o afastou de si.

Foi direto para o escritório e, da gaveta do meio da escrivaninha, tirou um grande envelope de papel pardo, abriu-o, retirando vários papéis. Espalhou-os sobre o tampo da mesa e, pela centésima vez, leu:

Tendo cumprido a pena de três anos, cinco meses e 22 dias de uma sentença de dez anos pelos crimes de roubo, posse de objetos roubados e invasão de domicílio, Michael Edward St. Pierre recebe o benefício da condicional. Essa decisão foi tomada pelo Comitê de Livramento Con-

dicional do Estado de Nova York com base no fato de o Sr. St. Pierre ter se mostrado reabilitado, atendendo, dessa forma, os requisitos e termos da sentença imposta a ele pelo estado de Nova York.

No meio do documento, via-se um carimbo vermelho no qual se lia: LIBERDADE CONDICIONAL CONCEDIDA.

Há cinco anos e meio, Mary recebera uma ligação no meio da noite. Rolou na cama e atendeu ao telefone ainda sonolenta. Michael estava preso, suspeito de coisas que ela nunca imaginaria que ele fosse capaz. Tratava-se de uma traição imperdoável. O marido escondera dela o que fazia da vida.

Fora capturado no muro do Central Park. Estava quase conseguindo chegar ao outro lado, e provavelmente teria conseguido, não fosse a perda de sangue causada pelo ferimento no ombro. Os dois policiais do departamento de polícia de Nova York foram duros com ele, empurrando-o contra a parede de granito. Foi algemado e ouviu seus direitos antes de dizer qualquer coisa. Foram bastante duros com ele, mas não os culpava. A mulher estava deitada nua na rua, coberta de sangue, balbuciando coisas incoerentes, parecendo enlouquecida. Os policiais não sabiam que o sangue que cobria a mulher era de Michael, presumindo que se tratava de um estupro violento e, quando o crime era esse, não eram nem um pouco gentis. Passaram-se dois dias até que a mulher voltasse a si. Ela deu um breve testemunho, confirmando a inocência de Michael e como ele salvara sua vida. Era um herói. Mas nessa época, heróis duram apenas uma semana. E, no seu caso, menos de uma hora. O fato de que a salvara nem ao menos chegou aos jornais.

O embaixador Ruskot declarou nunca ter visto os 30 milhões de dólares em diamantes encontrados na mochila de Michael. O general não poderia lidar com as perguntas ou com o escândalo. Sedento de vingança, pressionou a promotoria para que julgasse com rigor máximo o ladrão que violara o solo soberano de seu país, para roubar o crucifixo cravejado de pedras preciosas. Argumentou que a peça tinha um valor cultural inestimável e que considerava o crime uma afronta às crenças religiosas de seu país. Mas, na verdade, Ruskot o comprara alguns anos antes por trás da Cortina de Ferro, pagando uma ninharia, e ainda não conseguira revendê-lo.

O Departamento de Estado conhecia muito bem os negócios paralelos do embaixador, mas não tinha nenhum poder sobre ele. Em vez disso, pressionara a promotoria para assegurar uma condenação. As relações entre os Estados Unidos e o Abiquestão estavam estremecidas e o governo norte-americano precisava demonstrar um sinal de boa-fé ao proteger os interesses do "amigo" estrangeiro.

No primeiro dia de julgamento, Mary sentou-se estoicamente na última fileira de bancos do tribunal, mas sem olhar para Michael. Michael escreveu um bilhete e pediu que o advogado o entregasse a ela, que o pegou e o enfiou em sua bolsa sem ao menos olhar o conteúdo. Mary cumpriria o papel de esposa durante o julgamento, mas assim que terminasse, disse ao advogado, eles se separariam. Por três dias, Michael entrou e saiu da corte, algemado, percebendo, desesperado, a tristeza da esposa. Durante todo o julgamento, nenhuma vez ela olhou para ele.

Michael não tinha como se defender. Esse era apenas o terceiro caso do seu advogado, recém-saído da faculdade. Tentaram usar os feitos heróicos de Michael ao salvar a bela Helen Staten, informando ao júri que se tratava da jovem esposa de James Staten, o empresário de 75 anos de idade. Com isso, esperavam atenuar a situação de Michael, mas não tinham testemunhas. A Sra. Staten sofrera um colapso nervoso, tagalerando de forma incoerente, e acreditava-se que bloqueara o estupro em sua mente. Para complicar ainda mais as coisas, James Staten, o marido, morreu dois dias depois do incidente. Não havia ninguém para testemunhar a favor de Michael.

Culpado. O veredicto chegou uma hora depois de o júri se reunir.

O estado confiscou a casa de veraneio em Bedford, assim como as contas bancárias de Michael e de Mary e todos os bens que possuíam para pagar os custos processuais e a multa de 300 mil dólares. Como não havia provas de que Michael já recebera algum pagamento honesto, tivesse tido um emprego legítimo ou declarado imposto de renda, o promotor público tentou ligar os bens de Michael a outros roubos. Não conseguiu. Felizmente, Michael nunca deixara rastros, até aquela noite fatídica.

Sing Sing, o presídio de segurança máxima, localizado em Ossining, Nova York, seria o novo endereço de Michael pelos próximos três anos e meio.

Mary recebeu a petição de divórcio uma semana depois da conclusão do julgamento. Leu o documento duas vezes, e mesmo que sua religião fosse contra, iria até o fim. Telefonou para o advogado que a orientou a assinar os papéis, que seriam entregues a Michael na prisão. Estava mexendo na bolsa em busca de uma caneta quando encontrou o bilhete escrito por Michael no início do julgamento.

Mary,

Por favor, não se torture dessa forma, assistindo ao julgamento. A vergonha que eu trouxe para você já é um castigo suficiente para mim. O casamento é uma instituição na qual a confiança e a fé no outro devem reinar. E depois do que fiz, sei que nunca mais confiará em mim. Siga em frente com sua vida. Tenho certeza de que encontrará alguém que a ame e que cuide de você.

M.

Ela chegou à prisão às 9h da manhã seguinte, trazendo consigo os documentos do divórcio dentro da bolsa. Ele contou tudo a ela. Explicou que nunca possuíra uma empresa de consultoria, que sua renda era fruto de roubos anteriores. Acrescentou que depois que a conhecera havia decidido pendurar as chuteiras e que aquele seria o último trabalho para fazer suas reservas. Depois disso, teria como sustentá-la pelo resto da vida e eles viveriam de renda, concentrados em criar os filhos. Mas tudo acabara por causa do crucifixo roubado e um ato impensado de bravura. Ele terminou dizendo que não contestaria o divórcio.

No entanto, a resposta dela deixou tudo muito claro para ele.

— Nunca liguei para o dinheiro, roupas chiques ou carros, Michael. Essas coisas envelhecem e são jogadas no lixo. O maior tesouro para mim é viver e envelhecer ao seu lado. Juntos. Amo você, Michael, e você me ama. E, para mim, isso basta. É tudo de que preciso.

Mary o visitava todos os domingos e Michael telefonava todas as segundas e quartas-feiras. Com o tempo, remodelaram a relação. Na alegria ou na tristeza, ela era devotada a ele e ele jurou nunca mais traí-la.

Quando obteve a condicional, três anos e meio depois, Michael era o exemplo de homem regenerado. Abrira a própria empresa de segurança, pagava os impostos e havia restabelecido o casamento. O mais surpreendente era que desenvolvera uma amizade profunda com o seu agente da condicional. A esposa de Paul Busch, Jeannie, e Mary eram amigas de longa data. Na verdade, Paul solicitara o trabalho, sendo que nunca fora apenas o agente da condicional, mas também um amigo fiel. Desenvolveram uma ligação profunda que ficava cada vez mais forte.

A sensação de traição pesava muito no coração de Michael, enquanto as lembranças do passado passavam por sua cabeça. As palavras do Comitê de Concessão de Livramento Condicional ecoavam em seus ouvidos:

Não cometa nenhum ato criminoso, especialmente roubo, pois se o fizer nunca mais verá o lado de fora das paredes dessa prisão.

A traição a Mary era apenas o começo; embora nunca fosse esquecer a culpa, esperava que um dia ela fosse capaz de compreender as razões que o levaram a isso. Mas Paul... Michael sabia que, ao aceitar a proposta de Finster, a amizade deles estaria acabada e, mais do que isso, eles se tornariam inimigos por toda a vida. O comprometimento de Paul com a lei o cegaria para o dilema com o qual Michael e Mary se deparavam.

Tudo estava claro, como se fosse um carma: esse era o verdadeiro castigo imposto a Michael devido às transgressões que cometera no passado. Tentara de todas as formas encontrar outra saída, outra opção, uma solução miraculosa, uma alternativa que tivesse deixado passar.

Michael recolocou os papéis da condicional no envelope e guardou-o na gaveta, deixando-a aberta. Encaminhou-se para a estante de livros, na qual havia romances de todos os estilos enfileirados na prateleira de cima: de Dickens a Dickey, Conrad a Cussler. As prateleiras de baixo eram destinadas a livros antigos de pesquisa sobre sistemas de alarme e coleções de jóias, história da arte e mágica, museus da Europa e fotografia. E as prateleiras do meio eram reservadas para as recordações: conchas, animais empalhados, cartões-postais. Coisas que despertavam lembranças; alimentavam o amor deles. Eram reflexos da vida deles coletados em viagens. Alguns dos objetos datavam da época do namoro: fotos simples em porta-retratos, gatos feitos à mão com massa de modelar, uma caricatura de ambos dançando na praia. E embora alguns objetos tivessem se tornado embaraçosos com o tempo, Mary e ele concordaram em nunca jogá-los fora, pois eles representavam momentos, as coisas que queriam se lembrar por toda a vida. Desfazer-se deles significaria rejeitar o passado, como se ele e Mary o renegassem.

Entre esses objetos, o de que mais gostavam era um crucifixo que ganharam no casamento deles. Um crucifixo simples, sem enfeites. Na verdade, Michael nem conseguia se lembrar quem os presenteara com ele. Era feito de madeira, trazendo um Jesus Cristo de plástico preso a ele. Era possível encontrar um crucifixo igual àquele em várias lojas baratas. Mary e ele costumavam brincar que quem lhes dera esse presente devia ter roubado de um motorista de táxi. Agora, com os últimos eventos, a simples visão do objeto era intolerável para Michael. Sabia que estava traindo Mary e Paul, além de estar traindo a si mesmo. Todos os anos de devoção, todos os anos de oração levaram-no até esse momento, solitário e sem alternativas.

Com esse último pensamento, Michael retirou da parede o crucifixo de plástico, o símbolo da fé anterior. Foi até a escrivaninha e guardou-o junto com os documentos da condicional, fechando a gaveta com firmeza.

SETE

Michael permaneceu na cabeceira de Mary a noite toda e saiu antes que ela acordasse. Os medicamentos para a dor davam a ela apenas algumas horas de lucidez durante o dia e, embora não ouvir a voz da esposa causasse um sofrimento enorme em Michael ele sabia que o melhor para ela era ter essas drogas poderosas correndo nas veias para evitar a dor crescente provocada pela doença. Observando seu rosto, que trazia uma palidez cadavérica sob a luz azulada do monitor, ele se sentia ainda mais firme em sua decisão. Se ela não fosse submetida imediatamente à cirurgia, ele a perderia. E estar preso ao mundo sem ela era pior do que qualquer coisa que já enfrentara.

Tudo isso passava por sua mente enquanto Finster servia-lhe uma bebida no bar com tampo de mármore polido. Os dois homens encontravam-se sozinhos na suíte de um dos melhores hotéis da cidade. Garrafas de cristal com uísque envelhecido estavam organizadas em prateleiras na parede de espelho. Elegantes sofás de couro formavam uma sala de estar cujo centro era uma lareira enorme. Havia um piano Bosendorfer em um lado da sala e uma mesa Luís XIV do outro.

Finster entregou-lhe o copo de cristal.

— Chivas é o meu favorito — disse erguendo o copo em um brinde. — Que nosso próximo drinque seja em comemoração ao sucesso.

Michael ignorou o brinde. Não era um homem ligado a frescuras ou a bebidas caras. Sempre trabalhara sozinho. Nunca fizera um trabalho encomendado. E sabia que, pela primeira vez na vida, não seria ele quem ditaria as regras.

— Bem, chega de formalidades. Vamos nos sentar — convidou Finster, com um ligeiro sotaque. — Obviamente providenciarei tudo o que precisar: dinheiro, equipe e equipamento.

Michael sentou-se no sofá, colocou o copo na mesa de canto e inclinou-se para a frente.

— Em troca de quê?

— Duas chaves.

— Chaves? — perguntou Michael, confuso. — E o que elas abrem?

— São antigüidades. Uma de ouro e outra de prata e datam de dois mil anos atrás.

Havia um quê de excitação na voz de Finster quando se sentou. Michael permaneceu parado, não demonstrando qualquer emoção. Mas, por dentro, tudo havia começado: o coração estava disparado e o sangue corria mais rápido nas veias. Não conseguia evitar a sensação que o envolvia quando a adrenalina era liberada. Sabia, porém, que deveria manter as emoções sob controle; esse trabalho não era para ele, mas para Mary.

— Onde? — perguntou.

— Itália. Roma. Não deve ser difícil para um homem com os seus talentos.

— Como você conhece meus talentos? Sempre fui discreto.

— Fontes de confiança.

— Quem? — Michael sabia que o inferno estava nos detalhes.

Finster sorriu antes de responder:

— Michael, você terá de confiar em mim.

— Não me leve a mal, mas confiança é algo que não existe nesse negócio.

— Como sinal de boa-fé, depositarei 100 mil dólares na sua conta daqui a uma hora para que o tratamento da sua esposa possa começar.

— Você poderia me matar depois que eu terminasse o serviço e não pagar o restante.

Finster levantou-se do sofá como um nobre cavalheiro diante do rei.

— Michael St. Pierre, dou-lhe minha palavra de honra de que você não sofrerá qualquer atentado e que receberá o pagamento final na entrega das chaves. Sou um homem honrado.

Michael não se deixou impressionar.

— Honra entre ladrões é uma antítese.

— Nunca quebrei uma promessa ou deixei de cumprir minha parte em um negócio. Nunca. Caso contrário, não teria como continuar no ramo.

— Você nunca mencionou o seu ramo.

A maneira como Finster respondeu não importava muito, pois Michael já conhecia a resposta. Havia feito uma pesquisa preliminar sobre o novo sócio. Com seus antecedentes, Michael não poderia arriscar ser pego por um policial extremoso. Verificou a identidade de Finster e seu ramo de negócios antes desse encontro.

— Tenho negócios em diversos ramos. Vendas, varejo. Esse tipo de coisas em um nível mundial. — Finster olhou Michael nos olhos. — Pode confiar em mim. Eu lhe dou minha palavra.

Michael não tinha certeza sobre o valor da palavra dele. Decidiu que a testaria mais tarde, mas agora estava curioso.

— Em que igreja de Roma?

— Uma igreja *per se* — Finster fez uma pausa. — As chaves se encontram no Vaticano.

Michael respirou fundo, tentando absorver a informação.

— O Vaticano. Você quer que eu roube o Vaticano? Esse é o tipo de informação que você deveria ter me passado logo de cara.

— Tenho certeza de que você compreende que essa informação é superconfidencial. Você vai desistir agora?

— Não. É um serviço bastante audacioso. *Se* — e Michael colocou bastante ênfase nesse *se* — o trabalho puder ser feito, será necessário um planejamento considerável. Um serviço dessa magnitude pode ser muito perigoso, não deixando brechas para erros. Não se trata de uma edificação com pouca segurança. O Vaticano é um dos lugares com o maior nível de segurança no mundo. E os guardas? Não deixe que aqueles uniformes ridículos o enganem. A Guarda Suíça é uma das mais eficientes e bem treinadas da Europa. Além disso, ela apresenta uma característica que vai além do treinamento, constituindo uma das forças mais leais do planeta.

Em todos os anos em que esteve no ramo, Michael nunca experimentara uma emoção que se insinuava em sua mente naquele momento: medo. Colocara-se em uma posição muito perigosa, e não tinha como voltar atrás. Esse trabalho se tornara algo que poderia terminar com a morte de Mary e a dele, caso falhasse.

O difícil dessa negociação estava no que *não* contaram a ele. E calculava que ele não sabia de muita coisa. Esse serviço não era sobre chaves ou antigüidades. Havia mais. Mas fosse uma obsessão de algum colecionador cheio da grana ou um objeto que Finster desejava, nada disso importava a Michael, pois nunca se metera nos assuntos dos outros. Sabia que se tentasse entender as motivações do homem, não teria como se concentrar no trabalho que tinha pela frente. Para ele, isso se tratava de um roubo, a única coisa que poderia fazer para salvar a vida da esposa. O interesse de Finster nas chaves não era de sua conta. Tudo o que sabia e com que se preocupava era em roubá-las, pois, desse modo, salvaria a vida de Mary. Era nisso que tinha de se concentrar. Essa era a chave do sucesso, apesar da montanha de obstáculos que deveria ultrapassar para fazer o que tinha de ser feito.

Finster entregou a Michael uma pasta de couro preta cheia.

— Aqui você encontrará informações sobre as chaves. A localização exata, o layout e os detalhes do local onde são mantidas — informou-lhe, caminhando até a janela e apreciando a paisagem da cidade. — Você entende que estou confiando em você e você em mim — disse, voltando-se para encarar Michael. — Acabamos de nos conhecer, mas acho que chegamos a um acordo, não chegamos?

Michael anuiu com um breve movimento da cabeça.

— Mas existe algo, mais importante do que tudo, que preciso que compreenda — afirmou Finster, falando lentamente para enfatizar as palavras. — Não me traia. Não tente vender esses artefatos para outra pessoa por um preço maior. Não tente trocá-los. Saberei se não forem as chaves verdadeiras, Michael.

O homem de cabelos brancos ficou em pé na frente de Michael e, olhando-o de cima, acrescentou:

— Eu saberei.

Michael levantou-se lentamente do sofá com a maleta nas mãos, sem afastar os olhos de Finster.

— Você não respondeu à minha pergunta. O que essas chaves abrem? Um baú? Algum tipo de cofre?

— Não. Nada disso. Provavelmente alguma porta antiga que já se perdeu há muito tempo.

Na manhã seguinte, uma semana depois da consulta com o médico, Mary foi para o centro cirúrgico. O tumor era maior do que Dr. Rhineheart esperara, mas, após oito horas de cirurgia, acreditava ter removido tudo. O tumor havia envolvido o ovário esquerdo e as trompas uterinas e já começara a invadir o lado direito. Rhineheart era o principal especialista em câncer de Nova York. Foi o primeiro colocado da turma, sendo um dos poucos médicos que não acabara se tornando um autômato. Ainda se importava com os pacientes. Considerava uma perda pessoal cada paciente que não resistia à doença. Perdera a mãe devido a um câncer de mama quando tinha apenas 15 anos e lutava por cada paciente com todos os recursos que tinha. Cada luta era uma nova batalha em uma guerra que estava determinado a vencer. Cada paciente era a irmã, a esposa, o pai ou o irmão de alguém. Cada paciente representava sua mãe.

A combinação de químio e radioterapia foi o tratamento prescrito para erradicar qualquer célula cancerosa remanescente no corpo de Mary. Era um regime pesado, que exigiria todas as forças dela. Rhineheart explicou a eles o que sempre achara ser um paradoxo: era necessário envenenar o paciente para livrá-lo de um veneno ainda mais letal. O tratamento exigia um equilíbrio delicado, mas se provara eficaz muitas vezes antes e ele tinha esperanças.

Michael permaneceu ao lado de Mary na sala de recuperação, segurando sua mão. O rosto estava sem cor e, mesmo que isso fosse esperado, sua palidez ainda o chocava. Não conseguia afastar o pensamento de que ela estava morta. Mas ela precisava dele agora. Mais do que nunca. Precisaria de sua força para conseguir passar por esse calvário, do mesmo modo que ele precisara dela para sobreviver enquanto estivera na prisão. Mary o salvara e, por Deus, ele a salvaria também.

Paul e Jeannie Busch saíram do hospital. Não disseram nenhuma palavra no caminho para casa. Ficaram ao lado de Michael durante a cirurgia de Mary. As oito horas da operação pareceram vinte. Uniram forças para manter uma conversa positiva e encorajadora. Paul achou muito difícil aparentar calma e esperança, quando por dentro se sentia apavorado. Ele e Jeannie eram as pessoas mais próximas de Mary e Michael e essa virada cruel do destino dos amigos cortava seu coração. O que mais incomodava Paul, porém, era a pergunta que não saía de sua cabeça.

Ele e Michael haviam se tornado mais do que amigos. Desenvolveram uma amizade que Paul não tinha com ninguém, a não ser com a esposa. Michael estivera ao seu lado quando ele tivera problemas no casamento e afastara-se de Jeannie por causa do trabalho; não era algo que estivesse se encaminhando para o divórcio; era mais como uma interrupção no relacionamento, os altos e baixos do amor. No entanto, Michael o escutara e isso era tudo de que Paul precisava, pois sempre achara difícil se abrir. Aprendera, desde cedo, que as emoções eram para as meninas e ai do menino que demonstrasse sentimentos de maricas. Quando Paul desabafou, Michael nunca tornou a conversa desconfortável, só falando quando Paul precisava ouvir algo. A situação se resolvera, mas fora a amizade de Michael que o ajudara.

E Michael confiava nele. Fora sempre aberto sobre seu passado de crimes; dizia como achava que o roubo era uma arte, algo que devia ser praticado com sutileza e destreza; contava como a vida na prisão era pior do que o inferno. Michael sempre incluíra Paul nos seus planos de vida respeitável, quando ainda estava em busca de um emprego e quando, por fim, abrira a empresa de segurança. Paul fora a primeira pessoa com quem Michael conversara sobre a doença de Mary. Embora estóico, Paul conseguia ver como o amigo se sentia impotente perante sua incapacidade de conseguir o dinheiro necessário para o tratamento da esposa. Duzentos e cinqüenta mil dólares.

A pergunta que martelava o dia inteiro na cabeça de Paul voltou a perturbá-lo: *onde Michael conseguira o dinheiro?*

Michael estava sentado à mesa de jantar, olhando o conteúdo da pasta preta: mapas e livros, diagramas e documentos. Tinha de fazer a lição de casa.

O Vaticano era grande, constituindo um país em si. Um Estado soberano que se estendia por 441.123 metros quadrados. Era protegido principalmente pela Guarda Suíça, um pequeno exército que deveria proteger o papa e o Palácio Apostólico. Na verdade, a Guarda Suíça não era um exército no sentido tradicional: os guardas não usavam roupas camufladas ou carregavam armas M-16 nos ombros. Era mais como uma força secular de segurança. Os uniformes coloridos datavam de 1589: uma túnica com mangas bufantes trazendo listras azuis e douradas, acompanhadas por pantalonas e polainas combinando e sapatilhas pretas. Uma vestimenta mais adequada para um ator shakespeariano do que para um oficial do exército. Carregando bastões de dois metros e meio, conhecidos como alabardas, esses soldados pareciam equipados para matar dragões e não para defender o país. Em princípio, sua função era mais a de um guardião antigo da honra, os pensadores leigos. Quem levantaria um cerco contra a Santa Sé? Mas a Igreja conhecia os perigos. Ao longo dos séculos, o Vaticano já fora atacado por muitos conhecidos e desconhecidos. Alguns ataques eram físicos e diretos; outros eram ataques intelectuais da ciência tentando afastar a explicação de algo divino e outros ainda eram de natureza espiritual, de outros credos e culturas. E, por esse motivo, sob as vestimentas engraçadas, esses homens possuíam as habilidades necessárias de uma unidade cujo treinamento militar era soberbo. Sua função podia até ser tradicional, mas suas habilidades eram ultramodernas. Cada membro do exército conhecia armas, combate corpo-a-corpo e ações antiterroristas. Todos sabiam que um ataque contra a Igreja poderia vir a qualquer momento e de qualquer lugar e, por isso, todos estavam preparados. E embora a alabarda parecesse cerimoniosa, ela era, na verdade, uma lâmina afiada usada com perícia pela Guarda Suíça desde que fora contratada pelo papa Júlio II em 22 de janeiro de 1506.

Il Corpo de Vigilanza era um prédio atarracado de pedras no canto nordeste da praça de São Pedro, não se apresentando como uma estrutura marcante. Abaixo dele, porém, a história era outra. A sala de situação era algo que se espera encontrar nas entranhas do Pentágono. Aqui ocorria a colisão de dois mundos: alta tecnologia e arte de primeira. Computadores de alta velocidade ao lado de esculturas de Bernini, mapas eletrônicos acima de pinturas de Rafael. Era como uma máquina do tempo com defeito. Esse aposento era a sede da polícia do Vaticano. Trabalhando em conjunto com a Guarda Suíça, eles eram os responsáveis pela segurança do palácio e dos jardins. Enquanto a Guarda Suíça era formada exclusivamente por membros do exército suíço, a polícia do Vaticano era formada por ex-membros do exército italiano. A força combinada entre a Guarda Suíça e a polícia do Vaticano estava a postos 24 horas por dia para deter qualquer ataque e, diferente da segurança de outros governos, a lealdade deles não era apenas à nação, mas a Deus. Qualquer fanático desejoso de morrer por suas crenças em um ataque ao Vaticano se depararia com um exército igualmente desejoso de dar a vida em prol de uma crença mais poderosa. Não é possível encontrar uma força mais fiel no mundo. Nada na Terra poderia detê-los.

Obviamente, o Vaticano era o lar do Pontífice, o papa, o líder da Igreja Católica. E desde o atentado contra a vida de João Paulo II em 1981, a segurança em torno do papa e de sua residência triplicaram.

O objetivo de Michael se encontrava em um dos maiores museus do mundo. E, considerando que os museus do Vaticano continham muitos tesouros religiosos, sua segurança era mínima, podendo até ser considerada descuidada: câmeras, alarmes e guardas ocasionais. A segurança real, porém, era dez vezes maior. Todas as entradas e saídas continham detectores de metais ocultos; varredura de isótopos radioativos; filtros olfativos capazes de detectar assinaturas químicas de aceleradores, combustíveis e toxinas; instrumentos capazes de detectar tudo, desde dispositivos nucleares e explosivos plásticos até pólvora comum em uma bombinha. Havia câmeras escondidas em todos os lugares, cujas imagens eram monitoradas constantemente na sala de situação. Seguranças disfarçados percorriam os corredores, fornecendo uma observação humana direta de todas as atividades.

Finster fornecera o local exato das duas chaves, permitindo que Michael se concentrasse no método para obtê-las. Entretanto, Michael já estava nesse ramo há muito tempo e sabia que só podia confiar em si mesmo. Embora tivesse aceitado o trabalho, isso não significava que confiava em Finster.

Antes de concordar em violar a condicional, teve o cuidado de verificar os antecedentes do alemão. O que descobriu foi impressionante. Tratava-se de um bilionário, vindo da Alemanha Oriental na década anterior, um empresário com toque de Midas que atuava de forma bem-sucedida em diversos setores. Michael usara suas fontes para confirmar que Finster não possuía problemas legais ou algum processo no passado. Finster parecia o típico europeu bem-sucedido que desejava possuir o que não podia conseguir. Os ultra-ricos pareciam sempre querer algo inatingível, e faziam qualquer sacrifício para possuir o objeto de que se achavam merecedores, acreditando que estavam não apenas acima dos homens comuns, mas também acima da lei.

E embora as informações batessem, isso não aumentara o nível de confiança de Michael. Verificaria quantas vezes fossem necessárias as informações fornecidas por Finster sobre o Vaticano. A pesquisa era uma das chaves para o sucesso e ele seria meticuloso ao confirmar cada detalhe fornecido por seu chefe. Mas nenhum livro ou mapa do mundo lhe informaria sobre a rotina do museu, o fluxo e refluxo de turistas, padres e guardas. Se quisesse vencer, não teria de superar apenas as medidas de segurança da polícia do Vaticano e da Guarda Suíça, teria de se tornar mais um na rotina diária do museu.

Michael pegou um grande envelope de papel pardo, que chegara aquela manhã, entregue em mãos por um portador do hotel no qual Finster estava hospedado. Dele, retirou uma pequena caixa. Ao abri-la, encontrou um telefone Iridium via satélite. O aparelho era um pouco maior do que um telefone celular comum: vinte centímetros de comprimento, seis de largura e dois de espessura. Michael retirou a bateria. Era mais pesada do que o esperado; era óbvio que o tamanho do aparelho se devia a ela. O telefone podia até ser grande demais, mas apresentava uma vantagem única: poderia chamar e receber chamadas de qualquer parte do mundo. O bilhete que acompanhava o aparelho dizia: *É uma linha segura; pode entrar em contato comigo sempre que quiser para me manter informado sobre o progresso da operação. Mas, o mais importante, você pode usá-lo para falar com sua esposa. Afinal de contas, tudo o que você está fazendo é por ela.*

Além do telefone e do bilhete, Michael encontrou 10 mil dólares, 25 mil euros e três cartões de crédito de platina, cada qual com um nome diferente. Se algo desse errado, Michael teria mais do que o suficiente para voltar para casa.

Havia três passaportes com três nomes diferentes. O passaporte verdadeiro de Michael havia sido revogado quando conseguira a condicional. Ele tirara as fotografias para o passaporte antes de sair do hotel uma semana antes, deixando que Finster tomasse as providências necessárias. Michael não queria ser pego por falsificação de passaporte, pois isso daria fim à sua jornada antes mesmo que ela começasse.

Despejou o conteúdo restante do envelope nas mãos: uma passagem para Roma, outra para a Alemanha e outra para voltar para Nova York. Havia um itinerário anexo. Ele ficaria no hotel Bella Conccinni em Roma, com vista para o rio Tibre.

Tinha sete dias.

Mary estava deitada na cama do hospital vestindo calças cáqui e uma blusa florida. Tinha se cansado da roupa padrão do hospital depois de uma semana e era bom se vestir com algo que parecesse, de algum modo, saudável e normal. Embora ainda sentisse muitas dores, estava aliviada por ter sido submetida à cirurgia. Ela não disse nada a Michael, mas ficara apavorada com a anestesia; temia nunca mais acordar. Entre o câncer e os seus pesadelos, havia semanas desde que se sentira realmente descansada.

Um mês atrás, acordara com a barriga, geralmente lisa, um pouco distendida. Sua menstruação estava atrasada havia seis semanas. Foi envolvida por um sentimento de felicidade enquanto dirigia até a farmácia para comprar um desses exames de gravidez. Ela e Michael queriam ter filhos há muito tempo. Tentaram muito. Depois que Michael saiu da prisão, os dois fizeram uma bateria de exames e ambos pareciam férteis como coelhos. Mas nada. Todo mundo dizia que deveriam ser pacientes, que na hora certa aconteceria. Passaram-se dois meses, depois dois anos. Nenhum especialista ou homeopata conseguiu encontrar o problema. Nem as orações constantes de Mary.

Agora, porém, tinha certeza. As coisas seriam diferentes. Todos estavam certos. Finalmente, acontecera. Mary podia sentir a vida crescendo no útero. Durante o percurso da farmácia até a casa deles, Mary planejava como surpreenderia Michael com a notícia. Depois de um jantar calmo e delicioso, poderia lhe presentear com um chocalho, ou seguir a tradição, e tricotar sapatinhos calmamente na cadeira de balanço. Precisava de um presente especial, um que significasse algo para ambos.

Acabou se decidindo por um livro do Dr. Seuss, *Green Eggs and Ham*, que embrulhara em um papel colorido com elefantinhos vestidos de bebê. Ela lhe daria o presente antes de dormir. Estava louca de vontade de contar para ele, para surpreendê-lo no trabalho, mas queria que o momento fosse inesquecível. Michael amava crianças. Juntos, teriam muitos filhos. Fora uma longa jornada, mas agora tinham encontrado o caminho. Este filho seria o primeiro de muitos.

Mary chegou em casa, abriu o teste de gravidez e foi direto para o banheiro. Era um processo chato, que já realizara diversas vezes, mas, dessa vez, o resultado seria diferente.

Aguardou os cinco minutos necessários. Nada. Será que cometera algum erro? Releu as instruções. Havia um segundo teste na caixa.

Esperaria uma hora para fazê-lo, certificando-se de seguir todas as instruções.

Deu negativo. Sentiu uma vontade imensa de chorar. Por que se permitira tantos planos? Michael entenderia, mas, lá no fundo, ficaria decepcionado. Jogou o livro de Dr. Seuss no lixo. Decidiu não contar a ele. Por que fazê-lo sofrer? Um coração partido por dia era mais do que o suficiente.

Agora, ela se encontrava sentada na cama do hospital olhando para as coisas que Michael trouxera para ela em suas visitas antes da operação. Lá, entre as guloseimas e flores, estava um presente que Michael comprara para alegrá-la. Seus olhos se encheram de lágrimas ao olhar para o exemplar de *Green Eggs and Ham.*

A televisão estava no mudo. Os gestos de Jerry Springer não tinham tanto impacto sem a voz acompanhando-os. Michael se curvou e beijou Mary nos lábios.

— Terei de viajar por alguns dias.

— Para onde? — perguntou ela com um sorriso para disfarçar a decepção.

— Para o sul. Tenho de assinar uns papéis e fazer um serviço para Rosenfield, o cara que está me ajudando a cobrir esses custos.

As mentiras vinham cada vez mais fáceis, o que preocupava Michael. Rosenfield até podia gostar de Michael, mas as pessoas não investiam em personalidades. Embora o velho senhor tivesse demonstrado compaixão por Michael e Mary, dissera que sentia muito, mas não poderia emprestar a soma de que Michael precisava. Não poderia correr esse risco.

— Ele simplesmente lhe deu o dinheiro?

— Eu já lhe expliquei. Trata-se de um empréstimo. Dei como garantia a loja e serviços futuros.

— Ainda não consegui entender isso. Não sabia que ainda existiam pessoas caridosas no mundo.

Mary coçou a bandagem que cobria o *by-pass* seu braço.

— Não sei como poderei agradecer a ele.

— Eu já fiz isso — afirmou Michael, pegando a mão dela. Ela não fazia idéia de que a loja apenas se pagava. Tudo que importava a ela era que ele levava toda semana dinheiro para casa e que tinha muito orgulho dele por isso. Para ela, ele tinha construído algo do nada.

— Terei de partir hoje à noite.

— Você tem mesmo de ir?

A sessão de quimioterapia estava marcada para começar naquela tarde e, até onde sabia, os efeitos colaterais que a aguardavam eram graves e ela odiava ter de passar por tudo sozinha.

— Tudo o que eu queria era poder ficar ao seu lado.

— Posso ir com você? — perguntou, brincando.

— Seria maravilhoso — respondeu Michael.

— Também acho.

— Você tem de começar o tratamento.

— Eu sei — respondeu ela com um leve aceno e um brilho de decepção nos olhos. — Acho que estou procurando um jeito de fugir. Por quanto tempo ficará longe?

— Cerca de uma semana.

— Volte rápido — sussurrou Mary enquanto ele a abraçava.

Cada um deles estava enfrentando o desafio de suas vidas, e nenhum dos dois demonstrava medo. Cada qual se preocupando mais com o outro do que consigo mesmo.

Dennis Thal entrou no vestiário. O jovem policial estava encharcado de suor, como se tivesse acabado de mergulhar em uma piscina e estava doido por uma ducha fria. O jogo de basquete com John Ferguson, um detetive novato, acabara com a vitória de Thal, apesar do anelar e do mindinho avariados da mão esquerda. Nunca perdia. Odiava perder.

Paul Busch o aguardava impacientemente ao lado do seu armário.

Thal estava em forma, o corpo enxuto e delineado. Paul ficou com inveja, mas sabia que eram as bênçãos da juventude. Com o tempo, o jovem detetive sucumbiria aos efeitos das batatas fritas e da gravidade como todo mundo. Thal parecia um garoto honesto, nascido em berço de ouro. A fofoca que rolava no departamento era que ele era rico, possuía um fundo de crédito substancial, e trabalhava como policial por curtição. Paul estava verificando essa informação e, se isso fosse verdade, pediria a transferência dele. O trabalho de um policial não deveria ser feito como diversão ou pela adrenalina. Se Thal queria sentir o sangue correr mais rápido nas veias, deveria fazer isso a custa de outra pessoa. O trabalho de um policial não era como um jogo, era o trabalho de Paul e ele não acabaria morto por causa de um cara em busca de emoção.

— O que houve? — perguntou Thal, abrindo o armário.

— Você deveria ter me encontrado lá em cima há quinze minutos.

— Oh! Desculpe! Não queria deixá-lo na mão — respondeu tirando o cabelo castanho suado da testa. — Vou tomar uma ducha de 30 segundos e já subo para falar com você.

— Você tem três minutos — afirmou Paul saindo do vestiário.

Thal olhou em volta; não havia ninguém no vestiário. Tirou a roupa suada, jogando-a no chão. Pegou a toalha e a colocou sobre o ombro direito. Entrou no chuveiro, ensaboou-se e, cumprindo o que dissera, acabara o banho em trinta segundos. Eficiência era o seu lema. Não havia necessidade de perder tempo quando se tinham coisas mais importantes a fazer.

Penteou o cabelo e colocou as calças de prega. Poliu os sapatos com a toalha úmida e pegou uma camisa branca limpa e passada no armário, vestindo-a rapidamente. Thal não era um homem humilde, mas não queria que Paul (ou qualquer outro, na verdade) visse seu ombro direito. Dennis Thal sabia que apesar da camisa Ralph Lauren e mocassim Cole Haan, ele não era o que parecia.

Thal sabia que a "tatuagem" tiraria Paul do sério. A caveira negra com rosas saindo dos ossos quebrados serviria apenas para confirmar os boatos. Fora um capricho tolo de um garoto de 16 anos, um jeito maneiro de se enturmar. No caso de Thal, não dera certo. Custara 350 dólares e a excitação da tatuagem durara apenas um dia. Ela não mostrava mais o contorno das linhas artísticas pelas quais tinha pagado. O tecido da cicatriz causada por uma queimadura a distorcera, formando uma imagem horrorosa e grotesca que não tinha como apagar.

Se Paul visse a tatuagem, haveria muitas perguntas, perguntas a que Thal nunca poderia responder. Trabalhara duro para construir a imagem de perfeição e algo tão incongruente certamente despertaria a curiosidade em um policial veterano como Paul. E o detetive Dennis Thal não tivera tanto trabalho para ser designado para trabalhar ao lado de Paul para ser descoberto. Tinha um trabalho a fazer e não deixaria o chefe na mão.

A pilha de arquivos no lado esquerdo da mesa tinha cerca de 30 centímetros, uns sete a menos do que a pilha no lado direito. Nos últimos cinco minutos, as pilhas alternavam de tamanho enquanto Paul puxava o arquivo de um caso, fingia lê-lo e o colocava do outro lado da mesa. Aguardava um dos condenados em condicional, que já estava 15 minutos atrasado, sendo que esse não era o feitio do homem. Paul estava começando a ficar preocupado.

— Não é uma violação da condicional faltar a um encontro marcado? — perguntou Thal, sentando-se na cadeira ao lado de Busch.

Paul nem se preocupou em responder: ele dava as cartas e não Thal. Estava prestes a colocá-lo em seu devido lugar quando ouviu o telefone tocar.

Paul afastou os arquivos e atendeu à ligação.

— Busch.

— Oi, sou eu — disse Michael parecendo sem ar.

— Está tudo bem?

Thal olhou para Paul, levantado a sobrancelha de forma interrogativa. Paul mudou o tom de voz rapidamente.

— Você está 15 minutos atrasado.

Paul não queria que Thal soubesse sobre a amizade que tinha com Michael St. Pierre. Sentia que se Thal soubesse disso, distorceria as coisas e acabaria usando a informação contra ele.

— Desculpe, tive de cuidar de algumas coisas para Mary.

— Como ela está? — perguntou Paul, lacônico.

— Tentando ser forte. A quimio começa hoje à tarde.

Michael finalmente entendeu que havia alguém com Paul.

— Tem alguém aí com você?

— Isso — agora estavam em sintonia. — Você tem de vir até aqui. Tínhamos um encontro marcado para rever sua reabilitação; faltar não é uma opção.

— Eu não queria colocá-lo em uma situação difícil — disse Michael, fazendo uma breve pausa. — Terei de viajar por uns dias.

O sangue de Paul gelou nas veias.

— Quantos dias?

— Uma semana.

Paul temia fazer a pergunta que tinha de fazer, mas esse era o seu trabalho.

— Por quê?

Michael estava no seu apartamento, o telefone entre a orelha e o ombro, olhando para os planos para o Vaticano espalhados sobre a mesa de jantar.

— Tem a ver com o financiamento do tratamento de Mary. Tenho um trabalho de segurança para fazer.

Paul não acreditou em uma palavra. Amigos ou não, sabia que estava sendo enganado. Ele obteria uma resposta, mas primeiro tinha de se livrar de Thal.

— Quando?

— Tenho de partir esta noite.

— Não antes de nos encontrarmos.

Ambos sabiam que Michael não podia deixar o estado sem a permissão de Paul.

— Não sei se terei tempo.

— Arranje o tempo — ordenou Paul, de forma bem clara, usando um tom que nunca antes usara ao falar com o amigo.

Michael sentiu que Paul queria respostas, e devia a ele uma explicação. Encontrar-se-ia com Paul, mas a verdade teria de esperar. Michael sabia que a última coisa que a verdade faria nesse caso era deixá-lo livre para fazer o que tinha de ser feito.

Paul e Michael estavam apoiados na cerca de uma quadra de beisebol, na qual se desenrolava um jogo da Pequena Liga, os bastões eram maiores do que as crianças. Paul era o técnico; amava todo e qualquer esporte e passaria tudo o que sabia para o filho. Robbie Busch jogava na segunda base; o garoto estava agachado e pronto, determinado a não deixar que a bola passasse por seu corpo miúdo. Os homens não se olhavam. Em vez disso, observavam as crianças no campo.

— Então, para onde você vai?

— Virginia. Fredericksburg.

— Por sete dias.

— Isso.

O rebatedor estava posicionado, o corpo de um metro de altura curvado, preparado para o arremesso. E embora o arremessador não tivesse feito uma prece ao lançar a bola dentro da diminuta zona de *strike* de uma criança, não tinha problema, essas crianças vibravam com tudo. Três arremessos, três *strikes*, e o primeiro rebatedor estava fora.

— Eu posso ir com você. Tenho uns dias de folga para tirar. Quatro mãos trabalham mais rápido.

— Não precisa, não. Obrigado. O trabalho é muito técnico. Instalação e coisas desse tipo.

— Não tinha uma hora pior para você se afastar.

— Foi o trato que consegui.

— E que trato foi esse?

Michael olhou para Paul. Os subterfúgios estavam acabando com eles.

— É um contrato padrão.

Um menino franzino conseguiu rebater até a terceira base. O defensor da base tentou impedir, mas não conseguiu. O corredor passou pela primeira base e já se aproximava da segunda. O pequeno arremessador pegou a bola e a passou para Robbie, que conseguiu pegá-la e correu para a base, cabeça com cabeça com o corredor; ele conseguiu alcançá-la esticando todo o seu braço até conseguir fazer o ponto.

— Excelente trabalho, Robbie!

Robbie deu um largo sorriso para o pai.

Quando o rebatedor seguinte se posicionou, Paul voltou-se para Michael, com o semblante sério.

— Onde você conseguiu o dinheiro para o tratamento de Mary?

Michael continuou acompanhando o jogo.

— Um dos meus clientes — respondeu e, depois de uma breve pausa, continuou. — O que mora na Virgínia.

— Quem?

Michael ignorou a pergunta.

— Ele me encomendou alguns trabalhos e me ajudou a obter o empréstimo.

— Pensei que você não tivesse crédito.

A conversa estava se tornando um interrogatório.

— E não tenho.

— E como alguém que não tem crédito consegue um empréstimo?

— Conseguindo um benfeitor — respondeu Michael olhando Paul nos olhos. — Alguém que confie nele. Aonde chegaremos com isso?

— Essa é uma pergunta que você deve responder, Michael. Aonde *chegaremos* com isso?

Michael apenas o encarou. Era tudo o que podia fazer. Sabia que se aquilo continuasse acabaria se entregando, se é que já não fizera isso. Tinha de se concentrar. Noventa por cento do trabalho consistia em não ser pego e Michael temia que isso estivesse prestes a acontecer.

— Você tomará conta de Mary enquanto eu estiver fora?

— Você sabe que sim — respondeu Paul, começando a se irritar. Michael estava usando Mary para se esconder.

Michael virou-se para ir embora.

— Michael, não me obrigue a fazer o meu trabalho.

Michael não disse nada. Entrou no carro, deu a partida e se foi.

Michael seguiu pela Maple Avenue. Trouxera pouca bagagem, com roupas leves de verão e a pasta preta repleta de papéis. Arranjaria ferramentas e o material necessário assim que chegasse à Itália. Não havia necessidade de se sujeitar a perguntas desnecessárias na alfândega.

Michael tentara falar com Mary antes de partir, mas ela estava dormindo. Os medicamentos que tomava ajudavam com a dor, além de fazer com que conseguisse dormir durante essa fase. Embora tivesse se despedido mais cedo, queria ouvir sua voz antes de entrar no avião. Essa seria a primeira noite que passariam separados desde que fora solto. O coração de Michael estava apertado. Deixara Mary sozinha por três anos e meio, o tempo que passara na prisão. Jurara nunca mais fazer isso. E, ainda assim, aqui estava ele, abandonando-a no momento em que mais precisava dele. *Mas este trabalho é diferente*, procurou lembrar a si mesmo. *Este trabalho não é motivado pelo dinheiro ou por um desafio ao ego.*

Pedira a uma vizinha, Sra. McGinty, para alimentar e levar Hawk para as caminhadas diárias. A velha senhora ficara feliz em ajudar, chegando a recusar o dinheiro que Michael oferecera pelos serviços. Também ficou satisfeita em ter a companhia de CJ, já que perdera o gato e o marido, Charles, nos últimos seis meses, ficando sozinha no mundo. Era como se ela tivesse um novo propósito na vida.

Michael parou o carro no estacionamento do aeroporto e pagou adiantado pelos sete dias. Quando trancou o porta-malas, notou um Torino verde em baixa velocidade próximo à cerca do estacionamento. Já o tinha percebido na via expressa a caminho do aeroporto; sempre gostara de carros fortes, de modo que fora fácil notar esse carro. Esses carros grandes acabaram ficando ultrapassados, raramente vistos, a não ser como carros de polícia. Não tinha dado muita atenção a ele quando deixara a interestadual para trás, mas agora via o carro circundando o estacionamento.

Michael trancou o carro e seguiu para o terminal. Não viu o Torino novamente e suspirou aliviado quando viu as portas do aeroporto se abrindo. Estava fora do ramo há seis anos e estava sendo cuidadoso demais. Seguiu até o balcão de check-in da companhia aérea. Não havia ninguém na fila. Uma moça bonita com sotaque sulino pegou a passagem.

— Vai despachar alguma bagagem, Sr. McMahon?

— Não, só estou com bagagem de mão. Obrigado — respondeu Michael, que fizera o check-in com identidade falsa.

O primeiro crime cometido. Acabara de violar a condicional. A funcionária da companhia aérea lhe entregou o cartão de embarque, agradeceu-lhe e indicou-lhe o caminho para o salão de embarque.

*

Paul Busch estava se sentindo péssimo. Seguira Michael, sem saber por que e sem saber o que falaria para ele quando o alcançasse. Michael obedecera aos procedimentos e cabia a Paul permitir que ele saísse do estado ou não. Quando passara pelas portas do aeroporto, decidiu que apenas veria Michael partir, dando-lhe permissão para seguir em frente. Confiaria nele.

Paul mandara o filho para casa com Jeannie, dizendo a ela que não o esperasse acordada e, depois, pegara o Torino do técnico assistente emprestado. Desde o nascimento dos filhos, Jeannie estabelecera uma regra, que fazia sentido, era razoável e, considerando a época em que vivemos, também era prudente. Existiam muitas histórias horríveis e ela se recusava a permitir que a família virasse um número nas estatísticas. Nada de armas de fogo perto das crianças. E, desse modo, Paul deixara a arma, junto com a carteira e o distintivo, em um cofre em casa antes do jogo de beisebol do filho. Não se preocupara em buscá-los quando decidira ir até o aeroporto. Não haveria necessidade.

Michael caminhou pelo aeroporto com a bagagem de mão pendurada no ombro, batendo na sua coxa a cada passada. A maleta preta que carregava na mão direita estava pesada. Entregou a passagem no portão de embarque, esvaziou os bolsos e colocou a bagagem na esteira rolante. Quando passou pelo detector de metais, soaram os alarmes. Michael gelou por dentro. Lembranças da prisão preencheram sua mente. Eles deviam estar atrás dele. Era o fim. Antes de deixar o apartamento, ele se assegurara de que nada incriminador pudesse estar na bagagem ou nele: não tinha a menor idéia do que dera errado. Os guardas se aproximaram para revistá-lo. Ele verificou os bolsos novamente e suspirou de alívio quando encontrou uma moeda esquecida. Passou novamente pelo detector de metais e, dessa vez, não teve problemas.

*

Quando Paul chegou ao salão de embarque, viu Michael seguindo rapidamente pelo corredor em direção ao portão de embarque. Antes de decidir o que faria, o guarda solicitou sua passagem. Claro que não tinha uma. Paul pediu que o deixasse passar, pois era policial e aquele era um assunto oficial. O guarda pediu para ver sua identidade, mas ele não estava com ela. Paul viu Michael sumir no meio de muitos passageiros, olhou em volta em busca de uma solução e decidiu dar a Michael o benefício da dúvida. Conversaria com ele quando estivesse de volta em sete dias. Mas, então, viu a placa: VÔOS INTERNACIONAIS.

Michael acabara de se tornar um fugitivo.

No asfalto, nas sombras, uma pessoa observava a decolagem do 747 no céu noturno. O homem estava sozinho e não era um funcionário do aeroporto. Entrou pela porta do hangar, passando pela equipe de manutenção e carros de bagagem; ninguém lhe deu atenção, era como se fizesse parte da equipe ou tivesse um passe especial.

O homem passou por uma porta e encaminhou-se para o túnel de segurança. Havia um guarda na saída. Ele levantou a cabeça, surpreso por encontrar um estranho andando na sua direção, mas quando o homem ergueu o distintivo da polícia, pôde passar sem problemas. Dennis Thal sorriu quando o guarda lhe desejou boa-noite e saiu.

OITO

A garçonete de cabelos negros colocou o cappuccino sobre a mesa ao lado dos papéis em que Michael trabalhava. Aquele era o segundo cappuccino que tomava. A bebida quente acabara de se tornar sua nova bebida favorita. A Starbucks não chegava nem perto da bebida feita no país de origem.

O café Bourgino's era próximo à cidade do Vaticano, na Via del Campiso, uma rua antiga de Roma pavimentada com pedras arredondadas. Nos últimos dois dias, esse era o local que ele escolhera para ficar: pequeno, fora dos caminhos movimentados, além de não ser mencionado nos guias de viagens. A clientela consistia em uma mistura de pessoas do local e expatriados, e sua presença não era questionada.

Passara o primeiro dia na cidade aprendendo os caminhos pelas ruas e becos estreitos, sua memória infalível como principal ferramenta. Conhecer prédios, sistemas de segurança e caminhos era algo que ele tirava de letra, o que lhe dava tempo para resolver os problemas e detalhes intrincados do trabalho.

Michael estudara todas as obras renomadas e o conteúdo do Vaticano, mas nada o preparara para a grandiosidade que encontrou quando subiu a Via della Conciliazione. A imponência da Basílica de São Pedro apagava qualquer imagem que já vira antes. A largura da

Piazza San Pietro era a de três campos de futebol americano, sendo capaz de abrigar 350 mil pessoas durante as missas papais. Era circundada por duas colunatas elípticas que começavam na basílica como um abraço de boas-vindas. As 284 colunas dóricas desenhadas por Bernini tinham 12 metros de altura e cercavam os mais de 40 mil metros quadrados de espaço aberto. Michael olhou para cima, não podia evitar achar que estava sendo julgado pelos santos de mármore que encimavam cada coluna, todos olhando para a praça.

No centro da enorme *piazza*, elevava-se um enorme obelisco trazido para Roma pelo imperador romano Calígula no ano 37 d.C. Na ponta da estrutura de 26 metros de altura havia uma cruz e uma bola de ouro, na qual se acreditavam estar os restos mortais de Júlio César. Em qualquer outra cidade do mundo, o obelisco antigo seria o centro das atenções, mas aqui era apenas um detalhe. O Vaticano parecia um mundo à parte, a remanescência de uma história quase esquecida, um conto de fadas do passado. A cidade sagrada constituía algo além da imaginação de qualquer pessoa. Era uma realização magnífica de algumas das mentes artísticas mais privilegiadas que já existiram na face da Terra. Embora Michael tivesse pesquisado a história do lugar, não compreendera, até o momento em que a vira pela primeira vez, a grandiosidade surpreendente da cidade. Quando ainda estava nos Estados Unidos, concentrara-se em tentar salvar a vida de Mary, tratando essa missão como um outro prédio para conquistar, um outro sistema de segurança para derrotar, uma outra força policial para enganar. Estava despreparado para a magnificência do mundo no qual agora entrava.

O domo da Basílica de São Pedro se elevava aos céus como uma coroa enorme adornada com jóias. Na entrada da basílica, havia uma grande estátua de São Paulo, que segurava uma espada, defendendo a Igreja contra os que desejavam trazer-lhe o mal. À esquerda, havia uma estátua igualmente grande de São Pedro, o primeiro papa, e em sua mão havia um molho de chaves.

Para onde quer que olhasse, via genialidade arquitetônica, não apenas quanto à forma, mas também quanto à função. O Vaticano era imenso e seus muros estendiam-se entre 12 e 30 metros de altura, seu desenho medieval capaz de repelir um ataque militar moderno. A cidade do Vaticano tinha tudo o que se esperaria encontrar em um país, mesmo um país pequeno, com 0,44 quilômetros quadrados: bancos, correio, estações de rádio, jornal e um heliporto. Também contava com moeda e sistema judicial próprios e era presidido pelo único monarca absoluto verdadeiro: o papa. Embora apenas alguns lugares do Vaticano fossem abertos à visitação pública, a maior parte da cidade era isolada dentro de enclaves fechados. O acesso a essas áreas era restrito a um grupo seleto.

Michael passou dois dias nas áreas mais públicas: a Piazza San Pietro, a capela Sistina e os museus, fotografando e observando, aprendendo e planejando. Até começar suas pesquisas, não havia se dado conta da amplitude do domínio cultural do papa. O Vaticano incluía um complexo formado por 12 museus; alguns diziam que era o maior do mundo, um título questionado pelo Louvre, na França, e pelo Smithsonian, nos Estados Unidos. Os museus do Vaticano abrangiam 1.400 galerias, que se estendiam por corredores que totalizavam seis quilômetros e meio. Um turista poderia passar um ano inteiro aqui e, ainda assim, não conseguir apreciar toda a vasta coleção, acumulada por quase dois mil anos. Qualquer interesse podia ser satisfeito ali: arte etrusca, estátuas clássicas, arqueologia, artefatos do Oriente Médio, pinturas da Renascença, livros, mapas, manuscritos, tapeçaria, mobiliário. Tesouros que nenhum homem poderia imaginar e itens preciosos cobiçados por colecionadores do mundo todo. Ao longo dos 110 metros da Galeria dos Mapas até a Galeria dos Candelabros, repletas de esculturas romanas clássicas, até o Museu Egípcio, com muitos sarcófagos e múmias, cada metro quadrado do complexo de museus era preenchido com os objetos mais insubstituíveis do mundo.

A maioria das pessoas ouvia apenas falar da obra-prima de Michelangelo, o teto da capela Sistina, mas as paredes em si eram obras-primas. Aqui, os maiores artistas de sua era — Perugino, Botticelli, Ghirlandaio e Rosselli — criaram afrescos que abarcavam toda a extensão da capela. Em outras alas, era possível encontrar salas pintadas por Rafael, Pinturicchio e Signorelli. E embora o teto da capela Sistina apagasse um pouco o brilho das outras obras, sua perfeição nunca fora questionada.

Logo no início, a grande coleção envolvera Michael, mas ele se obrigara a manter o foco. Agora, sua atenção estava centrada no Museo Storico-Artisticoe e Tesoro, conhecido como Sacristia e Museu do Tesouro. O complexo de dez salas era adjacente à Basílica de São Pedro e alojava muitas das maiores relíquias do império cristão e do estado papal: a *Crux Vaticana*, contendo fragmentos da cruz de Cristo; diversos relicários; o cálice de Stuart cravejado de diamantes doado pelo rei da Inglaterra, Henrique IV; decretos passados de pontífice para pontífice; equipes, crucifixos e armas. Mas o interesse de Michael estava em uma seção devotada ao primeiro papa. Aqui, também se encontravam artefatos da época em que São Pedro caminhava pelas ruas de Roma: uma cópia da Cadeira de São Pedro; as correntes enferrujadas que o prenderam antes da crucificação nas mãos do imperador Nero. Mas o que realmente interessava Michael se encontrava em um canto santificado onde havia uma única urna de exibição, cujo pedestal era feito de ébano. A madeira escura incorporava-se às sombras adjacentes e, ao mesmo tempo, sobressaía-se em vivo contraste com o que abrigava. A urna que o envolvia era um quadrado de 60 centímetros feito com vidro de dois centímetros de espessura. Um ponto de luz montado no teto cortava a escuridão para iluminar uma almofada de veludo roxo sobre a qual estavam os alvos da missão de Michael nesse lugar. O desenho era simples, refletindo a idade de dois mil anos. Elas foram dadas a São Pedro por Jesus e eram a origem do símbolo do papa. A imagem delas aparecia muitas vezes no Vaticano, mas eram mais comuns em seu cimo. Para milhões de pessoas, elas representavam o verdadeiro símbolo de São Pedro e seus herdeiros papais, os líderes da Igreja Cristã que ele fundara dois mil anos antes. Para Michael, porém, tinham um significado diferente: eram a única chance que tinha para salvar a esposa no leito de morte.

O desenho delas era simples, sendo um pouco maiores e mais grossas do que se esperaria nos dias de hoje. E embora devessem ter algum propósito na época delas, atualmente eram exibidas para inspirar admiração. Eram as chaves de prata e de ouro; as chaves para a sobrevivência de Mary.

Estima-se que, entre essas paredes, haja mais de 40 bilhões de dólares em arte, antigüidades, ouro e jóias, junto com títulos de propriedade do vasto império católico pelo mundo. Nenhum outro país concentra seus ativos em uma área tão pequena. E, por causa disso, não havia outro lugar cujas medidas de segurança fossem iguais às do Vaticano.

Cada porta é monitorada pessoal e eletronicamente. Os arquitetos atuais do Vaticano rivalizam com os mestres lendários em termos de criatividade. Os esquemas de segurança de última geração estão, na maior parte, longe das vistas para não diminuir a grandiosidade das estruturas que protegem. Os detectores de metal estão ocultos, assim como os sensores de radioatividade e os dispositivos antibombas. Ocultos ou não, todos estão em constante observação em busca da próxima ameaça: facas, revólveres, explosivos, material nuclear. As precauções são proativas.

A Guarda Suíça estava em todas as entradas e postos de controle, mas não foram eles que fizeram Michael parar e pensar, mas sim o contingente da polícia do Vaticano que andava e se misturava com as multidões: os guardas sem uniforme. O corte de cabelo, o modo como andavam e posicionavam o corpo só eram evidentes para um observador perspicaz. Esses homens entravam e saíam das multidões de forma aparentemente aleatória, mas, após uma observação minuciosa, revelou-se um padrão. Cada museu era sempre coberto por pelo menos dois policiais. Quando um saía o outro entrava. Cada segundo era cronometrado. E todos estavam vigiando. Todos estavam aguardando uma ameaça concebível contra a segurança deste reino singular.

Na Sacristia e Museu do Tesouro, havia nove câmeras fixas, a amplitude de observação cobria todos os ângulos em torno das chaves de ouro e de prata e toda a área em que Michael planejava agir. Era soberbo o modo como as câmeras estavam ocultas nas paredes de modo a não interferir com o ambiente e a arte, mas enquanto Michael examinava a galeria, não apenas de memória, mas em filme também, tomando o cuidado de não fotografar mais do que um turista comum, sabia que as câmeras de vídeo ocultas monitoravam todos os seus movimentos. E ele se deu conta de que esse trabalho exigiria muito mais do que experiência e criatividade. Exigiria engenhosidade e recursos que ele nunca teria de usar se não tivesse de superar o impossível para salvar a esposa.

— Alô — a voz de Mary soava clara como se estivesse no quarto ao lado, seu cumprimento soava como música aos ouvidos de Michael.

O telefone via satélite que Finster providenciara era surpreendente; um pouco maior do que um telefone celular, sendo bastante perceptível no bolso, mas a recepção era perfeita, mesmo enquanto andava pelas ruas de Roma.

— Tudo bem?

— Você primeiro. Você está bem?

— Está tudo em ordem.

— E o tratamento?

Ela começara a quimioterapia no dia em que ele partira. Mas nos últimos quatro dias, estivera fraca demais para falar ao telefone. Hoje, pela primeira vez, sua voz parecia normal.

—· Até que não é tão ruim — disse em um tom positivo e cheio de energia. — Agora, diga-me, está tudo bem?

— Tudo certo. As coisas estão caminhando bem. Na verdade, o trabalho está adiantado. Talvez eu consiga ir para casa um dia ou dois antes do previsto.

Michael estava aliviado por não ser obrigado a mentir sobre isso.

— Sabe? Eu estava pensando que, quando você voltar, podíamos viajar um pouco por alguns dias, só para ficarmos sozinhos.

— Isso parece ótimo. Você está recebendo tudo de que precisa?

— Jeannie vem me visitar todos os dias. Ela traz todas as suas comidas favoritas e vários livros obscenos. Paul esteve aqui hoje. Trouxe desenhos que os filhos fizeram e foi gentil o bastante para levar um pouco do trabalho da escola.

— Como ele está?

— Bem. Por quê?

— Acho que o deixei puto da vida.

— Michael... — seu tom parecia o de uma mãe aborrecida.

— Ele se ofereceu para vir comigo e eu recusei.

— Por quê? — havia um toque de tristeza em sua voz. — Ele só queria ajudar.

— Achei que estava desconfiando de mim e queria me espionar.

— Você está paranóico. Ele pareceu bem. Disse que mal podia esperar para você retornar, disse que o time levou uma surra: 21 a 6, porque o *quaterback superstar* não pôde jogar e que descontaria toda a sua frustração e raiva em você.

— Aposto que sim — respondeu Michael.

— Michael, Paul é seu melhor amigo. Ele confia em você.

*

Mary, a eterna otimista, estava lutando pela vida, mas, na verdade, começara a pensar na morte como um modo de escapar da sensação devastadora que arruinava seu corpo. Nunca deixaria que Michael soubesse tudo o que estava passando. A dor causada pela quimioterapia era pior do que imaginara. Mas cada vez que pensava em morrer, rezava e pedia perdão a Deus. Não havia nada que quisesse mais do que viver. Viver e aproveitar a vida, conhecer o mundo, apreciar todas as coisas que tinha como certas quando vivia sem cuidado e achava que era imortal. Michael estava lutando pela vida dela tanto quanto ela e considerava esses pensamentos horríveis uma traição. Estava determinada a conseguir superar esse período; não decepcionaria Michael.

A oficina cheirava a graxa e a óleo, que não haviam deixado apenas sua marca no ar, mas também no chão. Duas Fiats desmontadas estavam em um canto; seus motores encontravam-se presos a correntes penduradas no teto. Michael estava próximo a uma janela aberta; isso ajudava a dissipar a fumaça enquanto usava um maçarico. A fumaça não era tóxica, mas seu cheiro adocicado era um contraste perfeito aos odores que emanavam da oficina de carros e ele não poderia correr o risco. Comprara tudo de que precisaria no supermercado, em uma loja especializada em produtos de arte e em uma farmácia. Bolas de naftalina, sulfato de magnésio, tinta e açúcar: itens usados no dia-a-dia para diversos objetivos. Michael combinou e aqueceu a mistura a 58°C, formando uma pasta grossa que transformou em bolas maleáveis, pintando cada uma delas de marrom. Colocou-as em uma caixa vazia de caramelos que deixou ao lado de uma caixa de balas.

Localizara a oficina antes mesmo de sair dos Estados Unidos. Era especializada em automóveis Fiat e Alfa Romeo, sendo que o proprietário, de 65 anos, tinha uma ótima reputação, principalmente quando se desejava apagar o histórico de propriedade do veículo. Michael visitara o local assim que chegara. Encontrara o dono, um típico mecânico sujo de graxa, trabalhando na transmissão sob o capô do carro. Attilio Vitelli ouvira atentamente, em seu macacão azul, enquanto Michael explicava a necessidade desesperada por um torno mecânico e algumas ferramentas. Ele possuía alguns equipamentos muito caros de vídeo que tinham sido danificados por um carregador de bagagem no aeroporto de Roma. As peças de que precisava levariam um mês para chegar do Japão, e se ele não conseguisse atender ao prazo final que estava se aproximando, perderia o emprego. Michael usava um blusão verde e um boné dos Yankees. Os óculos com aros dourados conferiam-lhe um ar inteligente e uma aparência inofensiva.

Vitelli o analisara por quase um minuto, esfregando as mãos sujas em uma estopa velha. Michael temia que o inglês do velho italiano não fosse tão bom quanto dizia.

— Você saber usar um torno mecânico? — perguntou Vitelli.

— Sei. Então, você permitiria que eu usasse algumas de suas ferramentas?

Vitelli olhou para Michael novamente e voltou ao trabalho sem responder.

— Pagarei a você 500 euros e não levarei mais do que cinco horas — acrescentou Michael.

Michael não poderia oferecer uma soma grande demais, pois levantaria ainda mais suspeitas do que as que o mecânico italiano já tinha.

Sem afastar os olhos do trabalho Vittelli respondeu:

— Cobro 120 a hora.

— Fechado.

— Você só pode trabalhar aqui enquanto eu estiver. E se eu precisar de qualquer uma das minhas ferramentas, a prioridade é minha. — Levantou a cabeça e perguntou: — Equipamento de vídeo?

Michael apertou os lábios e concordou com a cabeça.

— Prometo que não ficarei em seu caminho.

Na mesa de trabalho da oficina de Vitelli, Michael colocara um computador tipo laptop. Na tela, uma grade digital sobrepunha várias imagens das duas chaves, a urna de exibição e a galeria na qual se encontravam. Perto do computador estavam as criações que Michael fizera aquele dia. Trabalhara o metal e o plástico com o torno mecânico até chegar à perfeição. Cada peça fora moldada e polida. Cada dispositivo construído sem apresentar nenhum defeito. Seus talentos haviam se desenvolvido consideravelmente desde a adolescência. Usando metal e plástico, era capaz de fazer quase qualquer coisa, desde jóias falsas até dispositivos mecânicos complexos. Mary adorava se vangloriar para as amigas, *Michael é ótimo para trabalhos manuais.*

Vitelli entrara na oficina apenas duas vezes, ambas para pegar silenciosamente alguma ferramenta. Ignorou Michael, como se ele fosse apenas um empregado e deixou que continuasse o seu trabalho sem interrompê-lo. Ao todo, Michael desenvolveu cinco itens, cada um de aparência comum. Mas suas funções estavam muito além da aparência.

— Professor Higgins? — chamou Michael, levantando-se do sofá e estendendo a mão em cumprimento.

O homem a quem chamara diminuiu o passo e olhou para Michael, ignorando tanto a mão estendida quanto o cumprimento e, finalmente, continuou seu caminho, afastando-se de Michael sem dizer uma palavra.

— Meu nome é Michael McMahon. Deixei uma mensagem hoje cedo para o senhor — disse Michael, correndo para alcançá-lo.

— Se você me der licença — respondeu Higgins de forma cortante, sem se preocupar em olhar para Michael. Continuou andando para atravessar o elegante saguão de mármore em direção ao elevador, onde parou e pressionou o botão.

— O Gabinete do Vaticano para Estudos Avançados me forneceu o seu nome...

— Sinto muito, Sr. McMah...

— É professor. Na verdade, doutor — respondeu Michael, fingindo modéstia. — Mas não gosto de ficar me vangloriando sobre isso...

— Mas foi o que o senhor acabou de fazer. Com licença — pediu Higgings, tentando se afastar, parecendo nervoso e batendo o pé direito enquanto aguardava o elevador.

— Pensei que como compatriotas e já que vamos fazer um tour juntos pelo Vaticano amanhã...

— Quem mandou o senhor? — havia certo brilho de paranóia nos olhos de Higgins.

Michael olhou para ele, confuso.

— Se o senhor está tentando me fazer desistir... — O pé de Higgins batia no chão com mais força agora, o som ecoando nas paredes de mármore. — Se está aqui para confrontar minhas teorias, vá escrever o seu próprio livro.

— Desculpe, mas o senhor deve estar me confundindo com outra pessoa. Na verdade, eu concordo com suas teorias. Se o senhor tiver tempo para beber alguma coisa, gostaria de conversar sobre suas teorias e como estou de acordo com várias de suas idéias.

Michael ficou ali parado com um sorriso no rosto, esperando que ele mordesse a isca.

Higgins olhou em volta do saguão do hotel antes de se voltar para Michael. Foi apenas por um momento e depois parou de bater o pé.

Michael nunca finalizava os detalhes de qualquer trabalho antes de chegar ao local. Precisava moldar o plano de modo que este se encaixasse no ambiente. Tendo Higgins como parte do ambiente, a última peça se encaixara. Dois dias antes, quando Michael mudara a pesquisa de rotas de fuga para mistérios do Vaticano, acabara identificando membros de vários grupos de turismo escolástico por meio do Gabinete do Vaticano para Estudos Avançados. Tudo de que precisou foi um telefonema explicando seu desejo de ter contato com outros acadêmicos visitando o Vaticano e seus museus. Enquanto Michael usava diversos recursos para examinar o histórico de cada acadêmico, acabou chegando ao professor Albert Higgins, que possuía uma estrutura semelhante à de Michael, quase a mesma altura e compleição, e a cor do cabelo era bem parecida, mas não fora isso que deixara Michael empolgado. Para Michael, o desdém público que Higgins demonstrava pela Igreja Católica parecia ser um presente dos céus.

O professor viera da Nova Inglaterra para fazer uma pesquisa final para um livro que escrevia sobre a história do Vaticano e a influência que exercia para moldar a sociedade. Michael o escolhera e o seguira mais cedo durante as visitas ao museu. Não gostara do homem desde o início, principalmente do modo condescendente com que falava com as pessoas, usando um tom de superioridade. Higgins era o típico americano protestante branco, olhando de cima do nariz aquilino para todas as outras raças, crenças e religiões, enquanto jogava o cabelo castanho e oleoso para trás. Esse era um homem que só via o que queria ver, encontrando falhas em todas as teorias, menos na dele. Durante anos, apegou-se à hipótese (que em breve esperava provar) de que a Igreja Católica representava a queda de todas as sociedades, sendo responsável pelo Holocausto, pelo comunismo, pelo advento da Aids e, o pior, pela triste condição do Império Britânico, o lar de seus ancestrais.

Quanto mais conhecia Higgins, menos Michael se preocupava com o que o tour de amanhã representaria para o insuspeito professor.

*

Paul estava sentado à sua mesa de trabalho, perguntando-se onde Michael poderia estar. Em algum lugar no estrangeiro, que poderia ser qualquer lugar fora dos Estados Unidos, e isso constituía uma violação direta da condicional. Paul não dissera nada sobre isso nos últimos quatro dias. Não mencionara nada nem para a esposa. Jeannie poderia comentar com Mary e isso era a última coisa de que precisavam.

Paul visitara Mary novamente aquela manhã e estava cada vez mais perturbado com sua aparência. Ela procurava disfarçar, mas ele conseguia perceber que ela devia estar sentindo muitas dores. Perguntara sobre Michael, quando ele voltaria. Apenas conversa fiada. Ela dissera que o trabalho de Michael estava indo bem e que, possivelmente, ele estaria de volta em poucos dias. Falara sobre a gratidão que sentia pelo Sr. Rosenfield, um homem que nunca encontrara, mas que pagara pelo seu tratamento.

Michael mentira para ela e para ele. Paul já conhecia essa estrada. As mentiras boiavam na superfície, sempre mascarando algo mais perturbador, mais profundo, mais grave e desonesto. Michael se perdera no caminho. Voltara para o outro lado. Essa era a única explicação. E, ainda assim, pela primeira vez nos seus 39 anos, Paul estava despedaçado.

Michael fora totalmente reabilitado, curado dos desejos ilegais, mas se deparara com um dilema. O que quer que estivesse fazendo, fazia por Mary. Paul não podia deixar de considerar Michael uma vítima; não fizera nada para merecer isso. Fora forçado a cruzar a linha por causa do amor que sentia pela esposa, e Paul supunha que se tivesse de encarar a mesma situação talvez fizesse o mesmo. O amor levava os homens a cometerem atos desesperados e insensatos.

Entretanto, Paul era um homem da lei. Quando Michael retornasse, não teria escolha, a não ser prendê-lo.

NOVE

O domo da Basílica de São Pedro, projetado por Michelangelo, pairava a quase 120 metros do chão. Foram necessários 44 anos para concluir a assombrosa visão do mestre italiano. Essa era literalmente a coroa de ouro da Igreja. À medida que o grupo formado pelos seis acadêmicos dava a volta no altar da catedral, Michael olhava para cima, pasmo com a arquitetura de 415 anos atrás. Michael usava roupas largas, um colete cáqui sobre uma camisa branca de botões, cheia de canetas no bolso do peito. Carregava uma pequena mochila de couro, na qual se encontravam, entre outras coisas, dois cadernos, uma câmera, mais algumas canetas, vários livros sobre o Vaticano e duas caixas de balas, que ele retirou da mochila e colocou no bolso. Os óculos de aro dourado conferiam-lhe o ar distinto de um acadêmico.

Depois de uma hora de palestra sobre a história do que estavam prestes a ver, começaram o tour exatamente às 9h15. A visita fora planejada como uma visão geral e uma introdução às palestras mais detalhadas às quais assistiriam naquela tarde. O tour levaria três horas, acabando na Sacristia e no Museu do Tesouro às 12h15. Michael não planejava participar das palestras da tarde. Na hora em que o grupo estivesse sentado na sala de conferências, já estaria sentado no avião saindo de Roma. Olhou para o relógio e acionou o cronômetro. Tinha tudo planejado. Se não houvesse nenhum imprevisto, a missão seria concluída por volta do meio-dia. Tinha três horas.

O grupo no qual Michael se encontrava era mais erudito do que os turistas que se acostumara a ver nos últimos quatro dias. As irmãs Katherine e Teresa juntaram suas parcas economias e deixaram para trás o convento na Irlanda, onde davam aulas sobre a história do catolicismo para futuras freiras. As duas viajaram sob o pretexto de educação, mas estavam ansiosas para assistirem à missa celebrada pelo papa na praça de São Pedro. As duas mulheres pareciam fãs adolescentes de bandas de rock, seguindo o astro favorito. Já haviam assistido a três missas papais e ficavam tão tocadas pela presença dele que fariam qualquer coisa apenas para ouvir seus sermões. Havia dois rabinos no grupo: Abramowitz e Lohiem, ambos do Brooklyn. Os dois homens mais velhos eram bastante agradáveis, encontrando prazer em cada suspiro da vida, sendo que o espírito jovem de ambos não correspondia ao crepúsculo de suas vidas. Muitos turistas achavam estranho encontrar judeus ortodoxos. Eles não entendiam que, embora os judeus não acreditassem que Jesus Cristo fosse o messias e o salvador, consideravam-no um profeta e um hebreu, vivendo a vida de acordo com o modelo judaico. E Pedro, nome sobre o qual toda essa grande cidade fora construída, era considerado apóstolo para os judeus.

Por fim, havia o professor Albert Higgins. Ele e Michael beberam uma garrafa de vinho na noite anterior, enquanto Michael o ouvia expor suas teorias de novo-rico sobre as divindades. Michael tinha certeza de que o homem poderia passar semanas falando sobre si mesmo. Despedira-se uma hora depois, alegando precisar de todas as energias para o tour que fariam no dia seguinte. Quando o grupo foi apresentado no lado de fora dos gabinetes do Vaticano, parecia que Higgins nunca encontrara Michael antes, mal tomando conhecimento de sua presença. Ele só via o que desejava ver.

A visita foi guiada pelo irmão Joseph, um membro da equipe do Vaticano e um estudioso de sua história. O pouco cabelo que tinha já estava grisalho, mas seu rosto angelical ainda conservava um toque infantil. Usava a calça tradicional marrom e a camisa de colarinho branco de acordo com sua ordem religiosa, deixando de lado as roupas da moda. Joseph Mariano, professor de história do Vaticano na Universidade de Roma, perdera a esposa três anos antes em um acidente de carro. Sem senso de direção e vontade de viver, mergulhou de cabeça no trabalho e recebera o chamado. Como ainda não tinha a certeza necessária para se comprometer com o sacerdócio, encontrara um compromisso com a irmandade, à qual se dedicaria por três anos, e , se ainda sentisse o chamado, comprometeria o resto da vida a serviço de Deus. Irmão Joseph costumava receber turistas VIPs em virtude de seu conhecimento e sorriso fácil, o que o transformava em um embaixador ideal. Levava o trabalho muito a sério e, mesmo possuindo um sorriso doce, não o desperdiçava com aqueles que não seguiam as regras do Vaticano.

O rosto de Michael mostrava-se curioso e responsivo à dissertação feita por irmão Joseph enquanto caminhavam. Mas não passava de fachada. Os pensamentos dele estavam mergulhados no plano. Quando acordara, antes do nascer do sol, revisara todos os detalhes novamente. Procurara vislumbrar cada obstáculo imprevisto e as contingências necessárias. Conseguira um nível de concentração que nunca atingira antes. No passado, o roubo sempre se constituíra em um ato egoísta, como algo que fazia em causa própria. Mas dessa vez era diferente. Estava fazendo isso por Mary. Todos os detalhes foram pensados, construídos, finalizados e colocados em ação. Tudo estava de acordo com o previsto.

*

Às 10h, Attilio Vitelli saiu de baixo de um Alfa Romeo e optou por não fugir. Os quatro carros de polícia que se aproximavam da oficina não eram novidade para ele. Os automóveis italianos em sua propriedade eram, na maior parte, legais. E os que não eram já haviam sido desmontados, renovados e possuíam documentos novos, sem deixar rastros para os antigos donos. Nove policiais cercaram Vitelli de forma cuidadosa, esperando que ele dissesse algo primeiro. Mas o velho italiano nem olhou para eles até que um homem pesado e careca colocou a cabeça embaixo do capô do carro vermelho.

— Não é sobre os carros dessa vez, Attilio — afirmou o oficial.

Isso chamou a atenção de Vitelli.

— Resolveu fazer uma visita social, Gianni? — perguntou ele.

O investigador Gianni Francone nunca tivera nada de concreto contra Vitelli; eram sempre indiretas e suposições. Sabia sobre os negócios escusos de Vitelli, mas nunca conseguira provar nada. Então, quando recebera a ligação anônima, afirmando que alguém estava planejando roubar um dos pontos turísticos de Roma hoje até o meio-dia, alguém que estivera na oficina de Vitelli, Francone não pôde deixar passar a oportunidade de vasculhar o lugar.

Três policiais cercaram o quintal enquanto seis entraram na oficina.

Francone sentou em um Fiat Spider, seu peso testando a suspensão.

— Então, amigo, tem recebido visitantes?

— Em 1546, Michelangelo Buonarroti assumiu o cargo de arquiteto chefe da Basílica de São Pedro, redesenhando muitos de seus elementos, incluindo o grande domo sobre nós. Infelizmente, porém, ele não viveu o bastante para ver a obra concluída.

Michael e o grupo permaneceram em volta de irmão Joseph, não desejando perder uma palavra sequer.

— Os objetos de arte encontrados aqui foram obtidos a partir de muitas fontes. Alguns foram doados ou comprados, outros foram criados especificamente para o Vaticano ou encontrados abaixo de onde nos encontramos agora — explicou irmão Joseph, com um forte sotaque italiano.

Parou em frente a uma estátua de mármore com cerca de 12 metros de altura de um homem segurando uma lança.

— Vocês podem ver, entre as quatro colunas que sustentam o domo em torno do altar papal, quatro magníficas estátuas dos santos dentro das colunas. Elas são chamadas *Loggias* das Relíquias. Essa é a imagem de Longinus — disse apontando para a estátua que segurava a lança — e foi criada por Bernini, enquanto as outras três foram feitas por seus alunos. Cada uma dessas estátuas foi construída para conter uma relíquia. São Longinus foi o centurião que feriu o flanco de Cristo na cruz para provar que Ele já havia morrido. A estátua foi desenhada para guardar a ponta do que alguns chamam de lança do destino.

Irmão Joseph virou-se, levando o grupo para a estátua de uma mulher segurando uma imensa cruz.

— A estátua de Santa Helena, mãe do imperador Constantino, que descobriu a verdadeira cruz de Cristo, que continha pregos e partes da Verdadeira Cruz do Senhor.

Voltou-se, então, para uma estátua que representava uma mulher segurando um véu ao vento.

— Santa Verônica, que ofereceu o véu para que Cristo enxugasse a fronte enquanto carregava a cruz no calvário, celebra o verdadeiro véu que Nosso Senhor devolveu a ela com Seu rosto estampado nele. Note a posição em que se encontra: na tourada, o movimento mais clássico é chamado verônica. É quando o toureiro ginga a capa vermelha lentamente sobre a cara do touro, como Verônica fez ao enxugar o rosto de Cristo.

Irmão Joseph os levou até a quarta e última estátua.

— Santo André era irmão de São Pedro e, assim como o irmão, foi crucificado. Foi amarrado em uma cruz em forma de X e morreu na Grécia. O Vaticano possuía sua cabeça até o ano de 1966, quando foi devolvida à cidade grega de Patras, onde ele morrera quase dois mil anos antes, como um gesto para melhorar as relações com a Igreja Grega Ortodoxa. Mas, a não ser pela cabeça de Santo André, cada uma das relíquias que mencionei se encontram aqui. Todas são mantidas na capela acima de Santa Verônica.

Começaram a descer os degraus elaborados de mármore adjacente à estátua de São Longinus. Michael fora bem-sucedido ao se passar pelo professor Michael McMahon da Universidade de St. Albans. A carta de apresentação falsificada solicitava auxílio para seus estudos sobre a origem do Vaticano. Quando o Gabinete de Estudos Avançados do Vaticano foi verificar, foram informados de que o professor McMahon estava de licença para conduzir uma pesquisa em todo o mundo para o livro que estava escrevendo. Se quisessem entrar em contato com ele, poderiam deixar uma mensagem, já que o professor verificava os recados telefônicos duas vezes por mês. O administrador da universidade explicara ainda que, devido aos recursos limitados, a licença do professor seria de apenas um semestre e que a universidade agradeceria qualquer ajuda dada ao professor.

Existia realmente um professor Michael McMahon em St. Albans. Uma simples pesquisa no Google revelava os que se vangloriavam, não apenas anunciando por escrito as licenças pagas que conquistaram e ainda informavam o itinerário. McMahon estava escrevendo um livro e viajando mundo afora. Mas não estava em Roma nesse momento, e sim em uma parte remota do Tibet entrando em contato com alguns monges budistas.

O grupo de Michael encontrava-se em uma área bem abaixo da basílica, um local raramente visto, fora dos limites da maior parte do mundo exterior, reservado com antecedência apenas para estudiosos e arqueólogos: as grutas sagradas. Era um lugar escuro e ameaçador. O brilho suave de centenas de velas brilhava em castiçais presos às paredes de mármore polido. O grupo passou por túmulos ornados que pareciam não ter fim, a morada final não apenas da maioria dos papas desde 1549, mas também de imperadores e rainhas, pessoas importantes e dignitários.

— Cento e cinqüenta e três papas foram enterrados aqui — informou irmão Joseph, com a voz ecoando nas tumbas de mármore. — E ainda há espaço para mais algumas centenas. Claro que na esperança de que seus serviços a Cristo só terminem depois de um longo e produtivo pontificado.

— Falando em pontificado, o senhor poderia falar sobre os pontificados abreviados por assassinato? — cortou o professor Higgins.

Irmão Joseph odiava ser interrompido e a expressão em seu rosto demonstrava isso claramente. Mas aquiesceu, respondendo de forma cuidadosa:

— O papa João VIII foi assassinado enquanto dormia, no ano de 882. Depois, houve o assassinato do papa João XII, que tinha apenas 18 anos quando foi eleito papa, tendo sido assassinado em dezembro de 963...

— Eu me referia a eventos mais recentes — afirmou Higgins com um sorriso condescendente nos lábios e um nítido ar de acusação.

Irmão Joseph encarou Higgins pelo que parecia ser uma eternidade, usando todo o seu autocontrole para conter a raiva. Um silêncio desconfortável caiu sobre o grupo.

— Sim, tivemos nosso quinhão de intrigas. Em 1981, quando o papa João Paulo II foi baleado, o coronel Alois Estermann usou o próprio corpo para proteger o pontífice de mais ferimentos. Durante anos, o papa manteve uma relação bastante próxima com Estermann e, em 1998, o Santo Padre nomeou o coronel seu comandante da Guarda Suíça. Tragicamente, menos de duas horas após a nomeação, Estermann e a esposa foram assassinados dentro do próprio apartamento...

Higgins interrompeu novamente:

— Quando se descobriu que ele era um espião da polícia secreta da Alemanha Oriental...

— Errado — cortou irmão Joseph. — Como um convidado no Vaticano, professor, devo solicitar que o senhor se abstenha de fazer esse tipo de insinuação. Os Estermann foram atingidos por um membro insatisfeito da Guarda Suíça que depois se matou. Então, sim, houve assassinatos no Vaticano em 1998...

— Na verdade — Higgins interrompeu de novo —, eu estava me referindo ao assassinato que ocorreu em 1978 — completou Higgins olhando significativamente para o túmulo de João Paulo I.

— O senhor está se excedendo.

— Não disse nada que não tenha sido publicado.

O grupo assistia com cada vez mais interesse ao desafio que fora lançado.

— Pelo que entendi, ele foi envenenado. A camareira do papa o encontrou morto, sentado na cama. E ele foi papa por quanto tempo? Duas semanas?

— Infarto do miocárdio — afirmou irmão Joseph entre os dentes. — O Santo Padre teve um ataque cardíaco.

— Mas não houve autópsia...

— Professor Higgins, se o senhor deseja ser acompanhado até o seu hotel, ficarei feliz em providenciar tudo. Caso contrário, devo dizer que essa discussão chegou ao fim. Não estamos acostumados a ser insultados por nossos convidados.

Higgins abriu a boca para responder, mas pensou melhor. No entanto, seus olhos negros pareciam brilhar um pouco mais devido à vitória que obteve ao irritar irmão Joseph.

*

Os policiais estavam conversando seriamente na oficina de Vitelli. Diante deles, em uma bancada de trabalho, encontrava-se um monte de raspas de metal e de plástico; três pedaços de papel em branco que foram desamassados; e um cilindro de ar vazio. Um detetive magro, que parecia ter apenas 12 anos, manuseava as folhas de papel em branco usando luvas cirúrgicas. Pegou um pedaço de grafite, que passou suavemente sobre a folha de papel.

— Podemos ver aqui o contorno do que foi escrito na folha que estava acima dessa.

— E...? — cortou o investigador Francone.

— Era algum tipo de esquema.

— Seu? — perguntou Francone, voltando-se para Vitelli, que fumava calmamente um cigarro.

— Não. Eu não preciso de desenhos. Tudo de que preciso está bem aqui — respondeu apontando para a testa.

— Então, de quem é esse desenho?

Vitelli sabia que deveria ter cobrado mais caro do americano pelo uso das ferramentas e do espaço.

— Era um americano. Disse que precisava de algumas ferramentas emprestadas por algum tempo.

— Você permite que qualquer um use sua oficina, não é? Um homem que teme a lei como você? Você às vezes me surpreende, Attilio.

— Às vezes eu me surpreendo comigo mesmo. O homem parecia inofensivo. Além disso, pagou em dinheiro.

No início, o investigador Francone não acreditara no telefonema anônimo, mas agora, enquanto olhava o plástico derretido, estava feliz por não o ter ignorado. Não tinha certeza do que os esquemas representavam, mas sabia que pessoas inocentes não construíam coisas nos fundos de uma oficina.

— Bem, parece que seu amigo americano vai aprontar alguma. E se não conseguirmos detê-lo antes que ele faça alguma coisa... Depois de todos esses anos, Attilio, sendo um homem de negócios tão *honesto*, você pode terminar na cadeia como cúmplice.

— Cúmplice de quê?

— Isso é o que você vai nos ajudar a descobrir.

Francone olhou no relógio. Eram 10h32.

— E é melhor que você comece a pensar rápido ou talvez esse seja o último carro que conserta nessa oficina.

Os quatro seguiram pelas catacumbas do Vaticano. A disputa verbal entre Higgins e irmão Joseph deixara um silêncio ansioso no grupo que ainda tinha de ser quebrado. Por fim, chegaram a um portão de ferro preto preso a uma parede de granito. Havia um guarda suíço de cada lado do portão para quem irmão Joseph entregou suas credenciais juntamente com uma carta de autorização. Os guardas analisaram os papéis e estudaram o rosto dos membros do grupo de irmão Joseph antes de permitir-lhes a entrada.

Depois de inserir uma série de chaves, irmão Joseph abriu os portões que davam para uma escada de pedra com degraus largos. O grupo dividiu-se de dois em dois, falando aos sussurros, conscientes de que cada degrau que desciam era um novo passo em uma viagem para o passado. Chegaram a uma área que os confinava sob um teto baixo de barro. Depois de 45 metros de grutas de pedras (algumas naturais e outras feitas pelo homem), chegaram a um pano azul, que Joseph afastou para que entrassem em uma área bolorenta. Parecia ser uma escavação arqueológica; o chão sujo, mal iluminado por uma fileira de lâmpadas de construção, era dividido em incrementos de 7,5 centímetros, cada degrau devidamente classificado com uma legenda. A escavação já tinha 75 anos sob a direção e constante vigilância da Igreja. Embora sua fé fosse a mais pura da Terra, a hierarquia da Igreja sabia que objetos encontrados em escavações poderiam trazer controvérsias. Nunca se sabia que artefato poderia criar uma discussão indesejada.

— Bem-vindos à necrópole — disse irmão Joseph, aguardando um momento enquanto todos absorviam a visão improvável que tinham à frente: a rua de uma cidade antiga. Mas onde deveria haver o céu sobre eles, havia apenas os alicerces da basílica.

— O que estão vendo é a união de dois mundos, de dois credos. Esse é um lugar destinado para enterrar os mortos, tanto pagãos quanto cristãos.

O espaço confinado no qual se encontravam era uma rua com cerca de dois metros de largura feita de tijolos e pedras, o vão das portas era coberto por entalhes antigos. O caminho mal iluminado mostrava curvas para a direita e para a esquerda antes de cair na total escuridão.

— Esta seção, escavada por um período de trinta anos, contém dezenas de mausoléus elaborados, todos pagãos, com exceção de um. Toda essa área data da época de Constantino, podendo chegar a dois mil anos atrás. Necrópole é uma palavra pagã que significa "cidade dos mortos". Os cristãos preferem chamar isso de *coemeterium*, da qual se deriva a palavra moderna cemitério, significando "local daqueles que dormem".

Irmão Joseph continuou a subir suavemente a rua. O grupo o seguia, admirado com essa rua pagã secreta bem abaixo do local que representava toda a cristandade.

— Essa necrópole foi explorada e escavada por uma equipe de arqueólogos do Vaticano. Começou em 1939 sob a direção do papa Pio XII.

Irmão Joseph chegou a uma seção aberta, na qual havia ruínas espalhadas, partes de paredes que se elevavam sobre o chão sujo.

— Isso é tudo o que resta da primeira igreja de São Pedro, nosso primeiro papa. A igreja original, que data de 150 d.C., foi enterrada para abrir caminho para a nova basílica, que foi construída por Constantino no século IV. Foi durante escavações recentes que encontramos evidências admiráveis sobre a vida de São Pedro.

O irmão puxou uma pequena lanterna do bolso e iluminou um espaço à esquerda de onde se encontravam. O facho de luz iluminou um grande painel de vidro preso a uma parede de granito. Além dele, havia um aposento. Os ossos eram difíceis de distinguir no início. A cor não era o branco leitoso que costumávamos ver em programas de investigação forense na TV, mas bem mais escuros. A lanterna iluminou uma tíbia, uma fíbula e um fêmur; embora a mandíbula não estivesse presa ao crânio e os dentes se encontrassem espalhados, era fácil distinguir o formato de uma cabeça. Só depois é que se tomava consciência de que aquela pilha de ossos já fora um ser humano, um santo guerreiro e o primeiro líder da Santa Igreja.

Não importava a religião ou a história de cada um dos membros do grupo, era difícil não ficar admirado, olhando para a história, para uma vida que dois mil anos antes fora perseguida e brutalmente assassinada devido às crenças e ensinamentos que espalhava, um homem que fora ridicularizado e humilhado na morte, assim como seu mestre antes dele, por causa de sua fé inquestionável.

— Se vocês subissem diretamente a partir deste ponto — disse irmão Joseph em voz baixa — chegariam ao centro da Basílica. A 120 metros acima, encontra-se o centro exato do domo. A Igreja do Senhor foi construída, literalmente, sobre o Seu discípulo mais devoto, Pedro, um nome que veio do latim *petra*, que significa rocha.

— Foi encontrado mais algum corpo aqui? — perguntou irmã Katherine.

— Não, ele foi achado sozinho. O túmulo de sua esposa nunca foi encontrado.

Todos pareceram surpresos com essa informação. Exceto os rabinos. Irmão Joseph sorriu.

— São Pedro era um pescador casado antes que seu irmão André o apresentasse a Jesus; o decreto de celibato só se estabeleceu mil anos mais tarde. Há restos mortais em outros mausoléus aqui, mas, neste sepulcro, em particular, não havia outros corpos. O túmulo de São Pedro foi destruído, assim como a maior parte da igreja na qual fora enterrado. Mas, como vocês verão, muitos objetos sobreviveram ao tempo neste lugar. A maioria encontra-se em exibição nos museus acima. A Cadeira de São Pedro, as correntes que o prenderam, pergaminhos, algumas roupas, tecido, vasos de barro e as chaves...

Os museus estavam lotados. Irmão Joseph os guiou habilmente pela multidão que se acotovelava no Museu Gregoriano Etrusco, seu porte altivo abrindo caminho entre as pessoas, enquanto continuava sua dissertação. Passaram rapidamente pelos museus, já que o foco deles não era arte, mas sim a história entrelaçada da Igreja e do Vaticano. Ainda assim, Joseph permitira paradas breves para que pudessem absorver a magnificência que os cercava. As duas freiras estavam encantadas com as pinturas no teto, os rabinos, admirados com as esculturas, enquanto Michael e Higgins paravam para olhar as urnas de vidro que continham livros e artefatos.

No Museu Gregoriano Etrusco, Michael foi levado para a Sala das Jóias. As grandes urnas de vidro exibiam artefatos e jóias de valor incalculável. Um medalhão de ouro que representava um homem e uma mulher entrelaçados chamou sua atenção. Fora encontrado em uma escavação na necrópole de Vulci e a imagem do casal era tão pura e detalhada como no dia em que fora criada há cerca de 2.500 anos. Era como se o amor do casal tivesse sobrevivido por mais de dois milênios. Enquanto olhava para ele, Michael sentiu por um breve instante o que a vida reservava para ele e Mary. Se ele conseguisse cumprir sua missão na próxima hora...

E, então, Michael colocou a mão no bolso. Um movimento natural, como o de alguém que vai pegar um lenço ou dinheiro. Mas Michael não buscava nada disso. Pegou o item na mão enquanto se inclinava na direção da urna de exibição como se quisesse admirar o medalhão de ouro mais uma vez. Fixou a bola marrom maleável sob a urna. Foi um movimento simples, natural, discreto e não detectável. E executou esse mesmo movimento em quatro outras urnas enquanto passavam pelo Museu Gregoriano.

Às 11h, o telefone principal do Vaticano tocou. Uma mulher que se recusou a fornecer o nome e que não deu tempo ao atendente para falar, informou que era de seu conhecimento que ocorreria um protesto pelo direito ao aborto em frente à Basílica de São Pedro. Jovens estudantes procurando algo contra o que protestar até a hora do jantar, quando a fome substituiria suas convicções. O Vaticano, assim como os demais países, recebia esse tipo de ameaça todos os dias. Sendo que, na maioria das vezes, esses telefonemas não passavam de trotes, mas bastava uma ligação ignorada para deflagrar uma crise. O chefe da Guarda Suíça, coronel Enjordin, liderava tanto a Guarda Suíça quanto a segurança pessoal do papa, sendo, desse modo, o responsável pela segurança e proteção de uma pequena nação. Tecnicamente, era o chefe da força militar e policial. Era o homem no comando. Enjordin tratava cada ameaça como se fosse real e reagia a cada uma delas de forma adequada. Nunca chegara a fechar as portas da Igreja ou dos seus museus com base em uma ameaça e não o faria hoje. Mas decidira aumentar o número de guardas, tanto os uniformizados quanto os à paisana. Tinha um novo contingente em treinamento. E esse seria um bom exercício de precaução e um excelente teste em relação à diligência deles. Enviou um suplemento de 35 policiais para ajudar na vigilância do Vaticano.

*

Quando o grupo do irmão Joseph entrou na Capela Sistina, Michael chegou ao ponto sem retorno. Eram 11h16, ainda tinham uma hora antes de finalizar o tour e levaria pelo menos meia hora até chegarem ao Museu do Tesouro. Michael usaria esse tempo para se concentrar e apagar todos os pensamentos da mente: fracasso, Paul, Mary. Repassara o plano várias vezes até chegar ao ponto em que sua mente e seu corpo funcionariam no piloto automático, agindo e reagindo como um dançarino no palco. A cada seção pela qual passavam notava o movimento dos guardas, tanto os uniformizados quanto os à paisana. A rotina e o tempo eram tão precisos quanto os que observara no dia anterior. Conhecia os padrões, conhecia os rostos e até os nomes. Agora, notava que o número de guardas aumentara; havia novos rostos complementando os demais oficiais. E esses homens pareciam preocupados.

A grande obra-prima, o teto da Capela Sistina, representava cenas bíblicas desde a história da criação, seguindo até o Dilúvio. Em 1508, o papa Júlio II comissionara (na verdade, naquela época, comissionar era o mesmo que obrigar e seria considerado trabalho escravo nos dias de hoje) o jovem artista Michelangelo para criar essa obra-prima para Deus. O jovem gênio, que tinha apenas 33 anos, estava relutante em aceitar o trabalho, pois considerava a pintura uma arte menos nobre do que a escultura. Mas fora obrigado tanto em termos políticos quanto pelo decreto papal a aceitar. O trabalho deveria cobrir uma área de 280 metros quadrados e conter mais de trezentas figuras em um aposento com as dimensões do Templo de Salomão. Enfrentando condições estarrecedoras, Michelangelo trabalhou sem parar, deitado de costas em um cadafalso a 26 metros do chão. Apesar do frio e do calor, sua inspiração nunca o abandonou.

Na parte frontal da capela, atrás do altar de ouro e mármore, havia um afresco mais grandioso do que o do teto. Ocupando toda a parede, essa pintura era mais escura, sombria e cruel na sua representação do que as figuras acima. Chamava-se O *último julgamento* e apresentava um Deus intransigente e implacável, impondo Sua horrível vingança à humanidade degenerada. Em 1534, o papa Clemente VII recrutou Michelangelo para esse trabalho. Embora Clemente tenha morrido um pouco depois, tanto sua proteção a Michelangelo quanto sua vontade ainda podiam ser sentidas nos dias de hoje. Foi nessa época que o papa solicitou que Michelangelo redesenhasse o uniforme da Guarda Suíça para incorporar o dourado, o azul e o vinho, as cores do brasão de sua família. Clemente era membro da renomada família italiana, os Médici, a divindade política e de negócios na época da Renascença na Itália.

Michelangelo passou quatro anos trabalhando no teto da capela, uma obra que representava sua fé e esperança; o Ser Supremo representado como um Deus vivo e misericordioso. Mas O *último julgamento,* que levou quase sete anos para ser concluído, poderia ser considerado aterrorizante.

Aqui, Deus era representado como um ser impiedoso e vingativo. A figura central era Cristo cercado pela humanidade; do lado esquerdo estavam os justos e honrados convocados para o Reino dos Céus, seus corpos flutuavam, saindo dos túmulos terrenos. No canto inferior direito, Cristo confiava os desgraçados ao Inferno, para onde eram tragados de forma irrevogável por bestas com patas fendidas. Abaixo da terra, os olhos escuros e maldosos de Lúcifer olhavam, famintos, para cima, para os seus servos relutantes.

Essa não era uma obra de arte e sim um aviso: os que traíssem Deus teriam de enfrentar Sua ira inquestionável.

Bem no canto direito inferior da pintura, podia-se ver uma figura, cujo corpo estava sendo sugado para o Inferno por uma criatura desgraçada. Um horror extremo deformava o rosto da alma condenada, enquanto ela se aproximava do destino final. Era a única figura entre as trezentas que olhava para fora do afresco. Essa alma perdida sabia que estava além da redenção, seus olhos pareciam implorar a Michael compreensão.

Toda a pintura gritava para Michael que suas ações teriam graves conseqüências, conseqüências irreversíveis. De repente, ele sentiu a mente se anuviar e desviar do seu propósito e objetivo. Mas rapidamente apagou os pensamentos confusos. Não importava o seu bem-estar, apenas o de Mary. E os próximos minutos determinariam o futuro dela. Já tinha ido longe demais. Assim como as almas perdidas retratadas à sua frente, já passara do ponto de redenção.

DEZ

Irmão Joseph abriu caminho pela multidão, levando o grupo da Basílica de São Pedro para a Sacristia e Museu do Tesouro, o último museu a ser visitado pelo grupo. Restavam ainda 15 minutos antes de se retirarem para um auditório, no qual poderiam fazer perguntas.

O Museu do Tesouro continha pinturas sobre São Pedro, os apóstolos e sua influência em diferentes eras. Urnas de vidro contendo Bíblias, livros e manuscritos ocupavam o centro do salão, apenas uma pequena amostra da enorme biblioteca da Igreja. A maior parte dos tomos ficava nos Arquivos do Vaticano, que não se encontravam nos limites de visitação, a não ser quando era emitida uma autorização papal especial permitindo o acesso. Várias outras urnas continham artefatos que datavam da época de Constantino, enquanto outros eram ainda mais antigos, da época de Cristo: cálices, objetos de cerâmica, moedas, retalhos de roupas e ferramentas de uma época que já desaparecera. Artefatos significativos precisavam de urnas separadas e, em muitos casos, eram montadas em áreas separadas. A maioria não tinha a menor importância para Michael.

Michael abriu a mochila e retirou dois cadernos. Segurando-os com a mão direita, pegou a carteira no bolso da calça, segurando-a na mão esquerda.

— Albert — chamou Michael. — Você poderia me ajudar, aqui? Segure isto para mim.

O suspiro de exasperação de Higgins foi audível. Olhou para Michael com desdém enquanto pegava os cadernos. Michael afundou mais a mão na mochila e apanhou uma caneta vermelha e a colocou no bolso da camisa. Pegou de volta os cadernos das mãos de Higgins que se apressou na direção do restante do grupo.

— Obrigado — disse Michael.

Michael verificou o relógio: 11h59. Inclinou-se sobre a última urna de exibição, pegou algo no bolso e colocou sob a urna. Um pequeno objeto marrom com um confeito rosa no meio, fixado de forma a não ser visto.

Ele alcançou o grupo e continuaram vendo uma parede envidraçada na qual eram exibidas correntes enferrujadas. A legenda dizia: *Agradecemos a generosidade de San Pietro in Vincoli pela honra de exibir as Correntes de São Pedro.*

— Antes de sua morte, Pedro fez uma peregrinação de volta à Terra Santa para o Monte do Calvário, onde rezou por quinze dias, pedindo que o Pai Santíssimo o guiasse. Alguns estudiosos especulam que Pedro retornara à Terra Santa para prestar homenagem, mas alguns poucos acreditam que Pedro tivera uma premonição do que estava por vir, incluindo a própria morte, e que voltara para devolver algo à terra do seu Deus, por temer que isso caísse nas mãos do cruel imperador romano Nero. Durante sua viagem, dois terços de Roma foram consumidos pelo fogo, matando milhares e levando à ruína muitas partes da grande cidade.

"Quando voltou a Roma, Pedro se deparou com seus companheiros cristãos sendo perseguidos sem piedade pelo imperador, que colocara neles a culpa do incêndio que devastara a cidade. Pedro foi acorrentado — irmão Joseph apontou para as correntes — e torturado por causa de sua fé. Depois de ser mantido preso por nove meses na masmorra mamertina, no escuro, junto com São Paulo, Nero ordenou a execução de Pedro. Acreditando que o apóstolo nada mais era do que um usurpador do seu poder, o imperador ordenou que fosse crucificado, debochando, de forma deliberada, da crucificação de Jesus. Pedro, que não queria comparações com o seu Salvador, solicitou que fosse crucificado de cabeça para baixo.

Enquanto todos ouviam atentamente, Michael se dirigiu à urna de vidro no canto. Iluminada por um único facho de luz, a urna estava montada sobre um pedestal de ônix, que tinha um metro de altura. Uma corda de veludo apoiada em três postes formava uma barreira para os observadores. Michael não se preocupou em olhar o conteúdo; já o inspecionara três vezes nos últimos dois dias. Dentro dela, as duas chaves antigas descansavam sobre uma almofada de veludo roxo.

Irmão Joseph continuou a história sobre a crucificação de cabeça para baixo:

— Nero era o cruel imperador de Roma, famoso pelo notório circo, no qual soltava os leões sobre os criminosos e mendigos apenas pelo prazer de vê-los ser devorados. As orgias regadas a bebidas alcoólicas eram conhecidas mundialmente e nunca se viu tamanha decadência como a do seu reinado, mesmo nos dois mil anos que se seguiram à sua morte. Era depravado, e sua maldade é comparável à de Hitler, Pol Pot e Genghis Khan.

Nos anos que se dedicara ao magistério, irmão Joseph desenvolvera o talento de prender a atenção dos alunos. Ninguém nunca cochilava durante suas aulas na faculdade. O grupo atual se mantinha próximo a ele de modo a não perder nenhuma palavra.

E foi esse nível de concentração que os fez pular de susto e medo quando escutaram o som abafado de uma explosão em algum lugar no salão.

*

Havia 316 câmeras ligadas a 36 monitores; o ciclo de seis imagens por monitor mudava a cada quatro segundos, sendo que poderiam ser mantidas na tela, bastando, para isso, um simples toque em um botão. Cada grupo de monitores, encaixados entre colunas de mármore rosa, era observado por guardas que se dividiam em três turnos. Eram necessários intervalos de 15 minutos a cada hora para que os olhos desses guardas permanecessem atentos. Nos últimos três anos, não ocorrera nenhum incidente importante no Vaticano. O último fora um lunático segurando um revólver e exigindo falar com Deus imediatamente ou começaria a atirar dentro da Capela Sistina. O incidente mal chegara aos noticiários. A prisão de Juan Medenez foi creditada a um homem, que fora promovido devido à rápida ação, chegando ao posto de coronel. Além disso, fora indicado pelo próprio João Paulo II como chefe da Ordem Central de Vigilância. Stephan Enjordin, aos 31 anos de idade, tornara-se o mais jovem diretor na história da segurança do Vaticano. Respeitado e temido por seus subordinados, Enjordin não hesitava em impor castigos devido a indiscrições, incompetência ou insubordinação. Logo que chegara ao Vaticano, tornara-se o mais admirado na Guarda Suíça por seu amplo sorriso e senso de humor, mas com o aumento das responsabilidades, deixou de lado o charme, já que sentia que isso o atrapalhava na hierarquia de comando. Andava pela sala de situação abaixo do Il Corpo de Vigilanza supervisionando os 43 homens mergulhados na alta tecnologia no espaço com decoração renascentista. Assim como cada membro da Guarda Suíça, era solteiro, teria tempo para o casamento mais tarde, e o foco de sua atenção não era atrapalhado por nenhum fator externo. Era um soldado cuja direção era sempre clara, sempre no lado do bem, não sendo afetado por mudanças políticas ou administrativas. A missão de Enjordin era clara, sem ambigüidades: proteger a Deus, ao papa e ao país de 0,44 quilômetros quadrados.

Orgulhava-se de seus conhecimentos tecnológicos e estava sempre ligado nas últimas invenções. Tinha facilidade para implementar a tecnologia na segurança do Vaticano. Os detectores de bombas e elementos químicos eram ligados a dispositivos de alta tecnologia usados por exércitos, terroristas e fanáticos. Os *scanners* para varredura do corpo ficavam ocultos no vão das portas e eram muito superiores aos encontrados nos aeroportos, embaixadas ou mesmo na Casa Branca. Já confiscara um número incontável de revólveres de turistas, que, embora fossem inocentes e desejassem cooperar, ficaram surpresos pela detecção discreta da equipe de Enjordin.

O coronel tirara o fator surpresa das mãos do inimigo, já que sem esse elemento, sempre se poderia ver o inimigo chegando. E esse era o motivo por que seus olhos estavam grudados aos monitores 6 e 7, todos os músculos do corpo retesados. Não conseguia acreditar no que via.

Puf. Um ruído surdo soou da urna de vidro no centro do Museu do Tesouro. A parte de baixo da urna liberando uma fumaça densa e grossa, do tipo que desorienta em segundos. Uma grande nuvem se elevou e se espalhou pelo Museu do Tesouro.

E, depois, ocorreu uma sucessão de *pufs* semelhantes em outras urnas, que emitiram fumaça. O que parecia um pequeno incidente estava se tornando rapidamente uma situação perigosa. As explosões começaram em uma extremidade do corredor, avançando como uma sucessão de dominós caindo uns sobre os outros. À medida que a galeria se enchia de fumaça, a confusão aumentava. Todos entraram em pânico. Os turistas gritavam, as mães agarravam os filhos, o alarme de incêndio disparou. O barulho ensurdecedor impedia que todos ouvissem as instruções para manter a calma ou como sair em segurança. O público aterrorizado chegava facilmente a duzentos só no Museu do Tesouro e procurava as saídas. A fumaça agora era mais grossa do que melaço. As pessoas se empurravam e davam encontrões, andando às cegas à medida que o caos se instalava.

Quase simultaneamente, no Museu Gregoriano, ocorreram as mesmas explosões abafadas. A fumaça densa enchendo os salões e corredores à medida que turistas em pânico procuravam as saídas. Mais quatro urnas começaram a emitir fumaça, levando a multidão à completa confusão.

Sem aviso, placas de aço caíram sobre as paredes que exibiam obras de arte por todo o complexo do museu, protegendo as obras-primas contra destruição. Os livros, manuscritos e artefatos eram selados a vácuo nas urnas de exibição feitas com vidros com 2,5 centímetros de espessura ligados a alarmes, protegidos contra qualquer invasão do mundo externo. Os afrescos, pinturas a óleo, livros e artefatos eram trabalhos celebrados como obras criadas em nome de Deus. Todas insubstituíveis, de modo que o mundo moderno procurava proteger rapidamente o passado precioso.

Irmão Joseph permaneceu calmo durante a tempestade, orientando os membros do grupo para que dessem as mãos, pois ele os guiaria até a saída. Seus olhos ardiam e lacrimejavam, mas nada diminuiria sua determinação. As freiras e os rabinos acharam o momento bastante excitante, considerando-o um bônus no dia. E, embora sentissem uma ardência nos olhos e tossissem, em momento algum o medo suplantou a excitação deles.

Esse não era o caso do professor Higgins. Ele não viera aqui para morrer, e não morreria na casa de devoção a Deus. O que diriam os jornais, os colegas ou os inimigos? Não seria lembrado pelo grande trabalho que desenvolvera, seria lembrado pela ironia de sua morte: *outra morte nas mãos da cruel Igreja Católica, finalmente o pegaram também.* E, então, alguém o agarrou pelo pescoço. Sentiu uma espetada abaixo da orelha e ficou tonto. Entrou em pânico, imaginando a própria morte, e se afastou do atacante. Começou a correr em direção ao que achava ser a saída mais próxima. Não teve tempo de pensar como estivera errado.

Desmaiou antes de atingir o chão, pois batera na estátua de mármore de Santo Tomás de Aquino, o padroeiro dos acadêmicos.

A multidão passava por todas as saídas, enchendo rapidamente a praça de São Pedro. Pessoas choravam, alguém espalhara um boato de que a instituição estava em chamas. Irmão Joseph liderava seu grupo de forma calma até chegar a um canto seguro, quando desabou de alívio. Todos estavam muito ocupados falando para notar que haviam perdido Michael e o professor Higgins no caminho.

Dentro do museu, a fumaça oleosa ficava cada vez mais densa, flutuando para cima e depois para baixo. Não se enxergava um palmo diante do nariz. Os sons de pânico diminuíram à medida que a multidão fugira do prédio. Só quem permaneceu no salão foi Michael St. Pierre e a figura inconsciente do professor Higgins.

Michael tinha menos de trinta segundos. A Polícia do Vaticano e o Corpo de Bombeiros não tardariam em chegar. Michael tinha tudo planejado; o tempo cronometrado de forma precisa. As bombas de fumaça que fabricara na oficina de carros eram feitas de açúcar, naftalina e sulfato de magnésio e funcionaram de forma excepcional. Os detonadores rosa e branco eram a chave: uma vez colocados no preparado marrom, o revestimento se dissolvia e, quando o conteúdo dos dois itens se misturava, a reação química era rápida. O item confeccionado em branco tinha uma espessura com 2 centímetros a mais do que o rosa e agia como o detonador que durava 45 minutos. O item confeccionado em rosa era de ação mais rápida, de cinco minutos. Nunca houve risco de incêndio. Michael não estava nesse negócio para matar pessoas.

Ele pegou Higgins pelos pés e o arrastou até a urna que continha as chaves. Algumas vezes a sorte nos sorria. A fumaça estava cada vez mais grossa, Michael olhou em volta e aguçou os ouvidos, satisfeito por estarem sozinhos.

Pegou a mochila e tirou os objetos que desenvolvera na oficina de Vitelli. Rapidamente montou um martelo, levantou-o acima da cabeça e bateu com toda a sua força na urna de 60 por 60 centímetros. O vidro não quebrou, nem mesmo rachou. Mas o martelo continha uma agulha com uma fina ponta de diamante, que perfurou o vidro de 2,5 centímetros de espessura. Quando a urna foi perfurada, o ar comprimido, que se encontrava no cabo do martelo, passou através da agulha, explodindo a urna de vidro aparentemente de dentro para fora. Um outro alarme foi acionado, misturando-se ao som do alarme de incêndio e criando ainda mais confusão.

O coronel Stephan Enjordin e dois guardas suíços correram pela Basílica, enquanto as últimas pessoas se dispersavam procurando um lugar seguro. Enjordin havia acionado o Corpo de Bombeiros e eles estavam a menos de um minuto atrás dele. A segurança chegara ao estado de alerta máximo, 36 guardas convergiram para as saídas, um adicional para os 40 que já estavam em posição.

Enjordin e os dois guardas abriram caminho até o Museu do Tesouro através da fumaça que os cegava, gritando enquanto passavam, conscientes de que algo poderia estar acontecendo que nada tinha a ver com fogo.

Michael ficou de pé em frente à urna estilhaçada. Esticou os braços e retirou as chaves. Ainda tinha 14 segundos. Como mal podia ver a extremidade do braço, estava certo de que ninguém mais podia vê-lo. Desmontou rapidamente o martelo dividindo-o nos três componentes originais e colocou-os na bolsa de Higgins. A agulha com a ponta de diamante foi encaixada novamente em uma caneta. A cabeça do martelo fora disfarçada como uma máquina de fotografia e o cabo, que continha oito litros de ar comprimido, parecia a lombada de um livro de estudos; e tudo coube perfeitamente bem na bolsa de Higgins. A pele de látex era indistinguível da pele verdadeira, exceto pela ausência de impressões digitais. Sem hesitar, Michael removeu o látex dos dedos, enrolou os pedaços em uma pequena bola, enfiou-a na boca e engoliu-a.

Com as portas abertas e o vento entrando, a fumaça começava a se dissipar lentamente. Enjordin liderou seus homens em direção ao Museu do Tesouro, tossindo e procurando, em vão, dissipar a fumaça com as mãos, em uma tentativa desesperada para ver algo. Eram treinados e sabiam a diferença entre os dois sons de alarme: um roubo estava em andamento. Nunca ocorrera um roubo no Vaticano e isso não aconteceria durante o seu turno.

De repente, estavam na urna das chaves; viram o vidro quebrado, mas não conseguiam enxergar o conteúdo da urna devido à fumaça. Enjordin virou-se e ficou chocado ao se deparar com um homem em pé ali. Em italiano, exigiu saber o que o homem estava fazendo. Os conhecimentos de italiano de Michael eram parcos, mas sabia que o homem estava perguntando algo a ele.

— O que você está fazendo? — perguntou Enjordin, dessa vez no idioma de Michael.

— Eu... Eu... — gaguejou Michael.

— O que você está fazendo? Como quebrou o vidro? — cortou um dos guardas. Vernea era o maior dos três, explodindo em seu uniforme dourado e azul. Ele teria respostas, não importava o método que teria de empregar. Não queria deixar o seu superior mal.

A respiração de Michael acelerou e ele encarou o guarda sem nada dizer.

A mão forte de Vernea bateu nos ombros de Michael, empurrando-o em direção à urna.

— Onde estão as chaves?

Esse era um roubo contra Deus, um ato de blasfêmia pelo qual a punição seria excessivamente brutal. Mas, então, a fumaça começou a se dissipar. Apenas um pouco no início. Vernea olhou atentamente enquanto o coronel Enjordin se inclinava para a frente. Soltou, relutante, o ombro de Michael.

Ali, sobre a almofada de veludo roxo, estavam as duas chaves.

— Perdão. Sinto muito, senhor. Não pensei... — tentou se desculpar o guarda gigante.

Michael fez um sinal com as mãos de que não tinha importância.

— Não, por favor. Sinto muito mesmo. Eu não consegui ver através da fumaça. Este homem... — disse Michael, apontando para o professor Higgins, desmaiado no chão — eu não o vi e dei um encontrão com ele. Mas a urna... A urna já estava quebrada.

Enjordin ignorou a explicação do americano, avaliando a situação. Analisou a urna quebrada como se ela pudesse lhe dizer o que realmente ocorrera. Deu um passo para trás e olhou para as urnas e artefatos próximos às chaves. Digeria tudo: os danos, a fumaça, esses dois suspeitos, guardando todas as informações na memória. Depois de um momento, agachou-se ao lado de Higgins e o virou. Enjordin revistou o professor inconsciente, encontrando apenas sua carteira e as chaves do hotel. Levantou a bolsa marrom de livros que se encontrava ao lado de Higgins, tirando dois livros, que passou para seu subordinado. Enfiou mais a mão e encontrou três canetas e vários panfletos anti-Igreja. Continuou a busca e sua mão tocou em algo que exigiu um pouco de esforço para retirar da bolsa de couro. A câmera era mais pesada do que qualquer uma que já tivesse segurado. Virou-a nas mãos, surpreso com o peso; pelo menos dois quilos. Olhou para os panfletos contra a Igreja Católica, seu rosto ficando vermelho. Olhou para Vernea e, depois, com um sorriso insolente, para Higgins. Notara o homem mais cedo no monitor; era fácil notá-lo: postura arrogante, expressando desdém e desprezo no rosto, enquanto discutia com o irmão Joseph. Esse turista não demonstrara nenhum respeito pela Igreja. Teve de se segurar para não surrar o homem estendido no chão, de forma que nunca mais voltasse à consciência.

— Você está machucado? — perguntou a Michael, mas a questão fora superficial, pois nunca se voltara para ele, os olhos presos ao homem que ainda estava deitado no chão.

— Só um pouco nervoso. O fogo...

— Nós o acompanharemos até a saída — cortou Enjordin, virando-se para um guarda. — Reiner?

O cabo Reiner levou Michael pelo braço e o guiou através da fumaça que se dissipava. O som dos seus passos ecoava alto nos corredores desertos do museu. Como fantasmas que se materializavam saindo das paredes, membros da Guarda Suíça e da Polícia do Vaticano assumiram um posto ao redor de cada urna, artefato e saída; suas alabardas substituídas por rifles e espadas. Olhou para trás, para a cena do crime, boquiaberto com a eficiência e a rapidez com que tinham respondido à ameaça. Enjordin controlava a sala e sua equipe como se fossem extensões do próprio corpo. Higgins estava lentamente voltando a si, a cabeça pesada e os olhos sem foco, enquanto Vernea o colocava de pé. Michael gostaria de ser uma mosca para assistir ao interrogatório de Higgins; seria impagável ver como o arrogante filho-da-puta explicaria os itens encontrados em sua bolsa. Não havia nenhum lugar em que pudesse se esconder, seu ódio pela Igreja Católica era conhecido e publicado; seria fácil colocar a culpa pelo incidente nele. Tratava-se de uma sutileza do destino. Passara a vida tentando acabar com a Igreja e, agora, por estar na hora errada no local errado, a Igreja é que acabaria com ele.

— *Un momento!* Espere! — alguém gritou, a voz ecoando pelas paredes do museu.

Michael virou-se para ver o coronel Enjordin correndo pelo corredor na direção deles; sentiu o coração parar. Olhou para Reiner, cujo porte simpático se dissolveu instantaneamente, enquanto assumia a postura militar com a aproximação do comandante. Michael olhou sobre o ombro de Reiner: no vão da porta havia três guardas, bloqueando a passagem. Não tinha como fugir. Estava preso.

Enjordin parou de forma abrupta, falando rapidamente em italiano. Reiner acenou automaticamente com a cabeça. E, então, ambos os homens voltaram sua atenção para Michael.

Três carros de polícia com a sirene ligada pararam cantando os pneus, em frente ao hotel. O recepcionista correu para fora, mas foi quase atropelado pelos policiais do Vaticano e de Roma, que subiram as escadas, deixando para trás um contingente que deveria vigiar as saídas. O recepcionista corria atrás deles pedindo que parassem, dizendo que tinha a chave-mestra para tentar ajudar.

A força de segurança, com armas em punho, encaminhou-se para o terceiro andar, chegando ao quarto 306, quando, sem hesitação, arrombou a porta. O recepcionista sem ar chegou à entrada do quarto trazendo nas mãos a chave-mestra.

As armas não foram necessárias. Não havia ninguém no quarto. Mas o mais importante: não precisaram vasculhar o quarto. Estava tudo ali, sobre a mesa: mapas, diagramas do Vaticano, fotos do museu, a receita para fazer uma bomba de fumaça.

Momentos depois, o investigador Francone entrou com dois de seus homens, acompanhando Attilio Vitelli. Francone ouvira sobre o acontecido e correra para o local. Enquanto estava a caminho, explicara o que ele e seus homens haviam descoberto na oficina para o coronel Enjordin do Vaticano.

— Algo familiar? — perguntou Francone a Vitelli.

Vitelli olhou para os itens sobre a mesa; a TV no mudo exibia imagens do incidente no Vaticano; as malas feitas. Seus olhos finalmente caíram no boné dos Yankees, pendurado na maçaneta da porta do banheiro. Pensou que *apenas um amador americano usaria algo tão... americano.*

O recepcionista finalmente recobrou o fôlego e, com os olhos arregalados, perguntou:

— O que o professor fez?

Michael pressionou cada dedo nas seções desenhadas no papel, girando-os conforme fora instruído. Reiner lhe dera uma toalha de papel para tirar o excesso de tinta dos dedos enquanto um guarda fotografava o perfil de Michael. Estava apenas de cueca em uma ante-sala pequena na Piazza San Pietro, na qual havia apenas uma mesa e duas lâmpadas. A porta estava fechada e trancada por fora. O conteúdo da bolsa de Michael, cadernos, óculos escuros e livros sobre o Vaticano, encontravam-se espalhados sobre a mesa. Ao lado deles, estavam suas roupas e o conteúdo dos bolsos: carteira, dinheiro, passaporte, chaveiro, PalmPilot e o telefone celular de irídio.

— E você está hospedado no hotel Bella Coccinni? — perguntou Reiner com sotaque carregado, concentrado em preencher um formulário.

— Isso mesmo — respondeu Michael, embolando a toalha de papel e jogando-a na lata de lixo. Tendo o cuidado de manter o sorriso no rosto.

Um investigador usando o uniforme da Polícia do Vaticano ficou em pé e passou um detector de metais sobre as coisas de Michael, que apitou quando passou sobre o chaveiro, o PalmPilot e o telefone. Pegou cada um dos artigos e os examinou detidamente. Então, removeu tudo de dentro da carteira de Michael, cartões de crédito, pequenos pedaços de papel, lendo-os com atenção. Ligou o Palm, passando pelos programas, verificando a funcionalidade e o colocou de volta sobre a mesa. Pegou o telefone, demonstrando surpresa pelo tamanho e pelo peso, olhando de forma interrogativa para Michael. Virando o telefone nas mãos, abriu a parte de trás e removeu a grande bateria preta.

— Um telefone de irídio — afirmou com forte sotaque.

— Ótima recepção — sorriu Michael.

O investigador examinou atentamente o aparelho de telefone, como se estivesse diante de uma jóia finíssima. Michael sabia que não era por admiração, mas por suspeita. O técnico colocou a bateria de volta e ligou o telefone.

— Você se importa?

— Não. Fique à vontade.

O investigador discou o número e, depois de um momento, o telefone celular em seu bolso tocou. Satisfeito, colocou-o de volta à mesa. Voltou-se para Michael e passou o detector por todo o seu corpo; o aparelho não deu nenhum sinal. Finalmente, guardou o detector, virou-se para Reiner e olhou para ele em silêncio.

Reiner devolveu as roupas para Michael, assim como seus pertences. Michael permaneceu em silêncio enquanto se vestia.

— O senhor compreende, professor McMahon — começou Reiner, enquanto analisava o passaporte de Michael. — Com um incidente como este, temos de prestar atenção aos mínimos detalhes.

Reiner espalhou os papéis sobre a mesa e entregou uma caneta para Michael, indicando-lhe onde deveria assinar.

— Ninguém é mais detalhista em uma investigação do que o coronel Enjordin. Talvez ele volte a procurá-lo se houver mais alguma irregularidade.

— Claro — disse Michael acabando de se vestir e assinando rapidamente os papéis de liberação.

A porta se abriu de forma abrupta e Enjordin entrou. A porta bateu e foi trancada por fora. Ignorando Michael, voltou-se para Reiner e para o policial.

— Estivemos no hotel dele.

O rosto de Michael permaneceu impassível como uma máscara, embora seu coração estivesse explodindo no peito.

— Estava tudo lá: mapas, fotos. O *professor* não é inteligente.

Enjordin olhou Michael de cima a baixo, avaliando-o. Sem virar os olhos, pegou o passaporte de Michael, como se quisesse memorizá-lo. Voltou a falar em italiano com Reiner, que permaneceu em silêncio, embora seus olhos se voltassem para Michael.

Um silêncio caiu sobre a sala e depois...

Enjordin entregou o passaporte para Michael, bateu na porta três vezes e o trinco foi aberto.

Quando voltaram à luz, uma ambulância chegou, parando perto de vários caminhões do Corpo de Bombeiros. A Guarda Suíça verificava a multidão que deixava o Vaticano, revistando e fazendo perguntas. Os guardas olharam para Michael, mas voltaram sua atenção para o próximo grupo, já que viram que ele estava escoltado pelo cabo Reiner.

— Isso foi assustador — comentou Michael.

— Sinto muito pela inconveniência — respondeu Reiner. — Tem certeza de que não está ferido.

— Só um pouco assustado.

— Você precisa de um médico?

— Não, eu estou bem. Só preciso de uma bebida.

— Por favor, não deixe que esse incidente desencoraje outras visitas — Reiner acenou e voltou ao museu.

A multidão ainda não começara a se dispersar; a confusão ainda duraria mais algum tempo. Michael virou-se e encaminhou-se para o hotel, grato por ninguém ter se ferido e porque o assunto do dia seria o incidente. Quando cruzou a Piazza San Pietro, passando pelo obelisco gigante e a enorme colunata, olhou para a Basílica. Embora sua grandiosidade não tivesse diminuído, não se sentia mais intimidado como se sentira quando olhara pela primeira vez a cidade antiga.

Michael pegou o telefone no bolso e o ligou. Precisava ouvir a voz de Mary. Precisava dizer a ela que a amava e que estava voltando para casa. Michael saiu da Cidade do Vaticano exatamente às 13h e sorriu, sabendo que as chances de sobrevivência de Mary tinham aumentado.

Ele tinha as chaves.

ONZE

Michael estava fazendo as malas. O quarto do hotel Traveler's Inn, que havia sido pago adiantado, mal tinha espaço para a cama, mas o conforto não fora um fator na escolha, nunca fora. Alugara o quarto devido à vista. Dele, era possível ver o Vaticano de forma perfeita. E, o mais importante, podia ver a miríade de ruas entrelaçando-se abaixo e saberia qual caminho tomar se precisasse escapar. A hospedagem do hotel Bella Coccinni fora apenas um disfarce, esse pequeno hotel era sua verdadeira base de operações.

A tela da TV exibia imagens do incidente que ocorrera mais cedo, mostrando imagens da fumaça saindo pelo Museu do Vaticano, os turistas se espalhando e tossindo. O apresentador da CNN falava sobre as imagens, "evacuado apenas com poucos feridos".

Michael sentou-se em uma pequena mesa no canto do quarto e colocou um cartão de memória no laptop. Apareceram vários números na tela. Em trinta segundos, os dados da memória foram completamente apagados.

O computador fora um parceiro perfeito, desempenhando seu papel a tempo e sem erros. Às 10h fez uma ligação automática para a delegacia de polícia através de um telefone celular não rastreável que Michael acoplara a ele. Com o reconhecimento de voz humana, o computador ativou a mensagem pré-programada de 22 segundos deixando uma pista sobre a oficina de Attilio Vitelli. O computador modificara a voz de Michael gravada antecipadamente e seu rápido discurso não deixava espaço para uma resposta antes que a ligação fosse cortada.

Exatamente às 11h, o computador ligou para a Polícia do Vaticano. A voz de Michael, modificada para parecer uma voz feminina, prevenia sobre o protesto estudantil. Tudo fazia parte do esquema que visava a confundir os investigadores, fazendo com que seguissem algumas pistas verdadeiras, mas sem contar toda a verdade, além de, ao mesmo tempo, criar um clima caótico.

Michael fechou o computador e removeu o disco rígido, passando um magneto diversas vezes sobre ele. Embora um vírus tivesse infectado o computador às 11h17, destruindo toda e qualquer evidência, e ele tivesse apagado toda a sua memória, Michael acreditava que cuidado nunca era demais. Era impossível estar cem por cento certo sobre algo.

Michael estava satisfeito por ninguém ter se ferido — exceto talvez pelo ego e a cabeça do professor Higgins, em parte, por ter batido de cara com a estátua de Santo Tomás de Aquino e, em parte, pelo barbitúrico que prolongara seu sono. Os panfletos anticatolicismo cegaram os guardas de raiva, jogando uma nuvem de fumaça em seus pensamentos, enquanto seguiam para o hotel de Higgins, localizado apenas a três quadras do hotel Bella Coccinni. Como havia apenas um recepcionista de plantão, Michael não tivera dificuldades para se esgueirar pelo hotel até o quarto de Higgins naquela manhã, antes de seguir para o Vaticano, deixando apenas provas suficientes para apoiar as teorias e suposições da Guarda Suíça e da Polícia do Vaticano.

Não fora uma prova que ajudou a Polícia do Vaticano a concluir o caso, fora o conjunto de provas: os itens em sua bolsa, o ódio cego que nutria pela Igreja, os objetos encontrados no hotel. O fato de que parecia que nada havia sido roubado fazia com que mantivessem o foco em um vândalo anarquista e não em um ladrão oportunista. A verdade só surgiria quando acabasse o efeito do barbitúrico. Mas, a essa altura, ninguém queria a verdade, pois já teriam tirado as próprias conclusões sobre o professor Higgins.

Michael pegou o telefone de irídio, abriu a parte de trás, tirou a bateria, substituindo-a por uma nova.

— *A causa ainda é um mistério* — dizia o repórter da CNN. — *E os museus continuam fechados pela primeira vez em 45 anos.*

Michael retirou o rótulo na parte superior da bateria, revelando uma junção. Passou a faca por ela para abrir a bateria, cujo interior parecia piche. Enfiou os dedos na massa negra e encontrou as duas chaves, enterradas no material. A fonte de energia mantivera-se operacional e o telefone funcionava bem, mas a duração daquela bateria era dez vezes menor do que a de uma bateria normal. Era o telefone Cavalo de Tróia desenvolvido por Michael.

Essa era a primeira oportunidade que Michael tinha de olhar o prêmio de perto. Pegou cada uma das chaves, colocando ambas sobre a cama. Estavam cobertas pelos resíduos da bateria, mas quando as limpou, o metal precioso começou a brilhar. Pegou a chave de prata e passou uma toalha para remover os resíduos remanescentes e a poliu até que brilhasse. Pegou a chave de ouro e repetiu a operação. E, então, viu algo que fez seu coração parar.

Michael correu para o banheiro, segurando as chaves.

— *Há um boato de que várias bombas de fumaça foram detonadas na Sacristia e no Museu do Tesouro, assim como no Museu Gregoriano de Arte Etrusca, mas ninguém ficou ferido.*

Michael conseguia ouvir a televisão que estava ligada no quarto.

Analisou as chaves de perto, abriu a água quente da torneira, que dissolveu os resíduos restantes da chave.

— *Felizmente, temos a confirmação de que nada foi roubado* — ecoou a voz pelos alto-falantes da TV.

A pia ficou preta e a chave, brilhante.

Michael examinou atentamente a peça. Em uma fonte bem miúda, quase imperceptível aos olhos, havia uma inscrição. Michael se esforçou para vê-la, mas não tinha como errar. Gravado em um dos lados havia o número 585.

Michael desviou o olhar da chave, colocando-a na beirada da pia, olhou para o espelho, passando as mãos pelo rosto em desespero.

— Que merda! — exclamou ele.

O telefone via satélite tocou e Michael ignorou a chamada. O coração trovejando nos ouvidos.

Fechou os olhos.

O telefone tocou novamente e Michael explodiu derrubando com as mãos todo o conteúdo da prateleira de remédios, jogando no chão embalagens de xampu e copos de vidro.

Michael saiu do banheiro e atendeu ao telefone depois do terceiro toque.

— Alô!

— Estou assistindo ao noticiário — afirmou a voz do outro lado da linha. — É ótimo esse negócio de TV mundial. Às vezes me pergunto se a CNN está à venda.

Michael permaneceu calado, assistindo à cobertura da televisão sobre o Vaticano. A ameaça de Finster ecoando em sua cabeça: "Saberei se as chaves não forem verdadeiras, Michael. Eu saberei."

— E aí?

— Bem, o Vaticano não é burro — disse Michael, tentando controlar a raiva. A inscrição 585 era a designação européia para ouro puro 58,5%, uma designação que certamente não era usada dois mil anos atrás.

— E...?

— E... — Michael não sabia o que pensar, a cabeça estava a mil, pois não podia fracassar. Tinha de ser bem-sucedido, pois a vida de Mary dependia disso.

— O que você quer dizer com isso, Michael? Você está com elas?

Michael não respondeu, estava perdido em pensamentos, olhando para algo sobre a cama.

— O que está acontecendo Michael? — perguntou Finster de forma mais dura.

Sobre a cama, encontrava-se uma pilha de livros que Michael usara nas pesquisas. Um em particular chamou sua atenção: *Vaticano: Políticas e territórios*. Na capa, havia uma fotografia simples de uma antiga igreja de pedras. A simplicidade e a lógica tornaram-se repentinamente claras para Michael. Era sempre assim: o passado sempre parece mais claro do que o futuro. Desorientar. A especialidade de Michael, que trabalhava como um mágico, fazendo com que o público olhasse para a mão direita, enquanto a esquerda o enganava. Você olha para cá, para que eu possa fazer algo impossível lá. Além disso, as pessoas tendem a não questionar os fatos, especialmente quando são confirmados pelos seus olhos. Todos olham para minha mão vazia enquanto tiro uma moeda do bolso; todos olham para Higgins, o inimigo da Igreja, enquanto eu peguei as chaves; todos olham para essas chaves genuínas na urna de exibição, enquanto escondemos as chaves verdadeiras em outro local.

— Michael, o que está acontecendo?

— As coisas nem sempre são o que parecem — respondeu Michael, mais para si mesmo do que para Finster. — Visão clara, por que não percebi isso antes?

— Do que está falando? — a voz de Finster soava tensa.

— Eu deveria ter começado no começo.

Michael estava totalmente concentrado agora.

— Vejo você em alguns dias — disse finalizando a conversa.

O protesto de Finster foi cortado quando Michael desligou o telefone.

As paredes estavam cobertas de obras de arte feitas com lápis de cera. Desenhos vibrantes de nuvens e cachorros, bonecos tracejados e flores. Jeannie Busch os pegara na escola. As crianças se empenharam muito quando souberam que Mary estava "um pouco gripada" e não voltaria antes das férias de verão. Muitas chegaram a chorar com a notícia. A turma parecia ter perdido o centro de equilíbrio. Mary havia sido o centro, a mãe substituta, e agora ela se fora. Mary colara os desenhos nas paredes esperando cobrir não apenas a aparência estéril do hospital, mas também o sentimento estéril que se apoderava de seu coração.

Estava sentada em uma cadeira, fingindo ler. Fora testada tantas vezes antes, mas nunca como agora. O tratamento não apenas sugava suas energias, como também drenava sua força de vontade. Sentia falta de Michael e desejava que retornasse, sabendo que ele seria a força catalisadora para sua recuperação.

— Olá, Mary — veio um sussurro.

Mary não reagiu a princípio, perdida em pensamentos e olhando para o livro. Ele se aproximou mais e repetiu:

— Oi!

Mary estremeceu, assustada com a voz, mas ficou aliviada ao ver o rosto de Paul.

— Paul — cumprimentou com um sorriso sincero.

— Você está ótima! — Na verdade, esperara que estivesse pior. — Como tem passado?

— Estou bem. Eles estão fazendo muito barulho por nada.

Paul inclinou-se para dar-lhe um beijo. Viera direto do trabalho e o terno estava amassado, a gravata torta, mas, pelo menos, penteara os cabelos louros.

— Você tem de voltar rápido para casa. Jeannie está me enlouquecendo. Preciso que você tome conta dela e a faça sorrir de vez em quando.

— Você é bom nisso.

— É, mas aí ela está rindo de mim e não comigo. Trouxe biscoitos e revistas.

Paul colocou um pacote sobre a mesa. A pilha estava crescendo e as mesas estavam cheias. Ela levaria pelo menos um ano para ler tudo.

— Obrigada! Como está Jeannie?

— Louca — respondeu sem muito senso de humor. Olhou os desenhos na parede. — Muitos fãs, hein?

— É, meu rebanho.

Seguiu-se um silêncio longo e desconfortável. Paul fingia observar cada um dos desenhos.

Mary fechou o livro e sorriu.

— Obrigada por ajudar Michael, permitindo que ele fosse para o sul.

Paul voltou-se para ela.

— Bem, você sabe que algumas vezes temos de ser um pouco flexíveis com as regras.

Paul sofria com o fato de Michael ter mentido para Mary e não tinha coragem de contar a ela que o marido saíra do país.

— Não sei como poderemos compensá-lo por tudo o que tem feito por nós.

— Apenas fique boa.

— Prometa que quando Michael voltar poderemos todos sair para jantar, OK?

Paul estendeu o braço e tocou suavemente a mão dela, esforçando-se para sorrir. Apesar de tudo, esperava que ela interpretasse o sorriso e o toque como um sinal e deixasse a pergunta sem resposta. Não poderia prometer isso a ela. Não podia mentir.

*

Mary sentou-se na cama. Mal pudera manter os olhos abertos durante a visita de Paul. Ele sempre tomara conta dela, principalmente quando Michael estivera preso. Paul nunca dificultara as coisas ou fizera com que se sentisse desconfortável. Quando se oferecera para ser o agente de condicional de Michael foi uma surpresa tanto para Mary quanto para Jeannie. Ele ajudara Michael a se reerguer e o fato de terem se tornado amigos íntimos fora mais do que Mary pudera desejar. Era grata a Paul por ele ser parte integrante da vida de Michael.

DOZE

Um campo aberto do meio do nada. Um pasto verde que se estendia até o horizonte. A distância podia ver um pequeno conjunto de montanhas. Michael chegou ao topo da colina e jogou a mochila de lona no chão, analisando os arredores. Estava andando há horas. Não havia estradas por estas bandas, apenas algumas trilhas feitas no meio da vegetação. Fora difícil seguir o caminho, mas não deixava de pensar que isso era apenas uma pequena fração do que Mary devia estar enfrentando. E seguia em frente.

O contraforte do monte Kephas era um local árido, sem nenhum significado político ou religioso. Por outro lado, se você viajasse cinco quilômetros ao sul de Jebel et-Tur, também conhecido como monte das Oliveiras, a mudança de significado era drástica. As histórias que se passaram no monte das Oliveiras foram contadas e recontadas através do tempo e o local era citado nos Evangelhos, pois era o local a partir do qual Jesus subira aos Céus. Mas o monte das Oliveiras era, na verdade, um conjunto de montanhas que cobria uma extensão de 760 metros.

Entre os livros de pesquisa que Michael comprara, havia um sobre as vastas posses da Igreja Católica. Ele lera que nos confins do Vaticano, entre seus maiores tesouros, havia um arquivo de escrituras, uma sala que continha todos os documentos de propriedade de todas as posses da Igreja Católica espalhadas pelo mundo. O livro listava dezenas de milhares de igrejas que estavam sob a liderança do papa e dera uma ênfase especial a uma em particular. Havia centenas de santuários espalhados pelo mundo com o nome de Igreja da Ascensão — na verdade, a mais renomada ficava a apenas cinco quilômetros do monte das Oliveiras — tantos quanto em nome de São Patrick, Santo Agostinho e São Miguel. Mas havia apenas uma Igreja da Ascensão no monte Kephas em Israel. Era uma aposta, mas muitos fatos apontaram para essa direção. Irmão Joseph dissera: "Antes de sua morte, Pedro fez uma peregrinação... Alguns estudiosos especulam que Pedro retornou à Terra Santa para prestar uma homenagem, mas alguns poucos acreditam que Pedro teve uma premonição do que estava por vir, incluindo a própria morte, e que voltara para devolver algo à terra do seu Deus..." Pedro não tinha nada de valor, pois abandonara todas as posses. O que mais valorizava era a Palavra do seu Salvador, que jurara proteger com a própria vida. A única conexão física verdadeira que Pedro possuía eram as chaves e ele as protegeria a todo custo contra o imperador Nero, que desejava destruir tudo o que tivesse a ver com o odiado cristianismo. E, então, Michael raciocinou que Pedro, cujo nome derivava da palavra grega *petros*, ou rocha, fizera a peregrinação até o monte do qual Cristo ascendeu aos Céus, uma montanha cujo nome era Petros, ou, em aramaico, *Kephas*. Ao exibir as chaves de São Pedro nos Museus do Vaticano com segurança máxima, a Igreja as validava como verdadeiras perante o mundo. Assim, as chaves verdadeiras poderiam ficar no local em que Pedro as queria, sem muitas preocupações em relação a possíveis roubos. Pois quem procuraria as chaves de Cristo em uma parte não-cristã do mundo, quando as chaves eram exibidas para o mundo?

Michael não quisera perder tempo reservando passagens de Roma para Tel Aviv. Fora ao centro da cidade, comprara suprimentos e alugara um carro e seguira para as montanhas de Jerusalém, onde começara sua caminhada. Enquanto subia o monte Kephas, seus pensamentos estavam em Mary. Logo estariam juntos novamente. Sua viagem chegaria ao fim e, pela primeira vez, seu dom inato teria servido para algo bom.

No topo da última subida, ele a avistara: uma antiga igreja de pedra. Uma simples placa de madeira indicava o horário da missa de domingo. Do outro lado do campo, estendendo-se até o horizonte, havia um enorme cemitério. Não havia ninguém à vista. Na verdade, não havia uma cidade ou qualquer sinal de civilização. A Igreja da Ascensão era uma relíquia de uma era que há muito se fora. Parecia óbvio que, na principal área judaica do mundo, a missa era um evento raramente assistido.

O brilho alaranjado do pôr-do-sol banhava a igreja quando ele abriu suas portas. O interior era simples, todo em madeira e pedras. Não havia janelas, apenas fendas nas grossas paredes de pedra. Os fracos raios de sol iluminavam um crucifixo sobre o altar. Não havia noção de tempo dentro daquele santuário. No que dizia respeito a Michael, podia ter sido um milênio atrás. A mesa de madeira e pedra do altar central estava coberta por um tecido branco decorado com o símbolo papal das duas chaves cruzadas. Duas garrafas, uma com água e outra com vinho, encontravam-se ao lado de uma tigela. Havia uma vela de cada lado do altar, cuja luz bruxuleante se refletia em um antigo cálice. A Michael não passou despercebido que alguém mantinha as velas acesas.

Deu a volta no altar, sentindo as paredes, a cadeira do padre, o pequeno tabernáculo em um dos lados do altar. Trouxera ferramentas, mas duvidava de que fizesse uso delas esta noite. Não se encontrava em um museu cuja segurança contava com a tecnologia mais moderna. Estava em uma igreja simples e antiquada cuja função não era manter pessoas afastadas, mas sim atraí-las. Este era um local sobre o qual a possibilidade de um crime nunca fora cogitada, talvez exceto em sermões e confissões.

Michael agachou-se sob a mesa do altar e deitou-se de costas. O lado de baixo era fino e sólido, não havendo espaço suficiente para o que procurava. Levantou-se.

O piso do altar fora construído a cerca de 15 centímetros do chão do restante da igreja e era feito de madeira de faia. Bem abaixo do altar ecoou o som oco. Como um artista, ele puxou sua faca e a inseriu no local oco e levantou uma tábua.

Quinze centímetros abaixo, não havia nada a não ser chão sujo. Levantou outras duas tábuas adjacentes e, de novo, nada encontrou. Michael guardou a faca e levantou-se. Sentou-se no banco da primeira fila e pensou. Era prática da Igreja Católica guardar suas relíquias no altar das igrejas, incutindo neles a noção da presença de Deus. Na verdade, havia uma seção no Vaticano chamada Biblioteca de Relíquias, um aposento macabro cheio de ossos de santos e artefatos antigos. O trabalho do bibliotecário era colocar parte dessas relíquias em pequenas caixas e enviá-las para as igrejas do mundo para serem mantidas de forma segura nos seus altares. Michael olhou para o altar simples à sua frente. Era certo que essa igreja não seria uma exceção à regra.

Voltou para o altar, pegou a faca e novamente agachou-se sob a mesa. Analisou a camada compacta de terra abaixo do piso do altar, passou o dedo sobre ela, mas nada parecia fora do comum. Então pegou a faca, elevou-a e com um único movimento enterrou-a no chão.

Michael sentiu uma dor espalhando-se pelo braço, pois a faca fora detida por algo. A lâmina de 15 centímetros de comprimento perfurou a terra, mas apenas 13 centímetros de profundidade. Retirou a faca e fez uma nova tentativa. Novamente, a faca só perfurou 13 centímetros. Uma terceira tentativa um pouco para a direita: uma vez mais a faca parou a dois centímetros do chão.

Michael começou a cavar usando a lâmina da faca. O chão estava duro como se não tivesse sido mexido por séculos. Os braços ficaram cansados conforme trabalhava soltando a terra com a lâmina e depois retirando-a com as mãos. Parava para olhar para o lado de fora de tempos em tempos. A solidão o envolvia, o local era mais do que tranqüilo. O trabalho era silencioso até que bateu em algo de metal. Ouviu um "clique" distinto. A faca emitia um guincho enquanto passava pela superfície que não conseguia ver. Afastou a sujeira agora de forma mais rápida, o monte de terra ao lado dele ficando mais alto a cada minuto.

Lentamente, conseguiu ver o que obstruíra a faca. Limpou a superfície, retirando os últimos vestígios de terra. Tratava-se realmente de metal e parecia muito antigo. A superfície fora trabalhada com um martelo e era fosca e desfigurada. E era oca. O coração de Michael batia mais forte. Estava certo: havia algo de valor ali.

Seus dedos encontraram as extremidades da caixa de metal, mas não havia nenhuma abertura nela, nenhuma fechadura, nenhuma forma de abri-la.

Michael retirou da mochila um maçarico portátil e o acendeu. A chama azul dançou nas sombras das paredes. Ajustou a chama de modo que ficasse quase invisível e trabalhou nas extremidades da caixa, a parte mais fina, uma chama de 1.200 graus derretendo rapidamente as soldas. Desligou o maçarico depois de tê-lo passado por todo o perímetro da caixa, pegou um pequeno pé-de-cabra na mochila e o inseriu na soldadura. O topo da caixa se soltou e ele o levantou. Mal conseguiu distinguir uma outra caixa cerca de um metro abaixo. Entrou no buraco e agachou-se para pegar o que parecia ser um pequeno baú de metal. Tirou o objeto do buraco e saiu em seguida. Não havia cadeado no baú, apenas um trinco comum que abriu.

Dentro havia uma pequena caixa de madeira, do tamanho de um maço de cigarros, uma caixa antiga trazendo portas ornamentadas entalhadas na tampa. Michael colocou a caixa sobre o altar e a abriu. Dentro, encontrou um tecido branco antigo, esfarrapado e gasto. Michael removeu-o e colocou-o ao lado da caixa de forma reverente como fizera tantas vezes no passado. Sempre vivenciava uma experiência espiritual quando eram diamantes ou obras de arte, mas dessa vez seria diferente. Não seria uma experiência sagrada, divina ou abençoada, seria uma conquista sem igual. Nunca vivera algo parecido. Sabia no fundo do coração que o conteúdo que aquele tecido velho e esfarrapado envolvia significava a ressurreição de sua esposa.

O tecido envolvia duas chaves simples e desbotadas. Réplicas quase exatas das exibidas pelo Vaticano. Essas também eram um pouco maiores do que as chaves de hoje em dia; eram grossas, com quase 10 centímetros de comprimento. Uma era prateada e a outra, dourada. Mas quando Michael as colocou sobre a palma da mão, o peso delas informou-o de que não eram feitas dos metais preciosos; provavelmente eram de bronze e de ferro. Esses eram os objetos que procurava. Envolveu as chaves no tecido e as colocou de volta na caixa, que envolveu com o suéter e colocou na mochila.

Michael saiu da igreja. O sol já se pusera há algum tempo. E apenas um pequeno brilho ainda pintava o horizonte, conferindo um tom arroxeado ao céu de início de verão. Na distância, podia ver um pequeno nevoeiro se formando. Começou a descida pela trilha, sentindo-se à vontade na escuridão que aumentava a cada passo. A escuridão era sua companheira. Sempre gostara do disfarce da noite, sabendo que, se não pudesse ver, também não poderia ser visto. Foi tomado de uma súbita euforia. Realizara o trabalho e agora podia voltar para casa.

— Com licença — ouviu uma voz chamar.

Michael tentou ajustar a visão para enxergar no escuro. Cansado, diminuiu o passo.

— Posso ajudá-lo? — a voz perguntou, parecendo vir de algum lugar à frente.

A escuridão não permitia que visse o estranho, cujo sotaque não era hebraico ou do Oriente Médio. Parecia italiano.

Michael parou.

— Apareça.

— Infelizmente, não tenho uma lanterna. Talvez você tenha.

Michael pegou a lanterna na mochila e iluminou a trilha de um lado para o outro. E embora a luz da lanterna fosse forte, não conseguia enxergar através do nevoeiro que se formara.

Sentiu um frio na espinha e o instinto assumiu o comando. Segurou a lanterna o mais afastado possível do corpo. Era uma armadilha, a luz era o chamariz e ele, a presa. Enquanto lutava para enxergar...

Pow! A lanterna voou da sua mão, arrancada por um tiro.

Michael correu em disparada pelo campo aberto. A escuridão e a névoa combinadas como um só elemento; não sabia para onde estava indo; sabia apenas que estava indo para o lado oposto de onde viera o tiro. Michael parecia voar de tão rápido que corria, mas seu perseguidor estava próximo.

Todos os preparativos para o roubo no Vaticano haviam sido uma perda de tempo. Executara a operação de forma cronometrada e sem percalços, o que o deixara cheio de si. Ficara vaidoso e isso o cegara. O trabalho dessa noite fora extremamente amador e cometera um erro que apenas um amador cometeria.

Ouvia o coração trovejando nos ouvidos enquanto corria da ameaça desconhecida. Embora tivesse perdido a fé em Deus, passou pela sua cabeça que agora seria um bom momento para recuperá-la, ajoelhar e rezar. Mas tinha certeza de que, nesse momento, não estaria na lista dos "dez mais" de Deus. Então, um pouco à frente conseguiu vislumbrar algo. Lápides... Estava a caminho do cemitério.

Michael obrigava as pernas a continuarem por mais dez metros, esforçando-se e arquejando. Se conseguisse chegar até os túmulos teria uma chance. Estava perto de ser bem-sucedido, perto de concluir o trabalho e voltar para casa, perto de salvar Mary. E próximo demais do fracasso.

Atravessou o cemitério, desviando-se dos túmulos antigos, saltando pedras que se encontravam no chão. Embora não conseguisse enxergar bem na escuridão e no nevoeiro, tudo o que conseguia ver eram túmulos, centenas deles, espalhando-se em todas as direções. Michael se embrenhou ainda mais no cemitério. A névoa cobria o chão, criando uma cobertura branca que chegava à altura dos joelhos. Movia-se o mais rápido que podia, ignorando os obstáculos ocultos pelo nevoeiro. Então tropeçou em um túmulo baixo e bateu com a cabeça em uma pedra. Zonzo, tentava afastar a sensação de dor.

Seu perseguidor estava ali. Seus passos eram cuidadosos e mantinham o ritmo estável de um caçador à espreita, pronto para matar. Michael não conseguia localizá-lo. Parecia que estava em todos os lugares. O nevoeiro obscurecia a visão e os componentes de água dispersavam o som em todas as direções, amplificando os barulhos distantes. Michael estava sendo perseguido e tinha duas opções: correr ou se esconder. Arriscava-se a mostrar onde se encontrava se corresse, mas o risco de se esconder e ficar sem defesas também era grande. Nunca carregava uma arma de fogo. Revólveres eram contra tudo aquilo em que acreditava. Sempre se considerara um *gentleman*, nunca roubando de quem não podia arcar com o prejuízo ou de quem não tinha seguro. A maioria dos trabalhos fora em museus e galerias de arte, ou seja, instituições bem asseguradas. Ele não estava nesse negócio para tirar vidas. E, esse trabalho específico visava a salvar uma vida, a vida de Mary, mas se as coisas chegassem ao ponto do corpo a corpo entre Michael e o estranho, estaria preparado para matar se fosse necessário.

— Eu encontrarei você — disse a voz que parecia vir de todos os lugares.

Michael agarrou-se ao chão, abraçando o túmulo de Ishmael Hadacas. Nascido em 1896 e falecido em 1967. A inscrição dizia que morrera na guerra pela libertação de Israel, um cristão cóptico que dera a vida pela terra dos judeus. *Deve ter sido um homem corajoso,* pensou Michael, desejando que Ishmael estivesse ali com ele agora. Seria bom ter um aliado.

— Você não tem idéia daquilo com que está lidando se continuar — afirmou a voz com sotaque italiano.

Quem quer que estivesse ali estava com medo. Michael podia sentir. Talvez um guarda que tinha pegado no sono durante o trabalho ou um policial seguro demais devido aos anos de tédio.

Michael permaneceu em silêncio, olhando em volta. Não se atrevia a fazer um movimento sequer.

— Peço a você em nome da cristandade, pelo bem de todas as pessoas — a voz apresentava um tom equilibrado, quase um sussurro, cheio de desespero. — Se você não se entregar, não terei outra escolha a não ser matá-lo.

Michael sabia que o homem dizia a verdade. Começou a engatinhar de forma lenta e silenciosa. Forçava a visão para enxergar o caminho, torcendo que estivesse engatinhando na direção oposta à voz. Pelos seus cálculos, estava se encaminhando para o sul, de volta à trilha que levava ao vilarejo. Verificou as horas; haviam se passado dez minutos desde a última vez que ouvira a voz do homem. Talvez o perseguidor tivesse desistido e ido embora, aceitando a derrota. Mas essa era uma esperança vã. O homem ainda estava ali, à espreita, aguardando o momento certo. A paciência seria o fator decisivo desse jogo.

E então Michael teve uma idéia. Tirou o casaco escuro e envolveu um túmulo com ele. Engatinhou por mais ou menos 18 metros e apoiou-se em outro túmulo.

Juntou algumas pedras, colocando-as bem à sua frente. A essa distância, mal podia ver a jaqueta que cobria o túmulo. Esperava que fosse convincente, parecendo um homem sentado no chão. Aguçou os ouvidos. Nada. Olhou em volta: o homem ainda estava lá e Michael estava prestes a descobrir exatamente onde. Arremessou uma das pedras na direção do túmulo com a jaqueta. Silêncio. Pegou a próxima pedra e a atirou na mesma direção. Assim que ela atingiu o alvo, ouviu um tiro. O casaco de Michael voou pelos ares, assim como o túmulo.

O coração de Michael estava na garganta; o fogo que saiu pelo cano do revólver estava a poucos metros de distância. Parou de respirar. Podia ver seu perseguidor agora. A figura tinha cerca de um metro e oitenta de altura. O modo como se movia e a maneira como andava assustaram Michael. Tratava-se de um caçador que nunca desistiria da presa. Sabia que o medo aguçava ainda mais sua resolução. Estava fugindo de um profissional. O homem era militar.

Michael pegou outra pedra e lançou-a com toda a força, como se fosse uma bola de futebol americano. A pedra voou cerca de 70 metros antes de bater em outro túmulo. E em uma fração de segundos um outro tiro reverberou e um segundo túmulo foi destruído. O barulho da arma ecoou por alguns quilômetros. Mas, para surpresa de Michael, o fogo da arma estava mais distante do que o anterior. O homem se *afastara* silenciosamente de Michael.

Michael levantou e correu pela névoa densa. Ouviu tiros atrás de si. Os tiros continuavam de forma constante e metódica, mas eram cada vez mais distantes. Michael não olhou para trás. Só continuou a correr.

TREZE

A grande mansão bávara ficava no fim de uma alameda de um quilômetro e meio. Feita de pedras, contava com mais de duzentos anos e havia sido construída por algum membro da realeza alemã que já se fora havia muito tempo. A casa ficava a 130 quilômetros de Berlim, em um terreno de quatro quilômetros quadrados. Dizia-se que a mansão contava com mais de cem aposentos, mas os empregados da casa contaram apenas 84. Os elegantes carros na garagem do anfitrião não eram muito utilizados. O mecânico da casa era o único a dirigi-los, mantendo-os em boas condições, lubrificados e prontos para o dia que o dono decidisse tirar a carteira de habilitação.

Existiam vários boatos sobre as extravagâncias cometidas pelo atual morador da mansão nos limites da propriedade cercada por muros. Do ponto de vista da segurança, o lugar era equivalente a qualquer embaixada norte-americana. Os empregados responsáveis pela parte externa da casa somavam vinte e contavam com um salário semanal de 2 mil euros, não apenas devido aos seus talentos especiais, mas também para manterem a discrição quanto ao que se passava na casa. Cada um deles tinha um afazer específico: jardinagem, cuidados com o gramado, alvenaria etc; mas essas habilidades tinham sido aprendidas em um passado recente. Todos eram militares. De forma geral, amavam o emprego, pois o trabalho era fácil, o salário excelente e nunca havia sido necessário usarem seus conhecimentos de armas. No entanto, não conseguiam entender por que um homem de negócios honesto precisava de um exército pessoal.

O saguão de entrada era espetacular, chegando a três andares; as janelas estavam posicionadas para capturar a luz durante todo o dia. O interior era grandioso, trazendo cores magníficas e profundas: paredes escuras de mogno e cortinas vinho e verde. A decoração era uma mistura de eras, tapeçarias mais antigas do que a pedra fundamental da casa e móveis que representavam todos os períodos históricos. A riqueza exibida era inacreditável. Mas havia outra coisa que chamava a atenção: não havia uma mulher na casa. Essa era a casa de um *gentleman*. Nada de flores na sala de estar, tudo era masculino, até a equipe interna de empregados.

O mordomo era um ancião gentil com olhos profundos que pareciam perdidos no passado. Charles era o responsável pelo andamento da casa, e sua palavra era a lei. O mordomo conhecia o patrão melhor do que ninguém: as necessidades e os desejos, as viagens e os gostos. E embora o patrão fosse discreto e reservado, Charles sabia que se alguém atravessasse o seu caminho nunca mais voltaria para contar. Ninguém impediria Charles de agradar o homem que reinava nesta vasta mansão. Fora treinado dessa forma e nunca falharia no cumprimento de seu dever.

Charles deu as boas-vindas a Michael, mostrando-lhe silenciosamente o caminho para a biblioteca. Cumprira seu dever de mordomo ao se oferecer para guardar o casaco e a mochila de Michael, que recusou, mantendo a mochila de couro nos ombros. Não a soltaria até que a negociação fosse concluída. Charles serviu uma bebida a Michael, pediu licença e retirou-se, após dizer que Michael poderia ficar à vontade.

A enorme biblioteca contava com milhares de livros. Michael sempre acreditara que os livros de um homem representavam sua mente e sua alma. Este homem tinha tudo. Michael atravessou o aposento, passando por uma lareira do tamanho de um carro e por uma cadeira *bergère* até a escada da estante, que chegava até o teto do aposento, a seis metros de altura, e deslizava por um trilho. Michael poderia passar a vida inteira neste aposento sem chegar ao segundo nível de exemplares. Puxou da estante um livro antigo, encadernado em couro, sobre geologia, e encaminhou-se para a janela, buscando mais luz. Estava prestes a ler o texto, quando as portas se abriram.

Finster encontrava-se ali, vestindo um casaco esportivo de tweed e com um sorriso no rosto.

— Este está entre os meus favoritos — afirmou Finster com um brilho nos olhos ao se aproximar de Michael. — Escrito em 1912 por Alfred Wegener, um dos primeiros a propor a teoria dos movimentos tectônicos. Nas suas mãos, está um dos três únicos exemplares ainda existentes.

— Desculpe — respondeu Michael, fechando o livro. Não sabia bem o que fazer com ele. Parecia uma criança pega no flagra enquanto tentava pegar um biscoito.

— Tudo bem. Você é um convidado em minha casa e estou honrado com sua presença. Enquanto estiver aqui, pode aproveitar o que desejar. Por favor, fique com ele. É uma excelente leitura.

— Não, está tudo bem.

— Eu faço questão. Uma vez que o livro foi lido, passa a ser apenas um troféu. Ele não tem mais nenhuma utilidade para mim.

— Obrigado, mas não posso aceitar.

— Bem, se mudar de idéia... — disse Finster menos inflexível. — Venha, vou lhe mostrar a casa.

— Eu não posso ficar...

— Gostaria de outro drink?

Com isso, Charles apareceu carregando uma bandeja de prata com duas taças de champanhe. Finster entregou uma taça a Michael e ergueu a sua em um brinde.

— À saúde de sua esposa.

— Obrigado — respondeu Michael quando as taças se tocaram.

— Será que consigo convencê-lo a ficar para o jantar?

— Não posso mesmo.

— Mas certamente você me acompanhará em um charuto — convidou Finster, puxando dois charutos e oferecendo um a Michael.

Michael recusou.

— Tenho muitos vícios: bebida, charutos, mulheres. Infelizmente.... Como é aquele ditado? O espírito é virtuoso...

— ... mas a carne é fraca. Sinto muito, Sr. Finster...

— August — insistiu Finster.

— August. Tenho certeza de que entende que eu realmente quero concluir nossos negócios e voltar para a minha esposa.

— Claro. Mas, diga-me, o que aconteceu em Roma? Não tive notícias suas desde que deixou a Itália e você foi bastante enigmático na última vez em que nos falamos.

— Roma, o Vaticano... não passavam de um engodo.

Havia um tom de cansaço na voz de Michael.

— As chaves estavam nos arredores de Jerusalém.

— Jerusalém? — perguntou Finster, cada vez mais interessado. — Onde em Jerusalém?

— Uma igreja um pouco afastada de tudo.

— Interessante. Guardas?

— Um.

Finster parou para pensar por um momento.

— E você acabou com ele?

— Ele é que tentou acabar *comigo*.

— E o que você fez?

— Fugi.

Finster sorriu e fez um sinal afirmativo com a cabeça.

— Você poderia descrever esse guarda?

— Estava escuro — respondeu Michael, sentindo-se desconfortável. — Mas por que você pergunta?

Finster parecia perdido em pensamentos. Virou-se e abriu as portas que davam para o vestíbulo.

— Vamos caminhar enquanto conversamos?

Michael colocou o livro sobre a mesa e seguiu Finster.

Caminharam juntos pela grande mansão, passaram por um salão de sinuca e jogos, salão de festas e sala de visitas. Finster acendeu o charuto, deu um trago profundo, soltando lentamente a fumaça, que se elevava em uma nuvem cinzenta.

— Ah, os prazeres simples da vida — disse saboreando o momento. — Certa vez, li um estudo que afirmava que a indulgência aos vícios podia ser saudável. Afinal, o vício nada mais é do que algo que achamos prazeroso e irresistível. Você tem vícios, Michael?

— Não mais.

— Claro — disse Finster, concordando de forma compreensiva e o rabo-de-cavalo branco balançando sobre os ombros. — Você é um homem reabilitado. Eu, por outro lado... Digamos que eu ainda estou para conhecer alguém capaz de me converter. Não conseguiria viver sem... — levantou o charuto e o copo de bebida — minhas *fraquezas*.

— Você nunca saberá se não tentar — respondeu Michael.

— Mas por que eu tentaria uma coisa dessas? Conquistei esse direito. Tenho o poder de parar ou continuar e é isso que importa. O poder.

— Claro que você nunca foi casado.

Finster gargalhou, dando pancadas nas costas de Michael.

— Venha, quero mostrar uma coisa a você.

Pararam em frente a uma pesada porta de madeira marrom terrosa muito antiga. Parecia totalmente fora de lugar dentro da luxuosa mansão com sua elegante decoração. Finster ergueu a mão e abriu a enorme porta, cujas dobradiças rangeram em protesto. Logo à frente, havia uma escada de pedra e Michael sentiu um cheiro que não conseguia identificar, mas que lhe despertava memórias desagradáveis da época em que estivera na prisão. A escada descia, em espiral, para a escuridão, parecendo algo tirado de um filme de Boris Karloff.

— Um pouco dramático.

— Adoro um drama — respondeu Finster alegremente, enquanto descia os degraus.

A escuridão logo os envolveu. Michael amava a escuridão, sempre gostara, pois ela sempre fora sua companheira. Mas não gostava nada dessa escuridão. O cheiro atingiu novamente as suas narinas, rançoso e frio, um cheiro azedo das celas na prisão, do confinamento solitário, do corredor da morte. Era um cheiro sem esperança. Seus passos ecoavam nas paredes. Michael procurou se manter próximo a Finster, que permanecia estranhamente quieto, não fornecendo detalhes ou servindo como guia.

Foram pelo menos dois minutos de descida e caminhada através de cavernas e, nem uma vez, Michael viu luz. A umidade do ar aumentada à medida que desciam; o lugar parecia frio, desconfortável e estranho. Ocorreu a Michael que Finster poderia matá-lo e não havia nada que pudesse fazer a respeito. Este era um dos motivos por que nunca realizava trabalhos para terceiros: você não tinha como realmente conhecer seu empregador ou saber suas motivações. Além disso, o assassinato estava apenas um passo à frente dos grandes roubos.

Com um clarão, as luzes se acenderam. Os olhos de Michael queimaram com a repentina luz ofuscante, fazendo com que surgissem pontos brancos no fundo dos olhos. Michael protegeu os olhos de forma instintiva. Depois de alguns segundos, a visão voltou e ele olhou ao redor. Naquele instante, preferia estar de volta à escuridão anterior, pois embora o caminho escuro o tivesse assustado, era apenas a imaginação que corria solta. E isso era real.

Diante dele, encontravam-se todos os tipos de artefatos, alguns antigos e outros mais recentes. Vasos de pedra, armaduras medievais, esculturas africanas em madeira, pictografia oriental. Cada uma das peças era diferente da que estava a seu lado, exceto por um detalhe: todas eram de natureza religiosa. Esta era uma ameaçadora galeria da religião, do medo e do horror. Havia várias pilhas de quadros. Rostos presos à tela pareciam clamar por misericórdia.

— O que você acha? — perguntou Finster, orgulhoso.

— Único e singular — respondeu Michael, fazendo de tudo para ocultar o medo.

— Charles, o mordomo, chama isso de minha masmorra.

— É uma descrição que captura bem a qualidade do lugar.

Michael esperava que o comentário bem-humorado mascarasse o sentimento de alerta que o envolvera enquanto inconscientemente tocava a caixa das chaves por cima da bolsa de couro. Não conseguia entender, mas a caixa parecia ser a única coisa a confortá-lo enquanto olhava a caverna fria que se estendia à sua frente.

— Obrigado — agradeceu Finster enquanto indicava uma passagem entre as obras de arte. — Por aqui.

O salão, todo o espaço, parecia algo da Idade Média. Era enorme, disso Michael tinha certeza, pois a luz caía na escuridão antes de chegar à outra parede aparente. A casa tinha séculos de idade, mas este lugar... Este lugar devia ser muito mais antigo. Era um mundo à parte abaixo da superfície. Finster tornara o lugar dele, preenchendo-o com uma coleção macabra que nunca faria parte de um leilão na Sotheby's.

Será que isso era apenas uma coleção estranha de um excêntrico ou era algo mais, algo pior? Enquanto passava por cada peça, Michael se perguntava se não estava tirando conclusões rápido demais. Talvez esse lugar fosse apenas um depósito de objetos de arte estranhos. Coisas que Finster não considerava adequadas para exibir em sua casa. Talvez funcionasse como um sótão como o das velhas avós: cheio de coisas assombrosas e amedrontadoras, itens juntados durante a vida, coisas que pareciam assustadoras por fora, mas que, na verdade, tinham um significado bem mais inocente. Como uma antiga boneca chinesa de porcelana sem um olho ou um baú cheio de vestidos velhos e carcomidos por traças.

Chegaram a uma enorme porta de madeira presa na pedra. A fechadura antiga apresentava-se escurecida, em um tom mais escuro do que a noite. Finster tirou um molho de chaves do bolso, destrancou-a e abriu-a.

O aposento era pequeno, três por três metros, e não havia nenhuma obra de arte exposta. As sólidas paredes de pedra apresentavam prateleiras encravadas nela a um metro e meio do chão. O aposento estava praticamente vazio, a não ser por um pedestal de mogno no centro.

— Minha mais nova aquisição ficará aqui para o meu prazer particular.

Finster usou o charuto para acender uma vela em uma prateleira e sorriu.

— Isso cria um clima, você não acha?

Michael observou enquanto Finster continuava acendendo velas por todo o perímetro dessa câmara. Considerou este cômodo mais confortador, sem esculturas estranhas ou estátuas encarando-o, sem olhos sofredores espiando através da escuridão. As paredes agora estavam banhadas pela luz das velas; parecia quase tranqüilo depois da coleção macabra pela qual haviam passado. Michael nada disse enquanto pegava a bolsa e retirava a caixa entalhada.

— Bonita — disse Finster, olhando para seu prêmio.

Michael entregou-lhe a caixa.

Mas Finster deu um passo para trás, levantando a mão em protesto.

— Você deve ter a honra de colocá-las no pedestal.

Um pouco confuso, Michael aquiesceu. Abriu a caixa, descobriu as chaves e deu um passo à frente para a inspeção de Finster, que olhou as chaves, mas, novamente, se afastou.

— Há algo errado?

— Impressionante. A beleza delas enche-me de reverência.

Finster apoiou-se na porta. Michael pegou a chave de prata na caixa e a levou até o anfitrião. Porém, uma vez mais, o alemão levantou as mãos e disse:

— Não, não.

Finster tremia. Michael lembrou-se de uma mãe de três filhos que vivia confinada em casa e que ganhou um carro no programa *The Price is Right.* Assim como ela, a mente de Finster parecia estar sobrecarregada enquanto lutava para compreender a boa sorte e o que agora lhe pertencia.

— Ela não vai mordê-lo — disse Michael sorrindo.

— Nunca se sabe — brincou Finster. — Prefiro examinar meu prêmio em particular. Respeitando o meu tempo. Quando consigo obter algo que desejo há tanto tempo, algumas vezes, sinto-me... — fez uma pausa — ...triunfante.

Michael virou de costas, voltando-se para o pedestal, esperando que Finster não notasse a expressão de seu rosto. Pois, agora, Michael realmente sentia mais medo do que quando estava do lado de fora da câmara. Finster o contratara para roubar essas chaves e agora o homem parecia ter medo delas. Na verdade, ele estava aterrorizado, recusando-se a ter qualquer contato com elas como se estivessem contaminadas por algum tipo de praga. A mente de Michael encheu-se de suspeitas. Será que agora que concluíra a missão teria de enfrentar ainda mais problemas do que imaginara a princípio? Será que haveria coisas sobre essas chaves que ele desconhecia? E se um dos homens mais poderosos do mundo as temia tanto, por que ele não sentia o menor temor? Michael queria sair dali, queria estar do lado de fora, na luz do dia, queria estar em casa com Mary. Em qualquer outro lugar, que não fosse esta câmara.

Colocou as chaves sobre a almofada de veludo, colocando a caixa ao lado delas. Deu um passo para trás e olhou para as chaves naquele aposento, sentiu dentro de si que estava tudo errado, que cometera um erro, que violara algo além da lei.

— O dinheiro já está na sua conta, junto com um bônus de 250 mil dólares para que você e sua esposa aproveitem a vida quando ela estiver melhor — disse Finster, trazendo Michael de volta à realidade.

Michael voltou-se para seu contratante. Embora as coisas parecessem estranhas, Michael procurou se lembrar de que este roubo permitira que ele pagasse o tratamento de que Mary precisava tão desesperadamente, o tratamento que salvaria sua vida. E, do mesmo modo que justificamos uma bebida a mais, um biscoito a mais, tentando nos convencer de que não faz mal, tranqüilizou o coração e a consciência ao apertar a mão de Finster.

— Obrigado — Michael agradeceu, quando Finster lhe entregou a confirmação da transferência bancária.

— Sou eu que agradeço. Espero que sua esposa se recupere rapidamente e vocês possam aproveitar a vida.

Finster o acompanhou até o lado de fora do aposento e, quando estava prestes a fechar a porta, olhou para o novo prêmio e um sorriso formou-se em seu rosto. Mas não era um sorriso de alegria ou de felicidade: era um sorriso de triunfo. O sorriso de um general que acabara de conquistar uma montanha, acabando com o inimigo. O sorriso de um imperador cansado de batalhas, que quase fora derrotado, mas que acabara de obter uma nova arma que poderia não apenas salvá-lo, mas também mudar os rumos da guerra.

CATORZE

A luz da manhã banhava o quarto. Tinha sido uma noite difícil; todas haviam sido difíceis desde o início do tratamento, mas a noite anterior fora especialmente ruim. A diarréia e o vômito acabavam com ela, drenando toda a sua energia. A dor parecia se originar nos ossos. Estava exausta e sem forças.

Quando os raios de sol tocaram suas pálpebras, Mary agitou-se. O conforto do sono a deixaria uma vez mais. Virou-se e levou um susto, um sentimento de alegria percorrendo todo o seu corpo quando o viu. Pela primeira vez, desde o diagnóstico, quase três semanas atrás, sentiu-se renovada. Agora que ele estava de volta, conseguiria vencer o monstro que a desafiava, levando-o de volta para o lugar horrível de onde viera.

— Bom dia — ela disse em um sussurro.

Michael estava arrumando as flores em um jarro. Limpara e refrescara o quarto. A bagunça e a desordem sumiram de sua vida. As cortinas estavam abertas pela primeira vez em dias e Mary olhou para o céu azul pela primeira vez.

— Bom dia — respondeu ele enquanto inclinava-se para beijá-la de forma apaixonada.

Mary repreendeu-se. Os sonhos sobre perigo e morte não passavam de preocupações sem sentido; Michael voltara para ela, como prometera.

— Estava com saudades — murmurou ela, recostando-se nos travesseiros.

— Senti falta de seu sorriso. Como está se sentindo?

— Bem melhor.

— Fico feliz em ouvir isso.

Michael sabia que ela mentia, mas nada diria, pois tinha consciência de que ela tentava ser forte por ele.

Mary aconchegou-se nos braços de Michael. Entre todos os pensamentos e orações, entre todos os medicamentos e pensamentos positivos, isso era o que realmente precisava. Ser abraçada. E abraçar. Para ela, não bastava receber amor, tinha de dá-lo também. Era como um elixir para ambos. A ansiedade que Michael sentira desde que deixara o país acabara, tinha sido deixada em algum lugar na Alemanha.

— Estava pensando que talvez... — disse ele olhando em seus olhos — ...pudéssemos ir para Cape passar uma semana, nos hospedarmos no Ship's Bell Inn.

— Fazer amor nas dunas....

— Hummmmm. Tomar uma sopa portuguesa...

— Comer lagosta fresca.

Michael parou.

— Eles disseram quanto tempo você tem de ficar aqui?

Mal podia esperar para tirá-la daquele lugar.

— Mais uma semana. Amanhã farão mais alguns exames.

— Gostaria de fazer um outro tipo de exame...

— Acho que podemos dar um jeito nisso — disse Mary, aninhando-se no pescoço dele. Sempre amara o cheiro dele, que a confortava e passava uma sensação de segurança. Embora tivesse tentado afastar o pensamento do coração, passara a última semana achando que ele não voltaria mais. E isto era algo que realmente temia: morrer sozinha.

— Como foi a viagem?

— Um pouco mais difícil e mais longa do que previ.

Michael começou a massageá-la nos ombros e desceu pelas costas do jeito que ela gostava.

— Paul estava procurando por você — disse fechando os olhos e descansando a cabeça nos ombros dele.

— Ele disse o que queria?

— Pediu que você ligasse para ele quando voltasse. Disse que vocês terão um jogo no sábado.

Tudo mentira. Paul iria comê-lo vivo. Mas Michael teria de lidar com isso. Depois do que passara nessas últimas semanas: a doença de Mary, o Vaticano, Israel, Finster; poderia enfrentar qualquer coisa. Não, ainda não ligaria para Paul. Ele podia esperar.

— Terminou o trabalho? — perguntou Mary.

Michael não lhe contara tudo, mas ela sabia que o quer que tivesse feito, havia feito por ela e agora não era a hora de perguntas.

— Sim — respondeu abraçando-a. — Não vou deixá-la novamente.

— Eu sei.

Pela primeira vez em muito tempo, ambos acreditaram que tudo ficaria bem.

Michael entrou no apartamento escuro, jogando as cartas na mesinha do canto. Entrou no quarto e chamou:

— Hawk?

Verificou a secretária eletrônica; a luz vermelha indicava que havia 13 recados. Apertou o botão:

— *Mensagem número um* — ouviu a voz feminina gravada na máquina.

— Michael? Sou eu, liga pra mim — disse a voz de Paul.

Michael apertou o botão passando para a próxima mensagem.

— Liga pra mim, Michael.

Mais um recado de Paul. Michael apertou novamente o botão.

— Michael, sei que está de volta, não me faça ir aí pe...

Pressionou o botão, cortando a mensagem e desligou a secretária eletrônica.

— Hawk?!

Verificou a cozinha. Talvez a Sra. McGinty tivesse levado o cão para um passeio. Notou que CJ também não estava à vista. Na verdade, odiava gatos, sempre odiara, considerava-os animais volúveis e nunca entendera por que despertavam atração nas pessoas. Mas era a gata de Mary e se ela amava a pequena monstra, então... ele podia, pelo menos, fingir que a amava também. A Sra. McGinty devia ter mantido CJ no apartamento desde que partira. Michael tinha de lembrar de comprar um presente para a gentil vizinha por todo o trabalho que tivera.

Pegou a pilha de cartas e, abrindo uma, encaminhou-se para o escritório. Ao acender a luz, quase pulou de susto.

Sentado em sua cadeira favorita, havia um homem de compleição forte, cabelos negros como piche e frios olhos azuis. O rosto e as mãos pareciam envelhecidos, parecendo alguém que já viajara pelo mundo algumas vezes. O estranho usava calça e camisa pretas. A sola do sapato preto estava gasta, mas a parte de cima estava bem limpa. Era impossível determinar sua idade: poderia muito bem estar na casa dos 30, parecendo ser mais velho, como poderia ter 50 anos, com aparência bem conservada. A gata de Mary estava estirada no colo do estranho, que a acariciava como se lhe pertencesse. Hawk estava deitado aos seus pés, adormecido.

— Sr. St. Pierre? — perguntou o estranho com sotaque italiano.

Michael reconheceu a voz imediatamente.

— Saia! — ordenou.

O homem não se moveu.

Michael encaminhou-se para o telefone.

— Você tem 30 segundos — disse começando a discar.

— E o que você diria para o seu amigo policial?

Michael diminuiu o ritmo em que discava.

— Que o homem de quem você roubou algo invadiu seu apartamento e está sentando no seu escritório?

O estrangeiro parecia mal respirar.

Michael desligou o telefone.

— Você não pensou que eu o deixaria escapar, pensou?

— Quem é você?

— Meu nome é Simon.

A tensão pairava no ar entre eles como uma corrente elétrica. Michael podia ouvir o próprio coração disparado nos ouvidos enquanto tentava se concentrar e decidir o que fazer e como agir.

— Gostaria que me devolvesse as minhas chaves — afirmou Simon.

Michael sabia que nenhum trabalho estava totalmente concluído. A expectativa de ser pego, ou preso, sempre existia.

— Não sei do que está falando — tentou despistar.

— Mesmo?

— Mesmo — respondeu Michael cruzando o aposento em direção ao estranho. — Hawk?

O cão acordou e virou de barriga para cima aguardando um afago. Michael agachou-se e passou as mãos na barriga dele.

— Grande cão de guarda — sussurrou Michael no ouvido do cachorro, enquanto avaliava o temperamento do homem ainda sentado diante dele.

— Vejamos se consigo refrescar sua memória — disse Simon. — Pouco dinheiro, esposa extremamente doente, viagem ao Vaticano, bombas de fumaça. Roubo de chaves falsas, viagem a Jerusalém, subida ao monte Kephas, roubo de mais duas chaves de uma igreja — parou para dar ênfase. — As balas do meu revólver passando bem próximas à sua cabeça.

— Que merda é essa?

Simon não tirou os olhos dele quando puxou a pistola do casaco, colocando-a sobre a perna. Pegou-a lentamente e a encostou na cabeça da gata adormecida no seu colo. Os olhos não perdiam nenhum movimento de Michael.

— Creio que este é o bichinho de estimação de sua esposa.

Michael estava mais do que furioso. O cara o estava ameaçando dentro da própria casa e não havia nada que pudesse fazer.

— Diga-me onde as chaves estão — ordenou Simon, olhando para a gata, para Hawk e de volta para Michael. — Vocês três podem sair dessa vivos se... — deixou o ultimato pairar no ar. — Talvez eu devesse fazer uma visita a Mary; seria uma pena. Todo esse esforço e ela terminar morta por causa de sua incapacidade.

O trabalho de Michael nunca pusera a vida de Mary em perigo. Nunca permitira que isso acontecesse.

— As chaves não estão mais comigo — respondeu de forma concisa. — Eu as vendi.

— Para?

— Um homem.

Simon soltou um suspiro.

— Nome? — perguntou de forma suave.

Finster contava com vinte guardas, de acordo com as contas de Michael. E as chaves roubadas encontravam-se no subsolo, em uma câmara impenetrável. Ninguém conseguiria chegar até elas. Nem Simon, nem ninguém.

— Um empresário alemão chamado August Finster — respondeu Michael.

As palavras saíram facilmente, não sentia remorso algum por trair a pessoa que o contratara. August Finster sabia que quando se brinca com homens grandes, eles poderiam revidar... Algumas vezes no queixo, outras no coração.

Com a elegância de um animal, Simon ficou em pé. CJ saltou de seu colo. O homem era alto, devendo chegar a 1,88 m.

— Você não tem idéia do que fez — disse ele.

— Salvei a vida de minha esposa...

— E amaldiçoou o mundo.

A afirmação pairou no ar, deixando Michael sem palavras.

— O quê? Do que está falando?

— Você acredita em Deus, Sr. St. Pierre?

— No momento, não.

— Então, já acreditou um dia? Bem, acho melhor o senhor voltar a acreditar.

— Farei uma oração em agradecimento assim que o senhor for embora.

Simon não se moveu.

— Quando Nosso Senhor Jesus Cristo fez 32 anos disse a um de Seus discípulos "Sobre esta rocha, Pedro, construirei a Minha Igreja..., e o que tu comprometeres na Terra será comprometido no Céu" e entregou a Pedro as duas chaves para simbolizar seu poder de absolver e de condenar. O poder de controlar as Portas do Céu.

Michael nunca vira tamanha frieza em um homem. Ele não pararia com a morte de Michael e a de Mary, pois agia movido por uma crença profunda, uma crença que podia ser vista em terroristas e fanáticos.

— Acho que já está na hora de você ir — insistiu Michael.

— Você ainda não entendeu, não é?

— Entender o quê?

— Você roubou as chaves do Reino dos Céus.

O homem era louco. Qualquer credibilidade que ainda tinha perante Michael se esvaneceu. Michael não tinha mais fé e isso servia apenas para aumentar sua resolução. Pensara que esse assunto tinha a ver com o dinheiro do chefe desse homem, mas não, isso tinha a ver com a missão dos irmãos diante de Deus.

— Eu realmente vou chamar...

— O céu está fechado, Michael...

— Saia agora! — exclamou Michael. Não importava que o homem estivesse armado, ele daria um soco naquele lunático se ele não calasse a boca.

— Você nem tem idéia de quem realmente é a pessoa para quem vendeu as chaves, não é?

Michael agarrou o braço do homem, mas ele esquivou-se facilmente, girando Michael tão rápido que ele nem sabia mais em que dia estavam até que o homem colocou-o sentado na cadeira. CJ miou e fugiu. Simon inclinou-se e disse em voz calma e baixa:

— Nós temos de recuperar as chaves.

Virou-se para sair.

Michael levantou-se e o seguiu: ninguém invadiria sua casa e lhe diria o que fazer.

— *Nós* não temos de fazer nada — afirmou Michael tentando se controlar, a adrenalina atingira um ponto que o fazia tremer. — Tenho de cuidar da minha esposa.

— Você valoriza a alma dela? — Simon nem esperou a resposta. — Se você se importa, então você me ajudará. Caso contrário, Mary estará condenada, assim como todos nós. — Abriu a porta da frente e acrescentou: — Partiremos em dois dias.

Depois, voltando-se para Michael novamente, perguntou:

— Que burrice a sua! Você realmente não sabe quem é Finster, não é?

Michael ficou em silêncio, ainda em estado de choque. Nunca vira alguém se mover tão rápido em toda a vida.

— Procure se informar.

QUINZE

Dean McGregor era um perdedor que estava usando toda a sua força de vontade para se corrigir. Paul Busch encontrava-se com Dean na terceira quarta-feira de cada mês. Dean era o tipo de pessoa despreocupada que sempre estava no lugar errado na hora errada, com os amigos errados e com as intenções erradas. Seu primeiro roubo fora cometido em uma pequena loja de bebidas alcoólicas, não estavam atrás de muito dinheiro, pois não queriam ser presos e perder anos de suas vidas. Por isso, Dean e seus companheiros ficaram surpresos quando o balconista entregou-lhes 20 mil dólares, depois que sacaram as armas e anunciaram o assalto. Claro que o dinheiro era de narcóticos, o lugar estava sendo vigiado pela polícia como um possível distribuidor de maconha e aqueles 20 mil dólares estavam sendo monitorados de perto pelos agentes da DEA* sentados em um Ford do outro lado da rua. Quando pegaram Dean e seus comparsas, a operação que levara seis meses para ser montada fora pelos ares; e a DEA fez questão de que a promotoria tirasse os rapazes de circulação.

Dean estava livre há seis meses quando tentou roubar um posto de gasolina. Sua esposa estava grávida e ele queria comprar-lhe coisas boas

*Drug Enforcement Administration (agência norte-americana de combate às drogas). (*N. do E.*)

porque ela parecia deprimida devido ao excesso de peso. Usando uma arma de plástico bastante comum, bateu no frentista e encontrou a caixa registradora quase cheia, contendo cerca de 400 dólares. O que Dean não sabia é que a esposa do frentista também estava grávida e que o cara era um guarda noturno que tentava fazer um pé-de-meia para o filho que ainda não nascera. O revólver de serviço do frentista estava sob o balcão, pois ele chegara diretamente do trabalho e essa já era a terceira vez que dobrava o turno naquela semana. O policial Paul Busch sacou a arma; Dean urinou nas calças na hora e Paul leu seus direitos. Enquanto aguardavam o carro de polícia, conversaram sobre os filhos que estavam para nascer e, pela primeira vez, Paul pôde ver que, embora cometer um crime fosse algo sempre errado, as motivações de um criminoso poderiam ter um certo grau de nobreza. Claro que isso não era desculpa, e Dean voltou para a prisão, sendo sentenciado a 15 anos de reclusão.

Então, seis anos depois, Paul Busch e Thal estavam sentados em um café fazendo o questionário de rotina com Dean McGregor, que acabara de ser libertado por bom comportamento, depois de cumprir um terço da pena. Paul apertou a mão de Dean de forma calorosa e com um sorriso. O homem pagara sua dívida com a sociedade, cumprindo a pena que lhe cabia de acordo com o determinado pela Corte de Justiça e tudo estava bem para Paul. O seu trabalho não consistia em julgar ninguém, apenas fazer com que a lei fosse cumprida.

Dean estendeu a mão para Thal, que ignorou o cumprimento. O olhar frio do policial mais jovem causou um tique nervoso em Dean que persistiu durante a entrevista.

Passaram a meia hora a seguir fazendo as perguntas de rotina. Como tem passado? E a família? O emprego que arranjamos é adequado? Você chega ao serviço na hora certa? Enfim, eram as perguntas de rotina sobre a adaptação à vida do lado de fora. Paul assumiu a liderança, levando a conversa para onde queria. Não gostava que os condenados por quem era responsável se sentissem ansiosos e desconfortáveis em sua presença. Sentir-se confortável durante uma entrevista da condicional era importante, porque quando o ex-condenado estava à vontade e relaxado se abria e era honesto em relação à sua adaptação e reintegração à sociedade. Quando o ex-condenado ficava amedrontado ou desesperado, isso colocava em risco a condicional, aumentando as possibilidades da volta à vida de crimes. O trabalho de Paul consistia em mantê-los na linha. Era um erro seu tanto quanto do ex-condenado se este voltasse a cometer um crime.

O telefone de Paul tocou e ele pediu licença para se levantar da mesa, permitindo que Thal assumisse a entrevista, mas que fosse rápido e liberasse Dean. A primeira pergunta sobre os sonhos e pesadelos de Dean pareceu bastante inócua, mas, depois disso, o ex-detento foi bombardeado por todos os lados. Thal fazia comentários agressivos, intimidadores e de confronto.

— Você sonha em ter dinheiro, não é mesmo, McGregor? Diga-me a verdade. Quando você se deita à noite na cama, não consegue parar de pensar em um modo fácil de colocar comida na mesa, não é? — perguntou Thal sorrindo. — Quantos anos vão se passar até que seus filhos trilhem o mesmo caminho que você?

Dean ficou ali sentado em choque, o suor começando a escorrer pelo rosto.

— Eu acreditava na reabilitação — continuou Thal. — Acreditava no perdão. Mas tenho de falar a verdade. Não acredito na sua reabilitação e acho que você não deveria ser perdoado.

Os nervos de Dean foram fritos nos dois minutos que passara com Thal. Ficou com mais medo desse homem do que de qualquer outro que conhecera na prisão. E não foram as palavras do policial que o amedrontaram e sim o tom que usou e o modo como seus olhos brilhavam enquanto falava.

Thal colocou a mão sobre o ombro de Dean, como se ele fosse uma criança.

— Você me dá nojo, McGregor. Você é uma perda de tempo neste mundo. É melhor rezar para que não se encontre na mira da minha arma ao cometer um crime. Porque, se isso acontecer, vou estourar seus miolos, juntar tudo e entregar para a sua esposa.

A volta de Paul pôs um fim à tortura.

— Dean, eu vejo você em três semanas — disse com ênfase no *eu*. Acompanhou um Dean trêmulo até a porta, tentando acalmá-lo passando os braços sobre os ombros do rapaz.

Paul voltou para a mesa, sentou-se. Encheu a xícara de café. Colocou açúcar. Deixou os minutos passarem fazendo com que Thal se contorcesse com a antecipação da bronca que levaria.

Por fim, Paul inclinou-se para a frente e, levantando um dedo, disse em um tom baixo de voz:

— Vou avisá-lo apenas uma vez, e uma vez apenas, se você se comportar desse modo novamente com um ex-condenado, um suspeito ou um ser humano, vou tornar minha missão pessoal fazer com que você saia da profissão. Além disso, farei com que sofra as conseqüências de seus atos. Para mim, você não chega nem aos pés daquele homem.

Paul fez uma pausa tentando se acalmar e recobrar a compostura.

— Trabalharei com você, guiarei você por mais um mês. Mas, depois disso, tomarei providências para que nossos caminhos não se cruzem novamente.

— Ei, eu só estava colocando medo nele para ver se ele deixava escapar algo sobre algum trabalho que estivesse planejando.

— Nós nunca os amedrontamos. Nunca.

— Como poderemos saber se o homem não está planejando algo que viole sua condicional?

— Acredite em mim quando digo que eu saberia se ele estivesse planejando algo.

Paul juntou os papéis da condicional de Dean McGregor, colocando-os na pasta.

— Então, se você soubesse que alguém está prestes a violar a condicional, você o denunciaria logo de cara?

— Sem dúvida.

— E qual o nível de rigor da lei?

Paul o encarou.

— Do que está falando? Estamos aqui para cumprir e fazer cumprir a lei. Esse é nosso trabalho.

— Lembre-se de que sou um novato nesse negócio de condicional. Só estou tentando ser como você.

Isso deixou Paul ainda mais puto. Não havia nada que detestasse mais do que quando alguém era condescendente com ele.

— Ignorância não é motivo para violar a lei e se sair livre.

— Então o que fazemos quando alguém viola a condicional? — perguntou Thal novamente.

— Nós os recolhemos.

— Nós os mandamos de volta para a prisão?

— Essa decisão cabe ao juiz.

Thal parou por um momento e voltou a perguntar:

— Sem exceções?

— Sem exceções — respondeu Paul.

— Então devemos recolher aquele St. Pierre. Ele saiu do país. E de acordo com o que você acabou de dizer, temos de pegá-lo.

Thal estava alegre no seu modo estranho de ser. Paul fora pego totalmente desprevenido. Percebendo que caíra em uma armadilha preparada por esse merdinha, perguntou:

— Como você sabe disso?

— Uma fonte confiável.

— Fonte confiável... Isso é uma merda e não é o suficiente para passar pelo juiz. É melhor você chegar com tudo na ponta da língua.

Paul sabia muito bem que Michael deixara o país. Vira quando ele desaparecera no terminal internacional, mas acreditava haver uma explicação para isso e saberia como lidar com as informações a seu modo. Mas agora...

Agora era Thal quem se inclinava para ele erguendo um dedo e dizendo calmamente:

— Vou entregar-lhe uma prova.

— Não fale comigo sobre isso novamente até que tenha provas.

Paul pegou a pasta e levantou-se.

— Há algo mais que eu possa lhe *ensinar* hoje?

Thal ficou ali por mais alguns momentos. Embora não demonstrasse, sentia que tinha vencido a batalha verbal e estava doido para colocar o dedo na ferida.

— Por que eles o chamam de Peaches?*

Paul debruçou-se sobre a mesa, parando quando o seu rosto estava a centímetros do de Dennis para deixar as coisas bem claras.

— Nunca me chame de Peaches.

A biblioteca do hospital era pequena, mas possuía uma coleção de livros que cobria pelo menos as necessidades básicas que um paciente poderia procurar. A atmosfera era erudita e silenciosa como era de se esperar, mas o odor hospitalar prevalecia, não permitindo que você esquecesse de onde se encontrava. Além dos livros, periódicos e teses de medicina, havia uma boa seleção de livros de ficção e de não-ficção. As enciclopédias e manuais de referência haviam sido doadas por um benfeitor que perdera a mãe devido a um problema cardíaco.

---

*Pêssegos, em inglês. (*N. do E.*)

Michael estava grato pela generosidade do homem, já que encontrara a edição mais recente da *Who's Who in Business**. A maioria das entradas consistia em alguns parágrafos. Mas havia uma página inteira dedicada a August Engel Finster.

Michael fizera uma pesquisa sobre Finster antes de aceitar o trabalho e nada lhe chamara atenção. Agora Simon lhe dera algo sobre o que pensar. Michael não tinha certeza se devia temer Finster ou Simon. E não estava bem certo sobre o que buscava saber, enquanto olhava fixamente a mesma página que lera quase três semanas antes.

August Engel Finster emergira do bloco oriental depois da queda do muro de Berlim. Suas compras eram lendárias. Gastara mais de 300 milhões de marcos alemães por mês na construção de seu império. A origem de seu dinheiro era desconhecida, porém isso também era assim com muitos titãs financeiros que emergiram na Alemanha Oriental, sendo que muitos deles, senão todos, estiveram envolvidos com o governo comunista, de um jeito ou de outro. Embora houvesse suspeitas de ligações ilícitas sobre essa elite, como poderiam ser criminosos em uma terra na qual a lei era um capricho dos irmãos burocratas?

Finster acumulara um império de fábricas no setor têxtil, de mineração e de munição, sendo que a maioria delas fora adquirida por meio da privatização de empresas do antigo regime. Essas empresas foram muito bem-sucedidas, o que se deveu unicamente à perspicácia de Finster. Era bastante reservado quanto à sua vida particular, poucos conheciam sua estratégia para o sucesso e os que trabalhavam para ele eram discretos e invisíveis. Tanto as universidades quanto a concorrência já haviam tentado descobrir sua fórmula para o sucesso, mas nunca ninguém fora bem-sucedido ao tentar recriar o modelo de negócios de Finster. Ele nunca falhara. Ainda. E havia a crença no mundo dos ne-

---

*Quem é quem no mundo dos negócios. (*N. da T.*)

gócios que dizia que todos acabavam falhando ou se queimando em algum momento. E um dia seria a vez de Finster. As pessoas sempre aplaudem, reverenciam e procuram estar ao lado de outras que estão em ascendência, pobres coitados que querem chegar ao topo para ganhar o prêmio de ouro. Mas quando um homem atinge esse ponto, a maré vira e as pessoas começam a procurar erros. O vencedor não é mais um deles, lutando contra o mundo, contra as massas. O vencedor se sobressaiu e isso não é bom para eles. Afinal, é impossível alguém dominar o mundo por muito tempo. Acontecia com todo mundo. Bill Gates, o *nerd* dos computadores que sobrepujou a IBM, veio do nada e acabou criando a indústria de computadores. Depois, observou os estados e governos tentarem destruir seu império. Michael Jackson, o rei da música pop, o jovem rapaz que conquistara e reconstruíra a indústria do entretenimento. O frenesi por suas músicas se transformou em um frenesi pelo seu sangue. Mesmo o verdadeiro rei fora destronado pelos seus fãs. Elvis fora vencido primeiro pelos Beatles, depois por Woodstock e depois pelas drogas e todos diziam "Viu? Eu não disse?" E agora todos diziam que a hora de Finster estava para chegar.

Não existiam informações sobre ele antes de 1990, e uma fortuna de 13 bilhões de dólares construída em dez anos a partir do nada era algo que incomodava Michael. O longo artigo falava sobre todas as conquistas de negócios de Finster, mas nada sobre a vida pregressa; nada sobre o pai, a mãe, irmãs ou irmãos. Nada sobre esposa, filhos ou animais de estimação. Ou talvez a informação existisse e Finster fosse um especialista em escondê-la, da mesma forma que escondia suas estratégias de negócios. Nos últimos três anos, vivera uma vida pública em alto estilo com a cobertura na mídia de uma estrela de cinema. Corria de reuniões para boates ou festas de gala. As fotografias o retratavam exatamente como Michael o vira. Os longos cabelos brancos puxados para trás em um rabo-de-cavalo, sobrancelhas escuras acentuando os olhos castanhos desse leão de juba branca. Estava quase sempre acompanhado por jovens beldades, uma em cada braço, nenhuma com mais de 22 anos de idade. Seu carisma era evidente mesmo em fotografias, e Michael podia sentir a energia fluindo pela página.

Mas... Não havia nada sobre o seu passado.

Michael procurou informações sobre outros empresários da Alemanha Oriental e isso o acalmou um pouco, pois também não encontrou informações sobre eles. Parecia um pequeno clube. Todos haviam feito algo no passado que os maculara de modo que preferiam que ninguém soubesse. Todos queriam que a vida que levavam antes fosse esquecida. Afinal de contas, a Alemanha Oriental levara o comunismo ao que havia de pior. Havia pouca comida e muita opressão, o povo confinado em um mundo de miséria. Irmão denunciava irmão por qualquer palavra contra o maléfico governo. E os que se voltavam contra o sistema desapareciam em prisões de Berlim Oriental sem deixar rastros. Havia boatos, sussurrados nos becos, bares e porões, que nem mesmo as almas dos mortos podiam ultrapassar o Muro de Berlim. E então ocorreu a queda do Muro, no meio de muita algazarra e comemoração... e de suas ruínas surgiu Finster.

Todas essas informações estavam compiladas no livro que Michael estava lendo e, mesmo assim, ele sentia-se perdido. O empresário alemão era bem-sucedido, e Michael imaginava que fosse cruel (pois não se pode nadar entre os tubarões, a não ser que se tenha dentes) e reservado em relação à sua vida particular. Mas ele não conseguia ver a ameaça que Simon sugerira. Finster era excêntrico, Michael notara isso logo de cara, mas certamente isso se devia à sua inacreditável riqueza e poder. A coleção de obras de arte armazenada no porão medieval de sua mansão era estranha, mas nada mais do que arte. E Michael suspeitava que as chaves roubadas não eram nada além disto: um artefato antigo, algo que ficaria escondido no museu particular de Finster. Talvez as chaves tivessem o significado histórico sugerido por Simon, mas qual era o problema? Nenhuma mágica ou poder especial sobre as almas de toda a humanidade. O Reino dos Céus era um conceito no qual Mary poderia acreditar, mas Michael ainda tinha problemas para crer nisso.

— Encontrou o que estava procurando?

Michael olhou para cima e viu a enfermeira Schrier, a grande enfermeira alemã que trabalhava no andar em que Mary estava, olhando para ele.

— Não tenho certeza.

— Então quem você está procurando neste livro?

— Na verdade, eu encontrei quem procurava.

A enfermeira olhou por cima do ombro de Michael e viu a fotografia do homem de cabelos brancos.

— Finster?

— Sim. Você o conhece? — perguntou Michael em tom de brincadeira.

Ela riu da pergunta.

— Não pessoalmente.

Michael fechou o livro, levantou-se da cadeira e guardou o livro no lugar.

— O nome combina com ele, você não acha? — perguntou Schrier, pegando uma pilha de revistas e seguindo para a porta.

— O nome de quem?

— August Engel Finster. Todo aquele dinheiro, todas aquelas mulheres.

— Como assim? Não estou entendendo.

— Se fosse o meu nome eu teria trocado. Todas as piadas durante a infância. Deve ter sido difícil. Mas acho que ele deve ter acabado se acostumando. E combina com ele.

— Você está me confundindo.

— O nome dele — disse a enfermeira abrindo a porta e sorrindo para Michael — significa "grande anjo das trevas". Como Satã.

*

Michael seguiu pelo corredor e foi direto para o quarto de Mary. Um turbilhão de pensamentos passava por sua cabeça. Aquilo era uma piada? Procurou repassar tudo em sua mente desde o momento em que conhecera Finster, passando pelo seu encontro com Simon, até a revelação que a enfermeira acabara de lhe fazer. Grande Anjo das Trevas? Ultimamente Michael vinha tendo problemas com todo o conceito de Deus e agora tinha de lidar com a possibilidade da existência do diabo. As maneiras de Finster eram o oposto de tudo o que Michael poderia imaginar em alguém a serviço do mal. Na verdade, o homem parecia se importar com Michael e com a esposa, e tentara ajudá-los.

Não.

Isso não passava de uma coincidência, uma coincidência conveniente plantada em sua mente pelo lunático do Simon. Não, não era possível. Era algo que ia de encontro à lógica. Com certeza, as chaves do Céu eram um mito, assim como o Santo Graal, algo que algum padre que já morrera há muito tempo criara para inspirar temor e fé. Pronto. Michael chegara a uma conclusão.

Mas, em seu coração, a história era outra. Sentia os batimentos disparados e uma camada de suor se formara em sua testa. Coincidências não existiam. Quando muitos fatores apontavam para algo, não era um acidente. Sherlock Holmes costumava dizer o seguinte: "Quando já se eliminou o impossível, tudo o que permanece, mesmo que improvável, pode ser verdade."

Não parava de pensar em como se sentira enquanto estivera na masmorra de Finster. O medo frio que gelara a espinha. Não conseguira entender o motivo naquele momento, mas tudo fazia sentido agora. Estivera nas sombras, nos quadros e no homem que o guiava pela escuridão. Durante aqueles momentos, só sentira algum conforto quando tocara a caixa que continha as chaves. Não compreendera os sentimentos naquele momento, mas agora as coisas começavam a fazer sentido. Já vira o mal em alguns prisioneiros na época em que estivera preso. Eram indivíduos que não possuíam sentimentos, que desejavam destruir os outros. Ele sempre os evitara, mas não pôde evitar na masmorra de Finster, pois estava em todos os lugares. Sentira o cheiro, sentira na pele, pois estava lá no silêncio: o mal.

Michael estava perdido em pensamentos. Tão perdido que quase deu um encontrão com o Dr. Rhineheart.

— Que bom encontrá-lo, Michael. Podemos conversar? — perguntou Rhineheart de forma soturna.

A chuva começara à meia-noite e não dava sinais de trégua. Combinada com o vento frio cortante do norte, ela levara a temperatura nove graus abaixo do normal para a época. Para piorar a situação, uma tempestade com raios e trovões caíra durante toda a manhã. Mary olhava para fora da janela, vendo a dança dos raios no horizonte, contando os segundos para que o trovão fizesse o quarto do hospital tremer. O quarto ficara mais frio e o mundo perdera o brilho nas últimas horas. E não era por causa da tempestade. Mary não sabia como contar para o marido. Ele trabalhara tanto e ela suspeitava que sacrificara muitas coisas para poder arcar com o tratamento dela. Sempre fora a otimista, a que tentava ver o lado positivo das coisas, a que colocava as pessoas para cima quando enfrentavam seus problemas, era o ombro amigo que as pessoas procuravam para conseguir um pouco de esperança. Mas isso sempre fora para os outros; agora, porém, mesmo quando procurava dentro de si, não conseguia encontrar nada. As palavras de otimismo estavam perdidas em algum lugar.

Não estava pronta para enfrentá-lo quando entrou. E acabou gaguejando, apesar de seus esforços.

— M-Mic-Michael? — Não conseguia olhá-lo nos olhos. — Sinto muito... Sinto muito mesmo.

Michael a tomou nos braços.

— Ei, shhhh — disse abraçando-a bem forte. — Esses médicos não sabem sobre o que estão falando. — Sua voz soava firme e confiante — Vamos procurar outras opiniões; encontraremos um jeito. Os St. Pierre não desistem nunca.

Seu coração parecia partido em mil pedaços quando Rhineheart lhe dera a notícia. Segurara as lágrimas na hora, assim como estava fazendo agora. Nunca permitiria que Mary as visse.

— Michael...

— Olhe, não passamos por tudo isso em vão. Sempre conseguimos superar os problemas. Você ficou ao meu lado e fez uma vida para quando eu retornasse. As coisas funcionam em mão dupla, sabe? Conseguiremos vencer isso — ele afirmou, afastando-se um pouco e colocando as mãos sobre os ombros dela — *juntos*.

Mary encontrou forças nas palavras dele, como sempre acontecia.

— Existem outros médicos — ela disse, tentando parecer convincente.

— Isso mesmo. Vamos encontrar os melhores.

— Ouvi falar sobre alguns tratamentos que ainda não foram aprovados...

— Vamos tentar todos.

A maré estava virando e ambos sentiam isso, alimentando o otimismo um do outro.

— Herboristas, alguns métodos modernos — ela acrescentou, meio que de brincadeira.

— Isso mesmo. Esses tratamentos são um pouco esquisitos, mas vamos tentar todos — ele disse com um sorriso. — Vou participar de tudo com você. Nunca usamos drogas na juventude e isso talvez seja divertido.

Mary agora estava rindo a valer. E Michael gostava das coisas assim. Seu sorriso estava de volta e seus ombros um pouco mais erguidos.

— Custe o que custar, vamos vencer isso juntos — afirmou Mary.

— Amém, querida.

Ficaram em silêncio e ambos perderam-se no mesmo pensamento: sempre pensaram de maneira parecida e dessa vez não seria diferente. Apesar dessa conversa sobre procurar outros tratamentos, havia a possibilidade bem plausível de Mary não sobreviver. Seu corpo fora tomado pelo câncer, que se espalhara por todas as partes e as chances de recuperação eram mínimas. O silêncio continuou e ambos sabiam o que o outro estava pensando, o que tornava as coisas ainda piores.

— E se... — ela não conseguiu terminar a frase. Não conseguia pensar em um modo de dizer o que tinha para dizer, mas Michael sabia.

— Você não vai a lugar nenhum — ele afirmou de forma contundente, como se suas palavras pudessem ser a cura para o problema.

Houve um outro silêncio doloroso. Michael olhou ao redor e viu os desenhos das crianças, as flores que decoravam o quarto, que eram tão superficiais e de nada serviam para trazer conforto. As flores só serviam para encher os bolsos dos floricultores de dinheiro e fornecer um toque superficial e o odor do que estava florescendo fora do hospital. Elas eram uma forma cruel de lembrar ao paciente tudo o que estava perdendo. Ficou olhando para o pacote de biscoito recheado que comprara para Mary como se ele fosse a solução para os seus problemas. Ficou olhando para a embalagem azul e lembrou-se do comercial do produto: *As crianças comem o recheio primeiro e deixam o biscoito de chocolate por último*. Percebeu que odiava a propaganda.

Mary conseguia perceber o pânico crescendo nos olhos deles.

— Tudo ficará bem — ela disse baixinho, tocando o crucifixo pendurado em seu cordão. Agora estava tentando confortá-lo. — Mesmo se... Nós ficaremos juntos novamente.

— Não fale assim! — ele a admoestou de forma rude, arrependendo-se na hora.

Como acontecia com muitos homens, ele transformara o seu medo em raiva e acabara descontando a frustração sobre a pessoa que mais amava na vida.

Mary pegou sua mão. Olhou pela janela, para a chuva que batia no vidro e escorria como uma cachoeira, distorcendo a paisagem do lado de fora e disse em um sussurro:

— Como você acha que é?

Michael não sabia sobre o que ela estava falando, seu cérebro parecia ter virado lama. Depois de tudo pelo que passara, tudo pelo que lutara nas semanas anteriores, tudo fora em vão. Haviam perdido a batalha. *Ele* perdera a batalha. Uma vez mais, falhara com ela.

— O Céu.

Uma paz confortante envolveu Mary quando respondeu à pergunta que ele nem chegara a formular. Continuava olhando pela janela enquanto falava baixinho:

— Como você acha que é? Será que é bonito?

Michael sentiu o choque passar pelo corpo como um raio. As palavras de Simon ecoaram em sua mente: "Você roubou as chaves para o Céu... O Reino dos Céus está fechado."

Nesse momento, Michael soube que Mary não sobreviveria ao câncer. Tudo que Simon dissera era verdade. Virara as costas para Mary ao tentar mantê-la consigo, segurando-a firme, desesperado por protegê-la contra o horror que se espalhava pelo seu corpo e que a estava roubando dele.

Não conseguia olhar para ela, escondendo seus olhos ao abraçá-la, respondeu:

— Tenho certeza de que é.

*

Meia hora antes, o Dr. Rhineheart explicara a situação de Mary para Michael.

Haviam removido os ovários e as tubas uterinas, acabando com o câncer que se encontrava ali, mas já existiam metástases em outras regiões do corpo, sendo que as piores eram nos rins e no cérebro. Os sintomas ainda não eram evidentes, mas em breve seriam. Era como se o câncer tivesse saído dos arbustos onde estava se alimentando, para procurar outro ninho e começar um novo banquete. O tipo de câncer dela era agressivo e estava se espalhando rapidamente.

E a mataria em seis semanas.

DEZESSEIS

O Old Stand estava completamente lotado. As pessoas se acotovelavam para abrir caminho. O jogo de *softball* daquela noite fora cancelado devido ao mau tempo e todos os homens saíram de casa para beber e se divertir. O único meio de se comunicar naquele lugar era aos gritos e se alguém escolhera o lugar para beber e relaxar podia esquecer.

Michael estava espremido entre a multidão de clientes aguardando. Fazia uma hora que estava lá, enrolando com o drink que pediu ao chegar. Depois que Mary dormiu, saiu do quarto e pegou o telefone celular. Paul já atendeu esbravejando sem parar durante dois minutos, o volume de sua voz era páreo para os decibéis do bar no qual agora aguardava. Michael ouvira a tudo calmamente; estava deprimido e não tinha ninguém mais a quem recorrer. Agora precisava de um amigo mais do que já precisara de alguma coisa na vida. Paul falara aos berros sobre confiança, lealdade e amizade; verdade, traição e mentiras; mas gritou muito mais sobre a lei e a posição delicada em que Michael o pusera. Depois que terminou, Michael perguntou se podiam se encontrar. Ah, claro que poderiam se encontrar. Michael foi orientado a estar no Old Stand às 21h, e era melhor não se atrasar.

Então, lá estava Michael, aguardando. Sabia que devia contar a Paul sobre o fato de ter violado a condicional. Que tirara vantagem da amizade e o fizera de maneira abusiva. No entanto, mesmo se sentindo culpado por trair a confiança do amigo, se sentia muito pior por ter quebrado a promessa que fizera à esposa. Não conseguia parar de pensar nas coisas que Simon dissera. Se o Céu estava fechado, e essa possibilidade crescera bastante no decorrer do dia, então ele destruíra as esperanças de Mary na vida eterna, violara suas crenças de um modo além da compreensão. Estava confuso e remoía sem parar pensamentos incoerentes que persistiam mesmo no meio da balbúrdia do bar lotado.

Um Paul muito ansioso e zangado chegou e sentou-se no banco de frente para Michael. O policial estava usando todo o autocontrole para não deixar sua raiva prevalecer. Michael nada disse, mantendo os olhos baixos. Por fim...

— Onde diabos você esteve?

— Sinto muito.

— É melhor você nem começar por aí. Não estou pronto para perdoar. Onde você esteve?

— Tive de cuidar de alguns assuntos.

— Assuntos? Que merda é essa, Michael? Quero ouvir da sua boca... Onde você esteve nos últimos dias?

Michael olhou para ele sem saber o que dizer: tudo o que queria era acabar logo com isso e voltar para o hospital.

— Você tem noção da posição em que me colocou? Estou tentando encobrir as coisas para você por quase duas semanas, cara, e eu não faço isso por ninguém, a não ser para mim mesmo. Você sabe disso, não sabe?

Paul estava começando a perder o controle; olhou para a parede, respirando fundo, lutando para recobrar o equilíbrio. Os segundos foram passando.

— Acabei de chegar do hospital — disse Michael em voz baixa.

Paul olhou para ele, a raiva desaparecendo rapidamente.

— E?

A expressão de Michael dizia tudo. Paul não precisava ouvir. Os olhos de Michael pareciam os de uma criança que fora magoada. Paul nunca vira Michael daquele jeito. Claro que Michael se deixara levar pela doença de Mary e acabara violando a condicional. Mas ainda havia esperanças.

— O que o médico disse?

— Espalhou-se por todo o corpo.

Essa era a última coisa que Paul esperava ouvir. Estava pronto para acabar com Michael mas agora já esquecera toda a raiva.

— Oh, Mike! Posso fazer alguma coisa?

Michael apenas olhou para ele sem responder; os olhos cheios de remorso e medo.

— Sei que está sofrendo...

— Eu fiz uma coisa... — disse Michael de forma suave, a cabeça baixa no momento da confissão.

— O quê? — perguntou Paul, já sem querer saber a resposta. — O que você fez?

— Eu a amaldiçoei.

Paul estreitou os olhos, confuso. Não estava mais preocupado apenas com Mary.

— Destruí tudo em que ela acredita.

— Do que você está falando? Você não tem culpa da doença dela.

— Dizem que nossos entes queridos sempre pagam um preço pelos nossos pecados.

— Não fale besteira. O que aconteceu com Mary não tem nada a ver com quem você é ou com o que você fez.

— Por que não sou eu em cima daquela cama?

— Pode parar com isso agora. Isso tudo é trágico, mas você não causou nada disso. As coisas acontecem e nós não temos como controlá-las. Elas apenas acontecem.

— Gostaria de poder devolver.

— Devolver o quê? — Paul estava completamente perdido. — Michael, afinal de contas, o que você fez?

— Fui para a Europa — disse Michael fazendo uma pausa. — E roubei duas chaves.

Paul fechou os olhos. Sabia que Michael tinha viajado para o exterior e sua intenção esta noite era fazer com que ele confessasse, mas não desse jeito. Esperara que houvesse uma explicação aceitável, pois se o motivo fosse um crime, Paul estaria na pior posição possível.

— Não me conte isso...

— Roubei as chaves para pagar o tratamento de Mary.

— Merda! Eu sabia! Você me prometeu!

— Eu sei. Prometi muitas coisas.

A balbúrdia no bar parecia aumentar à medida que a conversa ficava mais intensa. Paul achava difícil acreditar que pudesse haver pessoas felizes em volta dele enquanto a vida do amigo desmoronava.

— Michael, isso é sério...

— Eu as vendi para um homem chamado Finster...

— Isso é bem pior do que violar a condicional. Eu...

— Ele é o Diabo, Paul. Eu vendi as chaves para o Diabo — afirmou Michael em voz baixa, ainda não querendo acreditar nas próprias palavras.

— Mike...?

— Eu as vendi para o Diabo. Eram as chaves para o Céu. As chaves para o Reino dos Céus.

Paul ficou ali sentado, surpreso, sem saber como lidar com o colapso nervoso que acontecia com o amigo à sua frente. Michael estava desmoronando e ele não sabia o que fazer.

— Você está falando um monte de besteiras, Michael — disse Paul inclinando-se para a frente. — Olhe para mim. Sei que você está sob muita pressão...

Michael olhou-o nos olhos.

— Estou dizendo a verdade.

Então Paul percebeu que ele acreditava nas coisas que dissera. E isso o assustava. Já tivera de lidar com criminosos classificados como insanos e sabia que eles acreditavam em um mundo à parte, criado por eles, e na própria definição de certo e errado, bom e mau.

— Você realmente acredita nisso, que encontrou o...

— Não importa no que acredito — interrompeu Michael. — O que me importa são as crenças de Mary. Eu tirei dela a única coisa que ela valoriza mais do que tudo: sua fé, sua vida eterna.

Por mais que se odiasse por isso, Paul estava horrorizado; o melhor amigo enlouquecera e ele não sabia como lidar com isso. Era Jeannie quem lidava com as questões delicadas da vida. Paul não era delicado. Então, procurou levar a conversa para o lugar onde se sentia seguro, antes que o pânico tomasse conta dele, esperando que Michael voltasse à realidade.

— Você violou sua condicional e temos de lidar com esse problema.

— Essa é minha menor preocupação agora.

— Não é não. Você pode ser preso novamente.

— Eu contei isso a você em confiança. Como amigo.

— Você é meu amigo, Michael. Mas a lei é a lei. Se alguém descobrir que você deixou o país, e eles descobrirão — acrescentou, lembrando-se da informação interna que Thal obtivera —, nós dois estamos ferrados. É a lei, Mike, e você a violou de forma deliberada.

— Tenho de consertar o que fiz. — Michael não estava prestando atenção no que Paul dizia.

— Você está delirando, Michael. Está se culpando pela doença de Mary.

— Eu tenho de ir — disse Michael levantando-se e olhando de forma acusadora para Paul. — Obrigado pela ajuda...

O sarcasmo magoou Paul.

— Não posso deixá-lo sair — afirmou o policial em um tom autoritário.

— O que vai fazer? Prender-me enquanto minha esposa está morrendo na cama de um hospital?

Michael conseguira deixar Paul puto novamente, no mesmo humor de quando chegara ao bar. Michael conseguira virar o jogo e assumir toda a culpa do estado de saúde de Mary. Paul bufava de raiva.

— Maldito seja...

Mas Michael já saíra, resmungando.

— Isso eu já sou.

Os filhos de Paul estavam gritando como duendes. Seus dois filhos tinham um vínculo anormal entre um irmão e uma irmã e raramente estavam separados. Enquanto voavam pela cozinha com machados e espadas de brinquedo, mostravam a vivacidade e a energia de um animal pronto para matar sua presa.

Como se estivesse em uma bolha à prova de som, Paul estava à mesa de jantar, revirando a comida do prato, totalmente distraído dos gritos dos filhos. Não queria conversar; não queria fazer nada nesse momento. Estava perdendo dois de seus melhores amigos: uma para o câncer e o outro para a loucura, sendo que não havia nada que pudesse fazer por nenhum dos dois. Nunca se sentira tão impotente. E para piorar as coisas, Michael lhe virara as costas. Como pudera violar a condicional, depois de tudo o que Paul fizera por ele? Sentia um vazio no peito, era como se tudo pelo que já lutara tivesse sido varrido abruptamente por alguma ventania repentina de verão.

Jeannie estava em frente a Paul. Também em silêncio. Paul já chegara em casa com aquele humor muitas vezes, quando os sofrimentos do dia pareciam tirar-lhe a vida. Sabia que não devia pressioná-lo. Quando Paul resolvesse falar, ela estaria ali para ouvi-lo. Desabafar geralmente o ajudava, mas havia momentos em que a dor de recontar para obter alívio era grande demais e ele aguardava algumas semanas, às vezes anos, para colocar tudo para fora. Algumas vezes, era necessário ter vidas separadas quando se tratava de certos assuntos.

As crianças continuavam gritando e correndo e a bolha à prova de som de Paul estava começando a rachar. Jeannie sentiu seu aborrecimento.

— Ei, crianças, vamos falar mais baixo — pediu, tentando evitar o inevitável.

Mas crianças são crianças e continuaram brincando e gritando ainda mais alto, correndo mais depressa, levando os pulmões ao limite. E, então, sem aviso, tudo ficou em câmera lenta. O braço de Robbie esbarrou na jarra de limonada que estava sobre a mesa. Ela voou pelos ares e espatifou-se no chão, deixando um rastro de vidro e limonada.

Paul levantou-se da cadeira.

— Será que não ouviram o que a mãe de vocês disse? Vocês não respeitam as regras? Estou cansado da falta de respeito que impera aqui. As coisas vão mudar, estão ouvindo?

As crianças congelaram. Amedrontadas demais para chorar, começaram a tremer de medo. Era raro que Paul perdesse a paciência com elas, mas, quando perdia, a punição era severa e as deixava chorando por horas seguidas.

Jeannie tirou as crianças da cozinha.

— Está tudo bem. Subam, vistam o pijama, escovem os dentes e assistam a um filme.

Quando voltou, Paul andava de um lado para o outro, coçando a testa, fechando e abrindo os punhos como se bombeasse algum instrumento médico. Não podia mais esconder o motivo do seu estado de espírito.

— É Michael. Ele violou a condicional e disse isso na minha cara! — gritou Paul sem acreditar ainda.

Sentou-se, sentindo-se esgotado, como se tivesse corrido uma maratona, e continuou de forma mais suave:

— Roubou umas coisas na Europa.

— Na Europa? Mas eu pensei que ele tivesse ido para o sul... E o que você vai fazer?

O que faria? Boa pergunta, da qual ele odiava a resposta.

— Tenho de prendê-lo.

Sempre soubera que era isso que faria, mas contar a Jeannie tornava as coisas mais reais. Quando as palavras saíram de sua boca, sentiu um gosto ácido.

— Tenho certeza de que há alguma explicação lógica para isso.

— Ele fez isso para pagar o tratamento de Mary.

— Ai, meu Deus!

Jeannie não conseguia imaginar a dor que Paul deveria estar sentindo. Estava prestes a prender o melhor amigo. E não apenas um amigo dele, mas de ambos. O marido de sua melhor amiga. E o que seria de Mary quando isso acontecesse?

— Eu não faço as leis. Não sou eu quem deve escutar as explicações, esse é o trabalho do juiz...

— Eles vão prendê-lo e isso vai matar Mary.

— Jeannie — disse Paul suavemente. — O tratamento de Mary não funcionou. O câncer tomou todo o corpo.

Jeannie era uma mulher forte, mas nem tão forte assim. Ficou parada, em choque. As lágrimas escorriam por seu rosto. Mary sempre fora sua melhor amiga. Desde os tempos de colégio.

— Eles têm certeza? — perguntou com voz trêmula. — Deve existir algo...

Ele negou com a cabeça. Não tinha o que dizer.

Ficaram sentados em silêncio e só Deus sabe por quanto tempo, sem nada dizer. Jeannie e Paul já estavam juntos há quinze anos. Durante todo esse tempo, ele sempre fora o mais forte. Já fora a muitos funerais: o de sua mãe e o do seu irmão três anos antes, com apenas dois meses de diferença. Ele fora morto por um motorista bêbado e ela por um ataque cardíaco. Colegas, amigos e até um parceiro já haviam morrido no cumprimento do dever. E, durante todos esses anos, ela nunca o vira derramar uma lágrima sequer. Até esta noite. E quando elas vieram, era como se todos aqueles anos de sofrimento viessem à tona. Esta noite, ele não disse mais nada. Ficou ali sentado com as lágrimas escorrendo pelo rosto.

Paul estava na porta do quarto das crianças, olhando-as enquanto dormiam, encolhidas sob os lençóis de verão. Tão inocentes, tão otimistas. A vida ainda não roubara seus sonhos. Os pais sempre tentam proteger o mundo de seus filhos contra a dura realidade da vida adulta.

Só um pai é capaz de entender a dor que sente depois de ralhar com um filho. Paul se envergonhava por ter explodido com os filhos. Afinal, eles não fizeram nada de mais, além de agirem como crianças, e isso não era pecado. Tentara tanto ser diferente do pai. Dedicava-se a participar da educação deles, sendo seu treinador e seu amigo. Estava determinado a ser tudo o que o próprio pai não fora para ele. E, na maioria das vezes, conseguia. Mas eram as escorregadelas como as desta noite que lhe davam a verdadeira dimensão do que o próprio pai fora. Sempre havia circunstâncias e segredos dos quais as crianças não ficavam sabendo. Coisas como prisão e câncer. Paul agora percebia que o que acreditava ser falta de atenção do pai era, na verdade, preocupação com os problemas da vida.

Sempre havia duas perspectivas para cada situação. E ele acabou percebendo que era daí que vinha o presente da sabedoria... um pouco de cada vez. Inclinou-se sobre a cama e deu um beijo no rosto rosado de cada um dos filhos, enquanto agradecia em silêncio pelos ensinamentos que aprendera e que o faziam crescer como ser humano.

Michael pegou dois copos e uma garrafa de Jack Daniel's e foi para o escritório. O aposento estava totalmente escuro, a não ser pela luz que vinha de um poste da rua. Hawk dormia, encolhido em um canto próximo à mesa de Michael.

— Então agora você sabe — disse uma voz que vinha das sombras.

Michael congelou. Depois de um momento, colocou os dois copos na mesa, serviu-se de uísque e entregou um copo para Simon, que se encontrava sentado do outro lado da escrivaninha. Ligou o abajur e sentou-se.

— Não sei em que acreditar.

Durante as últimas duas horas, Michael vagara pelas ruas de Byram Hills e estava à beira da loucura. Não havia outra explicação lógica. A pressão sob a qual estava vivendo estava acabando com ele. Sua vida se transformara em um sonho, o sonho em pesadelo e o pesadelo em realidade.

Deixara Paul no bar, destruindo a única amizade verdadeira que tinha. Deixara Mary na cama de hospital, sabendo que destruíra tudo em que ela acreditava. *Era muito fácil enlouquecer*, pensou enquanto andava. A loucura insinuara-se nele de forma despercebida, como o câncer fizera com Mary, consumindo o seu cérebro do mesmo modo que o câncer consumia o corpo de Mary. Mas os loucos nunca estavam conscientes de sua loucura; pelo menos era o que se dizia por aí.

Ele queria respostas e só havia uma pessoa que podia fornecê-las. Apenas Simon poderia revelar a verdade. Além disso, ele era o único a quem Michael podia procurar nesse momento. E Michael o odiava por isso.

— Refresque a minha memória — disse Michael em um tom cheio de cinismo. — Por que eu deveria acreditar nas coisas que você diz?

— Você não confia nem em si mesmo, como poderia confiar em outra pessoa? Ainda mais em mim?

— Faça um teste — desafiou Michael.

— Jesus Cristo estava ensinando aos Seus 12 discípulos. Acho que você sabe sobre eles, não?

— Sim. Estudei em um colégio católico.

— Tendo Jesus chegado às regiões de Cesaréia de Felipe, interrogou os discípulos, dizendo: "Quem dizem os homens ser o Filho do Homem?" E eles responderam: "Uns dizem que é João, o Batista; outros, Elias; outros, Jeremias, ou algum dos profetas." E Jesus perguntou: "Mas vós, quem dizeis que eu sou?" E cada um dos discípulos ficou sentado pensando sobre a pergunta, mas apenas Simão sabia a resposta. "Tu és o Cristo, o Filho do Deus vivo." E, então, disse Jesus ao seu seguidor: "Tu és Pedro, e sobre esta pedra edificarei a minha Igreja" e comunicou ao seu discípulo que acabara de receber o novo nome, Pedro, o poder de condenar ou absolver todos os que procuravam a salvação, dizendo: "Dar-te-ei as chaves do Reino dos Céus; o que ligares, pois, na Terra será ligado nos céus, e o que desligares na Terra será desligado nos Céus." Jesus deu a Pedro o poder de controlar a porta que leva à vida eterna. E entregou a Pedro duas chaves inspiradas pelo poder, uma de ouro e outra de prata: as chaves do Reino dos Céus.

Simon fez uma pausa, antes de retomar a narrativa.

— Com a morte, ressurreição e ascensão de Jesus, seu discípulo Pedro liderou a Igreja de Jesus Cristo, a Cristandade. A História reconhece Pedro como o primeiro papa. E esse poder que o Senhor colocou nas mãos de Pedro passou para cada um de seus sucessores. Junto com as chaves.

Simon recostou-se na cadeira, esperando que Michael absorvesse todas as informações que recebera, aguardando algum comentário.

— Então, a Igreja dá um grande valor àquelas duas chaves, não é? — perguntou Michael.

— Um valor que você ainda não começou a compreender.

— E é claro que, por isso, eles colocaram esses objetos de valor incalculável sob o altar de uma igreja velha no meio do nada. Vocês devem ser muito espertos, não é? Você sabe como foi fácil para mim entrar lá e pegá-las? Se tudo isso é verdade, se essas são as chaves que Jesus entregou a Pedro... — Michael fez uma pausa. — Essas chaves não passam de uma embromação supersticiosa.

— Talvez, nesse momento, você não aceite minhas crenças — disse Simon levantando-se. — Mas não se *atreva* a *debochar* de mim.

Parou.

— Foi o próprio Pedro, antes de morrer, quem colocou as chaves naquele local, foi dali que Jesus ascendeu aos Céus. Uma ligação entre o Céu e a Terra. O local onde a Igreja da Ascensão foi construída...

— Trata-se de um mito. Um conto de fadas enfeitado com o passar dos anos...

— Pedro decretou e cada papa que o sucedeu concordou que as chaves estavam onde deveriam estar e ali deveriam permanecer. Enquanto as chaves estivessem nas mãos do papa e da Igreja, a ligação seria preservada e as portas permaneceriam abertas.

— Espere um minuto! — pediu Michael levantando as mãos. — As chaves *estavam* protegidas. Protegidas por você — afirmou, querendo colocar o dedo na ferida. — E você *falhou*.

Simon não respondeu. Fixou o olhar em Michael, antes de desviar os olhos.

— E agora você tem de limpar a sujeira, não é? O Vaticano sabe? — perguntou Michael. — Duvido muito, caso contrário haveria muito mais gente envolvida nisso.

Simon agarrou Michael pelo colarinho, arrancando-o da cadeira, e puxando-o para a frente.

— Talvez eu devesse matar você. Ou melhor, apenas aleijá-lo e deixá-lo colher os frutos do mal que plantou. Finster voltará, sabe? Voltará para buscar a alma de sua esposa e, depois, a sua. E tudo o que você pensa em fazer é me provocar desse modo arrogante. Prefere ocultar o medo por trás dessa postura debochada. Prefere insultar-me a salvar sua esposa da maldição eterna. Sua arrogância me enoja.

E, sem esforço, jogou Michael no sofá.

— Como pode Finster ser quem você diz que é? Não tenho provas...

— Provas? Claro que você tem provas. August Finster fez com que voltasse a roubar; você foi um joguete nas mãos dele.

— Finster é um colecionador de obras de arte, um homem de negócios respeitado e extremamente bem-sucedido...

— Ele é tudo isso, menos uma coisa: não é um homem.

— Como pode afirmar isso? Não. Isso é maluquice.

— Ele sempre demonstrou interesse nas obras de arte mais profanas feitas contra a Igreja. Por muito tempo, considerei-o doente, assim como todo mundo. Mas quando algumas peças começaram a desaparecer no mercado negro, decidi fazer uma investigação mais profunda sobre seus antecedentes...

— A maioria das pessoas que surgiram depois da queda do Muro de Berlim não tem antec....

— Mas, diferente dos outros, ele nunca *nasceu* — afirmou Simon olhando para Michael, que caiu na gargalhada. — Você acha isso engraçado? — perguntou a Michael. — Você não sabe nada sobre os alemães que viviam no lado oriental. Eles mantinham um relatório sobre cada cidadão desde praticamente a concepção do indivíduo. As pessoas acham que esses relatórios foram destruídos; mas isso não é verdade. Você só tem de saber onde procurar. E eu procurei. E não há nenhum relatório sobre Finster... em lugar algum.

— E você apostaria sua vida nisso?

Simon o ignorou.

— Alguns anos atrás, resolvi fazer uma visita surpresa ao nosso amigo Finster em Berlim. Ninguém sabia sobre o meu itinerário e, ainda assim, ele estava lá, aguardando na plataforma a minha chegada. Quando saí do trem, tentei despistar e perguntei quem ele era. Sua resposta foi a seguinte: "Por que faz uma pergunta para a qual já sabe a resposta?" Eu queria acusá-lo de conspirar contra a Igreja, contra Deus. Ele negou tudo. O único problema era que suas negativas vinham antes de eu verbalizar as acusações. Ele sabia tudo o que eu ia falar. Depois disso, só me lembro de acordar em um trem voltando para Roma, sem saber como eu entrara nele. E, desde esse dia, não há uma noite sequer em que Finster não assombre meus sonhos.

— Sonhos? — perguntou Michael levantando a cabeça. — Você está se baseando em...

— Ele é o anjo das trevas, expulso do Reino dos Céus antes do início dos tempos.

— Um conto muito conveniente criado para amedrontar o mundo. Fazer com que as crianças se escondam embaixo de suas camas. Mães acovardando-se de medo, implorando o perdão. Todos correndo para o benevolente Deus para salvá-los. Protegê-los do mal que é um Satã de mentira.

Michael sentou-se mais ereto na cadeira ao se sentir mais seguro conforme proferia essas palavras.

— August Finster é um homem de negócios egoísta que tem poder demais nas mãos, impondo seu poder sobre toda a Europa, incluindo você, ao que parece.

Simon sentou-se em frente a Michael.

— August Finster é um ser extremamente bonito e carismático; engraçado, atraente e simpático. E ele é o pior mal que existe. Tudo não passa de fachada. Ele atende aos seus desejos e necessidades mais íntimos. Ele sabe o que você deseja; sabe exatamente o que lhe causa pavor e brinca com esse conhecimento.

Simon inclinou-se para a frente, aproximando-se mais de Michael. Agora era sua vez de colocar o dedo na ferida.

— *Assim como fez com você* — afirmou com os olhos frios e impassíveis. — Você não acha coincidência demais ele aparecer no momento em que você mais precisa como uma resposta às suas preces, oferecendo a solução para todos os seus problemas em um momento de desespero, quando todos lhe negaram ajuda? E tudo em troca de uma simples tarefa? *Quem foi que falhou aqui?*

O aposento pareceu mais escuro e o mundo mais claustrofóbico. Michael estava extremamente ciente dos sons à sua volta: a respiração do cachorro, os carros na rua, o tique-taque do relógio... Tudo parecia acentuar o medo que sentia por dentro.

— O que ele quer?

— O que sempre quis. Nossas almas. Troca uma aqui, rouba outra acolá. Agora ele não precisa mais disso, pois terá todas as almas. Ao controlar as chaves, ele controla as portas do Céu.

— E por que Deus simplesmente não reabre as portas? Elas já foram abertas uma vez quando Jesus morreu na cruz. Não é nisso que você acredita?

Desde os 16 anos, quando teve de enfrentar um momento que o marcou para sempre, Simon não temia mais nada nessa vida. Naquele dia, seu coração morrera e, com ele, todas as suas emoções. Não sabia mais o que era medo, ou qualquer outro sentimento, desde então.

Até agora.

— Deus teria de retornar, cumprindo as profecias das Escrituras, e seria o fim do mundo, por assim dizer. Gabriel soaria a trombeta. O sinal de que Deus está voltando: o Juízo Final. Michael, temos de recuperar as chaves.

Michael não sabia se ria ou se chorava. Tudo o que acontecera nas últimas semanas parecia desmoronar agora. Todos os passos que dera o levaram a este momento. Ele não apenas magoara e destruíra a vida das pessoas a quem amava, mas também pisara nas crenças que as sustentava.

— Temos de partir — afirmou Simon. — Não temos muito tempo.

— Minha esposa está morrendo. Não posso deixá-la novamente.

— Sinto muito — disse Simon sem demonstrar compaixão.

— Não posso partir. Sua vida...

— A vida dela está se esvaindo e não há nada que você possa fazer quanto a isso. Mas se você dá valor à vida eterna dela, ainda há tempo. Salve isso, Michael. Salve a alma dela.

Michael revirou-se durante toda a noite. Não conseguia mais dormir na cama e acabara indo para o sofá com uma mola solta que batia no osso do seu ombro. Mas preferia isso aos pensamentos que passavam pela sua cabeça enquanto se revirava sozinho no colchão *king-size*. A cama vazia despertava muitos pensamentos. E seria assim para o resto da vida dele, depois que Mary se fosse. Ainda não estava pronto para enfrentar isso. Ela ainda estava viva. Disso tinha certeza.

Aliás, essa era a única certeza que tinha.

Depois que Simon se fora, Michael vagou pelas ruas escuras. Sem destino, andando até que percebeu que tinha chegado ao hospital. Ficou olhando para a janela do quarto de Mary. Não entrara. Se o fizesse, se a visse, a tristeza tomaria conta dele novamente e ele precisava pensar de forma clara. Se tivesse de partir com Simon, não havia como saber por quanto tempo ficaria fora. Mary poderia morrer durante sua ausência e como poderia conviver com isso? Michael poderia deixar que Simon partisse sozinho, mas nunca saberia se Simon fora bem-sucedido na tentativa de recuperar as chaves. A tortura que seria enfrentar todos os dias da vida sem saber ao certo se Mary fora para um lugar melhor até o dia de sua morte.

A fé de Michael em Deus fora destruída e não existia mais. A de Mary, porém, estava mais forte do que nunca. Ela acreditava na vida eterna, na eternidade e no Céu.

Tinha de escolher entre sua crença inexistente e a fé inabalável de Mary.

Não tinha mais o que pensar. A decisão fora tomada.

Partiria com Simon.

DEZESSETE

— Bom dia, Mike.

A sombra de Paul cobriu o corpo de Michael deitado no sofá. Michael esfregou os olhos e olhou para Paul.

— Como você entrou?

— Você me deu as chaves no ano passado, lembra?

— Parece que desenvolvi o péssimo hábito de dar chaves para as pessoas erradas — resmungou Michael, exausto.

Quando Paul se afastou, o sol da manhã bateu nos olhos de Michael como uma vingança. Arrependia-se das duas últimas doses de Jack Daniel's que, agora, martelavam na sua cabeça.

— Posso servir o café-da-manhã? — perguntou, cobrindo o rosto com o travesseiro para bloquear a luz do sol.

CLIQUE. Sentiu alguma coisa ser presa a seu tornozelo. Michael tirou o travesseiro do rosto e olhou para os pés. Deparou-se com o rosto de Dennis Thal. O novo parceiro de Paul estava ajustando uma tornozeleira de metal que agora se encontrava presa à perna de Michael. Nada de algemas. Nada que restringisse os movimentos. Era algo pior. Em torno da perna, encontrava-se uma tornozeleira eletrônica de segurança que monitoraria seus movimentos. O tipo de dispositivo que trazia um chip GPS embutido, que seria controlado pela central de polícia, que emitiria relatórios sobre suas saídas, disparando todos os tipos de alarme e apitos cada vez que o perdessem de vista.

Michael imediatamente afastou a perna de Thal. O jovem policial sorriu como um caçador que sabia que a caçada havia acabado e que não havia para onde a presa fugir.

— Que merda é essa?

— Sinto muito — disse Paul, sem olhar para Michael.

— Sente muito? O que está fazendo?

— Você é um risco. Não posso deixar você fugir.

— Fugir? — perguntou Michael demonstrando incredulidade. — Fugir de quê?

— Tive de denunciá-lo ao juiz.

— Eu contei a você como amigo...

— O que torna as coisas ainda mais difíceis.

— Minha esposa está *morrendo*, Paul. Você acha que eu a abandonaria?

— Você pode visitá-la sempre que quiser. Só queremos saber onde você está. Nada de sair da cidade novamente.

— Seu filho-da-puta! Você está me prendendo novamente.

Michael levantou-se, partindo para cima de Paul, mas antes de chegar Thal o segurou, batendo nele com força. Muita força, socando o corpo de Michael várias vezes, antes que ele tivesse a chance de reagir. Quando caiu no chão, Thal levantou a perna direita para chutar a cabeça de Michael. Mas não atingiu o alvo, pois Paul o agarrou pelos ombros e o jogou para o outro lado do quarto.

Paul não estava pensando direito, estava tomado por um turbilhão de emoções quando olhou para Michael contorcendo-se de dor no chão do apartamento.

Thal ficou em pé, tirou o pó da roupa e virou-se para Michael.

— Pessoas como você deveriam apodrecer em um buraco embaixo da terra. Sua esposa vai morrer sozinha, sabia?

Paul voltou a si, sua voz baixa tremia de raiva quando disse:

— Espere-me lá embaixo. Saia agora!

Quando Thal se retirou, Paul tentou ajudar Michael a se levantar. Mas Michael recusou a ajuda, afastando-se de forma desafiadora.

— Mike, não há nada que eu possa fazer. A lei é a lei. Não posso me arriscar a cobrir os seus rastros. Também tenho as minhas responsabilidades.

Por mais que gostasse do amigo, Paul tinha de pensar na esposa e nos filhos. Não podia arrastá-los pela lama. Mesmo que quisesse deixar a ética de lado por um tempo pelo amigo, uma outra pessoa sabia que Michael violara a condicional. E tão certo quanto o sol nasceria no dia seguinte, Thal denunciaria a ambos apenas pelo prazer do escárnio.

— A doença de Mary está tirando você do sério, amigo. Vou tentar explicar isso ao juiz. Ele com certeza vai pegar leve. Sinto muito mesmo.

— Você não tem idéia do que fez!

As palavras de Michael cortaram o coração de Paul como uma faca. Michael limpou o sangue do nariz e deu as costas ao amigo.

A respiração de Paul quase parou enquanto olhava para o amigo. Por fim, sem dizer mais nada, virou-se e saiu.

Mary estava dormindo profundamente nos braços de Michael, que tinha se deitado na cama do hospital para confortá-la; mas, na verdade, era ele quem buscava conforto no contato com o corpo dela. Ainda não sabia como contaria a ela que teria de partir novamente. Como dizer à mulher amada que você vai abandoná-la no momento em que ela mais precisa de você?

Michael cobriu o indesejável dispositivo em seu tornozelo com a meia e escolheu calças tipo cargo, bem largas para não marcar. O dispositivo cinza era um pouco maior do que um maço de cigarros. A cada passo ele era lembrado da presença indesejada presa ao corpo. Tinha licença para visitar Mary, mas tinha de ligar e determinar o itinerário. E fizera exatamente isso antes de sair de casa.

— Monitoramento e controle de condicional — atendeu a policial do outro lado da linha.

— St. Pierre — disse Michael, que ligara do apartamento. — Estou saindo para ver minha esposa no hospital.

— Confirmado, Sr. Pierre. Não se esqueça de ligar-nos quando chegar ao hospital, de acordo com as normas.

Tão formal, pensou Michael. A divisão de condicional monitoraria seus movimentos pela cidade. Era necessário que entrasse em contato com a central a cada hora quando estivesse fora de casa. Se o dispositivo fosse removido ou danificado, ou se ele saísse dos limites da cidade, seria preso imediatamente por violação da condicional. O que fariam se vissem seus movimentos entrando em um avião e saindo do país?

Chegou ao hospital quando Mary acabara de sair de uma sessão de radioterapia. Os dois haviam decidido manter o tratamento. Já que não tinha jeito, pelo menos conseguiriam mais tempo. E nunca se podia ter certeza de nada. Afinal, milagres podiam acontecer.

Eles tomaram um café-da-manhã silencioso que consistia em ovos com salsicha que Michael comprara no caminho. As palavras vinham espaçadas. Michael nunca fora um bom jogador de pôquer e Mary podia ver a angústia no seu rosto mesmo a quilômetros de distância, e isso só servia para carregar ainda mais a atmosfera que os envolvia.

— O que foi, Michael? Sei que tem algo incomodando você. Consigo ver isso nos seus olhos. Seja o que for, não pode ser tão ruim — afirmou forçando um sorriso. — Considerando tudo pelo que estamos passando.

— Tenho de partir novamente — disse baixando a cabeça, envergonhado e nunca fora tão difícil falar. — São apenas alguns dias...

— E é isso que está incomodando você? — Mary quase riu. — Eu ficarei bem. Não precisa se preocupar. Eles cuidam muito bem de mim aqui. Você só tem de voltar para mim.

— Disso você pode ter certeza — respondeu aliviado. Claro que ele voltaria.

— Eu sei.

Ela o beijou. Michael notou um ligeiro tremor no seu corpo. Tirou o casaco esportivo que usava e o colocou sobre os ombros dela, que o ajustou melhor em torno do corpo, absorvendo o calor e sentindo o cheiro de Michael. E isso parecia reanimá-la. O cheiro das roupas dele. Ela tinha o hábito de usar as camisas e casacos dele, pois sempre despertavam nela uma sensação de segurança.

Mary parecia ter definhado um pouco mais nas últimas 24 horas. Era como se o fato de saber o prognóstico tivesse acelerado os sintomas da doença.

Michael passou uma hora deitado ao lado dela.

— Serão apenas alguns dias — disse baixinho no ouvido da esposa que caíra no sono.

Ela não se mexeu, nem respondeu. Talvez fosse melhor assim. Continuou falando baixinho com ela.

— Preciso tanto de você... Achei que eu a estava salvando, e acabei fazendo uma coisa horrível que preciso corrigir — falou acariciando seu rosto. — Só peço que tenha fé em mim.

Ela se mexeu, mas os olhos ainda estavam fechados, e então, gentilmente, apertou a mão dele, aninhou-se no seu pescoço e suspirou suavemente:

— Eu sempre tive.

— Ninguém me disse nada sobre morrer congelada — resmungou Jane Arlidge, esfregando as mãos em uma tentativa para aquecê-las.

Ninguém lhe dissera que precisaria levar um casaco no final de junho. Na verdade, quando lhe entregaram seu uniforme na semana anterior, deveriam ter providenciado um suéter.

— Onze graus, onze graus congelantes — disse a policial sentada em frente a uma série de monitores, trinta ao todo. Cada um trazia uma etiqueta, exibia uma planta baixa e mostrava um pequeno ponto verde que se movimentava. Um nome, um número de identificação e uma linha de status apareciam na parte inferior de cada monitor. Jane Arlidge acabara de sair da academia e escolhera mergulhar direto na carreira que escolhera, diferente dos demais formandos, que partiram para uma semana de comemorações antes de começar a luta contra o crime.

Estava sentada em uma grande sala sem janelas. Ao longo da parede de trás havia vários computadores alinhados. Cabos passavam pelo chão e luzes verdes, azuis e vermelhas piscavam nos monitores. Havia apenas uma cadeira que poderia ser considerada confortável, era preta, de couro, e Jane estava sentada nela, sentindo-se congelar pelo frio da sala, mas era bem mais acolhedora do que as outras cadeiras de metal das demais estações de trabalho. O centro de processamento de dados da delegacia de polícia de Byram Hills não era apenas frio, mas muito frio. A temperatura de 11 graus havia sido uma orientação do fabricante da unidade de processamento e prescrito pelo departamento de informática da polícia. A coitada da novata que agora estava no serviço de monitoramento inevitavelmente pegaria uma gripe dos diabos que duraria muito.

Cada monitor era destinado a um criminoso que estava aguardando julgamento, uma cela na prisão ou o fim da sentença. Os que estavam em prisão domiciliar eram os que representavam o menor risco, com o dispositivo GPS preso aos tornozelos. Esses eram os que haviam demonstrado remorso e arrependimento, e as chances de uma fuga eram praticamente nulas. O dispositivo era desnecessário, servindo apenas como um constante lembrete de que estavam sendo observados. Jane sabia disso, de modo que seu monitoramento não era tão criterioso. A novata trouxera alguns livros, como seu predecessor recomendara; ele só esquecera de aconselhá-la a trazer muitos casacos. No entanto, optara por fazer as palavras cruzadas do jornal a ler os livros.

Quase deu um pulo da cadeira quando o alarme disparou. O som estridente vinha do monitor 27, cuja luz verde havia desaparecido.

— Não, não, não! Merda! — disse tentando alcançar o telefone.

Derrubou os livros e o jornal no chão, mas antes que conseguisse discar o número, o ponto verde voltou a piscar como se nunca tivesse desaparecido.

Mesmo assim, ela resolveu discar.

O telefone tocou.

— Alô?

— Sr. St. Pierre? — perguntou nervosamente.

— Sim?

Jane ainda tentava se recuperar da onda de adrenalina que corria pelo corpo. Será que o computador estava com defeito?

— Monitoramento e rastreamento do Departamento de Polícia de Byram Hills. Parece que tivemos uma perda momentânea da transmissão.

— Sinto muito. Desci para buscar a correspondência.

Ela suspirou de alívio.

— Provavelmente perdemos a transmissão no elevador — raciocinou ela, adquirindo um tom mais autoritário. — Você deve avisar todas as vezes que tiver de sair do apartamento.

— Certo. Desculpe. Sou novo nisso. Mas prestarei atenção e isso não voltará a acontecer.

— Bom.

Crise sob controle, a novata desligou o telefone e tentou retomar o fôlego.

A bagagem já estava pronta sobre a mesa da entrada. Michael estava na sala de estar acariciando a barriga de Hawk, o telefone sem fio ainda preso entre o ouvido e o ombro. Estava pensando. Pensando muito.

Jogou o telefone no sofá e acariciou o cachorro com ambas as mãos. Esticou a perna direita e estudou o dispositivo preso a ela. Suas ferramentas estavam espalhadas pelo chão. Removera a cobertura do dispositivo e, como um teste de suas capacidades, removera momentaneamente um cabo interno. Precisava saber até onde poderia ir antes de toda a força policial cair sobre sua cabeça.

— Tudo bem, companheiro. Como vou conseguir me livrar disso?

Simon, segurando a mala nas mãos, olhou para o relógio. Havia um avião taxiando a pista distante. Michael dissera que estaria esperando por ele. Bem, essa fora a primeira mentira. Como se deixara enganar? Talvez devesse ir sozinho mesmo, pensou Simon. No passado, já havia recuperado muitos itens para a Igreja e prestado muitos serviços em nome de Deus cuja natureza era bem mais letal. Por que havia seguido no encalço de Michael? Fora pelas chaves? Ou fora o orgulho ferido que o fizera procurá-lo? Por que viera até aqui? Nunca precisara ou pedira ajuda de alguém antes. E por que buscara a ajuda do homem que o enganara e roubara os preciosos artefatos? Um homem em quem sabia que não podia confiar. Simon rezou para que esse não fosse o primeiro de muitos erros.

— *Segunda chamada para o Vôo 1225 para Berlim.*

Jane estava sentada comendo seu jantar: um sanduíche do McDonald's. Os batimentos cardíacos da novata já haviam voltado ao normal uma hora antes. Mas agora o coração disparava novamente, por outros motivos. Ele tinha cerca de 1,85 m, cabelos louros e queixo forte... E ela amava queixos fortes.

Vira Doogy uma vez na Academia e fora o suficiente para deixar uma marca nela. Ninguém implicava com ele por causa do nome, pois ele era uma daquelas pessoas confiantes que poderiam carregar esse tipo de nome sem ser ridicularizado. Ela não fazia a menor idéia de que ele fora designado para o mesmo posto que ela até que ele adentrou o recinto.

— E aí? Como está se saindo? — ela perguntou, usando um tom amigável e tentando parecer um dos colegas.

— Difícil dizer. Calmo demais para o primeiro dia. E você? Como acabou nas profundezas da Sibéria?

— Melhor do que as ruas.

— Até parece — disse Doogy. — Todo o treinamento escorrendo ralo abaixo.

— Na verdade, eu pedi, e eles disseram que posso escolher o próximo serviço do rodízio.

— Sério? — perguntou olhando em volta para todos os computadores. — É, não parece tão ruim. Não há o trabalho sujo pelo qual os oficiais mais graduados passam, há uma cadeira confortável e não suamos por causa do calor. Como eu não soube sobre este lugar?

Ela adorou a expressão de decepção no rosto dele.

— Informação privilegiada.

Ele concordou com a cabeça.

— Então, fale-me sobre o trabalho.

— Tenho de observar o movimento dos condenados em liberdade condicional, detentos e condenados em prisão domiciliar. É bem interessante.

— Parece um videogame de má qualidade. Esses pontos não se mexem muito — observou, puxando uma cadeira para sentar.

Jane decidiu que tinha de manter o foco.

— Eles devem estar dormindo ou assistindo à TV. Nunca há muito movimento. Você está com fome? — perguntou oferecendo batatas fritas.

— Claro — ele respondeu, já pegando algumas.

Mãos grandes. Ela tentou afastar esses pensamentos, temendo que ele notasse algo. Já não tinha mais sobre o que falar.

— Então...

— Parece que sobra bastante tempo para botar a leitura em dia — disse ele apontando para a pilha de livros.

Ele estava interessado nela. A linguagem corporal dele o denunciara.

— E o que essa pessoa está fazendo? — perguntou ele, apontando para um ponto verde passeando por toda a tela parecendo um jogo de computador frenético.

Jane levou um tempo para afastar os pensamentos sensuais da mente, sem entender, no início, sobre o que ele estava falando. Mas então viu. Monitor 27. Novamente. Dessa vez, deixou o sanduíche cair no chão enquanto se inclinava para pegar o telefone.

Paul e Thal bateram na porta da frente e não obtiveram resposta. Ouviram o barulho de algo caindo dentro do apartamento. Thal levantou o pé para arrombar a porta, mas Paul o impediu, advertindo-o com o olhar. Paul pegou a chave e abriu a porta.

— Mike? — chamou.

Tudo parecia normal. O apartamento estava limpo, havia flores em um vaso sobre a mesa da entrada. Thal encaminhou-se para o escritório, enquanto Paul verificava a sala de visitas.

Outro barulho e, dessa vez, parecia vir do quarto. Paul encaminhou-se para lá com a arma em punho.

— Mike?

Um outro barulho de algo se quebrando.

— Mike? Não estou para brincadeiras.

Mas, novamente, não obteve resposta. Levantou a arma e aproximou-se da porta. Paul quase gritou quando algo passou raspando pelo seu rosto. O coração disparou dentro do peito, enquanto guardava a arma.

— Merda de gata!

CJ entrou na sala em disparada, subindo no sofá. Alguns segundos depois, Hawk apareceu seguindo o rastro da gata e latindo quando viu Paul. O cão cheirou sua mão quando ele a estendeu para acariciá-lo. Mas, ao sentir novamente o cheiro da gata, Hawk rosnou e partiu para o sofá. CJ miou e fugiu. Os dois animais corriam em círculos pelo aposento de forma quase cômica, até que a gata, por fim, resolveu subir na estante de livros, onde o cachorro não a alcançaria. Hawk ficou ali latindo e pulando, enquanto a gata mantinha-se fora do seu alcance.

Thal voltou para a sala.

— Como é possível ele não estar aqui?

E foi então que viram o dispositivo GPS preso à coleira de Hawk.

— Que filho-da-puta! — murmurou Paul.

Thal estava revirando os papéis que se encontravam na mesa de trabalho de Michael. Encontrou um livro aberto e vários artigos de jornal. Escolheu um e pegou para ler.

Paul estava ao telefone de costas para Thal, pois não agüentava mais olhar para a cara do parceiro. Paul verificara todos os lugares possíveis: o hospital, o distrito policial, a loja de equipamentos de segurança. Ninguém tinha visto Michael. A última vez que tiveram notícias dele fora quando a novata no posto de rastreamento e monitoramento ligara para ele às 17h07 daquela tarde para repreender Michael por ter deixado o apartamento para buscar a correspondência.

Mas o que realmente preocupou Paul foi saber por Mary que Michael tivera de deixar a cidade por alguns dias. Não compartilharia, porém, essa informação com Thal ou com qualquer outra pessoa. A essa altura, Paul estava em uma merda danada. A prisão domiciliar fora idéia sua. Ele tomara a decisão de não prender Michael na hora no dia anterior. Se não encontrasse o homem, e rápido, teria muitos problemas. Como Michael pudera fazer isso com ele?

Paul desligou o telefone e voltou-se para Thal, que ainda estava lendo. Paul olhou para a mesa bagunçada. Michael estava planejando algo. Disso Paul tinha certeza.

— Parece que ele teve companhia — disse Thal, apontando para os dois copos e a garrafa vazia de uísque. — Acho que seu *amigo* está meio obcecado.

Thal atirou um exemplar da revista *International Business* para Paul. Finster estava na capa, o sorriso carismático brilhando sob os olhos escuros e amigáveis.

Paul achou difícil discordar de Thal. Todo o material que estava sobre a mesa tinha a ver com esse tal de Finster: revistas, artigos de jornal, fotografias.

— Você — disse Thal apontando o dedo de forma acusatória — você deixou que ele *fugisse*.

Paul agarrou o dedo de Thal e quase o quebrou. Já aturara o bastante daquele cara.

— Aponte o dedo para mim novamente e eu farei muito mais do que quebrá-lo.

Thal contorceu-se de dor, gemendo. A ironia da situação pegou Paul de surpresa: Thal não sabia lidar com a dor. O homem adorava atormentar e causar sofrimento. Mas não conseguia lidar com isso. Mas, então, Thal deixou as emoções transparecerem no rosto e, quando olhou para Paul, deu um sorriso. Até que Paul percebeu que as conclusões que tirara sobre Thal estavam totalmente erradas. Thal gostava da dor, tanto de causá-la como de senti-la.

Simon observou a comissária de bordo de cabelos ruivos fechar a porta do 747. Já se resignara com o fato de que partiria sozinho. Colocou a bagagem de mão no compartimento adequado e sentou-se à janela. A paisagem transatlântica era um dos únicos prazeres a que se permitia. Admirava não apenas o pôr-do-sol, mas também o nascer do sol sob as nuvens. Gostava desse vôo em particular, pois ele encurtaria a sua noite. A escuridão ainda o assustava, embora conseguisse esconder isso bem. A noite era o período em que as atividades diárias que preenchiam seu dia haviam sido cumpridas, deixando-o sozinho com seus pensamentos e medos, sabendo que o que conhecia se encontrava à solta no mundo. E era impossível lutar contra esse conhecimento. Não importava o quanto tentasse, ele ainda o envolvia e o dominava.

Então, ele adorava esses momentos, quando a noite era abreviada. Cada nascer do sol era como um batismo para ele, levando embora o mal que se ocultava nas trevas. As pessoas diziam que o mal vinha à noite. E isso não era apenas uma lenda, era um fato. Havia mais significado na relação luz e dia e trevas e noite do que as pessoas imaginavam.

Agora, olhando pela janela e assistindo ao pôr-do-sol, percebia que perdera o trem da vida, passando por ela como um navio durante a noite. Nunca se permitira parar e apreciar o seu esplendor. Toda a sua vida fora baseada na devoção, devoção ao trabalho, que nunca lhe permitira casar, ter filhos, enfim, constituir uma família. Desde aquela horrível tarde em sua infância, tivera de seguir um caminho, um caminho que sempre aceitara de livre e espontânea vontade. Um caminho que o trouxera a este momento em que questionava tudo. Será que a vida que escolhera viver não passara de uma vingança? Não conhecia amor ou amizade, nunca se permitira o prazer de uma amante ou de uma amizade verdadeira. Nunca tivera alguém com quem conversar. A vida dele era monástica e militar. Uma vida que deveria viver sozinho. Uma vida na qual morreria sozinho.

Nunca buscara ajuda antes. Por que agora? Dera informações importantes a um homem em quem não poderia confiar, informações valiosas sobre o verdadeiro significado das chaves que Michael St. Pierre roubara dele. Michael era o causador de toda essa confusão, que poderia trazer conseqüências nefastas para todos. Ainda assim, fora buscar a ajuda do ladrão. Fora um erro grave. E fora sorte Michael ter decidido não aparecer. Simon considerou-se um homem de sorte pela primeira vez.

— Oi.

Simon olhou para cima.

Michael encontrava-se no corredor do avião com a mala nas mãos.

Mais cedo naquela tarde, depois de deixar Mary no hospital, ele deu uma passada rápida na loja. Sabia que era um risco, mas um que ele teria de correr. Não sabia como conseguiria se livrar da tornozeleira eletrônica presa ao corpo, mas fosse qual fosse a solução, precisaria de suas ferramentas. Pegou alicates, furadeira, serrote, arame e um kit eletrônico usado em sistemas de segurança.

A tornozeleira era bem simples. O chip GPS funcionava quando estava fora de casa, mas não fornecia informações precisas quando se encontrava dentro de casa, pois era difícil o sinal penetrar paredes. Como resultado, um sistema secundário emitia sinais para um transmissor que, no caso de Michael, havia sido colocado no armário. A força do sinal determinava a localização de Michael dentro do apartamento e essa informação era transmitida para um monitor na delegacia. A fonte de energia do dispositivo era uma pequena bateria interna cujo cabeamento circundava todo o dispositivo, que começava a funcionar assim que era ajustado ao tornozelo do condenado, e para removê-lo, seria necessário abrir o dispositivo, causando danos graves ao circuito interno.

Michael não era apenas um especialista em segurança, era um ladrão; embora se considerasse um ladrão aposentado, apesar dos eventos recentes. Já conseguira passar por muitos alarmes e sistemas de segurança quando estava na ativa. Sempre havia um jeito de fazer isso. Usou a furadeira para fazer dois furos do tamanho de um alfinete, tomando o cuidado de controlar a força para não perfurar o próprio tornozelo. Isso feito, Michael inseriu dois pinos elétricos, cada um preso a um fio de 10 milímetros, criando uma rota de circuito secundária, um desvio. A corrente elétrica agora tinha duas rotas para seguir; quando uma se tornasse inoperante, havia outra para ser seguida. Depois de vencer a tornozeleira eletrônica, foi fácil retirá-la e prendê-la na coleira de Hawk.

Uma vez que conseguira pegar o avião, não se dera o trabalho de explicar o que fizera a Simon, que se mantinha calado, olhando pela janela. Já haviam decolado há uma hora e Simon parecia mais preocupado com o pôr-do-sol do que com o fato de que Michael havia fugido da prisão domiciliar.

O capitão Delia estava andando de um lado para o outro. Parecia até clichê, mas não conseguia achar uma outra maneira de gastar a energia nervosa, além de não saber gritar enquanto estava sentado na cadeira.

— Você permitiu que ele fugisse! — vociferou ele.

Paul já estava acostumado com aquilo. O capitão sempre gritava e isso não incomodava Paul. Mas dessa vez o homem estava coberto de razão. Michael o enganara e levara a melhor.

— Thal disse que o cara saiu do país. Isso é verdade? Você pode me explicar como um de seus condenados em condicional *deixa o país*?

— Ele não deixou o país. A mulher dele está morrendo.

Paul não sabia mentir muito bem, mas estava tentando.

— Thal jura que ele saiu da cidade. Ou ele saiu ou não saiu.

— Thal não é o encarregado de Michael. Eu sou.

— Você se aproxima demais dos condenados, Paul. Você não pode fazer amizade com eles. Isso acaba confundindo você. Acho que vou passar o caso para Thal...

— Thal?! O cara é um psicopata. Estou avisando. Eu vou quebrar o pescoço desse cara se ele se meter nesse caso.

Delia bateu a porta da sala e virou-se para Paul, com olhos arregalados e vermelhos.

— Isso não seria muito bom para sua carreira neste momento.

O capitão se sentou, tentando se acalmar, ponderando se devia ou não fornecer uma informação. Depois de pensar por um momento, acabou tomando a decisão.

— Thal é do departamento de Assuntos Internos. E está atrás de você.

Parecia que Paul tinha acabado de levar um soco no estômago. Como assim? Não podia ser. Fora traído novamente. Dessa vez, por alguém de dentro. Um outro policial. E pelo próprio chefe.

— Por que não me disse nada? — perguntou, mal conseguindo respirar.

— Não é você que vive dizendo que a lei é a lei? Bem, essa é a polícia da polícia. A lei dos policiais. Se eles me mandam ficar calado, eu obedeço.

Os olhos de Delia transbordavam de raiva.

— E por que você está me contando isso agora?

— Achei que essa história do Assuntos Internos não passasse de besteira. Você sempre foi transparente. Na verdade, nem dei muita atenção a isso. Achei que você estava limpo. E agora olha a posição em que você me colocou.

— Faça-me o favor! Você sabe muito bem que eu não fiz nada de errado. Sou inocente. — Paul nunca imaginara que um dia diria o que estava prestes a dizer. — E eu lhe digo com toda a certeza do mundo que St. Pierre pode ter fugido, mas há muito mais coisa por trás disso.

— Essa não é uma decisão nossa. *Você* não pode decidir isso. Isso é um assunto tratado pela justiça, nos tribunais.

Paul realmente odiava quando usavam suas próprias palavras contra ele.

— A esposa dele está à beira da morte. Ele não vai ferrar com tudo e ser preso durante os últimos dias de vida da esposa.

— Você não está pensando direito. Com quem você acha que está falando? Sua função é vigiar esses caras, fazer a transição deles de volta à sociedade. E acompanhá-los e orientá-los para que não ultrapassem certos limites. Se eles ferram com tudo, é seu dever denunciá-los e prendê-los. Mas não, você tem de se tornar amigo desses elementos, agradá-los e convidá-los para visitas à sua casa. Meu Deus, Paul! Será que você não pode ter um amigo que não seja um criminoso?

— Você sabe que essa é uma carga...

— Chega de desculpas — interrompeu-o Delia, frustrado. — Thal disse que você permitiu que ele fugisse.

— Senhor, isso não passa de baboseira. St. Pierre partiu de livre e espontânea vontade, sem a minha ajuda.

— Você o coloca em prisão domiciliar e ele consegue fugir como...

— Senhor, eu conheço esse homem. Ele foi totalmente reabilitado...

— Homens reabilitados não violam a condicional, não conseguem retirar a tornozeleira eletrônica e não fogem. O que me preocupa é a *razão* disso tudo. Do que ele está fugindo, Paul? O que ele quer? Você sabe? Esse cara está agindo contra a lei e acredito que esteja envolvido em algo grande. E se ele fizer isso, estaremos todos ferrados.

— Não, senhor! Ele não vai violar a lei. Eu o encontrarei. Ele é minha responsabilidade.

— Você já pisou na bola uma vez. Diga-me por que eu não deveria simplesmente recolher o seu distintivo e mandá-lo para casa?

— Porque eu sou o único que pode encontrá-lo.

O capitão Delia conhecia Paul há muito tempo. Embora as coisas parecessem ruins, sabia que Paul não era o tipo de cara que mentiria ou arriscaria sua carreira desse modo. Delia perguntara a Thal quem fizera a queixa contra Paul, mas ele não lhe revelara. O trabalho do capitão era cooperar e ele cooperaria, mas até certo ponto. Nunca gostara de policiais investigando outros policiais. E, de cara, não gostara de Thal.

— Se ele violar a lei, você está perdido — avisou Delia sem rodeios.

Paul nada disse, apenas acenou com a cabeça. Esse era o maior voto de confiança que poderia esperar do capitão, levando em conta tudo o que estava acontecendo. Saiu da sala.

— Onde Thal está?

Todos olharam para Paul, balançando a cabeça. Paul encaminhou-se para a mesa do parceiro e a encontrou *vazia*. Nenhum objeto pessoal, nem mesmo um pedaço de papel. Virou-se para Judy Langer, cuja mesa ficava ao lado da de Thal. Eles nunca gostaram muito um do outro e ela estava mergulhada no trabalho burocrático.

— Você viu Thal? — perguntou ele.

— Ele saiu — respondeu Judy sem levantar a cabeça.

— Para onde?

— Não sou babá de Thal, Paul! — resmungou ela.

Paul analisou a mesa de trabalho de Thal. Essa não era a mesa de alguém que acabava de sair. Essa era a mesa de alguém que saiu e não pretende voltar. Um turbilhão de coisas passava pela sua mente. Assuntos Internos? Mas que inferno! Sempre vivera a vida de acordo com a lei e agora estava passando por uma investigação como se fosse um criminoso. E para piorar as coisas, estava sob a investigação de Thal. Tinha alguma coisa errada, algo que não se encaixava, algo muito mais obscuro. Quem havia levantado alguma suspeita sobre ele para o departamento de Assuntos Internos? Se Paul desejava salvar a carreira, era melhor encontrar Thal. Mas primeiro tinha de cumprir a promessa que fizera ao capitão: encontrar Michael.

— Ouvi algo sobre uma emergência familiar — acrescentou Judy, esperando que Paul fosse logo embora.

— Você sabe para onde ele foi?

— Acho que ouvi algo sobre Berlim, na Alemanha.

*

Os medicamentos que Mary tomava faziam com que se sentisse fraca e enjoada. Depois que Michael partira, esperava lidar com os efeitos colaterais do tratamento encolhendo-se na cama e dormindo, mas chegou ao quarto e deparou-se com *ele* esperando por ela.

Não dissera o que realmente queria e ela achou tudo muito estranho. Dissera-lhe que era o novo parceiro de Paul, Dennis, mas ela não se lembrava do sobrenome. Ele só passara para ver como ela estava e fazer algumas perguntas sobre o relacionamento de Michael e Paul. Disse que essa informação tinha a ver com o trabalho de Paul no departamento de Condicional. Ela nunca mencionou essa visita a ninguém.

Mas havia algo estranho no homem que parecia querer invadir sua alma. Dennis lhe causara mais medo do que o câncer que enfrentava.

O fato de estar sob uma investigação interna confundia Paul. Não havia como. Tinha certeza de que nunca fizera nada que pudesse comprometê-lo, ainda mais quando se tratava de Michael. Paul sabia como conduzir as coisas entre eles. Thal aparecera antes de Mary ficar doente, antes de Michael reabrir aquele "capítulo" da vida. Por quê? E por que Thal fora para Berlim? Será que tencionava capturar Michael e comprometer ainda mais Paul? Ou havia mais coisas envolvidas?

Paul encontrava-se em uma sala privativa, na qual havia uma mesa, uma cadeira, um computador, um abajur. Nada de janelas, carpete, fotografias, quadro ou qualquer tipo de decoração. O banco de dados do departamento de polícia de Byram Hills era enorme. Havia não apenas registros de criminosos, mas também acesso a vários outros arquivos de computador, como os do FBI, Interpol, publicações e novas organizações.

Não foi difícil encontrar Finster. O bilionário não tinha ficha criminal, mas deixara uma trilha tanto no mundo dos negócios quanto no mundo das celebridades. Paul encontrou um vídeo de Finster nos arquivos da Bloomberg News. As imagens mostravam um homem extremamente bem vestido, liderando uma reunião de diretoria, inspecionando seu vasto império e, depois, indo a um evento social de gala. Mas o que chamou a atenção de Paul foi a cena em que o empresário estava dançando com as mulheres mais lindas que Paul já vira. Mulheres de deixar qualquer homem de queixo caído.

O narrador dizia: "Praticamente desconhecido antes da reunificação da Alemanha, August Finster já se tornou o homem mais rico entre os alemães do lado oriental. Bem-sucedido em todos os negócios em que entra, ainda não conheceu o significado do fracasso. Seu passado é um mistério. Solteiro. Extremamente cruel nos negócios, a única fraqueza de Finster parece ser as mulheres." As imagens exibidas na tela mostravam Finster cercado por beldades. Se não fosse pelas mulheres, Paul estaria completamente entediado.

"Conhecido por suas proezas noturnas, entretendo duas ou três mulheres por noite, Finster ainda não foi fotografado duas vezes com a mesma acompanhante. O fato de ser sempre visto nas recepções sociais combinado com sua frieza no mundo dos negócios e com o seu sobrenome..."

Paul estava prestes a clicar para cancelar a exibição desse vídeo, quando ouviu:

"... lhe deram o apelido de *Príncipe das Trevas*."

DEZOITO

August Finster estava na biblioteca entretendo as convidadas da noite. O escritório decorado em couro e madeira e suas maneiras de cavalheiro impressionavam os facilmente impressionáveis. Havia três jovens sentadas em cada uma das poltronas que circundavam a lareira, segurando os drinks que tinham acabado de receber. Cada uma delas vestia os melhores vestidos de noite que podiam ser comprados em Berlim.

Finster se aproximava de suas mulheres de diferentes maneiras. A vasta riqueza e o inegável charme eram afrodisíacos irresistíveis, atraindo as pessoas atraentes para ele do mesmo modo que o mel atraía as abelhas. Elle, uma ruiva estonteante, o encontrara aquela manhã quando estava a caminho de uma sessão de fotos. Com o portfólio em mãos, a modelo internacional o vira assim que ele olhara para ela e sentira uma atração imediata. A amável June chegara para uma entrevista na Finster Industries e saíra de lá com um convite. E Heidi... Bem, Heidi chegara sem ser convidada, mas fora encorajada pelas amigas que conheciam seu charme. Mas além do dinheiro e do charme, havia algo mais. Todas sentiam isso, mas ninguém conseguia definir o que era. Era como se todas quisessem ter aquele algo mais que as absorvia, mas que estava sempre fora de alcance, como um último sonho antes de acordar, aquele que você deseja lembrar, mas não consegue. Era mágico. E apesar do fato de ele ser conhecido como o rei do primeiro e último encontro, as mulheres ainda queriam estar com ele. Era como se fosse um astro do rock. Finster parecia atrair o coração das pessoas.

Quando o telefone tocou, Finster não deu atenção, deixando que tocasse três vezes até parar. Não gostava de ser interrompido, a não ser em casos de emergência.

— Jantaremos no El Grocia — anunciou ele, que sempre ia aos mais novos restaurantes, raramente indo a um lugar mais de uma vez. — As reservas estão marcadas para às 8h15.

As três beldades sorriram. Um sorriso de agradecimento simplesmente por poderem estar ao lado dele. Exceto Elle, que sabia que o El Grocia tinha uma lista de espera de oito semanas e apreciou instantaneamente o poder de Finster. A seu ver, as duas outras jovens não passavam de imbecis, que estavam ali apenas como passatempo rápido. *Ela* era diferente.

— Ficaria honrado se vocês escolhessem aonde iremos para dançar após o jantar — disse Finster com uma voz que deixava Elle totalmente hipnotizada.

Charles apareceu de forma discreta na porta, trazendo na mão direita um envelope, que passou para o patrão, enquanto inclinava-se para falar algo no ouvido do bilionário. Elle não se considerava bisbilhoteira, mas costumava se interessar pela vida de outras pessoas. Embora Charles estivesse falando baixo, conseguiu entender quase tudo. Finster lançou um olhar na direção de Elle como se pudesse ouvir seus pensamentos. O sorriso poderia até ser considerado caloroso, mas os olhos mantiveram-se frios e Elle sentiu o coração gelado. Imediatamente, sentiu-se cheia de vergonha e de medo.

Não ouvira nada de mais. Fora apenas "eles estão vindo. Como se atrevem? Não se preocupe, elas estão seguras e prepararemos uma recepção adequada..."

Do lado de fora, o chofer de Finster tocou a buzina. Charles saiu do aposento e Finster acompanhou as jovens até o carro. Heidi e June sorriam enquanto o chofer segurava a porta para elas entrarem. Na porta de entrada, Finster parou e voltou-se para Elle, envolvendo-a com o braço.

Talvez estivesse tudo bem. Ela realmente tinha de abandonar o hábito de ouvir as conversas dos outros. Isso quase a colocara em maus lençóis mais uma vez. Pelo menos, seu anfitrião a olhava de forma mais calorosa. *Obrigada, meu Deus,* pensou ela. Não sentira tanto medo assim desde que fora pega roubando um batom em Paris.

— Estava pensando em mandar essas outras duas... jovens na frente — disse Finster, inclinando-se em sua direção.

— Eu adoraria isso — foi tudo o que Elle conseguiu dizer.

— Por que você não me espera na biblioteca? Vou mandá-las seguir caminho e logo encontro você. Poderemos aproveitar um jantar calmo aqui mesmo, só nós dois.

Elle sorriu enquanto ele caminhava até o carro. Olhou para o céu repleto de estrelas, como quando era criança, fazendo um pedido, como seu pai lhe ensinara, à primeira estrela que visse. *Que esta felicidade possa durar para o resto de minha vida,* rezou ela.

Três horas da manhã. Trinta mil pés. A maioria dos passageiros dormia. Alguns, com fones de ouvido, assistiam ao filme de 1948 *Abbott and Costello Meet Frankenstein.* Simon, que sofria de insônia, lia a Bíblia. Embora conhecesse o final, cada palavra no livro era importante. Sempre que lia tinha um novo insight, aprendia uma nova lição que poderia aplicar à vida se tivesse a sorte de continuar vivo.

Michael conseguira duas cadeiras adjacentes e estava com as pernas esticadas e um bloco de anotações sobre as pernas. Esboçava um diagrama detalhado do que lembrava da mansão de Finster. A lembrança ainda era vívida e detalhada, já que sempre usava a técnica de reconhecimento, que costumava usar em sua carreira pregressa, em uma visita.

— Achou que eu não viria, não é? — perguntou Michael em voz baixa, mais para si mesmo do que para Simon.

Simon olhou para Michael e respondeu:

— Eu sabia que viria.

E voltou a atenção para a leitura.

Michael não gostava de ser posto de lado.

— Admita, você não tinha a mínima idéia se eu viria ou não.

— Na verdade, eu sabia — insistiu Simon, sem tirar os olhos da Bíblia.

— Nem eu mesmo tinha certeza se viria até que entrei no avião.

— Você tomou a sua decisão no momento em que descobriu a posição em que deixou sua esposa. Isso está em você. É fácil perceber.

— Você não sabe nada sobre mim.

Simon não tirou os olhos da Bíblia.

— Michael Edward St. Pierre, 38 anos. Órfão. Adotado aos 2 anos por Jane e Michael St. Pierre. Estudou em colégio católico e foi coroinha. Entrou em algumas confusões na adolescência. Ladrão de jóias e de obras de arte. Escolhia alvos de alto risco. Roubava pelo desafio, e não pelo dinheiro. Cumpriu pena no presídio Sing Sing. Esposa: Mary, 30 anos. Ama muito você. Luta contra...

— Já chega — disse Michael, odiando ouvir sua vida narrada como o parágrafo de um obituário.

Ele crescera nos subúrbios, Armonk, uma cidade pequena a uma hora de Manhattan. Seus pais adotivos o matricularam na Holy Father Catholic High School, onde padre Dan dava lições diárias como se fossem sermões. Michael fora um garoto relativamente bom. Aprontara algumas das suas, mas nada que indicasse o futuro turbulento. Fora repreendido algumas vezes por beber e fumar e ficou de castigo por um mês no seu quarto (talvez um precursor do tempo que passara na cadeia) por ter colocado fogos de artifício na caixa de correio da Sra. Collete. Quando acendera o pavio, e vira o fogo se aproximando da caixa que ficava próxima à porta da frente, mal conseguira conter o riso. Ele e seus amigos correram muito, mas, na verdade, não houvera necessidade. A velha senhora era surda e não ouvira os estouros e tiros. Não ouvira nada; achou que as ruínas que sobraram tivessem sido obra do gato que adorava rasgar jornais. Então ela apenas abrira a porta e varrera os restos de papel. Michael nunca teria sido pego, não fosse pelo seu cúmplice: o linguarudo do Stevie Tausigenti, que contou para Kenny Case, que contou para a namorada Jen Gillicio, que sendo fofoqueira contara para a mãe que ligara imediatamente para a Sra. St. Pierre. Michael encarara seu período de confinamento como um homem... por alguns dias. Depois disso, chegava da escola, preparava um lanche e seguia para o quarto de onde conseguia sair pela janela. Sua mãe nunca ficara sabendo de suas escapadas, chegando a expressar o orgulho que sentia por Michael ter enfrentado o castigo de forma tão estóica.

Infelizmente, não fora a mãe quem o enviara para Sing Sing e a sua pena nada tinha a ver com fogos de artifício em caixas de correio. Não é preciso mencionar que, em sua cela, não havia janelas pelas quais pudesse fugir. Sing Sing era uma prisão que ficava nas montanhas ao longo do rio Hudson. Uma penitenciária discreta que nunca recebia criminosos muito notórios, exceto pela execução de Ethel e Julius Rosenberg. Os três anos e meio que Michael passara lá foram uma verdadeira tortura. Era o inferno na Terra ficar longe da jovem esposa por tanto tempo. Até mês passado, seu maior medo fora voltar à prisão, arrancado de sua vida com Mary. A promessa que fizera a ela de não quebrar a lei era, na verdade, uma promessa para si mesmo. Jurara que nunca mais se separaria dela, confinado em um mundo no qual ela não pudesse estar com ele. Nada poderia fazê-lo quebrar essa promessa. Nada.

Ao perceber que ignorar Simon parecia ser a melhor coisa para evitar a derrota, Michael voltou a trabalhar no rascunho. Rapidamente, conseguiu colocar no papel os detalhes da mansão de três andares de

Finster em três folhas de papel. A primeira mostrava o exterior da casa, incluindo os guardas, as janelas, as vias de acesso e a iluminação. O interior do primeiro andar era bem simples. Além do saguão e da biblioteca, conseguia se lembrar de todos os cômodos pelos quais passara no caminho da biblioteca até o porão. Entretanto, a masmorra, como Michael começara a chamar o estranho museu de Finster, era um pouco mais difícil, já que a jornada de Michael em tal lugar fora feita no escuro ou com pouquíssima luz disponível. A tensão que sentira enquanto estava no local atrapalhou suas percepções. Então, não estava bem certo se havia capturado todos os detalhes necessários. Não conseguia determinar a distância que deveria percorrer até chegar à câmara que continha as duas chaves. Poderiam ser cem passos, poderiam ser mil.

Michael colocou os pés no chão, inclinou a cabeça para trás e reclinou o acento, passando os desenhos finalizados para Simon.

— Como podemos ter certeza de que as chaves ainda estão lá? E se ele as carrega com ele?

— Você entregou as chaves a ele? Colocou-as nas mãos dele?

— Não. Coloquei-as em um pedestal.

— Como ele reagiu? — perguntou Simon em um tom que indicava que já sabia a resposta.

— Com admiração — respondeu Michael de forma pensativa, enquanto procurava se lembrar do encontro. — Mas amedrontado também. Não quis nem tocá-las...

— Ele não pode tocá-las — interrompeu Simon.

— Por que não?

— Ele foi expulso do Reino dos Céus e proibido de entrar em contato com qualquer coisa sagrada: igrejas, objetos sagrados. Na verdade, seus poderes não podem ser usados contra o trabalho de Deus. Nas palavras de Jesus Cristo: "Sobre esta pedra edificarei a minha igreja, e as portas do inferno não prevalecerão contra ela." — Simon fez uma pausa e depois acrescentou: — Essas chaves pertencem a Deus.

Michael nada respondeu. Estava se lembrando da expressão do bilionário quando vira as chaves pela primeira vez.

— Este é o local onde elas se encontram? — perguntou Simon analisando um dos mapas desenhados, dando uma atenção especial ao andar inferior.

— Este foi o último lugar em que as vi — respondeu Michael olhando para Simon. — Afinal de contas, quem é você, Simon? Você sabe tanto sobre mim...

— Quem eu sou é muito chato.

— Estamos em um vôo de sete horas. Não consigo pensar em nada mais chato do que isso. Estou arriscando meu pescoço por essas chaves. Então, pode me contar.

A comissária de bordo passou por eles, loura, pernas perfeitas. Sua juventude era óbvia tanto no corpo, como nas feições do rosto. Não devia ter mais de 20 anos. Michael sorriu de forma afetada quando percebeu que Simon o observava enquanto olhava a moça passar pelo corredor.

— Lembra-se de quando tinha 16 anos e tudo que queria na vida era terminar nos braços de uma mulher assim? Sem pensar se elas tinham um cérebro ou se amariam você também? — Michael esperava conseguir alguma reação de Simon, mas o outro homem nada disse. — Não me diga que trancaram você em algum mosteiro quando você tinha essa idade?

— Na verdade, quando eu tinha 16 anos, eles me trancaram em uma prisão, por homicídio.

A bola vermelha deslizou pelo feltro verde, parando a alguns milímetros da caçapa do canto. Ficou ali por um longo tempo até que, finalmente, caiu no ninho de couro. Ela reprimiu seu entusiasmo pelo feito. Era a primeira vez que jogava sinuca e achou que talvez tivesse um talento especial para a coisa.

— Tenho a sensação de que estou sendo enganado — disse Finster, levantando a sobrancelha. — Tem certeza de que nunca jogou antes? — perguntou envolvendo a cintura dela para que ficassem mais próximos.

— Sorte de principiante, juro! — respondeu Elle, corada de prazer pelo elogio. Sorriu e roubou um beijo rápido, antes de se posicionar para a próxima jogada. Inclinou o corpo esguio na mesa, preparou-se para a tacada e atingiu as bolas.

— Você está se divertindo? — perguntou Finster, enquanto colocava o paletó no encosto de uma cadeira.

— Esta noite está sendo perfeita — assegurou ela.

E realmente estava.

No jantar, comeram pato com laranja em um leito de arroz e vegetais cozidos no vapor. O vinho era um Triano Rose da safra de 1945 escolhido na adega particular do anfitrião. Comeram a sobremesa na biblioteca, suflê de chocolate e uísque, rindo da indústria da moda e como tinham de se vender para ter algum sucesso. O mordomo estava a postos parecendo saber o momento de completar seus copos. *Então é assim que a classe estratosférica vive,* pensou Elle.

Não conseguia explicar se o tom corado das faces tinha a ver com o vinho ou com o sentimento de pura alegria que sentia. Estava se apaixonando rapidamente pelo homem à sua frente. Seus olhos roubaram-lhe o coração, a mente e a alma.

— Diga-me uma coisa, Elle, você gosta de arte?

Ela levantou-se surpresa.

— É uma das minhas maiores paixões.

— Verdade?

— Passei dois anos em Paris, estudando com François Delacroix. Tintas, pastel e óleo eram a minha vida. — Seus olhos brilhavam de orgulho. — Foi isso que acabou fazendo com que eu virasse modelo.

— Conte-me isso.

— Uma das modelos saiu sem avisar e François insistiu que eu posasse para a turma. Fiquei muito nervosa e tímida, mas fiz o trabalho. Um dos desenhos chamou a atenção de um fotógrafo e o resto... — ela pensou um pouco. — Bem, as coisas não saíram exatamente como eu planejara — disse com um tom de arrependimento.

— Você ainda pinta?

— Não tenho mais tempo — disse fazendo uma pausa. — Ou dinheiro.

— Eu adoraria ver o seu trabalho. Poderíamos arranjar uma exposição.

Ela riu.

— Isso já faz parte do passado. O talento que eu tinha acabou.

— Temos de remediar isso. Tenho um estúdio na ala leste da casa. Talvez você queira se instalar ali.

Ela não podia acreditar no que ouvia. Instalar-se na casa? Isso só podia significar uma coisa. Que esta noite maravilhosa continuaria por dias, semanas e, quem sabe, por anos? O coração quase explodiu no peito de tanta alegria.

Ele apoiou os tacos de sinuca na mesa e pegou a mão dela.

— Gostaria de ver minha coleção particular? Eu a mostro apenas para as pessoas que realmente apreciam arte, que conseguem captar a verdadeira beleza.

— Eu ficaria honrada.

Finster pegou o candelabro com cinco velas e a levou pelo vasto corredor; abriu uma porta maciça que levava para o pavimento inferior, descendo sem hesitar, mantendo o candelabro no alto.

— Nossa, está tão escuro! — disse Elle, esperando que ele não notasse o ligeiro tremor em sua voz.

— Fique perto de mim.

As sombras dançavam ao longo das paredes de pedra da escadaria antes de desaparecerem na escuridão. A luz que vinha das cinco velas era suficiente apenas para iluminar o espaço imediatamente em volta deles. Chegaram a um ponto que ela pensou ser uma passagem e ele a levou até um simples banco de madeira. Afastou algo que parecia ser ferramentas antigas e retirou uma longa corda amarrando-a no encosto do banco.

— Por favor — disse ele, fazendo um gesto para que sentasse.

Entregou a ela o candelabro e desapareceu na escuridão. Elle segurou firme o pesado candelabro de prata, rezando para que ele não caísse das mãos suadas. O coração estava disparado no peito.

Ele voltou logo depois. Colocou oito quadros no banco e, depois, inclinou-se e deu um longo beijo em Elle, que se perdeu no momento, puxando-o para si com a mão livre. Então, abriu os olhos e deu um grito sufocado.

Ele a estava olhando com aqueles olhos, tão cativantes, tão poderosos, tão... Havia algo mais neles, mas antes que pudesse compreender, antes que sua mente pudesse se desembaraçar, ele a beijou novamente. Dessa vez, o beijo foi lascivo e cruel. Ela correspondeu com paixão, o sangue correndo mais rápido nas veias. E, então, sem aviso, ele se afastou, deixando-a presa àquele momento, com a respiração entrecortada.

Enquanto ela estremecia de antecipação, ele arrumou as pinturas ao redor deles.

— Quero que você me dê uma opinião sincera.

Ela levantou o candelabro e olhou. A princípio pensou se tratar de uma brincadeira. Aquilo era um engano.

— Você está brincando comigo? — perguntou erguendo o castiçal e procurando por ele e, depois, encolheu-se com medo. Ao redor dela, encontrava-se uma coleção de arte do mal que jamais imaginara existir: os humildes esmagados sob o peso da morte, havia rostos distorcidos gritando em cada quadro. As pinturas estavam em todos os lugares e Finster desaparecera.

— August?

E, de repente, percebeu que as velas estavam se extinguindo, a primeira das cinco velas se apagou bem na sua frente. As almas torturadas pareciam saltar sobre ela, a escuridão do lugar envolveu sua mente amedrontada.

Os temores da infância voltaram para atormentá-la. Escuridão, espaços confinados, monstros embaixo da cama.

— August? Por favor! — chamou, levantando-se do banco.

Tentou dar um passo para a frente, erguendo as chamas exíguas acima de sua cabeça, encaminhando-se para o que esperava ser a saída. Acelerou o passo e tropeçou. As velas caíram no chão e apenas uma manteve-se acesa. Elle agarrou a última vela como se segurasse o seu coração nas mãos e procurou desesperadamente as outras velas no chão. Encontrou dois tocos de vela e os reacendeu com a chama que não se apagara, colocando-as novamente no candelabro de prata.

Por que Finster estava fazendo isso? Ergueu novamente o candelabro com as mãos trêmulas, tentando encontrar o caminho. Não podia acreditar no que seus olhos viam. As obras de arte cobriam todas as paredes até onde podia enxergar. Toda a abominação do homem, todas as telas representavam o terror, o choque e a crueldade além da imaginação. Quem poderia colecionar tanto horror... e por quê?

Estava sozinha com seus temores. E foi quando se deu conta do que vira nos impressionantes olhos de Finster. Tudo veio rápido demais. Onde ela estava e quem ele era.

Saber isso foi demais para ela. E sua mente se apagou.

DEZENOVE

Simon olhou pela janela do avião. A mente cheia de pensamentos que lhe causavam sofrimento. Se ele e Michael trabalhariam juntos, a confiança teria de ser recíproca e isso envolvia abrir o coração um para o outro. Começou de modo suave, como se estivesse no confessionário.

— Minha mãe foi uma freira. Sempre quis uma vida devotada a Deus. Nunca sonhou em ter marido ou filhos. Como órfã, nunca sentiu o amor e o calor materno ou paterno. O único amor que conhecia era o amor de Deus. Ela passava de orfanato em orfanato em Roma sem conhecer afeição ou objetivos, mantendo-se calada e discreta sob a tutela do Estado até que se assentou no St. Christopher Orphanage, que era dirigido por uma mulher que se importava com as crianças como se fossem dela, guiando-as para que encontrassem um objetivo de vida. Minha mãe cresceu cuidando dos doentes, sempre com um sorriso no rosto e mãos carinhosas. À noite, lia qualquer coisa que lhe chegasse às mãos, principalmente obras que falavam de Deus. Ela tinha um profundo entendimento dos Seus ensinamentos, como se as Escrituras tivessem sido escritas diretamente para ela. Quanto mais lia, mais tinha certeza da vida que desejava para si. Seu coração encontrara o lugar onde deveria ficar. Entrou para a Ordem no dia em que fez 16 anos. Estava apaixonada e seu noivo era a Igreja...

"Até que, depois de quatro anos, conheceu meu pai: um contador ateu. A única coisa em que ele acreditava eram os números. Foi um romance rápido, ou assim me disseram. Casaram-se em seis meses. Minha mãe continuou trabalhando no Vaticano mesmo depois de deixar a Ordem. Era a ligação entre os arquivos e o papa. Responsável pela história da Igreja, ela tinha de manter seus segredos. Vivemos na Cidade do Vaticano, uma vida boa e tediosa. Eu tinha todo o país para mim e oitocentas outras crianças. Foi uma infância normal. Tinha minha turma de amigos e jogava muito futebol.

Simon olhou pela janela como se cada recordação chegasse a ele vinda do horizonte. Removeu qualquer resquício de emoção da cabeça e continuou:

— Um dia, quando eu tinha 15 anos, minha mãe não voltou para casa — disse, fazendo uma pausa. — Imaginei que estivesse trabalhando até mais tarde. O dia seguinte chegou e foi embora. Meu pai nada dizia sobre sua ausência. Era como se o medo de perdê-la o tivesse deixado mudo. A Guarda Suíça recebeu ordens diretas do papa para vasculharem não apenas o Vaticano, mas também toda Roma com a ajuda da polícia romana. E eles finalmente a encontraram...

Simon fechou os olhos. Não falava sobre isso há muitos anos. Precisava suprimir a dor, precisava se afastar e observar as coisas como um mero espectador dos eventos, como se tudo tivesse acontecido com outra pessoa.

— A equipe do hospital não permitiu que eu a visse. Um mês depois, ela finalmente voltou para casa. Estava sentada na sala de visitas quando cheguei do futebol. O papa estava lá. Conversavam em voz baixa e em latim. Sua presença parecia trazer algum conforto para ela. Pelo menos por um tempo. As partes do rosto que não estavam enfaixadas estavam roxas, e, embora os ferimentos já estivessem praticamente curados, ainda apresentavam um tom amarelado e estavam inchados, deformando seu rosto. Não consigo mais imaginar minha mãe sem ser dessa forma. Depois disso, ela só falava sobre perdão. Sobre a importância de perdoarmos o homem que fizera aquilo com ela se quiséssemos sobreviver, se quiséssemos nos manter acima dos animais. Ninguém queria me dizer o que realmente havia acontecido. Meu pai fechara-se em uma concha de silêncio e quase nunca falava alguma coisa. Raramente estava em casa, e quando estava não ficava no mesmo aposento que minha mãe.

"Ela mergulhou em um mundo de fantasia, passou a usar o hábito preto que usava quando era freira, até mesmo o véu. Sempre que eu estava por perto exibia um sorriso forçado que parecia ter sido pintado no rosto. Meus pais se tornaram frios um com o outro e acabaram se afastando, e afastando-se de mim no processo. Tentei confortá-los, mas eles retornavam para a segurança de suas ilusões.

Fez uma pausa.

— Nunca mais senti o calor do abraço dos meus pais novamente.

Simon abriu mais uma garrafa de vinho oferecida pela companhia aérea, despejou o conteúdo no copo e o esvaziou.

— Um dia, depois de mais ou menos seis meses que ela voltara para casa, cheguei mais cedo do colégio. Acho que minha mãe não me ouviu chegar. Saiu do quarto enrolada em uma toalha e quando me viu... Nunca me esquecerei da expressão dos seus olhos. Finalmente, compreendi por que ela voltara a usar o hábito preto que lhe cobria todo o corpo. Era para me poupar. Seu torso, suas pernas.... Todo o seu corpo trazia cicatrizes horríveis; a pele havia se tornado uma tapeçaria de algo ruim. Minha mãe correu de volta para o quarto. Envergonhada, recusava-se a sair, não importando o quanto eu implorasse. Saí de casa e encontrei meu pai no bar local. Gritei com ele até que me contasse a verdade. As lágrimas escorriam pelo seu rosto enquanto descrevia como algo repentino e mau surgira das profundezas. Que um homem bêbado, um homem que um dia minha mãe amara, a violara de modos inimagináveis. Lembro-me de me sentir estranhamente desconectado de tudo o que ele contava. Era como se eu estivesse olhando para a vida de outra pessoa. Absorvia as palavras, mas não as compreendia até algum tempo depois. Como alguém poderia ser tão cruel, tão abominável? Essa coisa... esse animal... usara uma máscara. Minha mãe nunca vira seu rosto, mas o reconhecera de todo modo. Depois, ela se recusou a revelar o nome do atacante, afirmando que isso deveria fazer parte do plano de Deus, insistindo que nós não conseguíamos ver Seu grande plano. A polícia disse que o monstro que fizera aquilo desaparecera sem deixar pistas. Depois de me contar isso, meu pai nunca mais voltou para casa.

Michael queria acabar com aquela tortura. Contar essa história estava acabando com Simon. Mas Michael não conseguia encontrar as palavras. A garganta parecia estar fechada de compaixão.

— Passei quatro meses tentando encontrar o filho-da-puta que fizera aquilo com a minha mãe. Encontrei-o em uma sarjeta em Roma. Amarrei-o e torturei-o até que me contasse por que fizera aquilo com ela. Ele disse que queria conhecer os segredos. Que havia descoberto o seu deus há pouco tempo e que queria devotar a vida a ele, como minha mãe havia devotado a dela ao Deus dela. Disse que precisava conhecer os segredos que tornariam o seu "deus" poderoso.

"Quando minha mãe se recusou a responder às perguntas, ele a estuprara. Quando se recusou a falar, ele usou a faca por todo o corpo dela, desenhando cruzes de cabeça para baixo e, ainda assim, ela não emitiu um som sequer. Continuou a usar a faca em todo o corpo dela, tatuando o número do seu deus na pele de minha mãe: 666.

Michael ficou ali em estado de choque. Já vira o horror, mas sempre de longe. Mas isso... Essa era a primeira vez que via como o horror pode afetar as vítimas mais próximas. Os que ficam para trás.

— O fato de que o monstro que se encontrava à minha frente costumava me segurar nos braços quando eu era criança não me deteve. Ele não era mais o meu pai, o homem que me criara ou o único homem que minha mãe amara na vida. Ele fora possuído por coisas que eu não entendia nem queria entender. Tudo o que eu sabia era o que ele tinha feito com a minha mãe, a mulher a quem ele chamava de esposa.

"Eles me prenderam por assassinato. Eu só tinha 16 anos. O juiz ficou com pena e alegou insanidade temporária. Mas eu não estava louco.

Pela primeira vez naquela noite, Simon olhou diretamente para os olhos de Michael:

— Eu sabia exatamente o que estava fazendo.

"Estava com 19 anos quando saí da prisão. Meu pai estava morto e minha mãe... Minha mãe escolheu ter uma família, em vez de se dedicar exclusivamente a Deus, e fora punida por isso. Quando fui preso, sua mente foi destruída, como o resto da família. Ela só desejava fugir deste mundo, para que encontrasse, finalmente, a paz no Reino dos Céus. Ela se enforcou um pouco antes de eu ser solto.

"Você sabia que o suicídio é um pecado imperdoável? A Igreja se recusa a enterrar um suicida. Minha mãe foi enterrada como uma indigente, sem as bênçãos da Igreja. Depois de ter devotado a vida à Igreja, essa Igreja recusou-lhe a recompensa eterna.

"Eu não tinha mais nada. Lugar nenhum para onde ir. Nenhum familiar. Nada. Fui buscar as minhas coisas no lugar que costumava chamar de lar...

— Na cidade do Vaticano — disse Michael.

— Os padres ficaram com pena de mim — continuou Simon como se não tivesse sido interrompido. — Convidaram-se para ficar com eles, para buscar consolo em Deus. Mas eu busquei conforto em outro lugar. Entrei para o exército italiano e recebi treinamento especial. Eu tinha habilidades, diziam os oficiais, habilidades que poderiam ser trabalhadas até que ficassem afiadas. Viajei um pouco em busca de paz, mas o que eu fazia não tinha nada a ver com paz. Cada vez que eu matava alguém era como se eu limpasse a minha mente, a minha alma. Cada vez que puxava o gatilho ou enfiava a faca em alguém, via o rosto do meu pai e não o da vítima à minha frente. O comandante dizia que eu estava matando para proteger o país, mas ele estava errado. Eu fazia isso pela minha sanidade. Passados dois anos, eu não me sentia diferente; as mortes não me libertavam do pesadelo sem fim em que eu nunca deixava de ver o corpo marcado de minha mãe. Solicitei e obtive licença.

O único som que ouviam era o ronco do motor do avião. Michael ajeitou-se na cadeira.

— Voltei para o apartamento da minha mãe no Vaticano. Vários padres que trabalharam com ela me procuraram. Queriam saber se podiam me ajudar de alguma forma. Eu sabia muito bem o que tinha feito, não apenas contra meu pai, mas quando estive no exército. Eles sentiam-se responsáveis por mim por terem abandonado minha mãe em um túmulo não abençoado. Eles perdoaram meus pecados e sempre iam me ver. Esses padres tornaram-se os únicos amigos que eu tinha. Deram-me trabalho e um lar e a coisa mais próxima que eu poderia chamar de família.

"Esses padres trabalharam com minha mãe por muitos anos e faziam parte de um pequeno grupo de clérigos que respondiam diretamente ao papa. Embora não fosse noticiado, o número de crimes e violações contra a Igreja havia aumentado muito. Não apenas crimes de cobiça e ódio, mas crimes que visavam a destruir o catolicismo. Esses padres me fizeram uma proposta que, se eu aceitasse, significaria devoção por toda a minha vida. Era um caminho, eles avisaram, que eu nunca poderia abandonar, mas para o qual eu possuía qualidades únicas. Concordei em dar minha palavra com uma condição: perdão especial para minha mãe...

"Ela recebeu um funeral adequado. Na Igreja. Uma cerimônia privada, executada pelo próprio papa.

Simon voltou-se para Michael, não mais olhando para dentro de si, tentando aliviar o tormento de sua vida. Agora, ao olhar para Michael, encarava o mundo. Embora tivesse se revelado como uma pessoa vulnerável e desprezível, agora voltava a ser o homem com quem Michael se encontrara pela primeira vez no seu apartamento: resoluto, determinado e duro.

— No meu novo trabalho, eu tinha permissão para fazer o que fosse necessário para realizar minha tarefa: proteger a Igreja.

"Tornei-me o guardador dos segredos, Michael. O guardião de todas as coisas que ninguém gostaria de saber.

O avião cortava o céu noturno, sua sombra negra avançando sobre as ondas do oceano abaixo. Logo amanheceria. O som dos motores soava como sirenes na cabine escura. Simon adormeceu rapidamente, exausto,. talvez, por ter revelado seu passado de tormentos. Michael, por outro lado, estava totalmente desperto, temendo os sonhos que poderiam surgir depois dos horrores que testemunhara nos olhos de Simon. Como alguém poderia se manter são depois de viver uma experiência tão devastadora? Mas finalmente podia compreender melhor o homem que dormia no acento ao lado. Suas suspeitas sobre as habilidades mortíferas de Simon haviam se confirmado. Já o equilíbrio mental dele era uma outra questão. Michael questionara a compreensão do homem em relação à realidade e agora, considerando não apenas suas ações e história, mas também a instabilidade mental de seus pais, a possibilidade de que o homem fosse louco se tornara bastante provável.

Michael olhou para o oceano negro abaixo, a profundidade e os mistérios que carregava, pensando nos perigos escondidos sob a linda e brilhante superfície. E lembrou-se de Finster. Abriu o compartimento de bagagens de mão, em busca de um cobertor. Como não encontrou, pegou seu casaco e encolheu-se no acento, cobrindo-se com ele, no qual ainda podia sentir o perfume de Mary. Enquanto sua mente viajava para o sorriso dela, sentiu que havia algo no bolso. Puxou um envelope e o abriu.

Querido Michael,

Durante anos, isto me protegeu e me manteve a salvo. Sei que você acha isso bobagem e que, às vezes, isso o incomodava, principalmente quando fazíamos amor. Mas agora peço que você mantenha-o com você o tempo todo. Isso já me ajudou em muitos dias ruins. Então, peço a você que o use para que ele possa manter você a salvo e trazê-lo de volta para mim. Use-o não como uma representação de sua fé, mas como um lembrete da fé inabalável que eu tenho em você.

Amo você de todo o meu coração

M.

Mary devia ter colocado o bilhete no bolso do casaco quando ele saíra para fazer uma ligação e pegar um copo de água gelada para ela. Mesmo durante a doença, Mary encontrara forças para continuar fazendo as pequenas coisas que ele tanto amava.

Michael esvaziou o conteúdo do envelope nas mãos. E, enquanto olhava para o objeto em suas mãos, tudo veio à tona: as emoções, a dor que sofrera nesse último mês. As lágrimas escorreram pelo seu rosto e ele obteve algum conforto com esse momento de tristeza, algo que não havia se permitido fazer até este momento, e esperava que isso o ajudasse a clarear a mente para o que estava por vir.

Finalmente, não pelo medo que Simon colocara nele naquela noite; não por uma nova devoção a Deus ou à religião, mas por causa de sua fé em Mary, ele colocou o crucifixo de ouro no pescoço como um lembrete da promessa que fizera a ela de voltar. Segurou o objeto religioso como vira Mary fazer tantas vezes antes e, depois, o soltou, permitindo que o metal frio encostasse em seu peito. Pensando na ironia do momento, pois, sem que ele lhe dissesse nada, Mary sabia o que ele enfrentaria. Enviara sua fé no marido com o crucifixo que agora estava em seu pescoço. Ela não protestara ou reclamara por estar sendo abandonada nesse momento difícil. Em vez disso, escrevera uma frase que lhe daria forças para conseguir fazer o que era necessário: ela sempre tivera fé nele, sempre acreditara nele. Ela era a única razão por que estava atravessando o país para entrar no local que acreditava ser a manifestação física do inferno.

VINTE

O 747 pousou deslizando pela densa névoa matinal do aeroporto Tegel de Berlim. O sol da manhã de verão refletia como cristal na grama coberta de orvalho que circundava a pista de pouso. O sol nascera no horizonte, reacendendo-se para um novo dia, acabando com as sombras das ondas no oceano como se acordasse uma criança de um pesadelo. A noite anterior fora muito difícil para Simon, pois fora o momento em que os sentimentos há muito enterrados em sua alma haviam voltado à superfície, lembrando-o de quem era e no que se tornara. E embora sempre desejasse o nascer do sol, não sentiu a sensação de limpeza que sempre experimentava nesse momento, e hoje, mais do que nunca, precisava disso. Sabia que os pesadelos logo estariam de volta. E que, quando voltassem, seriam na luz do dia.

Ele e Michael passaram pela alfândega sem problemas. Para surpresa de Michael, Simon falava alemão fluentemente e explicou para o agente da alfândega que ele e Michael estavam na Alemanha a trabalho e a lazer também e que não tinham nada que precisasse ser declarado. Pediu gentilmente que passassem logo, pois tinham um compromisso em seguida.

Michael acabara conseguindo dormir nas últimas horas de vôo, porém não fora um sono repousante. Mas pelo menos o afastara de

Simon por um tempo. Sentia pena dele, mas, ao mesmo tempo, temia-o. Embora o modo horrível como perdera a mãe fosse devastador, principalmente porque essa perda fora causada pelo próprio pai, toda essa história modelara Simon. E, embora fosse protegido pelo véu da Igreja, Simon estava muito mais longe da salvação do que Michael. Simon era um enigma que desconcertava Michael. Ele conhecia a Igreja e sabia que era como qualquer outro governo. Qualquer igreja com mais de um bilhão de seguidores tinha um enorme poder e procuraria proteger esse poder a todo custo, não importando os meios que empregasse para isso. Simon se tornara o meio de que a Igreja necessitava. E para protegê-la ele desobedeceria a todos os mandamentos. Este homem defendia a lei ao infringi-la.

— Encontre-me no hotel — disse Simon, entregando um envelope a Michael, enquanto se encaminhava para um táxi no pátio praticamente vazio do terminal do aeroporto. — Preciso pegar alguns suprimentos.

— Não demore — avisou Michael.

Simon entrou no táxi e partiu sem responder. Suprimentos, pensou Michael. Só Deus sabia o que isso queria dizer. Certamente, não seriam livros religiosos. Colocou a mochila nas costas e avançou pela Lehrter Strasse. Sentia-se cansado pela viagem, por ter ficado confinado por seis horas. Era bom esticar um pouco o corpo.

O tráfego estava tranqüilo, então não fora difícil perceber a limusine preta a cerca de 100 metros de distância dele, que seguia pela rua em sua direção. Mas ele não deu muita atenção. Em vez disso, continuou descendo a Wastin Hagen Platz. A limusine continuou se aproximando. Michael cortou a Silberstrasse, uma rua cheia de lojas à sua esquerda. Talvez estivesse reagindo de forma exagerada. Talvez fosse a falta de sono e muito estresse. Estava sendo paranóico.

A limusine entrou na rua atrás dele. Coincidência. Devia ser isso. Michael tentou ignorar o carro, diminuindo o passo, como se estivesse passeando, olhando as vitrines. As lojas ainda estavam fechadas, mas era possível ver os funcionários se preparando para mais um dia de trabalho. Quando a limusine estacionou, viu seu reflexo no vidro do açougue. A janela de trás do passageiro estava se abrindo e Michael tentou ver o rosto que aparecia. Apressou o passo.

A limusine também. Não podia ser coincidência.

Michael fugiu.

O carro partiu em seu encalço, cantando pneu e fazendo uma fumaça negra levantar do asfalto. Ele ganhava velocidade rápido fazendo ziguezagues na pista. As pernas de Michael latejavam; a adrenalina corria por seus músculos. Não tinha idéia de para onde estava indo, todas as placas de trânsito estavam em alemão. O veículo queria atropelá-lo. Disso ele tinha certeza. O barulho do motor parecia cada vez mais alto. Em algum lugar, achou que ouvia alguém gritar. Precisava de um plano e rápido. Restavam-lhe apenas segundos antes de ser assassinado. O carro preto estava quase o alcançando. E foi nesse momento que uma pergunta surgiu na sua mente: o que seria de Mary se ele morresse?

Michael pegou uma rua à direita. Tratava-se de um beco, cheio de lixo, parecendo medieval e escuro. Estreito demais para o carro que o perseguia. Ouviu os pneus cantarem, mas não olhou para trás. Segundos depois, o som de metal sendo amassado e arranhado ecoava pela rua estreita. Michael subiu em uma lata de lixo, espantando dois gatos e saltou sobre uma cerca adjacente. Ao fazer isso, olhou para trás. Não havia nada ali. Apenas a luz do dia. A limusine havia desaparecido. Chegou a um parque florido, no qual havia um lago no centro, um gramado viçoso à esquerda, um parquinho infantil um pouco mais à frente. E havia pessoas. Muitas pessoas. Os madrugadores já estavam ali, prontos para a corrida matinal, passeando com seus bebês ou curtindo uma caminhada com seus companheiros. A rotina diária de muitas pessoas. Esse era um lugar no qual Michael poderia se misturar. Um lugar no qual poderia se esconder.

Parou de correr e agachou-se sob um salgueiro-chorão. Era um excelente ponto de observação. Havia duas entradas em lados opostos que levavam à cidade. Grandes portões de ferro com dobradiças presas em mármore branco polido estavam abertos e fixados em um muro de seis metros de altura que circundava todo o parque. Michael se perguntava se a intenção do projeto inicial da estrutura de concreto com seus portões havia sido manter as pessoas dentro do parque ou evitar que elas entrassem. Não conseguia abandonar a impressão de que, se os portões fossem fechados, o parque se tornaria uma reserva natural grotesca, com seres humanos presos nesse confinamento para o mundo assistir.

Recuperando o fôlego, tentou avaliar o que acontecera nos últimos dois minutos. Limusine preta, placa alemã. Começara a segui-lo no aeroporto. Então, o horário de sua chegada era conhecido. Esperara Simon partir e só seguira Michael depois de se certificar de que estava sozinho. Quando a janela abrira, vira rapidamente o passageiro. Tratava-se de um homem mais velho, cujas feições não conseguira distinguir, pois elas pareciam se misturar com a escuridão dentro do carro. Michael, porém, não tinha dúvidas. O homem na limusine era Finster.

Eram 10h01 e Anna Rechtschaffen estava pronta para fechar a loja por hoje, talvez até por toda a semana. Dez minutos antes, um herói bonito, alto e moreno de seus romances eróticos entrara na loja e Anna tinha certeza de que, se não tivesse 77 anos de idade, teria lançado seus 80 quilos sobre ele para rolarem sobre o feno. Não fazia uma venda de seis mil marcos desde a visita do papa em 1986.

O homem não explicara por que, apenas comprara o lote inteiro. Os de ouro, os de prata, os antigos e os de madeira, mesmo os mais baratos, de plástico, que ela comprara de um espanhol baixinho dois anos antes e pelos quais ninguém se interessava. Não importava se tivessem sido feitos para serem pendurados na parede ou em um cordão ao redor do pescoço. Ele comprara todos os crucifixos da loja. Ela não perguntara o motivo e ele não lhe dera uma explicação. Na verdade, não dissera muita coisa que parecesse importante, a não ser pela última pergunta. A que fizera logo depois de pagar a mercadoria em dinheiro e agradecer a Anna. O homem sem nome perguntara se a *Freudenshaft* era a uma ou a duas quadras de distância. Quando Anna perguntara o que estava procurando, ele sorrira e respondera:

— Stingline's.

Ela lhe mostrou a direção correta e ajudou-o a guardar as caixas no carro. Quando foi embora, não pôde deixar de se perguntar o que um homem que acabara de comprar todos os crucifixos sagrados da loja poderia querer em uma loja de armamentos.

Para as pessoas no parque eles pareciam ser apenas amigos fazendo uma corrida, misturando-se com os outros, aproximando-se pelo portão ao sul. Mas os dois homens provocaram uma reação no estômago de Michael e, há muito tempo, ele aprendera a confiar nos instintos. Ambos tinham mais de 1,80 m de altura. Ambos usavam training de moletom e corriam com uma postura de poder, como profissionais, com precisão militar. Seguiram pelo caminho em direção a Michael, sem tirar os olhos dele e mantendo um ritmo uniforme. Parecia que podiam dar a volta ao mundo e nunca perder o fôlego. Estavam a cerca de 500 metros de distância de Michael. E eram apenas 250 metros até a saída pelo outro lado. Michael correu em disparada em direção aos portões. Indo contra seus instintos, olhou para trás. Os dois homens aumentaram a velocidade, movendo-se em sincronia. Os filhos-da-puta nem pareciam estar sem fôlego. Quando estava a alguns passos dos portões, a limusine preta reapareceu na rua. A parte da frente estava amassada, mas isso parecia não afetar seu desempenho, o motor roncava como um leão prestes a atacar.

Michael correu mais ainda, passando pelos portões e saindo do parque. A janela da limusine estava se abrindo, mas, dessa vez, ele não se deu ao trabalho de olhar. Correu por uma grande alameda deserta que tinha edifícios espelhados e brilhantes de ambos os lados. Sentia o gosto de bile na boca e os pulmões pareciam explodir dentro do peito.

Os gêmeos que o perseguiam saíram pelos portões, corriam com os braços soltos, o que era bom, pois indicava que não estavam armados. Michael imaginou que seria uma morte silenciosa. Eles o pegariam e o colocariam na limusine, cujo assoalho estaria coberto por um plástico, e o matariam sem testemunhas.

A limusine passou pela alameda e seus cúmplices a acompanhavam. Michael saiu da alameda e abriu caminho pelo tráfego matinal de uma rua de mão dupla. Os carros desviaram e frearam bruscamente. Conseguiu chegar à calçada, o coração disparado e a própria voz repetindo sem parar na cabeça *por favor, por favor, por favor* como um mantra em sincronia com os batimentos cardíacos.

Os corredores em seu encalço se desembaraçaram do tráfego intenso. Corriam pela rua a dez metros de distância de Michael. Eles saltavam e desviavam dos carros que estavam em seu caminho como se tais obstáculos não passassem de quebra-molas.

Ofegante e sem ar, Michael procurou desesperadamente por uma saída, um santuário. E encontrou. Reunindo as poucas forças que lhe restavam, virou para a esquerda... Podia ouvir a respiração deles e não estavam ofegantes como ele.

Seus perseguidores estavam cada vez mais próximos. Ele se preparou para o salto que dariam sobre ele, mas o golpe não chegou. Com as últimas forças que lhe restavam, Michael pulou o muro de dois metros, os gêmeos tentaram agarrar seus pés, mas não conseguiram por pouco.

Na rua, a limusine freou e parou. Ficou ali, sem se mover. Os gêmeos não tentaram pular a cerca, embora isso fosse fácil para eles. Os rostos permaneceram frios e sem emoção, os braços estendidos ao longo do corpo. Nada foi dito enquanto os homens olhavam, impassíveis, Michael passar correndo pelas portas de uma igreja de pedra.

VINTE E UM

O sol matinal entrava pela janela aberta, refletindo nos lençóis brancos e pousando nos olhos fechados de Paul. Já estava acordado, mas sempre preferia deixar que seus sentidos estivessem totalmente despertos antes de levantar. O cheiro do mar fazia o sangue dele circular, do mesmo modo que uma dose de tequila. Ele havia planejado e remodelado a casa de modo a tirar vantagem de sua localização à beira-mar. Sua cama estava posicionada para que, quando abrisse os olhos, visse imediatamente o oceano que sempre o atraíra, desde a infância. Seu pai havia sido um pescador do Velho Continente que navegava pela grande baía ao sul de Long Island Sound, aventurando-se até o mar aberto em busca de peixes sazonais. Quando Paul tinha idade suficiente para acompanhá-lo, tornava-se um colega, atacante, um recruta ou qualquer outra coisa que o pai desejasse. Na juventude, não era o oceano que o atraía, mas sim o pai. Hank Busch fora um homem grande, cujas mãos eram poderosas e a pele curtida como couro. Usava os cabelos louros compridos e barba, sendo que era impossível determinar onde o cabelo terminava e a barba começava. Tanto os cabelos quanto a barba estavam sempre revoltos e emaranhados pelo vento. Paul amava o pai, mesmo sendo ele um homem comum e simples, mas odiava as semanas que ficava longe viajando pelo oceano. Crianças de 12 anos não costumavam se preocupar, mas Paul se preocupava. Ele já ouvira falar sobre os perigos do mar e que, às vezes, ele tragava um navio para o fundo como um lembrete para os navegadores de que nem sempre era misericordioso. Cada vez que o pai voltava para casa, Paul o abraçava e não o soltava, perdido no calor e na segurança daquele abraço.

Seu pai lhe ensinara todos os truques e habilidades da pesca comercial, esperando um dia passar o barco, *The Byram Blond*, para o filho, que seguiria seus passos. Paul nunca tivera coragem de dizer ao pai que não dava a mínima para a pesca, pois sabia que isso partiria o coração do velho. E, de qualquer modo, se para passar mais tempo com o pai tinha de aprender sobre pesca e sair com pescadores bêbados que fediam a peixe, que assim fosse. Pelo menos estariam juntos.

Final de abril. O frio do inverno ainda estava no ar, parecendo sempre estender-se para o mar. Seria uma viagem de quatro dias. Havia cinco pessoas a bordo: Paul e o pai; Sean Reardon, de 21 anos, cheio de raiva e amargura; Johnny G., um jamaicano enorme, maior até do que o pai de Paul e cuja voz sonora parecia sempre estar cantando. Paul nunca soube o sobrenome de Johnny. E Rico Libertore, que se imaginava como um mafioso, do alto de seus 1,67m, incluindo o topete preto. Rico contava muitas histórias, mas lutava melhor do que qualquer um. Ninguém mexia com Rico e saía impune, sem deixar um pouco de sangue para trás. Saíram de Long Island Sound, contornando Block Island e se encaminhando para o oceano Atlântico. Saíram em busca de bacalhau. Aquela seria a primeira vez que Paul, então com 12 anos, dormiria no barco, como um rito de passagem. Quando a viagem chegasse ao fim, seria considerado um homem.

Jogaram as linhas e sentaram-se para o jantar. Feijão e salsicha. Fácil de cozinhar e de comer. Sentaram-se para comer e beber cerveja, menos Paul, que bebia Coca-Cola. Os quatro homens tratavam Paul como se fosse um deles, fazendo piadas pesadas e falando palavrões capazes de deixar qualquer guarda penitenciário vermelho de vergonha. Desligaram as luzes às nove horas da noite, pois tinham de acordar às quatro da manhã. A temperatura caíra bastante, chegando a três graus, o que fazia os ossos tremerem. No mar, o frio cortava a pele, entrava nos ossos, um frio que você não tinha como dissipar, não importando o número de cobertores que usasse. Paul não conseguia se aquecer no beliche. O som provocado pelo ronco dos outros homens era inacreditável e nenhum deles conseguia se controlar. Quando desceu do beliche, ninguém se mexeu. Todos estavam dormindo profundamente. Paul sabia lidar com o aquecedor, era como em casa: abra, acenda, feche a porta e sinta o calor chegando. Um ano antes o pai havia lhe dito para nunca mexer ali, mas isso era quando ele era apenas uma criança. Era um homem agora. Achou que esse era o seu dever, já que todos dormiam. Abriu o compartimento e tentou acender o aquecedor. Bombeou dez vezes e enfiou um fósforo aceso. Nada. Bombeou novamente, acendeu outro fósforo, mas uma brisa o apagou antes que o aproximasse da porta do aquecedor. Bombeou vinte vezes. Era isso, o feitiço das três tentativas. Acendeu o fósforo e protegeu a chama com a mão. Esse não seria apagado. Enfiou o fósforo no aquecedor.

E o inferno o envolveu. Uma bola de fogo explodiu, envolvendo o aquecedor. As chamas subiram pela parede e espalharam-se pelo chão. Paul gritou em pânico, parecendo uma menina assustada, do jeito que os meninos fazem antes de virarem homens. Um grito horrível. Um brilho laranja envolvia a cabine. O calor era intenso. Rico levantou do beliche e correu para a cozinha do barco para pegar o extintor de incêndio. O italiano baixinho fez de tudo, mas o extintor não funcionava. O fogo correu pelo chão e subiu pelas pernas de Rico. Paul caiu de costas. Os gritos vinham de todos os lugares. Olhou ao redor, sem perceber que eles vinham de sua garganta. As chamas o envolveram, como um bando de animais circundando-o. Viu Rico se jogar no chão e rolar em uma tentativa desesperada de apagar o fogo que lhe consumia a perna. As chamas lambiam as paredes. Paul estava paralisado de medo. Não tinha para onde fugir. Apenas gritava e gritava.

Até que, finalmente, foi erguido e levado até o deque. Seu pai usou um pé-de-cabra para arrancar o aquecedor em chamas e jogá-lo no mar. Paul viu quando ele atingiu a água, ainda ardendo em chamas. Viu o brilho vermelho mortal enquanto afundava nas profundezas escuras. Pela janela da cabine, conseguia ver Johnny G. usando um cobertor para abafar as chamas. O pai voltou para ajudar Rico. Até então, Paul nunca vira um homem chorar. A dor que via nos olhos de Rico parecia insuportável, as lágrimas escorriam pelo rosto do rapaz. Arrasado pelo que fizera, Paul desmoronou e começou a chorar. Com o seu descuido ferira Rico. Chorou porque o fogo o paralisara, quase matando a todos.

Johnny G. foi ao deque e o enrolou em um cobertor, levando-o para dentro novamente, repetindo seu nome repetidas vezes com a voz que ele conhecia tão bem. As chamas haviam sido extintas, mas ainda havia fumaça saindo do chão e das paredes enegrecidas. Sean usou baldes para jogar água do mar no chão do deque e pegou uma vassoura, lavando as cinzas que ficaram. O cheiro nauseante de madeira queimada molhada encheu o ar. Paul assistia ao pai cuidando de Rico. Quando finalmente acabou de colocar as bandagens, o pai caminhou em sua direção, e, sem dizer uma palavra, o tomou nos braços. Desde aquele dia, a memória mais vívida de Paul era das mãos do pai segurando-o enquanto dormia aquela noite. Elas estavam queimadas, vermelhas e enegrecidas, a camada superior da pele, coberta de bolhas. Mas Hank Busch parecia não notar. Ficou ali sentado, com o filho nos braços, ninando-o até o dia clarear.

O *Byram Blonde* chegou às docas com o nascer do sol. Johnny G., Rico e Sean aguardaram a bordo enquanto Paul levava o filho para casa. Nenhuma palavra foi dita durante o percurso. Paul ainda estava em estado de choque, olhando fixamente para a neblina matinal e envolto pelo abraço protetor do pai até chegarem em casa.

O pai o levou para o andar de cima e o colocou na cama. Quando o pai estava saindo do quarto, Paul sussurrou:

— Sinto muito, papai — as lágrimas molhavam o travesseiro.

O pai voltou-se para ele.

— Foi um acidente.

E pelo tom que o pai usara, Paul sabia que ele realmente queria dizer isso.

— Pensei que ia perdê-lo noite passada. Não poderia continuar vivendo se algo de ruim tivesse acontecido com você. O mar é um local cruel. Meu pai me ensinou isso, assim como o pai dele havia ensinado a ele, que cada vez que você sai para navegar nunca pode ter certeza se voltará ao porto. Mas que cada vez que consegue isso, deve agradecer a Deus não apenas por ter voltado são e salvo, mas por tudo que Ele já lhe deu. E que quando você pisa em terra firme, talvez não tenha tanta sorte na próxima vez. Mas hoje você enganou a morte uma vez, para que possa aproveitar ainda mais a vida.

Seu pai inclinou-se e beijou sua testa.

— Sobrevivemos e isso é tudo o que importa. Amo você, meu filho. E nunca nada mudará isso.

Naquela manhã, ele voltou ao mar.

Não havia tempestades previstas para aquele dia, mas ela desabou assim mesmo. Uma chuva pesada, ondas enormes que chegavam a 12 metros de altura. O pai de Paul nunca mais voltou. O *Byram Blonde* foi considerado perdido no mar. Houve um funeral para Johnny G., Sean, Rico e para o pai de Paul, embora os corpos nunca tenham sido encontrados.

Agora, como fazia todas as manhãs, Paul olhava pela janela do quarto, vendo as ondas quebrarem na praia. Até hoje, Paul olhava na areia da praia em busca de partes do *Byram*.

Robbie e Chrissie entraram no quarto gritando; chegaram à cama e saltaram para os braços do pai.

— Papai, por que você não pode ficar? — perguntou o filho.

— Assim que eu chegar, prometo que passaremos uma semana inteirinha juntos. Nada de trabalho, telefonemas ou visitas.

Paul conseguia contar nos dedos da mão as vezes em que ficara longe dos filhos. Há muito tempo, fizera uma promessa a si mesmo de que nunca deixaria os filhos como o pai o deixara; que passaria o tempo construindo as lembranças deles. E agora era obrigado a quebrar essa promessa. A tristeza que via nos olhos da filha na hora da despedida era apenas uma pequena fração do que sentia no coração.

Enquanto colocava a bagagem no carro, Jeannie entregou-lhe o passaporte.

— Pensei que iríamos preencher essas páginas juntos — disse enquanto lhe entregava o documento.

— Teremos bastante tempo para isso — respondeu Paul, evitando olhar nos olhos da esposa.

Jeannie o agarrou pela lapela.

— Preste bastante atenção no que vou dizer, Paul Busch: encontre Michael e voltem em segurança o mais rápido possível, entendeu?

Abraçaram-se.

— Rápido, hein? — acrescentou Jeannie.

Sempre ficava com medo quando Paul saía. Era a esposa de um policial: cada toque do telefone fazia o coração quase parar dentro do peito. Temia um dia abrir a porta e encontrar dois policiais com os quepes na mão e a cabeça baixa.

— Também amo você — disse Paul.

— Acho que temos de parar para almoçar — disse Jeannie, segurando várias sacolas de compras.

— Estou bem. Aquele *frappuccino* me dará energia por mais algum tempo — respondeu Mary. — Por favor, deixe que eu carregue alguma coisa.

— Apenas aproveite o passeio.

Já fazia uma hora que as duas mulheres passeavam pelo Weschester, uma concentração maciça de lojas com o codinome de *shopping mall*, o local favorito para excursões com papai e mamãe. O Dr. Rhineheart recomendara uma visita ao shopping como uma maneira de quebrar a rotina cruel do tratamento de Mary. Era de manhã e os corredores estavam cheios de mães empurrando carrinhos de bebês. As duas amigas passearam pelos corredores, subiram pelas escadas-rolantes, foram a todos os andares, conversando e rindo como adolescentes. E embora só estivessem ali há uma hora, Mary parecia ter corrido uma maratona. Seu corpo estava fraco e frágil. A combinação da químio e da radioterapia não atacaram apenas o câncer, mas todo o seu corpo também. "Atacar" não era bem a palavra. "Matar" descrevia melhor o que estava acontecendo. Matar o câncer, sua vida, seu espírito. Os cabelos ainda não haviam caído, mas onde um mês antes havia uma linda cabeleira vermelha, agora havia um cabelo fino e ralo. Jeannie tinha pensado em levar Mary para um dia no salão de beleza, mas acabou desistindo. Não podia lidar com um cabeleireiro acabando com o pouco cabelo da amiga. A situação de Mary já era humilhante o suficiente sem isso.

— Deixe que eu carregue isso para você — pediu Jeannie tentando pegar o pacote que Mary carregava.

— Ei! Eu não estou inválida — respondeu Mary segurando o pacote.

— Eu não quis...

Mary sorriu.

— Eu sei. Sinto muito. É que as pessoas nos tratam de maneira diferente quando estamos doentes. Acabam fazendo com que você se sinta uma aberração. Parece que nossas orelhas crescem e que aparece uma cauda ou algo assim. A minha aparência pode estar um pouco diferente, mas aqui dentro — disse batendo no peito — ainda sou eu.

— Eu sei que é — respondeu Jeannie abraçando a amiga.

— É um modo muito ruim de descobrir quem são seus verdadeiros amigos. Você sabia que Paul vai ao hospital todos os dias levando flores e comida? — Mary fez uma pausa, refletindo. — Ele não deixou de ir nem um dia sequer. Agarre-se a este homem, Jeannie, pois sempre poderá contar com ele.

— Isso é questionável — disse Jeannie rindo. — Ele não sabe o que é dureza na vida. Afinal, lidar com bandidos não se compara a criar dois filhos.

Em voz baixa, Mary disse:

— Você sabe que eu ficarei bem, não é?

— Eu sei.

E mesmo se sentindo confortada pelas palavras de Mary, Jeannie não conseguia lidar com mentiras e tentava desesperadamente esconder as lágrimas que ameaçavam cair.

— Mas estou preocupada com Michael, sabe? — continuou Mary.

Quanto mais pensava sobre a viagem repentina de Michael, mais temerosa ficava. Sabia o quanto ele se preocupava com ela e que nunca a abandonaria, a não ser... A não ser que tivesse de enfrentar algo pior do que ela estava enfrentado. E olha que ela estava enfrentando a morte.

— Não sei onde ele está nem quando estará de volta. Ele está com problemas, Jeannie.

Jeannie pegou a mão de Mary e desabafou.

— Paul foi atrás dele. Não fique zangada, Mary.

Durante todos os anos em que se conheciam, havia uma ligação entre elas. Era como se fossem irmãs, estavam ligadas de forma irrevogável e, com o casamento de Paul e Jeannie, Mary se tornara uma irmã para ele. Assim como Jeannie, ele sempre estivera pronto a ajudá-la. O fato de os maridos — um policial e um ladrão — terem se tornado amigos alegrava o coração de ambas.

— Como eu poderia ficar zangada?

— Dará tudo certo. Não se preocupe, pois Paul vai cuidar de tudo.

Os pensamentos de Mary estavam nos votos que fizeram no casamento. Ela os repetira na cabeça sem parar durante o julgamento de Michael: *na pobreza e na riqueza, na alegria e na tristeza.* Essa se tornara sua música. Imaginara que ela e Michael estavam lidando com a tristeza primeiro. Claro que agora era: *na saúde e na doença,* algo que supostamente aconteceria bem mais tarde. Mas não para eles. Todos os votos que fizeram estavam sendo testados cedo demais.

— Tenho tido pesadelos — contou Mary. — Pesadelos terríveis. E estou com medo, Jeannie. Fico imaginando que ele não vai voltar.

— Se Paul disse que vai trazê-lo de volta, é porque vai. Claro que eles podem dar uma paradinha no caminho para jogar golfe, mas certamente voltarão.

Mary sorriu, mas, por dentro, ainda estava aterrorizada. Michael estava em apuros, ela sabia disso, e tudo no que conseguia pensar era: *até que a morte nos separe.*

VINTE E DOIS

As ruas do lado de fora da pequena igreja de pedra estavam relativamente vazias e silenciosas. Aquela virada do destino não passou despercebida por Michael enquanto olhava pelos vitrais. Sozinho naquele local silencioso que cheirava a incenso e a cera, não pôde evitar de pensar no tempo em que tudo isso ainda tinha algum significado para ele. Quando sabia a missa de cor, assim como as regras de futebol, repetindo as orações feitas pelo padre Damico, um velho sacerdote encurvado que tinha um fraco por nhoque e licor. Entrar na paróquia dele fazia com que Michael encontrasse alívio e conforto. Era um local aonde sempre poderia ir para rezar, pedir um favor ou apenas conversar. Lá ele conversava com Deus. E Ele ouvia. Quando era criança, podia jurar que Ele respondia. Era como um pequeno milagre secreto.

Mas quando Michael cresceu, descobriu que Deus não o ouvia mais. Na verdade, até onde sabia, Ele simplesmente nunca o ouvira. Quando o mundo se descortinou à sua frente, sentiu-se traído: nunca vivenciara um milagre. O que acreditava ser a voz de Deus, fora apenas o próprio subconsciente conversando com ele, produzindo as respostas que buscava.

Tudo o que aprendera quando criança, tudo no que acreditava enquanto crescia e amadurecia não passava de mentiras, assim como os titãs na mitologia grega ou os contos nórdicos de Thor e Odin. Deus era apenas um outro conto de fadas ao qual os medrosos se agarram em momentos difíceis, como um salva-vidas que fornece explicações para o inexplicável. Toda a pompa e circunstância, todas as atitudes sagradas dos padres: eles se tornaram a essência da hipocrisia para ele, sendo apenas a manifestação da mentira, perpetuando um mito cruel, assim como todos os mitos desse mundo desamparado. Todos estavam tão certos de que o seu Deus era o verdadeiro, que eles eram justos e que os seus seguidores eram os únicos no planeta que encontrariam paz e conforto depois da morte.

E então conhecera Mary e acabou sendo indulgente com as crenças dela, sem nunca se atrever a contar à esposa como se sentia de verdade. Estava apaixonado e costumamos fazer tudo por amor. Sentava-se na missa semanal, não em oração, mas perdido em pensamentos, seu pequeno ritual, o tempo que passava pensando em Mary, na vida, em ter filhos e no trabalho. Executava os movimentos e respondia às orações que aprendera tão bem na infância, sempre mantendo sua opinião para si mesmo. Mas quando soubera do diagnóstico de Mary, não pôde mais fingir. Estava certo. Deus realmente não existia.

E ainda assim, aqui estava ele, sentado em uma igreja. Fugindo de algo, de alguém, que não conseguia explicar. Levantou a mão e tocou o crucifixo de ouro de Mary. Nada havia de espiritual no gesto, mas ele conseguia senti-la. A jóia era de Mary e ela lhe pedira que a usasse, implorara para que não a tirasse. E ele não tiraria: não porque acreditasse no significado do crucifixo em si, mas sim pelo significado que tinha para ele. O pingente era de Mary e talvez até o protegesse. Não por causa de algo divino, mas porque servia de lembrete do motivo pelo qual estava sentado ali em uma igreja na Alemanha: por amor. Encontrava-se ali não pelo que acreditava, mas sim por causa daquilo em que Mary acreditava.

Meio-dia. Alguns poucos fiéis haviam entrado na igreja durante a manhã, acendendo velas, ajoelhando-se em silêncio e orando. Michael passara pelo altar e encontrara um sinal de néon para sair do santuário de duzentos anos. Abriu a porta bem devagar. Ninguém à vista. Desceu as escadas.

Havia um vendedor de pretzels e refrigerante na esquina. Já fazia um tempo desde o último pacote de amendoim que comera no avião. Estava com fome, com sede e cansado. O descanso teria de esperar, mas o estômago não. Parar um pouco não teria muitas conseqüências.

Mas não chegou nem a atravessar a rua. Cerca de dez carros de polícia pararam à sua frente, trazendo policiais, *polizei*, de todos os tipos e tamanhos. Eles o cercaram gritando em alemão e sacudindo as armas nove milímetros padrão SIG-Sauers. Michael não precisava de um tradutor, pois estava bem claro o que queriam. Levantou as mãos e se entregou.

O hotel Friedenberg tinha vista para a Tiergarten Platz. Já contava com sessenta anos e havia sido abandonado em 1961. Quando o Muro de Berlim foi erguido, ele falira. O grupo Ômega o comprou nos anos 1990, gastando mais de dez milhões na restauração. Nada de grandioso, mas tudo muito bom: quartos espaçosos, uma grande piscina, clube de ginástica e serviço de quarto. O frigobar dos quartos era abastecido com uísque, amendoim e latas de Coca-Cola de cinco dólares, que os hóspedes acabavam abrindo às três da manhã, e do que se arrependiam na hora de pagar a conta.

A suíte executiva era separada em dois cômodos: um para dormir e outro para trabalhar. Havia duas camas king size no quarto e, ao lado da porta, uma pequena mesa de reunião, uma escrivaninha e uma sala de estar. A decoração era de extremo bom gosto para um quarto de hotel, mas você acabava esquecendo os tons de vinho, marrom e amarelo assim que fechava a conta e partia.

— Michael? — chamou Simon, enquanto colocava as sacolas sobre a cama.

A gorda gorjeta que dera ao carregador não era suficiente para compensar a dor na coluna provocada pelo peso da bagagem.

Simon abriu as cortinas, fazendo uma pausa para sentir o sol que entrava no quarto e aquecia seu rosto. Verificou o telefone. Não havia nenhuma luz vermelha piscando, indicando que havia recados. Pegou a pasta que estava sobre a cama, sentou-se à mesa e puxou a planta da casa de Finster que Michael desenhara durante vôo. Simon não conseguia se concentrar. Estava exausto. Já fazia 24 horas desde a última vez que dormira. Tinha muito trabalho pela frente. Se não se concentrasse, falharia pela primeira vez na vida. Mas no tipo de trabalho que realizava, você só falhava uma vez. E, se falhasse agora, não seria apenas ele a sofrer as conseqüências.

Ficou indeciso. Devia estudar a planta? Desfazer as malas? Dormir? Faria tudo isso, mas não necessariamente nessa ordem.

Depois de comprar todos os crucifixos em uma pequena loja religiosa, Simon encontrou a Stingline exatamente no local indicado pela gentil senhora que o atendera. Costumava freqüentar o lugar no passado quando precisava de "certos" equipamentos. Hoje precisou novamente. A Stingline não era apenas uma loja de armas, mas sim uma Loja de Armamentos, na qual se buscavam equipamentos que as outras lojas não tinham, não podiam ou não queriam vender. As vitrines exibiam rifles de caça, arco e flecha e, para os que desejavam a vida militar, uniformes camuflados. O que interessava, porém, ficava longe da vista. *Herr* Stingline fora do exército vermelho, do Baader-Meinhof ou do IRA, dependendo de quem lhe desse as informações. Dizia-se que ele tinha 52 anos. Mas Simon sabia, com certeza, que tinha 68, pois sempre fazia uma investigação completa antes de lidar com desconhecidos. Mas não importava que tivesse 52, 68 ou 85, o homem era capaz de derrubá-lo em um piscar de olhos. O alemão tinha fala mansa e não possuía pêlos. Quando tinha 8 anos, uma febre fez com que os pêlos caíssem e as zombarias que enfrentou por causa disso o transformaram em um menino durão aos 9 anos. Estava no ramo desde 1986, o que significava que tinha algum tipo de favorecimento com o antigo governo da Alemanha Oriental e com os *Stasi*, que eram a polícia secreta da Alemanha Oriental, correspondente à KGB da União Soviética, e se metiam na vida de todo mundo. Privacidade era algo que simplesmente não existia no antigo regime, o que significava que as operações de Stingline eram conhecidas, sendo, provavelmente, alimentadas pelo próprio governo. Mas desde que Simon o conhecia, logo depois da queda do Muro, o velho nunca dissera nada.

Não perguntara como, mas Stingline conseguira os itens de sua lista em menos de 15 minutos: quatro rádios de mão, quadro Glocks nove milímetros com silenciadores, 50 caixas de munição; duas MP5K que disparavam 18 tiros por segundo; dois rifles de longo alcance; quatro facas, seis granadas e uma caixa de barras energéticas. Simon sempre comprava duas ou quatro unidades de cada coisa e sempre pagava em euro — a moeda com menos chance de ser rastreada no momento. Saiu da loja com tudo de que precisava sem ter de responder a uma pergunta sequer.

Uma batida na porta fez com que voltasse à realidade.

— Sim? — disse encaminhando-se para as sacolas que se encontravam sobre a cama.

— Serviço de quarto.

Simon pegou uma nove milímetros e uma caixa de munição. Não havia tempo para verificar a arma, apenas a carregou e rezou. Encostou-se na parede e encaminhou-se lentamente para a porta. Não se preocupou em olhar pelo olho-mágico. Abriu a porta de forma cuidadosa e se deparou com...

Um rapaz empurrando um carrinho de comida. Ele não devia ter mais de 19 anos, a pomada antiacne mal escondendo as espinhas no rosto.

— Temos o costume de presentear os hóspedes com um carrinho de comida e bebida — afirmou nervosamente o rapaz com sotaque forte.

Suas mãos suavam, deixando impressões digitais no carrinho.

Simon olhou para ele, enquanto guardava a arma na cintura. Abriu a porta completamente, deixando que o garoto entrasse.

— Sinto muito. Estou um pouco cansado. Isso realmente não é necessário.

— Queijos e vinhos para o senhor provar — disse o rapaz, enquanto entrava no quarto e revelava uma seleção de queijos, presunto, frutas, duas garrafas de vinho tinto que Simon descobriu ser de uma safra decente.

Talvez não fosse uma idéia ruim tomar uma taça depois de desfazer as malas. Talvez isso o ajudasse a dormir.

— Posso abrir o vinho para o senhor? — perguntou o rapaz sorrindo, feliz porque estava conseguindo se comunicar em inglês.

— Não precisa. Tenho trabalho a fazer.

Simon deu uma gorjeta para o rapaz e o acompanhou até a porta.

E foi quando tudo aconteceu. A porta bateu. As persianas se fecharam, assim como as cortinas. O quarto ficou totalmente escuro. Simon olhava para os lados, forçando a visão a se ajustar à ausência de luz. Agachou-se e rolou no chão procurando se afastar do último ponto em que fora visto. Sem saber ao certo se alguém mais entrara, segurou a respiração, concentrou-se e procurou sentir. Quantas pessoas havia ali? Aguçou os ouvidos; não conseguiu detectar nenhum movimento. Lentamente suas pupilas se dilataram e ele começou a distinguir algumas sombras, a mesa de reunião, o sofá... Do outro lado do aposento, um facho de luz entrava por uma fresta. Obscurecido pelas sombras, o rapaz do serviço de quarto estava em pé, olhando para ele embasbacado como se as luzes estivessem acesas. O rapaz sabia exatamente onde Simon estava, mas não se moveu.

Os segundos pareciam horas e passavam lentamente. Nenhuma palavra foi dita. Simon agora conseguia ver mais do que sombras e formas, era capaz de enxergar o suficiente para se mover e distinguir o rosto do rapaz. E, de repente, como se luz e sombra estivessem fazendo truques, viu o rosto de Finster.

Instintivamente, Simon apertou o gatilho e descarregou a arma, atingindo o olho esquerdo de Finster com dois tiros.

Simon se levantou. Finster estava sangrando, disso ele tinha certeza. Uma nesga de sangue escorria pelo rosto como lágrimas escarlates. Ainda assim o alemão não caiu. Aliás, nem se moveu.

E, em um movimento casual, Finster levou as mãos até os olhos e retirou ambas as balas da órbita mutilada. Onde antes havia um olho encarando Simon, havia agora apenas carne cortada, osso e uma fenda cheia de sangue. Um fluido opaco separou-se do vermelho do sangue. A pupila de Simon ainda estava reagindo à escuridão. A bala deveria ter atravessado o cérebro de Finster, mas ele ainda estava de pé.

Simon viu o homem ferido colocar as duas balas da nove milímetros sobre a mesa e empurrá-las na direção de Simon.

— Por favor — disse a Simon —, fique com elas.

Ouviu um som suave e surdo. Parecia o som de algo gosmento, como carne se rasgando. E o som vinha de dentro de Finster. Era o olho dele se reconstituindo e ele agia como se isso não fosse nada de mais, apenas cabelo voltando a crescer depois de se ter raspado a cabeça ou o membro ressurgindo em uma salamandra-aquática.

De repente, estava perfeito. Os dois olhos novamente fixos em Simon, sem piscar, sem se mover, sempre aterrorizantes.

— Como vão os segredos, Simon?

A arma descarregada foi arrancada das mãos de Simon por uma força invisível. O quarto estava cheio de energia e Simon a sentia aumentar e envolvê-lo como uma corrente elétrica de voltagem máxima. Olhou em volta, desejando ardentemente estar de posse da sacola de provisões. A azul. A que estava cheia de crucifixos. Deveria ter desfeito as malas antes de qualquer coisa.

— É verdade. Você deveria ter desfeito as malas — disse Finster, como se lesse seus pensamentos — em vez de se distrair e perder o foco.

— Você não terá a minha...

— Alma? — perguntou Finster, rindo. — Isso eu já tenho. Você já perdeu sua alma há muito tempo, Simon. Aqueles homens de batina que estudam a Bíblia não podem oferecer absolvição para um homem como você. *Você* está muito além da redenção.

Finster levantou a mão como se fosse dividir um segredo precioso com ele.

— Uma pequena dica para você, amigo: você deve se *arrepender* dos seus pecados para obter o *perdão*... Mas vamos deixar de lado as divagações. Estou aqui por um motivo. A sua alma não é o prêmio que desejo. Meu reino finalmente está cheio de almas desprezíveis desse mundo. Estou retornando para o local de onde vim. Estou voltando para casa.

Com isso, Simon atirou-se sobre Finster, socando-o sem parar no rosto e no corpo. Finster virou o rosto e quando se voltou para ele, havia se transformado em um velho com roupas esfarrapadas e punho ensangüentado como se tivesse ficado preso. Grotescas cicatrizes brancas cobriam-lhe o rosto; algumas mal haviam cicatrizado. Simon parou abruptamente de usar os punhos. O medo que viu nos olhos do homem o fez recuar. Ofegou como se tivesse sido golpeado com força.

— Eu implorei pelo seu perdão, Simon. Eu não sabia o que estava por vir. Minha mente estava tomada quando ataquei sua mãe. Ela me perdoou. Por que você não pode fazer o mesmo? Por que um filho não pode perdoar o pai?

Simon fechou os punhos novamente e voltou a golpear o velho.

— Você estuprou minha mãe. Roubou a vida dela. Você me deixou sozinho no mundo.

Continuou o ataque até que o velho ameaçou desfalecer.

— Você não passa de um sonho ruim. Um pesadelo horrível.

E, de repente, o homem sob seu ataque desapareceu. Onde ele se encontrava, havia agora uma senhora de cabelos escuros e vestes pretas, sua pele de alabastro brilhando e as cicatrizes claras como o dia sobre sua pele. Ela se encolheu, tentando afastar-se de Simon, indefesa diante dos socos dele.

— Por favor, filho... — implorou.

Simon sentiu um frio descer pela espinha quando percebeu que atingira a mãe, atirando no chão a figura frágil e curvada.

— Você é frio, Simon. Junte-se a nós, vamos reunir a família novamente — disse pegando a arma de Simon e entregando-a a ele. — Você está bem próximo, basta um instante e logo estaremos juntos. Venha ficar comigo.

Uma única bala de revólver brilhava na palma de sua mão. Sentia que estava perdendo a cabeça. A mãe, que o ensinara a ser forte, lhe dizia que era hora de se render, desistir de tudo e seguir os seus passos, acabando com a própria vida. Estava confuso. Mas, então, olhou-a nos olhos e pegou a arma das mãos pálidas. Os olhos dele estavam rasos d'água e cheios de ódio.

— Você só fala mentiras. Você tem de ser detido.

E a figura diante dele começou a mudar, alternando entre a imagem torturada da mãe e a monstruosa do pai, como uma imagem lutando para entrar em foco. Mas os olhos permaneciam os mesmos: sem vida, frios e maus.

— Você não foi capaz de me deter antes. O que o faz pensar que poderá fazê-lo agora? — ouviu o pai dizer.

E, com isso, Simon o atirou contra a parede. O velho homem se fora e em seu lugar encontrava-se novamente Finster. Simon levitava a 45 centímetros do chão, o rosto contorcido de dor. Abaixo da pele, sentiu a erupção de pequenas bolhas como uma chaleira de água um pouco antes da fervura. Podia sentir a carne se soltando e se retorcendo. E as pequenas bolhas cresceram, chegando ao nível da pele, deformando-lhe as feições. A mente de Simon gritava, mas ele não queria dar a Finster a satisfação de ouvi-lo gritar em voz alta.

Finster pegou a arma e a examinou. Caminhou em direção a Simon.

— Você acha que será difícil encontrar a alma de sua mãe? — perguntou, enquanto tocava as bolhas que se formaram na pele de Simon, parecendo fascinado com o que via.

Olhou a arma mais de perto, examinando-a. Sentindo seu peso e poder.

— Adoro esses brinquedinhos — afirmou apontando a arma para Simon.

Mas pensou melhor e se aproximou mais de Simon, inclinando-se para dizer algo em seu ouvido, sussurrado de forma suave e em tom paternal.

— Eu *voltarei* para o Reino dos Céus, para o lugar de onde fui expulso. Por que desejar apenas conquistar o mundo, quando posso ter toda a eternidade?

Simon sentou-se de um salto na cadeira, o coração disparado e o rosto encharcado de suor. As sombras se abriram, a noite chegara. As sacolas ainda estavam sobre a cama. Seu rosto estava perfeito, sem nenhum arranhão.

— Michael? — chamou, olhando no relógio.

Eram oito e meia da noite. Não se lembrava de ter adormecido. O pescoço estava dolorido pela posição em que dormira, caído sobre as plantas da casa de Finster. Ficou de pé. O corpo protestou contra o sono maldormido e as longas horas de vôo. Abriu o frigobar. Havia apenas seis daquelas garrafinhas de uísque, o que não dava nem para começar. Pegou o telefone.

— Serviço de quarto — respondeu alguém. — Como posso ajudá-lo?

— Quero uma garrafa de uísque: Jack Daniel's. E um balde de gelo.

— Entregaremos agora, senhor — respondeu o mestre da eficiência. — O senhor gostou da tábua de queijos?

Simon olhou para o carrinho do serviço de quarto. A comida e o vinho permaneciam intocados.

— É, estava bom.

Desligou o telefone, ainda olhando para o carrinho. Passou as mãos pelo rosto. Não havia nenhuma bolha ou queimadura. É, os sonhos estavam cada vez piores. Abriu a sacola de lona e pegou caixas de munição: todas lacradas. Fora apenas um sonho ruim, um pesadelo aterrorizante. Mas como isso explicava os itens que se encontravam sobre a mesa? Ali estavam os dois projéteis amassados da nove milímetros.

VINTE E TRÊS

Antes da queda do Muro de Berlim, existia um prédio onde muitos entravam e do qual poucos saíam. Dunkel Gefangnis era uma estrutura de seis andares da Idade Média. Os enormes portões de chapa de ferro pesavam mais de três toneladas, eram presos em dobradiças com mais de 3 metros e mereciam o apelido que ganharam: portões do perpétuo tormento. O prédio era circundado por cercas de ferro cobertas por arame farpado enferrujado. E embora a aparência da estrutura fosse aterrorizante, era seu nível mais baixo, todos os sete andares no subsolo, que continha os verdadeiros horrores.

Durante o auge de seu reinado, os *Stasi*, a força de segurança da Alemanha Oriental, eram conhecidos por todos, mas apenas se ouviam boatos sobre suas atividades por trás da grande fachada de pedra desse prédio, que eles controlavam com pulso firme. Então, quando boatos de tortura, mutilações e mortes lentas e cruéis circulavam, as pessoas estremeciam de medo, como era de se esperar. Dunkel Gefangnis tornou-se uma forma útil de controle do povo, um símbolo para aterrorizá-lo e levá-lo à submissão. E era melhor para o povo nunca saber a verdade, já que a verdade do que acontecia dentro de seus muros era muito pior do que os horrores dos boatos.

Em 1996, Dunkel Gefangnis foi transformado em Quartel-general da Polícia de Berlim e do Sistema Penitenciário. E embora tivessem plantado árvores, colocado iluminação e tirado a imponente cerca de ferro, continuava sendo Dunkel Gefangnis, a prisão sinistra, cujos corredores eram eternamente assombrados pela morte.

Os andares da prisão eram no subsolo e era evidente que o dinheiro da restauração fora apenas para os andares iluminados pelo sol. O fedor de urina se espalhava pelo ar úmido do quinto andar do subsolo do bloco seis. Michael tentava proteger os sentidos contra o odor, mas sem sucesso. Deitou-se na laje de granito. Usava um macacão cinza que lhe deram quando tiraram suas roupas. A cela tinha oito por oito metros e era constituída por três paredes sólidas de granito e uma grade de ferro na frente. Parecia mais uma jaula de animais do que uma cela de prisão. A friagem penetrava o lugar e a única fonte de calor que ele encontrara era o exercício intenso, que o deixava exausto. Perdera toda a noção de tempo desde a chegada e, até agora, ninguém lhe fizera nenhuma pergunta. As celas vizinhas estavam vazias, mas em algum lugar fora do corredor principal conseguia distinguir murmúrios em uma língua estrangeira. Sing Sing, a prisão em que cumprira sua pena, poderia ser considerada um verdadeiro palácio quando comparada a esta.

Michael deliberava se devia ligar para a Embaixada Americana, mas, por fim, percebeu que assim que verificassem sua situação descobririam que era um fugitivo. Além disso, quem podia garantir que a polícia local já não tinha entrado em contato com os Estados Unidos, ou se não fora preso a pedido do próprio país? Não, não ligaria. E, de qualquer forma, eles nem tinham oferecido um telefonema.

A porta externa do bloco de celas se abriu. O mesmo guarda carrancudo que o revistara silenciosamente e jogara em cima dele o macacão se aproximava. Mas desta vez, o guarda não estava sozinho. Michael escutou passos de duas pessoas. E quando conseguiu ver o guarda mal-humorado, Michael confirmou seus sentidos: atrás dele estava um homem que continuava nas sombras.

— Visita.

Michael levantou-se, esforçando-se para distinguir a segunda pessoa. O guarda saiu e o estranho se aproximou da luz fraca.

— Oi, Michael.

Michael encarou-o.

— Como você veio parar aqui? — Finster estava visivelmente tremendo ao olhar à sua volta. — É tão frio. Eu podia jurar que estávamos no verão.

Michael estava olhando para ele com outros olhos, olhos suspeitos.

— Tentei pagar sua fiança, mas disseram que você vai ser extraditado.

— Por que você está aqui? — perguntou Michael.

— Você é meu amigo...

— Para me matar? — cortou Michael.

Finster olhou para ele através das grades, confuso, finalmente caindo na gargalhada.

— De onde você tirou... Foi aquele beato cretino, Simon! Ele está enchendo a sua cabeça de besteiras? Ele é um lunático, há anos inventa histórias dizendo que sou algum tipo de demônio. Eu pareço um demônio? — perguntou ele, em tom divertido. — É o dinheiro, Michael — Finster aproximou-se mais. — *E as mulheres* — confidenciou ele. — As pessoas adoram associar riqueza e sexo com o mal. Ora, que coisa ridícula, não acha? Pela maneira como as pessoas o temem, até parece que vivemos na Idade Média. Se eu recebesse um níquel cada vez que dizem que sou depravado... E quanto ao seu amigo, Simon, ele é um fanático, que repete essa bobagem há anos. Por que está tão quieto, Michael? Não está feliz em me ver?

— Por que você está aqui?

— Ouvi falar que você voltou atrás das chaves. Você não ia pegar as minhas chaves, ia, Michael? — A voz de Finster era a de um pai chamando a atenção do filho.

Michael hesitou. Talvez estivesse errado, talvez Simon fosse mesmo um fanático. Talvez tivesse acreditado nele rápido demais...

— Sabia que você não me trairia, Michael — afirmou Finster, esfregando as mãos para aquecê-las, depois baixou os olhos com pesar. — Fiquei sabendo da sua esposa...

Michael enfureceu-se.

— ...que seu estado de saúde piorou.

Michael sentiu a ansiedade dominar-lhe como uma náusea.

— Sinto muito, Michael — continuou Finster. — Sei o quanto você quer estar com ela em seus últimos momentos. Vou ver o que posso fazer para acelerar esse processo e levá-lo para casa. Você sabe... mexer os pauzinhos.

— Não quero nada de você.

— Como assim? Eu realmente sinto muito por sua esposa — Finster nunca parecera mais sincero. — E Michael... Sinto por você também. Não existe nada pior do que perder um ente querido.

— Você amaldiçoou a minha esposa. Por que não me disse?

— Disse o quê?

— Quem você era — perguntou Michael, encarando-o de forma desafiadora.

Finster fitou Michael, analisando-o, sem pressa para responder.

— Você encontrou Deus? — perguntou com calma.

— Não tenho medo de você — afirmou Michael, aproximando-se da grade da cela.

O rosto de Finster estava a poucos centímetros das grades, a poucos centímetros do rosto de Michael, que continuava onde estava. Os dois se olharam como se fosse a primeira vez.

— Quem acha que sou, Michael?

Michael não respondeu.

— Tema por sua esposa, Michael. Continue com isso e ela morrerá sozinha, chamando seu nome, e você vai apodrecer aqui pelo resto da vida. — Finster fez um gesto mostrando o lugar úmido. — Tudo por causa de uma decisão estúpida. Posso lhe ajudar, mas se você chegar perto das minhas chaves...

— *Suas* chaves?

— Eu lhe paguei com boa-fé, *tínhamos* um acordo.

— Que se dane o acordo! Você não me contou todas as condições!

— Você está me dizendo, você, o homem sem fé, que prefere acreditar em um beato carcamano do que em mim? Simon diz que sou *o Diabo*, e você, na mesma hora, tornou-se crente. Aleluia. Ele fez alguma coisa nesse mundo? *Ele* pagou pelo tratamento da sua esposa? *Ele* lhe ofereceu 250 mil dólares? Eu lhe dei um bônus; ele nem fez uma *oração* para ela! Aposto que ele contou aquela historinha triste sobre o pai e a mãe? Sobre como o pai profanou a mãe em nome do Diabo? Besteira, tudo besteira. Ele o considera um tolo e quer que você roube as chaves para ele, que então as venderá no mercado negro. Até parece que quer salvar o Reino dos Céus. Em quem você acredita, Michael? Em quem lhe ajudou? Ou em alguém que tentou matar você?

Michael encarou Finster, a mente em total confusão. Será que estava errado? Apesar de tudo que Simon lhe dissera, a verdade certamente estava nas palavras desse homem à sua frente. Era realmente possível ter se tornado um joguete nas mãos do padre, perseguindo malditas jóias religiosas, enquanto a esposa estava morrendo sozinha? Finster apenas ajudara com dinheiro, palavras gentis, ofertas de assistência. Simon não oferecera nada.

Em quem deveria acreditar? Simon? Finster? Em suas próprias suspeitas? Não estava neste lugar por Simon. Não estava aqui por ele mesmo. Estava aqui por Mary. E por aquilo em que Mary acreditava. Fé: a habilidade de acreditar no intangível. Colocar tudo de lado para reconhecer a possibilidade de algo maior. Podia acreditar em Mary; ela sempre acreditara nele. Confiava nela. Mary era sua fé.

— Vá se foder — disse Michael, o rosto a poucos centímetros do do alemão.

Os olhos de Finster mostraram um brilho selvagem. Michael não pôde deixar de recuar quando o homem mais velho passou os braços pelas grades grossas; as unhas alongadas e bem-feitas deslizaram de leve pelo rosto de Michael.

— *Se* eu fosse quem você diz que sou, acha que eu aceitaria uma insolência dessas de alguém tão insignificante quanto você? Não. Pense nisso. Se eu fosse quem você pensa que sou, eu o machucaria onde é mais vulnerável. A alma dela estaria a meu dispor e eu a transformaria em minha noiva por toda a eternidade. Ah, como eu me divertiria transando com a sua Mary. Uma moça bastante flexível, não é, Michael?

Finster se aproximou o mais perto que as grades permitiam e sibilou:

— Se eu fosse aquele que você mais teme, seria exatamente isso o que eu faria.

Michael ficou ali, parado, pálido, quieto e derrotado.

O fedor invadiu seus sentidos novamente, despertando Michael do sono. Não tinha noção do tempo; não havia relógios ali, nem janelas. O bloco onde se encontrava sua cela era silencioso demais. Não era possível escutar nem mesmo um roedor. Mal dava para enxergar com a luz fornecida pelas duas lâmpadas. Seus pensamentos e sonhos se voltaram para Mary. Há quanto tempo não a via? Não conseguia se lembrar. Tinha de sair daqui; tinha de falar com ela, abraçá-la. Tinha de terminar o que viera fazer.

O barulho do portão se abrindo o assustou, o tinir metálico ecoando pela pedra fria. Escutou o som da porta de outra cela se abrindo e depois fechando. Dez passos rápidos reverberaram e então Ivan Crusick, o oficial da Interpol que fichara Michael, apareceu do outro lado das grades. Crusick pegou seu molho de chaves e, finalmente localizando a certa, destrancou a cela.

— Os papéis da sua extradição ficaram prontos — disse, em inglês carregado de sotaque.

— Que gentileza — zombou Michael.

Crusick não respondeu.

Michael seguiu Crusick pelo corredor úmido até o primeiro dos muitos portões. Não fazia idéia a que papéis Ivan se referia, mas contanto que o tirassem daqui, estava bom; não sentiria falta desse lugar. Enquanto andavam, notou que nenhuma cela estava ocupada. Podia jurar que tinha escutado muitos outros prisioneiros na noite anterior. Em momento algum escutara o tinido dos portões soltando-os; era um som impossível de não se escutar. Não queria saber o destino dos outros. Desejava que tivessem paz, independentemente de seus crimes. Esse lugar não servia para nada que fosse humano. Subiram as escadas, a lanterna de Ivan iluminando o caminho. A passagem era estreita, refletindo a herança antiga da construção. Não havia luz ali, a pedra era obviamente grossa demais para a passagem de uma rede elétrica. Era uma subida longa, muito mais lances de escada do que Michael esperava. Foram dois minutos até que começasse a ver luz vindo de cima. Ele e o silencioso guarda finalmente chegaram a um recinto cheio de atividade. Tão antigo quanto o nível inferior, este era claramente moderno: computadores, câmeras, portões eletrônicos, tudo controlado por uma força policial de última geração.

Michael foi escoltado até uma mesa. Ali, recebeu suas roupas e os poucos objetos pessoais com os quais chegara. Assinou tudo, então permitiram que fosse a um vestiário privativo. Depois, com Ivan ao seu lado, atravessaram mais alguns portões, chegando ao último que o separava da liberdade.

— Por favor, vire-se e olhe para o muro.

Michael estava acostumado à rotina de ser revistado. Não que pudesse ter pego uma arma nos últimos trinta segundos, era apenas uma rotina de precaução.

— Olhe para mim — mandou o guarda. Michael virou-se. — Mãos para a frente. — As algemas se fecharam em volta dos pulsos, o metal frio contra a sua pele. Ivan abriu o último portão e em silêncio guiou Michael para fora, por um vestíbulo longo e estreito, então fechou o portão atrás dele. Não disse nada ao deixar Michael, voltando mais uma vez para as entranhas do posto.

Se Michael já estava confuso antes, agora estava desconcertado. Aqui estava ele, algemado, do lado de fora do posto policial bem no coração de Berlim. O protocolo dizia que seria escoltado para o aeroporto e de volta para os Estados Unidos. Mas o protocolo também dizia que deveriam dizer a ele o que estava acontecendo. Havia apenas duas portas no vestíbulo: o portão de ferro atrás e a porta principal à frente. Se o Inferno estava atrás dele... Michael pensou em dar uma caminhada, pelo menos até a porta, e foi quando ela se abriu. Parado na porta estava Paul.

Desabou uma tempestade. Sem guarda-chuva, Paul escoltou Michael, ainda algemado, pelo enorme estacionamento, cheio de poças, do posto policial. Na mesma hora, os dois ficaram completamente encharcados. A visibilidade era de apenas alguns metros à frente, não que qualquer um deles estivesse olhando para o cenário em volta; aliás, nem se olhavam, e não pronunciaram nenhuma palavra.

— Por que você fugiu? — perguntou Paul finalmente.

Michael nada disse. Em vez disso, olhou para as algemas. Estava tão preso quanto estivera na prisão.

— Eu ia ajudar você.

Havia um tom de cansaço na voz de Paul. O único vôo disponível para Berlim era com escala e tivera de parar em Londres, fazendo com que a viagem durasse mais de doze horas.

— Poupe-me, certo, Kojak? "Sr. lei acima de tudo."

Ficaram em silêncio novamente. Paul já tinha conflitos suficientes. Estava colocando tudo em jogo, o emprego, a integridade e a vida, tudo por este homem, que ainda tinha a coragem de insultá-lo?

— Como pôde fazer Mary passar por isso?

— Pode parar por aí.

— Ah, não vou parar, não. Queira você ou não. Ela está em casa lutando para se manter viva e você se metendo em encrencas por aqui. Acorde, cara... a vida dela está escapulindo entre seus dedos.

— Vá se foder! — rosnou Michael, virando-se sem aviso. — Vá se foder. Você não faz idéia do que estou enfrentando.

Empurrou Paul contra o carro, atingindo-o com força com os pulsos algemados. Paul aceitou, o corpanzil absorvendo o impacto. Os socos continuaram até que, finalmente, amigo ou não, o agente da condicional deu um basta. Atingiu Michael apenas uma vez, um direto no maxilar, fazendo com que atingisse um Beetle 99.

Michael caiu sobre o VW, a chuva escorrendo pelo rosto.

— Eu não tive escolha. Será que não percebe? Não tive escolha. *Eu a amo.*

E então, encharcado até a alma e algemado, saiu correndo.

Paul ficou parado ali, observando-o sumir, enquanto a chuva caía.

E foi quando começaram os tiros.

Um pente cheio, inteiro, rápido e furioso, ricocheteando no solo, longe dos carros.

Paul correu atrás de Michael, conseguindo vê-lo de relance duas filas de carro adiante, seguiu em frente movendo-se rápido. Os tiros continuavam. O atirador estava afastado, mais à esquerda. Jogando-se para a frente, Paul pulou em cima de Michael, cobrindo o corpo dele com o seu.

E os tiros pararam.

Só era possível escutar a tempestade, nada mais. Paul arrastou Michael para o espaço entre dois carros, depois olhou na direção do atirador, do outro lado do estacionamento inundado, não conseguindo enxergar nada através da cortina de chuva. Ninguém. Nada. Ao escutar o primeiro tiro, Paul procurara automaticamente a sua arma, mas estava desarmado, não podia carregá-la a bordo do avião.

— Michael... que diabos está acontecendo...?

— Solte-me — pediu Michael, indicando as algemas. — Solte-me! Sou um alvo fácil assim.

Paul tentava desesperadamente avaliar a situação. Se o atirador fosse profissional, já devia ter mudado de posição para analisar melhor o alvo e concluir o crime.

— Corra de novo — disse ele.

— Vou morrer se você não me soltar — afirmou Michael, fitando-o com olhos desesperados e apaixonados. — Por favor... por Mary.

Paul agarrou Michael e correram agachados por entre as fileiras de carros, usando os automóveis como cobertura.

— Vejo que você não perdeu o hábito de irritar algumas pessoas — disse Paul, ainda se movendo.

Michael viu uma sombra se mover a uns dez metros de distância. Abaixou-se perto de uma BMW, Paul bem atrás. Isso só podia ser uma armadilha, já que não podiam assassiná-lo na prisão, pois isso levantaria muitas perguntas. Por que não libertá-lo, soltá-lo em campo inimigo, ao alcance do caçador? Estava algemado e impossibilitado de se defender. Paul provavelmente era apenas um bode expiatório, sem saber que estava sendo útil aos planos de alguém.

— Temos de voltar para o posto policial — concluiu Paul, cujas palavras quase foram abafadas pela chuva.

Recomeçaram os tiros, dessa vez da direita. Paul e Michael jogaram-se para a esquerda, abaixaram-se, atravessando as poças. Raios ocasionais iluminavam o caminho. De repente, os tiros mudaram. Vinham da esquerda agora.

Eram dois atiradores.

Haviam caído direitinho na armadilha, tendo sido conduzidos para a carnificina como carneiros. Paul tentou abrir a porta do Citröen cinza, atrás do qual estavam abaixados. Inútil, estava trancado, não podiam nem quebrar o vidro; o alarme daria aos perseguidores a localização deles, apenas apressando as mortes.

Os tiros pararam de novo. Michael não sabia o que era pior: o silêncio chuvoso ou o barulho dos tiros. Enquanto as balas zuniam próximas à sua cabeça, seu corpo corria instintivamente, pensando apenas em sobreviver. Mas o silêncio... O silêncio criava uma antecipação que dilacerava a alma. Era pior do que qualquer morte lenta. O medo do que estava por vir era paralisante. Os assassinos sabiam disso e usavam essa artimanha para fazer pressão psicológica. E a pressão estava funcionando.

Paul e Michael olharam-se; o desespero da situação em que se encontravam era óbvio. Paul não viera para cá para morrer e nem estava disposto a deixar Michael morrer. Com a aproximação da morte, a perspectiva de Paul mudou. A necessidade de sobreviver tomou conta dele, que passou a ver as coisas sob um novo foco. Cercado, não tinha escolha.

Pegou a chave das algemas, que caíram no chão...

Os tiros recomeçaram, mais próximos dessa vez. O cerco estava se fechando. Michael apontou para uma passagem estreita entre alguns carros, e saíram juntos. As balas ricocheteando atrás dos calcanhares, quebrando vidros de carro, explodindo pneus. *A guerra devia ser assim,* pensou Paul, enquanto mergulhavam em busca de cobertura em uma cabine abandonada de venda de ingressos. Os tiros contínuos pararam abruptamente. Cinco segundos de silêncio...

...e então um único tiro ecoou.

De repente ocorreu a Paul que a chuva era uma bênção. Esses atiradores eram profissionais e tanto ele quanto Michael já estariam mortos há muito tempo, não fosse pela proteção da chuva que atrapalhava a visibilidade dos assassinos, assim como afetava a trajetória das balas para caminhos imprevisíveis.

— Temos de nos manter distantes deles. Se conseguirmos fazer isso, talvez tenhamos uma chance de sair dessa — afirmou Michael de forma soturna.

— *Nein.*

Paul virou-se. A menos de um metro e meio, uma Magnum 44 apontava para eles. O training azul-escuro de moletom do homem estava ensopado, os cabelos louros e compridos, grudados na cabeça, e os lábios formavam uma careta de frustração. Paul teve a impressão de que faltava ao assassino músculos para sorrir. Apontou o revólver para Michael, mas antes que pudesse atirar, Paul se jogou na frente do amigo, como um escudo humano.

— O tiro atravessará o coração de ambos — prometeu o assassino, que chamou: — Anders?!

Ouviram o som de passos atrás dele. Era o outro assassino se aproximando. Estavam presos.

— Meu irmão vai ficar decepcionado. Apostou cinco euros que pegaria vocês.

Preparou-se para atirar e...

O cano de um revólver encostou em sua testa e um braço agarrou-o pelo pescoço sufocando-o. Lutou para respirar.

— *Nein* — sussurrou uma voz.

— Meu irmão vai acabar com você antes que tenha tempo de puxar o gatilho — ameaçou o primeiro louro.

— *Nein*. Seu irmão não vai pegar *ninguém* — Simon virou o alemão, forçando-o a olhar. Estendido no chão, estava o corpo sem vida de Anders, com uma bala enfiada no meio da testa. — Agora, solte a arma.

Como o assassino não obedeceu, Simon, sem hesitar e sem demonstrar emoção, atirou na cabeça do louro, e deixou que o corpo caísse no chão molhado. O sangue escorreu formando uma poça. Simon levantou o olhar e, embora seu coração e sua alma pertencessem a Deus, seus olhos eram os de um mercenário: frios, letais... fatais.

— Vamos — disse ele.

— E os corpos? — perguntou o tira.

Simon caminhou pela noite cinzenta e chuvosa.

— E os corpos? — perguntou Paul novamente.

Mas Simon já não estava mais à vista, tendo sido envolvido pela chuva e pela neblina.

Havia algo sobre Berlim: mesmo depois da reunificação, a cidade ainda tinha becos. Profundos e escuros. Um eventual rato fugia em busca de alimento, mas além disso nada que tivesse um pouco de vida entrava de boa vontade. Por isso, um beco é um excelente lugar para se esconder um carro alugado. Simon não podia se dar ao luxo de chamar a atenção de um policial curioso. Analisando agora, percebia que não deveria ter se preocupado muito com isso, pois não havia nenhum homem uniformizado à vista, nem mesmo no estacionamento do posto policial. Assim, acabar com dois assassinos não criou o alvoroço que se poderia esperar. Ficara de tocaia do lado de fora da prisão por treze horas depois de saber que Michael fora preso. Tirá-lo de lá era impossível e sua intenção era apenas acabar com quem finalmente pegasse Michael para a extradição e, então, continuar atrás de Finster.

A chuva parara, deixando poças enormes em todos os lugares. Simon sentou-se no banco do motorista, enquanto Michael e Paul discutiam no meio do beco. Embora a chuva tivesse lavado a sujeira acumulada, não surtira nenhum efeito sobre o cheiro pútrido, que parecia passar pelos muros de tijolo das redondezas.

Depois que Simon matou os dois assassinos, apressaram-se em sair do posto policial e encaminharam-se para o carro alugado de Simon sem nenhum incidente. Não quebraram o silêncio durante o caminho para o hotel, todos mantendo-se quietos para evitar descarregarem a raiva que sentiam nos outros. Finalmente, tudo veio à tona quando Michael e Paul saíram do carro e pisaram em uma poça.

— O que você vai fazer? — perguntou Michael para Paul.

— O que devo fazer?

Simon, com os braços sobre o volante, respondeu calmamente:

— Você deve ir embora.

Paul virou-se.

— Não estou falando com você — rosnou ele para depois se voltar para Michael, que ainda aguardava a resposta do amigo.

— Você já passou por muita coisa por minha causa — afirmou Michael.

— Não vim aqui para me divertir.

— O que eu disse antes, sobre esse homem, Finster...

— ... é verdade — terminou Simon, batendo com os dedos de forma impaciente no volante.

— Você encheu a cabeça dele com essa merda? — perguntou Paul com a voz tremendo de raiva.

— Não é merda — disse Simon, saindo do carro.

— O que você é, algum tipo de fanático religioso ou coisa parecida?

— Resumidamente...

— Bem, resumidamente: *cale a porra dessa boca.*

— Sou padre.

Paul ficou sem palavras. Era um homem devoto, tão decidido em suas crenças que o comprometimento do outro homem com a fé não deveria surpreendê-lo, mas as palavras de Simon deixaram-no atordoado. Ele não apenas falara de forma grosseira com ele, como também testemunhara esse padre matar um homem, com uma bala na cabeça, com a eficiência de uma máquina adequada. O assassino com o training de ginástica encharcado não tivera a menor chance, não que ele teria dado alguma. O padre não brincava em serviço.

Paul virou-se para Michael.

— Não vim aqui para arrastá-lo contra a sua vontade.

— Não? Mas foi você que fez com que eu fosse preso.

— De jeito nenhum. Não contei para ninguém que você saiu do país, nenhuma das vezes. Falando nisso, você me deixou de queixo caído no portão de segurança do aeroporto. O que foi aquilo? Você mentiu bem na minha cara — disse, com os olhos em brasas. Respirou fundo, tentando recobrar a compostura. — Não fiz com que fosse preso, meu ex-novo parceiro me ferrou. Você se lembra do cretino que bateu em você no seu apartamento?

Michael assentiu.

— O nome dele é Thal, é de Assuntos Internos, e estava no meu pé, só Deus sabe por quê, e agora ele acha que eu o deixei fugir e quer levá-lo de volta para poder acabar comigo. Aquele cara sabe de tudo, isso tenho de admitir. Sabia para onde você ia mesmo antes de você embarcar. Entrou em contato com a Interpol com a sua localização exata uma hora antes de você ser pego.

— Então, por que as algemas, *amigo*? — zombou Michael, ainda furioso.

— Bem... *amigo*... quando se está atrás de alguém com permissão internacional, algemas são a regra. Era para Thal vir pegá-lo e levá-lo de volta para os Estados Unidos mais tarde esta noite. Se quiser, posso levá-lo de volta. E escute... — Paul se aproximou — ...as algemas foram para o seu bem. Precisava que você escutasse, precisava que você me escutasse.

— Não há nada que você possa fazer para nos ajudar — intrometeu-se Simon, impaciente. — Michael, estamos perdendo tempo.

Paul olhou para o padre.

— Estou vendo que eu e o senhor vamos nos entender muito bem, padre.

Simon fitou Paul, que permaneceu inabalável, ignorou-o e voltou-se para Michael.

— Não acredito nessa besteira, Michael, mas... — disse, pegando uma pasta e jogando-a no capô do carro. — Isso é tudo sobre esse homem, o tal de Finster.

Virou-se para Simon e disse:

— Ele é apenas um *homem.* — E voltando-se para Michael: — Seus negócios, hábitos, prazeres, gosto por mulheres. O perfil dele parece bem curto, mas posso apostar que é bem mais do que vocês já têm.

Como se a raiva tivesse se dissipado, o tira abriu um enorme sorriso. Estava aqui, então deveria fazer o melhor possível. Juntou as mãos, esfregando-as uma na outra com vigor.

— Vocês têm um plano?

— Estamos trabalhando nisso — disse Michael.

— *Trabalhando* nisso? — perguntou Paul, com o sorriso se apagando. — Que equipe. O que vocês iam fazer, entrar, levantar um crucifixo e dizer: "Entregue essas chaves"?

A tempestade voltou a desabar sobre a cidade, a chuva pesada dissipando os últimos vestígios de neblina. Simon espalhava diversos crucifixos pelo quarto de hotel, rezando durante todo o processo. Velas com inscrição em latim queimavam em um dos cantos, lançando um brilho luminoso que dava a impressão de que alguma força divina os envolvia. A decoração espartana do quarto de hotel fora subjugada pela sensação extremamente gótica que Paul acharia engraçada se os outros dois homens não estivessem tão sérios.

— Posso perguntar o que está fazendo? — questionou Paul, esticando-se em uma das camas com uma cerveja na mão. Decidira que a proibição de bebidas estava suspensa por enquanto devido à insanidade dos atuais acontecimentos.

— Estou nos protegendo — respondeu Simon, calmamente.

— De quê?

— Nunca se vêem trevas quando se tem luz. O mal evita o que é sagrado.

— Não de onde eu venho. Quem você está tentando manter afastado... o Conde Drácula? — debochou Paul, revirando os olhos.

Simon não se incomodou de afastar os olhos do trabalho que executava.

— Digamos apenas que é algo bem pior do que isso.

— Você realmente acredita que essas velas vão mantê-los afastados? Vão nos proteger do capeta?

Simon assentiu.

Paul suspirou.

— Certo, e isso nos mantém aqui dentro. Presos.

Paul se levantou da cama e andou pelo quarto, examinando os crucifixos. Nunca vira tantos tipos juntos.

— E se estiver errado? E se esse milionário do Finster não for quem você diz que é? E se ele for realmente apenas um empresário bilionário com uma estranha obsessão por chaves e guarda-costas?

— Aí, as coisas seriam bem mais fáceis — retorquiu Simon. — Mas só por precaução... — disse, indo até bolsa da qual tirou um fuzil Heckler & Koch.

— OK. — Paul procurou Michael com o olhar para pedir ajuda, mas ele estava sentado em uma poltrona, quieto e imóvel. — Que tipo de padre você é? — perguntou ele a Simon.

Simon retomou o trabalho de espalhar os crucifixos.

— Alguns padres cuidam dos doentes, outros escutam confissões, celebram missas, espalham a palavra de Deus, desempenhando suas tarefas onde suas forças são mais bem utilizadas, onde a Igreja requer seus serviços. Eu? Meus talentos seguem um caminho diferente. Eu *protejo* Deus. Se eu o tivesse matado... — Simon fez um gesto na direção de Michael — lá em Israel quando tive a chance...

— Matado? — Paul estava escandalizado. — Você tentou matar Michael?

— Você é um homem da lei. Defende a lei na sua cidade, na sua sociedade. Bem, eu também sou um homem da lei; a minha lei é a lei de Deus. Vou defender a Sua lei, e se uma execução for necessária... — disse, dando de ombros. — Será que sou tão diferente de você?

— Por favor, não faça esse tipo de comparação — bufou Paul, entre os dentes.

— Você vai prender Michael simplesmente porque ele saiu do país e mandá-lo para a prisão por tentar salvar a esposa dele. Ele é seu amigo e ainda assim você faria isso com ele? — Simon deu as costas a Paul, continuando a espalhar crucifixos. — Obviamente, você valoriza mais a lei do que as amizades. — Posicionando a última cruz, pegou o copo de uísque. — Valorizo mais a minha lei do que a vida. Se eu tirar a vida terrena dele, ele ainda terá a vida eterna, todos temos a vida eterna. Mas agora... Bem, não tirei isso dele. Finster tirou.

De uma forma estranha, Paul compreendeu Simon. Sabia exatamente do que esse lunático estava falando. Não concordava com a metodologia do padre, embora, de alguma forma, a entendesse. Mas isso não mudava as coisas.

— Você não quer dizer que Satã tirou? — desdenhou Paul, com um meio sorriso nos lábios.

Simon detestava ser ridicularizado.

— Você está aqui para ajudar, não é? Então é melhor acreditar no que estou dizendo. August Finster é *o mal.*

— Mesmo? — perguntou Paul usando um exagerado tom condescendente. — Você corre o mundo espalhando essa história ridícula, tratando meu amigo como se fosse um joguete. De quem são as ordens que Michael está cumprindo agora, padre? Hein? Você está jogando com os sentimentos dele, se aproveitando da situação que ele e a esposa estão enfrentando. Exatamente como Finster fez. — O dedo acusatório de Paul aproximou-se perigosamente do nariz de Simon. — Pelo menos, Finster *pagou*.

— Paul? — Michael endireitou-se na poltrona. Já vira Paul explodir diversas vezes, e enquanto assistia sua defesa, não pôde deixar de perceber que as coisas estavam ficando feias. Precisavam trabalhar juntos, permanecer concentrados na tarefa que tinham pela frente.

— Ele está fazendo você de bobo, será que não percebe? — perguntou Paul.

— Sei o que estou fazendo — respondeu Michael.

— Sabe? Mary precisa de você e *muito*. Sei que não está pensando direito agora, mas eu estou. Tenho de levá-lo de volta para casa antes que o matem.

— Paul, acredito que o que estou fazendo é o certo. Estou pedindo como meu amigo: confie em mim.

Isso estava matando Paul: sabia que estava ali por todos os motivos errados. Ele e Michael quase tinham morrido, estavam presos naquele quarto sem nenhum plano e, em algum lugar lá fora, havia alguém ou algo que os queria mortos. Mas percebia a convicção esmagadora nos olhos de Michael.

— Tudo bem... Mas ainda não acredito em toda essa história de Diabo, Inferno, condenação eterna...

— Você acredita no Céu? — interrompeu Simon calmamente.

— Não é essa a questão.

— Você acredita no Céu? — repetiu Simon.

— Acredito! — respondeu Paul, furioso.

— Então, por que é tão difícil acreditar no Inferno? São apenas lados opostos da mesma moeda. — Simon fez uma pausa, acalmando-se. — Você faz piada do que não compreende. O Inferno é real e eterno. — Agora era Simon quem estava com o dedo em riste na cara de Paul. — O Inferno não é apenas um quadro na parede ou um cenário em um filme. Gostaria muito que ele *fosse* apenas uma fera com chifres e patas. — A intensidade do discurso do padre aumentou, sua convicção crescendo a cada palavra. — O homem idealizou Satã e criou o Inferno com seus próprios pensamentos: o Inferno de Dante, os nove círculos do Inferno, fogo e enxofre... são apenas invenções. É tudo imaginação do homem. Como não conseguimos compreender a beleza e a salvação do Reino dos Céus, não podemos esperar compreender o tormento e a agonia do Inferno. É escuro, implacável e morbidamente mal. O Inferno — Simon riu — não merece nome. Você não conhece o conceito do mal puro, mas vai conhecer... Antes de terminarmos, saberá melhor do que qualquer outro homem da terra o que é o verdadeiro mal.

VINTE E QUATRO

Mais ou menos na mesma hora em que Paul e Simon estavam discutindo, Dennis Thal se apresentou no quartel-general da Polícia de Berlim. Quando mostrou os papéis para a soltura de Michael, a confusão tomou conta de todos os oficiais. O fato de cada um fingir que precisava de um tradutor o irritava demais, principalmente porque a resposta era sempre a mesma: Michael St. Pierre tinha ido embora, alguém já o pegara e assinara os documentos para soltura, não era mais problema deles. Thal sempre assentia educadamente e pedia para falar com o superior hierárquico. Quando o chefe deu a palavra final, Thal partiu, disfarçando a raiva que sentia. A descrição do homem que pegara Michael era vaga, mas um detalhe deixou sua identidade óbvia: o acompanhante de Michael era *ein riesig grosse bär*, ou seja, um enorme urso.

A chuva parou enquanto ele atravessava o estacionamento. As apostas estavam feitas. Paul Busch estava claramente um passo à frente. A caça de Thal dobrara e quanto mais pensava nisso, mais excitado ficava. Sua missão era pegar Michael, mas sua diversão seria acabar com Paul. Individualmente, a queda deles seria algo supremo. Mas pegá-los juntos, isso seria um prazer enorme para os sentidos.

Seus pensamentos foram interrompidos quando ele viu os dois corpos estendidos no chão; as listras brancas dos trainings de moletom estavam vermelhas de sangue. Um deles ainda segurava uma automática nove milímetros nas mãos. Thal olhou em volta, parecia não haver ninguém por perto. Abaixou-se, verificando os cadáveres. Os corpos ainda não estavam rígidos. Praguejou, Paul passara a perna nele. Esses dois caras obviamente eram reforço do lado europeu. O fato de acreditarem que ele, Thal, precisava de reforços e que existia uma chance de ele falhar, o irritava demais. Fez uma anotação mental para resolver o assunto quando alcançasse o sucesso. Examinou os corpos mais de perto, verificando os pontos de entrada e de saída das balas. Os ferimentos haviam sido feitos por um profissional; ambos haviam sido atingidos na cabeça. Michael contava com a proteção de alguém. Bem, isso não seria problema, servia apenas para elevar o nível do jogo.

A missão inicial de Thal não era matar Michael St. Pierre. Tinha apenas de observá-lo, vigiá-lo, saber cada um de seus passos. Como sabia que Michael estava em liberdade condicional, Thal simplesmente começara uma investigação interna do agente da condicional do ex-condenado. Foi absurdamente fácil aproximar-se do homem que era o melhor amigo de Michael.

Há cinco anos, Thal se escondia sob o disfarce do departamento de Assuntos Internos. A divisão secreta lhe dava a possibilidade de se mover livremente, escapulindo de vez em quando sob o pretexto de uma investigação confidencial. Seu desempenho era medíocre, pois era isso que queria. A mediocridade era sempre ignorada nesse mundo. As pessoas não se interessam pelo mediano. Apenas a excelência, a fama, a popularidade, ou o completo fracasso chamavam a atenção. E assim ele se perdera deliberadamente no meio. Não podia chamar nenhuma atenção ou poria em risco sua paixão: matar.

Dennis Thal era exímio nessa tarefa, além de ser muito bem pago para isso. Não costumava ver graça nas coisas, mas sempre achara muito engraçado o fato de ser extremamente bem pago para fazer o que mais amava. Seu chefe o aconselhara a encontrar um emprego adequado, no qual não se destacasse muito. O departamento de Assuntos Internos era perfeito para isso. Um tira disfarçado entre tiras disfarçados, o que lhe permitia monitorar o progresso de qualquer investigação que pudesse levar a ele, dando-lhe possibilidade de manipular as investigações quando necessário. Na verdade, gostava de trabalhar no departamento. Meter o nariz na roupa suja alheia fazia com que tivesse o poder de arruinar a vida das pessoas. O que poderia ser melhor? Mas do que realmente gostava era o que fazia fora do expediente para indivíduos sem rosto que o contratavam. O pagamento era escandalosamente alto e o prazer, indescritível. Encontrara a vocação na vida e se destacara nela.

Infiltrara-se na Polícia de Byram Hills com o pretexto de uma investigação do departamento de Assuntos Internos sobre o sistema de condicional, ou seja, Paul Busch. O capitão Delia ficou tão aturdido, temendo ser envolvido em algo, que oferecera de bandeja todas as informações sobre seu melhor tira em um piscar de olhos: a história, os registros, tudo sobre Paul. E, mais importante, um arquivo em particular, o arquivo que continha as informações que Thal buscava: Michael St. Pierre.

Thal devia vigiar Michael; a tarefa não envolvia matar, apenas observar. Mas os impulsos de Thal sempre o levavam em outras direções. Desprezava Paul, com sua vidinha confortável, seus códigos e moral perfeitos. Desde o momento em que Paul o afrontara, não querendo trabalhar com ele, Thal procurava uma brecha, uma forma de acabar com Paul e sua vidinha perfeita. Afinal, Thal policiava a polícia. Tinha plenos poderes para tirar qualquer tira suspeito de corrupção do sistema. A queda de Paul seria bastante adequada, sendo causada devido ao gesto tolo e honesto de ajudar o melhor amigo a violar a condicional! E Thal estaria lá para apanhá-lo, acabando primeiro com a carreira do enorme policial e, depois, acabando com sua vida.

Agora, parado do lado de fora do posto policial de Berlim, Thal sabia que deveria ter seguido seus instintos e matado Paul quando tivera a chance. As coisas tinham saído do controle. Paul estava com Michael e ambos tinham fugido. Thal sabia que não podia falhar. Se falhasse, acabaria desempregado, substituído ou, pior ainda, morto.

Michael escapara dos Estados Unidos antes que Thal pudesse detê-lo. Então, Thal recebera novas instruções, que quase fizeram seu coração parar. Poderia jogar a moderação na lata de lixo. Detestava tomar conta, observar, vigiar. Era como um tubarão, com necessidade de ação constante, sempre à caça, com uma sede insaciável de sangue. Quando preso, imóvel em seu ambiente, se sentia sufocado.

Thal não precisaria mais vigiar Michael, deveria matá-lo. E não apenas Michael. Decidiu que Paul também morreria. E, se algum dos dois desse muito trabalho, talvez voltasse depois para fazer uma visita às respectivas famílias. A doce Mary não precisaria mais se preocupar com o câncer...

Os passos ecoaram nas paredes úmidas de pedra. A chama do fósforo cortava a escuridão, o grosso charuto brilhando enquanto a fumaça subia para a caverna e dançava entre as estalactites quinze metros acima. A única chama se dividia em várias enquanto ele acendia uma sucessão de velas, alinhadas nas paredes. Finster mergulhou o charuto cubano no brandy enquanto contemplava a bizarra coleção de obras de arte religiosas. Caminhou lentamente, passando por cada peça com a reverência de um rei. Cada peça fora meticulosamente pesquisada, localizada, adquirida, catalogada e restaurada. Seu pecado capital preferido era o Orgulho, que nada mais era do que auto-estima estimulada pelos próprios feitos, e ele apreciava muito suas realizações.

Aqui havia três mil, duzentos e oitenta e uma obras de arte enfileiradas uma após a outra, sendo que as favoritas ficavam na frente. Muitas haviam sido compradas em galerias de arte e em leilões. Quando encontrava uma peça nas mãos de alguém, em coleções particulares ou casas, uma peça sem a qual não poderia viver, Finster empregava outros meios para obtê-la. Havia treze desse tipo, e dessas treze, nove foram tiradas de casas de cultos religiosos.

Finster tinha um fascínio particular pelos deuses inferiores e demônios das religiões antigas que hoje são consideradas mitologia pelas fés "modernas". Hades e Perséfone, deuses do mundo dos mortos grego; Anúbis, o deus egípcio da morte; Proserpina, a deusa romana do mundo dos mortos; e Loki e Sigyn, deuses nórdicos. E o que mais o intrigava era o fato de esses "deuses das trevas" serem considerados parte de uma força de equilíbrio em seus reinos particulares. Não eram deuses subjugados e rejeitados. Embora temidos, também eram respeitados, e até admirados, vistos como necessários no cotidiano. O fato de as "fés modernas" terem feito tudo o que podiam para denegrir seu único lorde das trevas o desconcertava e enfurecia.

Santuários e templos foram construídos para o deus hindu Shiva, um dos mais sombrios, sendo ele ainda adorado hoje em dia. Pedidos e oferendas são feitos e ele é reverenciado, sendo que muitos lhe pedem ajuda. Seus seguidores não são desprezados. Quando o homem executa alguma ação trágica, não se diz que estava possuído por Shiva, atribui-se ao próprio indivíduo a responsabilidade do que fez por livre e espontânea vontade. Finster adorava a obra de arte à sua frente, roubada de um templo fora de Jaipur na calada da noite. Os seis braços de Shiva esticados para seus lacaios que gritam e estão envolvidos por chamas que vêm de baixo.

Vlad, o Empalador, uma magnífica pintura a óleo de Rukaj, roubada de Ceausescu. O princípe romeno da Valáquia fazia Finster se lembrar de algo. Vlad Dracul nunca foi um deus. Era apenas um homem no qual a forma mais fria do mal corria. Um gênio militar que espalhava medo não apenas nos corações dos inimigos, mas também nos dos próprios compatriotas. Um conde, vindo das regiões montanhosas do norte, Dracul era ávido por poder e possuía uma insaciável sede de sangue. Um general vitorioso que saboreou o ritual de empalar centenas de vítimas com estacas, deixando que seu sangue corresse em rios, como um aviso. E com homens como ele, homens comuns com tendência à violência e ao mal praticados para a satisfação pessoal, não havia necessidade de introduzir a crueldade no mundo. As formas humanas do mal eram as formas humanas do mal.

O mal sempre exerceu sobre o homem um fascínio maior do que o bem. A jovem sempre se sente atraída pelo rebelde, o rapaz com jaqueta de couro e motocicleta que desafia a lei. Que fascinação existe pelo *nerd*, o sabe-tudo de computadores? E assim segue a vida: atores sempre querem interpretar o vilão, que sempre é um personagem mais intrigante na literatura. Peça a qualquer pessoa para citar dez mocinhos interessantes. Bastarão vinte segundos para ela citar dez vilões, mas após cinco heróis, não terá mais ninguém.

E Finster estava cansado de toda essa confusão. As pessoas se tornaram previsíveis demais. Acene com dinheiro, ofereça sexo diante de seus olhos, e elas se curvarão como bambu ao vento. Finster era meramente o tentador, nunca a mão que segurava a arma.

Continuou o passeio por seu Louvre do mal, finalmente chegando à porta que levara à câmara das chaves, com a pintura dos Portões do Reino dos Céus pendurada ao lado. Charles desceu as escadas carregando uma bolsa comprida e preta e uma faca grande.

Os olhos de Finster não se afastaram da pintura enquanto falava com o mordomo.

— Ele olhou e viu que era bom — murmurou ele.

Charles parou no canto ao lado do corpo enforcado. Colocou a bolsa preta no chão, abrindo o zíper dela para prepará-lo para a última viagem. O cheiro de morte brotava do cadáver; a deterioração já começara. Com bastante esforço, Charles levou o corpo até o chão. Afastou os cabelos ruivos de Elle do rosto que um dia fora lindo e removeu a corda do pescoço inchado e machucado.

Finster continuou a fitar a pintura dos Portões do Reino dos Céus, perdido em pensamentos. E um leve sorriso começou a se formar em seus lábios.

— Irei para casa — afirmou ele.

VINTE E CINCO

Crucifixos cobriam janelas, portas e paredes. Havia milhares de crucifixos espalhados por todo o aposento. O padre não deixara um centímetro de fora. O quadro que presenciava agora fazia com que Paul se lembrasse de um estuprador em série que prendera oito anos antes. O psicopata cobria todas as paredes do quarto com fotos tiradas de revistas ou cortadas de jornais. Eram fotos de meninas. E o doido, que mal completara 19 anos, ficou lá sentado enquanto Paul o prendia, perguntando-se o que fizera de errado, dizendo:

— Foi Zeus quem me mandou fazer isso.

Paul e Simon estavam sentados no chão no meio do quarto, uma garrafa de Cutty Sark entre eles, na qual não restava mais do que uma dose. Os dois homens finalmente tinham algo em comum: ambos estavam embriagados, prestes a desmaiar.

— Então, padre, o que o senhor faz quando não está por aí lutando contra o Diabo, matando pessoas e esse tipo de coisa sagrada que costuma fazer? — perguntou Paul com uma voz arrastada, quase incompreensível.

— Eu... jogo xadrez — respondeu Simon de forma clara, mas dando sinais de que não estava em sua melhor forma.

— Xadrez é legal. Um pouco complicado demais para mim.

Depois de muito pensar e franzir a testa, Simon deixou escapar:

— Futebol.

— Ah... Agora estamos falando a mesma língua — Paul animou-se.

— Não futebol americano. Futebol de verdade.

O entusiasmo do tira morreu.

— Nós... — disse, apontando para Michael, que parecia concentrado jogando paciência na cama — jogamos futebol. O bom e velho futebol *americano.*

— E vocês são bons?

— Somos

— É preciso ser forte.

— É — concordou Paul, cheio de orgulho.

— Rápido?

— Quanto mais rápido, melhor.

— Esperto?

— Tem de estar sempre ligado — mas, pensando melhor, acrescentou: — Bem, o *quarterback* tem de ser esperto.

— Voce é *quarterback*?

Paul riu.

— Não. Só sou rápido e forte.

Simon deitou de bruços, esticou o braço, desafiando Paul para uma queda-de-braço.

— Vamos ver se é forte mesmo.

Paul sorriu, esticou os braços diversas vezes, relaxando-os, depois, esparramou-se no chão em frente a Simon.

— Certo, padre. Você tem certeza?

— Absoluta. — Simon dobrou o braço para a pegada.

— Então vamos deixar as coisas mais interessantes. Cem dólares?

— Cem dólares — concordou o padre ébrio.

Puxaram o dinheiro e o jogaram no tapete.

Michael continuava observando os dois bêbados, perdidos na afirmação de macho deles. Levantou-se da cama e foi até o carrinho de comida. Lá, pegou duas taças de vinho e, limpando a garganta para chamar atenção, virou-se para os dois homens no tapete.

— Que ridículo. Vocês querem ver quem é o mais forte? Vamos fazer as coisas ficarem mais *interessantes*.

E, dizendo isso, levantou as duas taças e bateu-as na borda do carrinho de metal, quebrando as taças de forma que só a haste afiada permanecesse.

Michael aproximou-se e colocou as taças quebradas onde o braço deles cairia. A haste de cristal cortaria o perdedor, penetrando-lhe as costas da mão.

— Um pouco mais de motivação além de cem dólares.

Simon e Paul trocaram olhares.

— Vamos — provocou Michael. — Vocês estão tão confiantes. Se não acreditam em vocês mesmos...

Nenhum dos dois se moveu.

— Isso é bom demais. — Michael embaralhou as cartas do baralho várias vezes, manuseando-as como um verdadeiro mágico. — Vou ter de entrar nessa.

Aprendera apenas dois truques de mágica com cartas na juventude e se lembrava apenas de um. Felizmente, era esse. Como Mandrake, abriu as cartas com maestria e ofereceu-as.

— Escolham uma.

Simon e Paul olharam-se e finalmente concordaram. Cada um pegou uma carta, sem saber aonde isso levaria. O álcool claramente estava levando a melhor sobre eles, que continuavam sentados, segurando a carta na mão, entorpecidos pelo álcool.

— Vocês têm de olhar as cartas — orientou Michael.

Paul mal conseguia enxergar, mas tinha certeza de que estava segurando um rei de paus. Simon olhou para seu valete de espadas, rapidamente levando-o até o peito, escondendo-o do mundo.

— Agora, coloquem de volta.

Michael ofereceu o leque e cada um colocou a carta de volta. Embaralhou diversas vezes, fazendo as cartas se virarem em sua mão para causar efeito. Colocou-as de volta no chão.

— Será que você poderia cortar o baralho? — pediu a Paul.

Paul assim o fez.

Michael virou-se para Simon.

— Pegue as duas cartas de cima.

Simon obedeceu, entregando-as a Michael, ambas viradas para baixo. Ele as pegou e as colocou sob as taças quebradas.

— Coloquei a carta do ganhador embaixo da taça do perdedor. — Michael pegou uma nota de cem dólares. — Estou dentro.

Simon e Paul olharam para as taças quebradas sobre as cartas, considerando a possibilidade que tinham à frente.

— Está com medo, padre? — implicou Paul.

— Não de você. *Peaches.*

Paul ficou com raiva. Encaixaram as mãos, tentando conseguir a melhor posição possível, apoiaram o braço esquerdo no chão e...

— Pronto! — afirmaram em uníssono.

Michael segurou as mãos deles, assegurando-se de que estavam niveladas e, o mais importante, que estavam alinhadas com as pontas mortais. Então, com voz um pouco mais alta que um sussurro, ordenou:

— Comecem!

Ambos eram fortes, músculos inchados, olhos determinados. Os braços entrelaçados pareciam estar parados ali eternamente, tremendo como o motor de um carro ligado. De forma quase imperceptível, Paul começou a ganhar, apenas uma fração, mas os braços entrelaçados estavam definitivamente inclinados a seu favor. A sobrancelha enrugada mostrava o nível de concentração, enquanto o corpo todo estremecia, devido ao esforço, mas então... De forma sempre imperceptível, Simon ganhou vantagem. Paul nunca, nunca mesmo, tinha perdido para alguém na queda-de-braço. E, ainda assim, esse padre bêbado parecia estar ganhando.

Já havia passado um minuto.

Olhavam-se fixamente e a intensidade crescia de uma forma que Michael jamais presenciara. Ambos suavam e ofegavam. Nenhum dos dois estava acostumado a perder, cada qual fortemente determinado a vencer. O que começara como um desafio lançado pelo estupor alcoólico acabara ficando sério. O uísque se evaporou rapidamente no calor do momento, enquanto os dois combatentes pareciam sóbrios.

E, então, Paul retomou a vantagem. De forma imperceptível no início, mas a vantagem foi crescendo com o passar dos segundos. A mão de Simon continuava inclinada sobre o cristal afiado. Paul preferia morrer a perder. A mão do padre estava quase atingido a taça quebrada e mesmo diante da sangrenta perspectiva, Paul, com os dentes trincados, continuava forçando o braço de Simon. Ambos mantinham o contato visual, sem desviar os olhos para as pontas afiadas.

De repente, a mão de Simon parou de descer. Os tendões do pescoço distendidos pela força. A mão de Simon parecia congelada a poucos centímetros do vidro. Olhavam-se de forma desafiadora.

Já haviam se passado dois minutos. A energia estava se esvaindo.

Paul concentrou toda a sua força e conseguiu empurrar um pouco mais a mão de Simon para a derrota. Continuava empurrando, centímetro a centímetro.

A mão de Simon estava quase encostando do vidro, conseguia sentir as pontas afiadas nos pêlos da mão. Mesmo assim, não sentia medo, apenas uma determinação inabalável. A dor da ferida não seria nada em comparação à dor da derrota.

Michael estava certo de que nenhum dos dois levaria o desafio até o fim. Ainda assim, ambos estavam ali, concentrados no horrível resultado com o qual se deparariam.

Foi Paul quem quebrou o contato visual. Apenas por um instante. Seus olhos foram atraídos pela ponta fatal antes de voltar a olhar para o oponente.

Simon nem piscou, seu olhar mantinha-se fixo. O cristal pressionando sua pele. O mais leve movimento faria com que se cortasse. Sua mão estava a ponto de ser ferida quando...

Paul desistiu do jogo. A mão de Simon se levantou como uma catapulta sendo liberada. Não disseram uma palavra. Paul olhava para o chão, esfregando o braço. O olhar de Simon se alternava entre a mão e a taça quebrada.

— Bem — disse Michael agachando-se e pegando o dinheiro. — Isso foi fácil.

Paul e Simon olharam para Michael, sem entender. Paul foi o primeiro a se dar conta do que acabara de acontecer. Pegou a carta sob seu copo e a virou. Cinco de paus. Simon pegou a sua e virou. Oito de copas. As cartas eram diferentes das que tinham escolhido. Olharam para Michael um pouco confusos e putos da vida.

— Você é doido? — perguntou Paul.

— Eu sabia que o lado humano de vocês venceria o ego masculino — afirmou Michael.

— Espere um minuto. Mas que merda. Você não ganhou nada, amigo. Você pode se achar muito esperto, mas você estragou a aposta. Você nem mesmo acertou as cartas — reclamou, estendendo as mãos. — Pode devolver.

Michael ignorou a mão esticada do policial.

— Empreste-me sua faca — pediu ao padre.

Simon parou por um momento e puxou a perna direita da calça para cima e pegou a faca afiada que se encontrava oculta ali e passou-a para Michael.

Michael entregou o baralho para Paul.

— Jogue-as para cima.

Paul olhou para Michael. Se o uísque não tivesse anuviado seus sentidos, já teria estapeado o amigo.

— Vamos, jogue-as para o alto — estimulou Michael.

Já exasperado, Paul jogou as cartas para cima, criando uma chuva de cartas vermelhas e pretas. Elas voaram pelo ar até que, com uma velocidade incrível, Michael atirou a faca no centro da nuvem de cartas que caíam.

Duas cartas ficaram presas na parede. Um valete de espadas e um rei de paus. As cartas que Simon e Paul tiraram do baralho antes estavam ali, para quem quisesse ver, a faca ainda vibrando pelo impacto. O quarto ficou em silêncio total até que Paul começou a rir.

— Viu? É por isso que ele é o *quarterback*. — informou Paul a Simon.

— Filho-da-puta — murmurou Simon.

E pela primeira vez em anos, a sombra de um sorriso iluminou as feições sisudas.

Michael sentou-se e levantou os pés. Um sorriso brilhava em seu rosto. Era como se tivesse conseguido quebrar o código do sistema Fort Knox. Enquanto Simon e Paul estavam concentrados no combate que travavam, Michael finalmente conseguira a resposta que procurava. Que todos procuravam.

Sabia como recuperariam as chaves.

Duas horas da manhã. A chuva ainda caía. O saguão do hotel estava deserto. Torre Ericson saíra da Suécia para trabalhar em Berlim durante as férias de verão. Torre nunca viajara pela Europa, mas jurara a si mesmo que, quando fizesse 21 anos, sairia por aí. Berlim parecera um bom lugar como base. Além disso, o hotel Friedenberg fora o único lugar que lhe oferecera um trabalho que lhe dava dois dias consecutivos de folga. Claro que precisara se adaptar ao turno da madrugada, mas Torre não ligava. Nesse horário, as coisas sempre estavam calmas.

Às vezes, algum hóspede ligava em busca de alguma prostituta, de um lanche ou de ambos. Nada acontecia no hotel Friedenberg entre a meia-noite e as seis da manhã.

Então, ficou um pouco surpreso quando um homem entrou encharcado até os ossos. O estranho tossia de forma incontrolável, enquanto virava tentando se equilibrar. Esse homem precisava de um café e um teto sob o qual dormir, pensou Torre. Não estava preocupado. Tinha um 1,80 m era forte como um touro e jogava rúgbi. Já expulsara muitos bêbados antes e esse não seria o último.

No entanto, era cortês, acima de tudo.

— No que posso ajudá-lo, senhor? — perguntou em alemão perfeito.

O bêbado cambaleou em direção à recepção, parecendo não ter ouvido a pergunta.

Torre resolveu tentar o inglês.

— Está chovendo bastante, não é?

Novamente, o bêbado não respondeu e encostou-se no balcão, molhando os jornais de cortesia para os hóspedes.

— John S-Smith — balbuciou.

— Sinto muito, todos os hóspedes estão dormindo agora — respondeu Torre, surpreso.

— Smith está me aguardando.

Com certeza, pensou Torre. Ele sabia quando estavam querendo enganá-lo.

— Talvez o senhor queira deixar um recado. Assim, o Sr. Smith poderá ligar para o senhor logo que acordar.

Torre não percebeu o que aconteceria. Estava preocupado com a possibilidade de o homem vomitar sobre o balcão. Antes que pudesse piscar, o bêbado sacou uma arma, pressionando o cano contra sua testa, bem acima de seus olhos surpresos.

— Gostaria de ver o livro de registros, por favor — ordenou o bêbado com voz clara.

Não havia dúvida na mente do jovem sueco de que se não atendesse rapidamente ao pedido do homem diante dele, sua vida acabaria em um piscar de olhos. Mas, aos 20 anos, metido e sem ter consciência da própria mortalidade, havia alternativas. Torre também era rápido.

O bêbado, que não era um bêbado, nem piscou quando a mão de Torre saiu do nada, arrancando a arma de sua mão.

— Não aponte uma arma para mim, seu filho-da-puta! — disse o jovem recepcionista, com a adrenalina fluindo pelas veias. — Você tem sorte de não levar um tiro no meio da cara — completou, apontando a arma para o coração do homem.

— Você é bem rápido, hein? — disse o estranho, fazendo com que Torre se sentisse ainda mais orgulhoso.

— Quando você mexe com o melhor...

Mas Torre nem chegou a concluir a frase. Seu corpo caiu no chão enquanto uma boa parte da cabeça explodia, manchando a parede atrás da recepção. Nem percebeu que o homem sacara outra arma. Não notou quando ele puxou o gatilho.

Dennis Thal pulou o balcão, correu o dedo pela lista de registro de hóspedes e parou no nome *Judas Iscariotes.*

Tão óbvio, pensou.

Duas e quinze da manhã, Michael e Paul dormiam profundamente no sofá e no chão, respectivamente. O álcool que consumiram os impossibilitou de caminharem até a cama a menos de um metro de distância. Simon era diferente. Passara noites demais acordado, aguardando o problema inevitável. E essa noite não seria diferente. O padre andava de um lado para o outro, verificando várias vezes as armas. Todas carregadas e prontas para serem usadas. Michael explicara o plano, um plano sólido, que poderia funcionar se os três trabalhassem juntos. Simon considerara a logística das coisas, revisando mentalmente todas as possibilidades, para que estivessem prontos para qualquer situação, qualquer eventualidade. Não poderiam errar, pois não teriam uma segunda chance.

Thal entrou no elevador. O corredor estava vazio. Na porta de todos os quartos, havia um sinal de "Não perturbe", acompanhado do pedido do café-da-manhã. Havia vários carrinhos de refeição vazios no corredor, aguardando que o garçom viesse buscá-los.

Quarto 1.283. Final do corredor à esquerda. Thal verificara as duas armas. Ambas prontas para entrar em ação. O garoto da recepção nem notara a trava de segurança da arma. Que burrice. Se não tivesse tentado dar uma de Super-Homem, ainda estaria vivo, apesar de inconsciente. Todo mundo queria ser herói.

Colocando a Glock no coldre, Thal andava com a Magnum na mão esquerda. Havia três homens no quarto: St. Pierre, Busch e um padre qualquer. Não verificara a informação, já que ela fora passada diretamente pelo chefe. Foi aconselhado a ficar de olho no padre, o que achou estranho.

Quarto 1.283. Estava diante da porta. Parou. Concentrou-se. Respirou fundo, relaxou os ombros. Levantou a perna para chutar a porta.

Simon estava deitado na cama. Os efeitos do álcool lentamente impregnando-o. Precisava descansar, mas teria de fazer isso com os olhos abertos. Havia apenas duas velas acesas, cujo brilho lançava sombras nas paredes. Estava cansado. Não podia se enganar, estava mais do que cansado. Construíra um muro em torno de si. Por todos esses anos, nunca procurara a amizade de alguém. Não podia se dar ao luxo de ter amigos. Por um breve instante naquela noite, viu que um dia as coisas poderiam ser diferentes. Poderia encontrar uma vida para si, na qual não precisaria estar sozinho, poderia encontrar amigos e talvez até uma esposa com quem dividir o resto de seus dias, em vez de viver a vida enclausurada e celibatária de um padre. Por todos esses anos de dor e de sofrimento, de desejo de vingar a mãe... Talvez essa dor finalmente estivesse se dissipando. Talvez pudesse até se redimir.

Pulou da cama. Algo o sobressaltara. Olhou para os homens que dormiam profundamente. Nenhum movimento. Saiu da cama e pegou a pistola na mesa-de-cabeceira e observou a porta. O sangue corria mais rápido nas veias. O silêncio imperava. Teria sido sua imaginação? A paranóia poderia levar ao fracasso, mas sabia que nunca deveria questionar ou duvidar de seus instintos. Sempre trabalhava sozinho, mas aqui estava ele, com dois companheiros.

Ouviu o som novamente, sutil. Havia alguém rondando. Todo o seu corpo estava tenso. Ergueu a arma, apontando diretamente para a porta na qual pendurara vários crucifixos horas antes. Os objetos sagrados não o estavam ajudando em nada.

Thal empunhava duas armas. Seriam apenas três tiros. Estava confiante e não esperava reação. As armas haviam sido equipadas com silenciadores. Os corredores estavam vazios. Em menos de um minuto, estaria a caminho de casa. Pegaria o vôo das seis horas da manhã e chegaria aos Estados Unidos à noite. Seu empregador concordara que, se matasse esses três, poderia se aposentar com um rendimento que não seria capaz de gastar nem em dez vidas.

E, com um movimento rápido e forte, chutou a porta, na altura da maçaneta. A porta abriu-se com um estrondo. Thal rolou para dentro do quarto, as armas preparadas.

VINTE E SEIS

Já haviam se passado dois dias e ela não tivera nenhuma notícia de Michael. Apesar de Jeannie ter lhe assegurado que tudo estava bem, Mary sentia medo. No fundo, sabia que ele estava com problemas sérios. Se pudesse telefonar, certamente já o teria feito.

E ela estava morrendo. Cada vez mais rápido. Os tumores estavam se espalhando como rastilho de pólvora. A dor era forte e, por mais que odiasse admitir, estava cada vez mais dependente da morfina.

Saíra do hospital aquela manhã, contra a vontade de todos e contra as ordens médicas. Queria estar em casa, entre suas coisas. Queria estar em casa aguardando a volta do marido. Pegara Hawk e CJ da casa da Sra. McGinty, que lhe trouxera uma caçarola de sopa e uma salada verde, sem mencionar nenhuma vez a doença de Mary. Era uma mulher que já testemunhara as dores da morte, pois já trilhara esse caminho antes.

Quando Mary entrou no escritório, viu muitos papéis sobre a escrivaninha de Michael: artigos de jornal sobre um empresário alemão, fotos, revistas... Estava tudo uma bagunça, o que era estranho, considerando a mania de organização do marido. Era óbvio que tinha partido com pressa. Suspeitava que ele tinha quebrado a promessa que fizera a ela. Anos atrás, quando descobrira sobre as atividades clandestinas do marido, sentiu-se traída e zangada. E embora tivesse acabado perdoando-o, haviam percorrido um longo caminho para reconstruir a confiança. Agora, vendo aqueles papéis sobre a mesa, suas suspeitas cresceram. Ainda assim, sabia que ele a amava e que nunca a trairia. Tinha certeza de que o que quer que estivesse fazendo, suas intenções eram sérias.

— Olá? — chamou Jeannie na porta de entrada.

— Estou aqui — respondeu Mary, enfiando os papéis de Michael dentro da última gaveta da escrivaninha.

Quando se virou para sair do escritório, viu algo sobre a cadeira. Sem saber o que era, pegou o objeto. Seu coração quase parou quando viu o que estava impresso no dispositivo de segurança: *propriedade do departamento de polícia de Byram Hills.* Michael estava com problemas muito maiores do que imaginara antes.

— Trouxe comida para você — disse Jeannie se aproximando.

Mary não sabia o que fazer. Não podia contar a Jeannie sobre Michael, pelo menos não por enquanto. Passou por sua cabeça que ela pudesse saber e que esse fosse o motivo de Paul ter ido atrás de Michael. Afastou esses pensamentos e colocou o dispositivo no bolso.

A cozinha era um dos lugares favoritos de Mary. Não era grande, mas tinha o tamanho ideal. Adorava os armários de carvalho e os utensílios de alumínio. Amava cozinhar e considerava essa atividade uma arte. Era como pintar e esculpir; com tempo, dedicação, paciência e talento se chegava à perfeição. Além disso, tinha um pouco de ciência também, principalmente química: uma quantidade um pouco maior ou um pouco menor de algum ingrediente poderia arruinar tudo. Não havia nada que apreciasse mais do que deixar o jantar pronto para Michael depois de um dia de trabalho. Podia parecer antiquado e em desacordo com o movimento de liberação feminina, mas ela não dava a mínima, pois sentia um prazer enorme ao fazer isso.

— Meu Deus! — exclamou Jeannie. — De onde veio tudo isso?

Mary cozinhara a tarde toda. Fora a atividade mais relaxante que fizera no último mês. Então, a geladeira estava abarrotada.

— Eu disse que cozinhava como uma louca.

— E quem vai comer tudo isso?

Mary abriu a boca para responder "Michael", mas o nome morreu em seus lábios.

Jeannie logo se arrependeu da pergunta, pegando Mary pelo braço, contou:

— Paul ligou.

— Ele encontrou Michael?

— Encontrou, sim. Falei com ele hoje cedo. Estão em um hotel em Berlim.

— Berlim? O que ele disse?

— Não falou muito; estava com pressa. Disse que estava tudo bem e que estariam de volta em dois dias. E isso foi tudo.

— Você tem o número do hotel?

— Ele não quis dizer — disse Jeannie com um sorriso maroto.

— E?

Mary conhecia a amiga bem o suficiente para saber que tinha algo escondido na manga.

— Bem, digamos que ele não é o único detetive da casa.

— Você é tão dissimulada — sorriu Mary. — Podemos ligar para eles?

— É madrugada lá.

Mary ficou um pouco decepcionada, mas sentiu um alívio enorme.

— Vamos ligar para eles logo que possível — decidiu —, pelo menos sabemos que estão seguros.

Jeannie não tinha tanta certeza disso. Paul dissera que estava tudo bem e que ele e Michael precisavam cuidar de um negócio rápido sobre o qual não podia falar. O marido não tinha negócios a tratar em

Berlim, a não ser trazer Michael de volta. Não havia nada a cuidar, a não ser...

Mary arrumou a mesa de jantar e serviu costela assada no alho, com batatas e a salada que a Sra. McGinty trouxera. Não conversaram muito enquanto comiam e os assuntos eram as peripécias dos filhos de Paul e Jeannie e a recente onda de calor que atingira a cidade.

Eram apenas oito horas da noite, mas, para Mary, parecia meia-noite. Estava exausta. Não tinha mais energia. Até isso os remédios lhe haviam roubado.

Foram para a sala de estar, onde comeram a sobremesa. Estava cada vez mais difícil para Mary manter a conversa. Queria muito falar com Michael. E, embora tivesse ficado aliviada com a informação de que estava seguro com Paul, seu coração só se acalmaria quando ouvisse a voz do marido.

A ansiedade da amiga era óbvia. Impulsivamente, Jeannie abriu a bolsa, pegou um pedaço de papel e encaminhou-se para o telefone.

— É muito tarde para ligar — protestou Mary.

— É? — disse Jeannie concordando com a cabeça. — Não sei quanto a você, mas meu marido já me acordou várias vezes no meio da noite por motivos bem menos importantes do que esse.

Terminou de discar e passou o telefone para Mary.

— É o número direto para o quarto deles.

Mary sentiu um frio na barriga. Sabia que quando ouvisse a voz do marido e se assegurasse de que estava seguro, conseguiria ter uma noite tranqüila de sono. O telefone chamou com aquele som dual tipicamente europeu. Chamou de novo. Mary se sentiu criança, esperando abrir a porta da sala de estar no dia de Natal. Chamou uma vez mais. Ela olhou para Jeannie, com um sorriso forçado nos lábios. A preocupação estava tomando conta dela. Será que o quarto era grande? Em Berlim, eram 2h15 da manhã. Por que Michael não atendia?

Jeannie conferiu o número. Tinha certeza de que discara o número correto.

— Eles devem ter saído para beber alguma coisa — mentiu Jeannie.

O medo no coração de Mary cresceu. Não conseguia esconder as lágrimas que enchiam seus olhos. Os dois homens não tinham saído para beber. Havia algo errado, muito errado.

O telefone chamou mais uma vez, e ninguém atendeu.

A boate *Die Hühle der Härte* (Antro da Iniqüidade) começou a encher por volta da meia-noite. Era uma das boates mais antigas de Berlim, muito conhecida e freqüentada pela elite européia. Um playground exclusivo para os ricos, que oferecia de tudo, desde o bom até o não tão bom assim. A boate, um dos poucos prédios a sobreviver a ambas as guerras mundiais, fora transformada em teatro de ópera na época do rei Guilherme I. Seus vários níveis alternavam pista de dança e lugares para sentar. No centro, havia um grande palco, cujo tema mudava toda noite como o cenário de uma peça de teatro. Em uma noite, transformava-se em uma cidade do interior, em outra, uma cidade medieval. Nesta noite, o tema era Roma antiga. Como pano de fundo, havia uma imagem do Coliseu, com gladiadores lutando contra leões ferozes, mulheres usando togas acompanhavam guerreiros triunfantes. Iluminação estroboscópica, pontos de luz e luzes coloridas banhavam as tapeçarias que decoravam o lugar e a multidão que dançava, mostrando uma orgia quase surreal de dois milênios em choque. Essa era a decadência com a qual os césares nunca sonharam.

Os fotógrafos ficavam nas sacadas, na esperança de capturarem um momento particular que poderia ser vendido e revelado para o mundo. Jovens casais de todos os tipos ou orientações eram engolidos pelos enormes sofás de pelúcia, perdidos em uma paixão avassaladora. Os valores e a moral eram totalmente esquecidos nesse lugar.

A música que tocava nos enormes alto-falantes presos ao teto era uma mistura eclética de *disco, new-wave, techno-punk,* mas nada disso importava para Finster, enquanto dançava com duas beldades de tirar o fôlego: Audrey e Vaughn. Eles se conheceram na porta de entrada e estavam juntos desde então. Embora Vaughn não tivesse idéia de quem era o homem vestido com um terno Armani, Audrey o vira antes de ele chegar. August Finster: cortês, bem-sucedido e, o melhor de tudo, podre de rico. As duas garotas eram amigas desde a infância em Londres e estavam praticamente idênticas; ambas usavam vestido Prada preto e azul, escarpim Gino, diamantes Cartier. A única diferença entre elas eram os cachos que caíam soltos. Os de Audrey eram negros como a noite e os de Vaughn, louros como a palha.

Tudo o que as garotas pensavam era em quanto poderiam lucrar com a rotina sexual a três. Nunca se consideraram prostitutas, eram acompanhantes que faziam negócios com os homens que caíam em suas redes, vítimas do desejo. Amavam homens poderosos e ricos, os chamados mestres do universo, mas elas também tinham poder: um poder mais primitivo, mais sobrenatural do que o de qualquer homem que já encontraram. Essas duas sabiam como fazer o homem mais poderoso se ajoelhar e implorar como uma criança.

Mas aquele homem era diferente. A maioria pensava que tinha poder, ostentando-o como uma forma de ocultar as próprias inseguranças. Ele demonstrava um ar calmo, uma segurança diferente de qualquer outro. Ele sabia que tinha poder, mas só o demonstrava nas piores circunstâncias. E, por um momento, Vaughn pensou que talvez devesse desistir da noite. Estava com uma sensação estranha no estômago que, com certeza, não havia sido causada pelos comprimidos que comprara de Phillipe no banheiro. Aquele homem era diferente, de algum modo; parecia que ele via como ela usava o sexo para manipular, parecia que enxergava seu coração, seus olhos pareciam penetrar sua carne para olhar diretamente sua alma.

Mas foi um pensamento passageiro. Os preços das roupas e das drogas não permitiam isso. Além disso, seu estômago era esquisito mesmo.

Finster se movia com elegância que combinava com sua idade, acompanhando o ritmo e os movimentos das companheiras. Era a dança da vitória. A adrenalina causada pelo sucesso corria pelas veias. Dançou sem preocupações, pois seu objetivo estava quase sendo alcançado. Em breve, estaria livre de qualquer empecilho. Dera a ordem de matar. Relutara em fazer isso, mas não podia mais se arriscar. Desprezava Simon e, se pudesse... se lhe fosse permitido... se fosse *capaz*, ele mesmo puxaria o gatilho. Os caminhos de Finster e Simon já haviam se cruzado em algumas ocasiões e aquele homem de Deus parecia determinado em erradicar Finster da face da Terra. Bem, não mais.

Michael era outra questão. Na verdade, gostava dele. A maioria dos homens se acovardava quando tinha de lidar com obstáculos supremos. Michael era diferente, ele possuía uma força de vontade que se equiparava à de Finster. Infelizmente, Michael se tornara um adversário. E do pior tipo: um adversário motivado por algo além de ganância e desejo. Michael St. Pierre era motivado pelo amor. E, por isso, Finster ordenara sua morte.

Finster não tinha nada contra o policial americano, mas Thal fora tão veemente sobre a inclusão do homem na matança, que ele acabara aceitando. Thal era uma das mais perfeitas máquinas do mal que Finster já encontrara em um homem. Ele não tinha a menor consideração pelos outros ou pela vida. Só conseguia sentir prazer com o sofrimento humano. Até agora, fora o funcionário ideal: eficiente, pontual, meticuloso e cruel. Gostaria de saber qual seria a reação de Thal se soubesse a verdadeira identidade de seu empregador.

Finster não se arrependia da ordem dada. Afinal, a morte era apenas uma etapa na vida pela qual todos passavam, mais cedo ou mais tarde. Esses três homens eram apenas moscas que deveriam ser esmagadas. No final, a única conseqüência da morte deles seria a remoção do último obstáculo que impedia Finster de voltar para casa.

A música continuava tocando alto enquanto Audrey trazia mais uma rodada de bebidas. Eles não paravam de se mexer enquanto tomavam a quarta dose de Zima da noite.

— Vocês são perigosas, meninas — sorriu Finster, enquanto assistia as duas se esfregando na pista de dança.

— A prática traz a perfeição — gritou Vaughn sobre a música.

— E quanta prática vocês têm?

As garotas sorriram.

— Acho que teremos de ver o nível de perfeição de vocês, não é mesmo? — gritou Finster.

E continuaram dançando.

VINTE E SETE

A porta se abriu com um estrondo, soltando lascas quando bateu com toda a força na parede. Thal entrou no quarto escuro, com o dedo no gatilho, pronto para atirar. Olhava para todos os lados em busca de alvos à medida que prosseguia.

Mas não havia ninguém aqui. Nenhuma alma viva. O quarto estava completamente vazio. Thal verificou metodicamente o quarto, os armários, o banheiro, embaixo das camas, tudo isso sem baixar a guarda, sempre pronto para entrar em ação. Mas não havia ninguém ali. Como conseguiram desaparecer? Como sabiam que ele vinha? Repassou os últimos dez minutos na cabeça. Matou o recepcionista antes que ele pudesse avisar alguém. O saguão estava vazio. Não havia ninguém, a não ser o recepcionista. Era inaceitável. Para seu chefe, isso seria um problema. Para ele, era pior que um pesadelo. Conhecia bem o preço pago por quem fracassava e não estava disposto a pagá-lo. Conseguira localizar os três aqui. Conseguiria localizá-los novamente.

O silêncio do quarto foi quebrado por um telefone tocando às 2h15 da manhã, em algum outro quarto no hotel, mas não muito longe.

*

Quando a porta se abriu com um estrondo, Simon rolou na cama, com a arma em punho, sem hesitar. Esvaziaria o cartucho em qualquer um que se atrevesse a invadir o quarto. Simon não esperaria para verificar se era um amigo ou um inimigo. Na verdade, nenhum amigo entraria no quarto de alguém desse modo às 2h15 da manhã.

Mas não teve chance. Não havia ninguém ali. Na verdade, a porta nem fora aberta. O som viera do andar de cima.

Simon alugara três quartos, cada um com um nome diferente. Uma excelente idéia. Uma chance em três. Quem quer que os estivesse seguindo fora atraído pelo nome religioso *Judas Iscariotes*. Tratava-se de um truque antigo. Reservar pelo menos dois quartos, um com um nome bem óbvio e outro com sobrenome tão comum quanto folhas na floresta.

Simon baixou a arma. Não teriam muito tempo. O estratagema só lhes daria alguns minutos de vantagem.

O coração de Simon quase saiu pela garganta quando ouviu o telefone. Michael e Paul, ambos mergulhados no sono, levantaram rapidamente. Michael correu para o telefone, mas Simon o interceptou antes que atendesse. Segurou o aparelho e maneou a cabeça. O telefone tocou novamente.

Paul e Michael acabaram notando a arma na mão de Simon.

— Por que você está com uma arma? — sussurrou Paul.

O telefone tocou pela terceira vez. Paul ergueu as mãos com as palmas para cima, ainda esperando por uma resposta. Simon apontou para o teto e sussurrou:

— Temos de partir.

Confusos e tontos de sono como estavam, Paul e Michael não precisaram de outra explicação. Pegaram as coisas e ajudaram Simon a colocar as armas na bolsa de lona.

Simon acelerava pela autobahn, ultrapassando os limites de velocidade numa das poucas estradas sem limite de velocidade do mundo.

Apenas uma BMW passara por eles na última hora. Ele e o Audi Turbo que dirigia estavam deixando o resto do mundo para trás.

— Para onde vamos? — perguntou Paul, que estava sentado no banco de trás com os nervos à flor da pele enquanto o italiano dirigia em alta velocidade.

— Vamos nos hospedar em um hotel fora da cidade — respondeu Simon sem tirar os olhos da estrada.

— E como saberemos que eles não nos encontrarão lá?

— Não temos como ter certeza.

Paul nunca vira a lei sob esse prisma. E não gostava nada disso. Não que não sentisse a adrenalina correndo nas veias em resposta a todos os subterfúgios. Só preferia ser o caçador em vez de a caça. As conseqüências adversas das ações de um caçador sempre eram minimizadas.

— Então é assim que você vivia? — perguntou Paul a Michael, que estava no banco de trás do carro ao seu lado, com os olhos fechados.

— Tenho certeza de que aquela ligação era de Mary — afirmou Michael, mais para si mesmo do que para os outros.

— Em breve, você estará com ela. "Mais 48 horas e estaremos em casa", não foram essas as suas palavras?

Michael abriu os olhos e voltou-se para Paul, com um sorriso nos lábios.

— Nunca pensei que estaríamos juntos em uma coisa como essa.

A ironia não passou despercebida para nenhum dos dois.

— Você tem certeza sobre os passos de Finster? Tem certeza de que sabe onde ele estará amanhã à noite? — perguntou Simon.

— Eu garanto — respondeu Paul, antes de se voltar para Michael.

— Acho que vou precisar de um emprego em sua loja quando me expulsarem da polícia.

— Cale a boca. Ninguém vai ser expulso de lugar nenhum. Só preciso que você confie em mim.

— É, eu confiei em você e olha onde estamos agora — disse Paul, mostrando o carro, em uma alusão à situação em que se encontravam no momento: correndo a mais de 190 quilômetros por hora em uma auto-estrada alemã.

— Então, estou em dívida com você.

— Você receberá a conta, não se preocupe — Paul inclinou-se para a frente. — Alguma idéia de quem matou o recepcionista.

— Não.

— Você percebe que eles vão investigar o hotel e encontrar o quarto que acabamos de deixar com mais crucifixos do que uma convenção de estudos bíblicos?

— Hã-hã.

— E que os policiais nos procurarão...

— Hmm-hmm. Mas eles não sabem quem somos.

— Não sabem... — repetiu Paul pouco convencido.

— Tenho um pouco de experiência com isso e acredito que nosso amigo também.

Paul olhou para Michael, que ergueu a sobrancelha concordando de forma hesitante.

— Finster quer realmente ver você morto — afirmou Paul, verbalizando o óbvio.

— Sinto-me lisonjeado com a atenção.

— Não fique convencido. Acho que ele quer acabar com todos nós — afirmou Simon, agarrado ao volante e pisando fundo.

— Isso é reconfortante — disse Paul enquanto olhava pela janela.

— Pense positivo, conseguimos sair de lá com vida — brincou Simon.

Para um cara bem-humorado, Paul estava perdendo rapidamente a capacidade de rir. Estava marcado para morrer, algo que nunca seria capaz de compreender três dias atrás. Faria muito por seu amigo. Sempre dissera que estava disposto a dar a vida. Mas isso era real demais. Até essa noite, nunca precisara fugir de nada.

*

Às 2h17 da manhã, Thal estava no meio de um quarto de hotel olhando para uma estranha coleção de crucifixos espalhados por todos os cantos. Segurava uma pistola em cada mão, enquanto tentava processar o que via. O toque do telefone fora um sinal que o guiara até esse quarto que mais parecia um retiro religioso malsucedido. O telefone finalmente parou de tocar.

— Mas que merda é essa?

Foi tudo o que conseguiu murmurar.

Pelo menos sabia que estava no quarto certo dessa vez. Mas e aqueles crucifixos ridículos? Como se um crucifixo fosse capaz de mantê-lo longe. E, por um momento, pensou que eles poderiam estar querendo manter uma outra coisa do lado de fora. O drácula e o lobisomem eram história de ficção, mas os crucifixos ainda estavam ali. E não eram para reza, pois só era necessário um crucifixo para isso. Disso ele sabia devido à educação episcopal. Aqueles crucifixos eram para proteger. Já perdera a fé muito tempo atrás. Deus era uma crença dos fracos, o grande herói a quem recorremos quando as trevas ameaçam nos engolfar. Ainda assim, os crucifixos estavam aqui para afastar algo, algo que as armas convencionais do homem não eram capazes de deter. Mas o quê?

Antes que tivesse a chance de realmente considerar as possibilidades, uma voz atrás dele gritou:

— Parado!

Thal não fez isso. O policial alemão estava morto antes de a cabeça tocar no chão. Enquanto a fumaça que saía das armas se esvaía, Thal repreendeu a si mesmo por ter se perdido em divagações.

Agora não teria tempo para uma busca. Pegou alguns crucifixos esperando poder identificá-los depois e fugiu.

Apressou-se pelo corredor, enfiando as armas na parte de trás da calça e apertou o botão do elevador. Se os policiais estivessem no saguão, era melhor agir de maneira casual e tentar sair pela porta da frente, sem ser percebido devido à comoção com o recepcionista morto. Quando as portas do elevador se abriram, porém, seus planos tiveram de ser drasticamente alterados, gerando fatos que seriam as manchetes dos jornais do dia seguinte e lembrados durante anos.

Os três policiais apontaram as armas para Thal, que levantou os braços, tremendo e fingindo-se aterrorizado.

— Ele está morto... *morto!* — disse Thal em inglês.

A voz tremia enquanto apontava para o fim do corredor. Dois policiais correram para o quarto, prontos para entrar em ação, e cada um se encostou de um lado da porta para obter cobertura.

— Sou americano. Eles fugiram pelas escadas — afirmou Thal com lágrimas escorrendo pelos olhos.

Thal se orgulhava por conseguir se adaptar a qualquer situação ou estado de espírito. Mas o que o excitava mais nesse momento era o cano quente das armas que acabara de usar que queimavam a pele de suas costas. Podia jurar que sentia cheiro de carne queimada.

O policial à sua frente, um novato que atendia pelo nome de Schmidt, pediu ajuda pelo rádio.

— Cubram as escadas, policial morto — disse em alemão, aproximando-se de Thal. — Você pode descrevê-los?

Thal ficou em dúvida se deveria fornecer uma descrição de Simon, Michael e Paul, mas isso os deixaria em alerta. Não. Thal queria que estivessem relaxados. Não queria ninguém mais perseguindo suas presas. Começou a gaguejar, o corpo todo tremendo, junto com os braços que ainda estavam erguidos.

— Pode baixar os braços — permitiu o policial aturdido.

Suas palavras foram interrompidas pelo grito sufocado do parceiro que entrara no quarto em que se encontrava o corpo do policial assassinado. A curiosidade do jovem novato o atraiu para o quarto, enquanto sua arma permanecia apontada para Thal. Olhou para o chão e viu seu colega de treinamento Jon Reiberg em uma poça de sangue e o pé esquerdo tremendo em espasmos. Por mais que tentasse afastar os olhos da cena horripilante diante dele, Schmidt levou cerca de 15 segundos para desviar o olhar do colega morto. E quando conseguiu, viu o americano magro, segurando um crucifixo na mão direita, passando o dedo sobre sua extremidade, enquanto encostava-se na parede oposta à suíte, chorando como um bebê. Schmidt olhou novamente para o quarto e viu um dos policiais vomitando em um canto. Toda a cena parecia uma experiência sobrenatural, como se visse tudo fora do corpo, enquanto o novato surpreso viu o terceiro policial girar e cair.

Schmidt nem chegou a sentir a bala que lhe despedaçou o coração. O som do tiro parecia vir de quilômetros de distância. Tudo parecia acontecer em câmera lenta, enquanto via os dois parceiros caírem, atingidos por tiros que vinham das duas armas que o americano segurava. Schmidt achou muito estranho ver o homem puxar o gatilho das duas armas enormes que segurava, enquanto as lágrimas ainda escorriam por seu rosto. O que aconteceu com o crucifixo que segurava? Schmidt caiu de joelhos, sentindo-se cansado, mas não sentia dor. E, por fim, notou-os. Eles estavam espalhados por todo o aposento. Por que não notara antes, quando olhara o quarto pela primeira vez? Não importava agora. Caiu no chão. A pouca vida que restava em seu corpo se esvaía pelos buracos dos tiros que levara no peito. Morreu ali, no meio de três mil crucifixos.

Thal pegou o distintivo de Reiberg e subiu correndo três lances de escada. Correu até o final do corredor até chegar a uma das poucas portas que exibia o sinal "Não perturbe" e bater no quarto 1.474.

Uma voz com sotaque inglês reclamou:

— Meu Deus! Mas que inferno!

Thal continuou em silêncio, aguardando o homem, enquanto ele cambaleava até a porta. Depois de 30 segundos, o inglês abriu um fresta da porta e Thal exibiu o distintivo de Reiberg.

— Com licença, senhor — disse com forte sotaque alemão.

— O que está acontecendo? Um incêndio ou algo do tipo?

— Só precisarei de um minuto de sua atenção.

VINTE E OITO

Amanhecer. Na região rural da Baviera, além do campo de cevada, um manto de nevoeiro estava começando a se dissipar sob o sol matutino. Michael e Paul estavam sentados em uma cerca de madeira, olhando o rebanho de Angus pretos. Devia haver cerca de trezentas cabeças no luxuriante pasto verde, todas se empanturrando, sem saber do destino que as aguardava. Michael não conseguia deixar de pensar que as vacas passavam a existência sem saber do futuro, sem saber que eram controladas por uma força maior na ordem da vida.

Simon conseguira um quarto em um pequeno hotel próximo ao prado, às 3h30 da manhã. O recepcionista velho e enrugado e o padre conversaram por um bom tempo sobre a redução da fé no mundo e a perda de toda uma geração para a TV. O alemão de Simon era perfeito e o toque do colarinho de padre, que Simon só usava quando extremamente necessário, acabou com qualquer suspeita sobre os motivos da viagem de Simon naquele horário. O saguão não via sinal de tinta há pelo menos vinte anos, o que era ótimo: quanto mais discreto o lugar, mais discretos pareceriam. Simon pegou a chave e fechou a porta da frente.

Os quartos do hotel ficavam ao longo de uma calçada cercada de begônias plantadas pela esposa do recepcionista. Simon pedira um quarto afastado da estrada, afirmando que precisava de silêncio para as orações e meditações. Seguro do isolamento, Simon acenou para Michael e Paul, escondidos no carro, para que entrassem, fechando a porta logo depois que entraram. O quarto era pequeno: duas camas de solteiro, uma cômoda e um banheiro.

Enquanto os outros dormiam, Michael ficou de vigia. Nada de crucifixos dessa vez. Apenas armas.

Os planos não seriam alterados devido à relocação deles. Nas próximas 24 horas, recuperariam as chaves. Cada um tinha um papel a desempenhar, mas, uma vez que o trabalho começasse, Michael estaria no comando. Era seu o plano e os outros dois contavam com sua experiência.

A manhã estava clara e limpa. Michael respirou o ar matinal, forçando-se a se concentrar. A não ser pelo cheiro de gado, o ar era o mais puro que já respirara. Passara e repassara o plano pela cabeça durante toda a noite, tentando antever todos os cenários possíveis. Não costumava deixar as coisas a cargo da sorte, embora sempre esperasse ter sorte.

— Conseguiu falar com Mary? — perguntou Paul, sentando na cerca.

Se usasse um chapéu de vaqueiro ele passaria facilmente por John Wayne tomando conta do gado.

— Ela saiu do hospital.

— Isso é ótimo. Foi para casa?

— Acho que sim. É uma hora da manhã lá e Deus sabe que ela precisa dormir. Tentarei falar com ela depois do almoço.

— Tem certeza de que não quer ir para casa agora? Podemos deixar o padre e chegar em casa hoje à noite.

Michael já pensara nessa possibilidade mais vezes do que gostaria de admitir. Era algo que o oprimia desde que chegara três dias antes. Estava perseguindo sombras e mitos. Que bem poderia haver nisso? Ele e Paul poderiam deixar que Simon tentasse recuperar as chaves sozinho. Tudo o que Michael queria era Mary. Não tinham muito tempo, e o pouco que tinham ele estava desperdiçando aqui, a quilômetros de distância dela. A culpa crescia dentro dele. Não era justo com nenhum dos dois. Mary precisava dele e ele precisava dela. Mas o que fortalecera sua decisão enquanto estava de guarda e o fortalecia agora, sentado na cerca com o amigo, era o fato de não conseguir lidar com a possibilidade de Mary morrer e ficar no limbo, presa para sempre no Purgatório, com a fé destruída e a vida eterna condenada, tudo por sua culpa. As dúvidas quanto à paz eterna de Mary o devastariam para sempre.

E tudo seria culpa dele.

Por fim, Michael olhou para Paul.

— Se você quiser voltar, eu entenderei.

— Estou dentro... — afirmou Paul.

Apesar de tudo, sentia-se mais vivo com o risco que logo enfrentariam. Finalmente, conseguia entender o que seu pai sentia cada vez que partia para o mar. Era a excitação de não saber o que o aguardava além do horizonte e era isso que fazia o homem se sentir vivo de verdade: o risco.

Mary acordou ao raiar do dia. Sem conseguir voltar a dormir, forçou-se a levantar e seguiu para o banheiro, onde tomou um banho. A água quente batia nas suas costas, o vapor que a envolvia ajudava-a a apagar as impressões do pesadelo que tivera. Os sonhos ruins haviam voltado com força total. E, embora não admitisse, esse fora um dos principais motivos por ter deixado o hospital. Precisava voltar para o mundo, estar em um lugar no qual a mente encontraria paz, um lugar no qual poderia apagar as imagens inconscientes de medo e terror que a atormentavam.

Os sonhos sempre começavam do mesmo modo. Michael e ela felizes e saudáveis, rindo e dançando no Country House, o restaurante e boate que adoravam freqüentar. As imagens eram tão vívidas que seu coração se enchia de alegria. E, depois, estavam em casa, na cama, as roupas espalhadas pelo quarto, ela e Michael abraçados, fazendo amor ao som de uma música suave. Era uma felicidade que a levava às alturas.... apenas para que caísse no lugar mais escuro que já vira.

E, apesar da total ausência de luz, ela sabia que Ele estava ali. O mesmo homem. Rodeando-a, cheirando seus cabelos. Podia sentir a respiração dele no pescoço, sussurrando palavras cruéis e provocando-a.

— Mary, Mary, Mary. Onde está seu marido?

Sua mente gritava, mas os lábios permaneciam calados, costurados com pontos negros e sangrentos, deixando a voz presa em sua cabeça. Estava paralisada, incapaz de lutar, de golpear essa coisa que a rodeava. E, então, sentia uma outra presença. O policial, o que tinha palavras vazias e falsas. O homem que a procurara no hospital três dias antes: Dennis. *Ele não disse o que queria, o que era estranho. Disse que era o novo parceiro de Paul e que tinha passado para saber como ela estava e perguntar sobre a relação do marido com Paul. Então, por que se sentira aterrorizada?*

Dennis estava ao fundo, aguardando, em pé, ao lado Dele. Ambos riam como hienas debochadas, afogando todos os seus pensamentos. O som da risada aumentava como uma faca cortante, afiada e mortal, pronta para executar uma tarefa que nunca imaginara possível: cortar a alma dela, separando-a do corpo.

Sentiu-se desconectada enquanto o riso de escárnio continuava cada vez mais alto e cruel, deixando-a totalmente vazia, como se seu corpo tivesse sido invadido por um enxame de insetos. Observou enquanto a alma se afastava, brilhando como uma luz difusa em um nevoeiro cerrado. E, então, Ele a engolia, como um monstro rasgando o corpo de uma criança. O homem cujo rosto não conseguia ver não era um homem.

E todas as noites o que a arrancava do pesadelo, o que fazia com que seus olhos se abrissem, era um ponto de luz que vinha de cima, insinuando-se pelo quarto totalmente escuro. Ela passava sobre a coisa que devorara sua alma, o homem que sempre parecia familiar, mas de cujo rosto não conseguia lembrar ao acordar. A luz continuava se movendo, brilhando sobre seu corpo tomado pelo câncer, até finalmente pousar sobre algo que a perturbava profundamente: Michael, deitado de costas sobre o chão de terra, olhando para ela, mas no lugar dos olhos havia apenas órbitas vazias e cheias de sangue. A boca estava congelada em um grito mudo e aterrorizante.

Ela acordava, sentando-se na cama, noite após noite, encharcada de suor, e apenas o banho era capaz de apagar o terror do pesadelo.

Esta manhã, ao sair do banho, Mary se enrolou em uma toalha enorme e vestiu um roupão bem largo. Recusava-se a olhar para as mãos e os pés e para o próprio corpo. Removeu ou cobriu os espelhos da casa, preferindo se privar do reflexo do corpo esquálido a todo custo.

Tomou o café-da-manhã com um apetite que não sentia há muito tempo. Na noite anterior, apenas revirara a comida no prato. Vestiu-se e aprontou-se para o dia que a aguardava.

Queria encher a casa de flores para o retorno de Michael, então decidiu parar na Troy's Nursery e pegar várias flores. Embora não tivesse falado com Michael na noite anterior, procurou não entrar em pânico. Nenhuma notícia era algo bom, disse para si mesma. Jeannie a convencera de que Michael e Paul estavam bem. Eles deviam apenas ter mudado de hotel. Estariam em casa em dois dias, pensou confiante, e Jeannie nunca mentia.

Enquanto andava pela Maple Avenue, sentia-se revigorada, embora não entendesse o motivo, sentia-se pronta para enfrentar o mundo, não importando os obstáculos. Notou coisas às quais, durante todos os anos em que morara lá, nunca dera atenção. A simetria dos abetos próximos ao lago dos patos. A permanência do gazebo branco. A beleza da igreja antiga erguendo-se em direção ao Céu. E todas as pessoas em todos os lugares que sempre sorriam e desejavam bom-dia. Elas traziam esperança nos olhos e isso a contagiava. Apesar de tudo pelo que estava passando, sempre havia esperança.

Dizem que o espírito humano é a força mais poderosa da natureza, capaz de enfrentar todo tipo de adversidade conhecida: física, mental e espiritual. Foi o que motivou o progresso e inovação, tirando o homem das cavernas e levando-o até a Lua. A mãe natureza colocava todos os obstáculos, e mesmo assim, sempre era derrotada. Era ele que infundia otimismo, aumentando a força de vontade para viver e ser bem-sucedido. Mas, acima de tudo, era o que nos dava esperança. O espírito humano faz com que o homem avance e nunca seja derrotado.

Dizem também que a pessoa tem um momento de serenidade antes da adversidade final. Que uma calmaria precede a tempestade. Que a lâmpada brilha mais forte antes de queimar.

Às quatro horas da tarde, Mary internou-se novamente no Byram Hills Memorial Hospital pela última vez.

Finster olhou pela janela de vidro de sua enorme mansão. Muitos a chamavam de castelo, mas seu estilo não tinha a mínima semelhança com aquele estilo extravagante. A arquitetura da construção era muito mais próxima do estilo dos barões gatunos do final dos anos 1890. Admirou a vastidão de suas posses que atravessava o vale em direção às montanhas que se elevavam nas alturas e cujos cumes chegavam a ser cobertos pelas nuvens. Observou enquanto os jardineiros e caseiros cuidavam da enorme propriedade, cortando a grama e aparando os arbustos. Nenhum deles tinha problemas em andar armados ou usar os dispositivos de comunicação na orelha. Afinal, na carreira anterior tinham de carregar mochilas de quase 30 quilos e atravessar florestas e desertos, muitas vezes sob fogo cruzado, sendo alvo de bombas, granadas e tiros. Considerando tudo, esse local era mais pacífico do que qualquer um que poderiam encontrar. Essa era uma precaução que Finster sempre tomara. Sempre desconfiava de um possível ataque e não deixava as coisas ao acaso. E essa noite não seria diferente. Na verdade, já solicitara que Charles se certificasse de que os vinte membros da equipe de segurança estivessem a postos durante a noite. Queria guardas nos portões de entrada, várias patrulhas guardando os muros da propriedade, atiradores de elite nos telhados equipados com monóculos de visão noturna. Seria uma fortaleza mais segura do que qualquer prisão de segurança máxima. Não poderia haver erros. Não poderiam ser derrotados. Ninguém roubaria o que era dele por direito. Nada poderia ficar ao acaso. Esta seria sua última noite.

Tratava-se da mesma precaução que tomara ao encomendar as mortes a Thal. Há dois dias, não tinha notícias do assassino de aluguel. Também não lera nada a respeito da morte dos três desafetos. Houve uma notícia sobre o tiroteio no hotel Friedenberg, o que confirmava que Thal tentara cumprir a missão. Mas Finster queria provas. Queria *corpos*. Thal fora uma excelente descoberta, bem melhor do que seus antecessores. Ele já prestava serviços há cinco anos para a voz de Finster. A maioria dos serviços era encomendada por interesses profissionais ou como reprimenda contra traições. E embora August Finster quisesse executar ele mesmo o serviço, não poderia fazê-lo.

Isso lhe era proibido.

Era um dos poucos poderes que não possuía: não podia tirar, diretamente, a vida de alguém. Negociar uma alma, sim. Executar um ato milagroso, com certeza. Mas não tirar a vida de alguém. Isso, não. Ainda que estivesse lá para receber os frutos da morte, que sempre chegavam, mais cedo ou mais tarde. Ademais, se contasse com o poder de aniquilar um número incontável de pessoas, onde estaria a diversão? Se não houvesse mais pessoas para corromper, não haveria almas para ceifar.

Seu objetivo era mais profundo e com um impacto muito mais duradouro.

E era aí que entrava a figura de Thal. Era um modo bastante simples de resolver o problema de Finster: um homem podia matar um homem. Se alguém se atrevesse a quebrar uma promessa ou voltar atrás na palavra empenhada, Thal estaria ali para acrescentar um pouco de dor que reduziria sua vida na face da Terra.

Nunca haviam se encontrado. Finster não poderia se arriscar desse modo. Mas assistia. Thal era o mais próximo que já vira de uma criatura sem alma. Não sentia remorso ou hesitação ao realizar um serviço. Não importava qual. O espírito de Thal estava enterrado em uma área primitiva e cruel do coração humano. Mas, nos últimos tempos, Finster detectara uma fraqueza. O policial chamado Paul Busch. Thal desenvolvera uma fixação por ele, criando um desejo pessoal que Finster nunca vira no assassino particular. E isso acabava afetando os pensamentos e atrapalhando suas habilidades. Finster previa um fracasso momentâneo de Thal. Nunca antes questionara sua eficiência, mas hoje o fazia. O serviço simples já deveria ter sido executado e Finster informado disso. Não importava. A confiança de Finster em Thal estava abalada, mas ainda existia. Thal seria bem-sucedido e, na pior das hipóteses, se conseguisse manter os três ocupados até o dia seguinte, isso também funcionaria. Já que no dia seguinte Finster desapareceria.

Não haveria despedidas. Nada de *adieu* ou *auf Wiedersehen*. No dia seguinte, simplesmente desapareceria, sem deixar rastros de seu paradeiro. Seu desaparecimento acabaria se tornando um dos maiores mistérios do mundo. Como Amélia Earhart, nenhuma pista deixada para trás. Não haveria herdeiros, nenhum testamento para a vasta fortuna criada em menos de dez anos. Nenhum parente apareceria do nada. Não tinha pais, nem certidão de nascimento. Nada de amigos de infância, amigos próximos, esposas ou filhos. Claro que apareceriam muitos pretendentes, mas nenhum parente legítimo poderia reclamar os direitos.

Ele só deixaria perguntas. E nenhuma resposta.

VINTE E NOVE

A floresta em volta de Waldberg era mais escura do que a noite. Essas eram as florestas das histórias contadas pelos irmãos Grimm, onde João e Maria percorreram os mesmos caminhos que Chapeuzinho Vermelho, com o lobo sempre seguindo seu rastro. O manto proibido bloqueava qualquer visão do céu. Os galhos gigantescos de árvores ancestrais se esticavam como se tirassem o ar dos pulmões. O silêncio fantasmagórico despertava um medo primitivo de bruxas, *trolls* e duendes da floresta. Parecia adequado que a mansão de Finster ficasse nos arredores desse lugar. Os portões de entrada da propriedade ficavam a cinco quilômetros, subindo a estrada, o único sinal de civilização nos dez quilômetros que se seguiam.

Paul Busch saiu do Mercedes C-Class, a escolha de carro à paisana para os policiais alemães. Uma sirene portátil estava fixada no teto do carro, bem acima da porta do motorista, com as luzes vermelhas projetando sombras estranhas nas árvores. Paul se encaminhou até o conversível vermelho. A motorista era uma linda mulher, usando óculos de sol Vuarnet. Surpreendentemente, os cabelos negros estavam apenas um pouco descabelados pelo vento. Olhando de perto, ela era mais do que linda, era estonteante.

— *Guten Abend, Fraulein* — Paul cumprimentou, em uma tentativa patética de falar alemão.

Audrey nem se preocupou em erguer os olhos, enquanto abria a bolsa para pegar os documentos e a carteira de motorista.

— *Guten Abend, Herr Kommissar. Gist es cin Problem?*

— *Sprechen sie Englisch?*

— Sim, na verdade... — as palavras congelaram nos lábios quando reconheceu *Herr Kommissar*.

— Documentos, por favor.

Ela os entregou com um ligeiro ar de nojo.

— Como você se saiu? — perguntou Paul.

— Ele foi para casa com Vaughn e eu ainda não tive notícias dela.

— Ele suspeitou de algo?

— Olha, eu sei bem o que estou fazendo. Tudo o que você me pediu para fazer foi encontrar com o cara, provocá-lo, deixá-lo ligadão e sair fora.

— E como você se saiu?

— Estou de volta para um segundo encontro, não estou? Fiz com que desejasse algo que não conseguiu na noite passada. Como você me orientou.

— Como eu paguei a você para fazer — corrigiu-a Paul, olhando para a carteira de motorista e rindo. — Srta. Charm?

— Dá um tempo.

— Não é contra a lei usar o nome de outra pessoa?

— Eu ia perguntar a mesma coisa a você — respondeu ela à altura.

O olhar de Paul a destruiu. Audrey era o seu verdadeiro nome, mas seu sobrenome... Bem, fora agraciada com o nome Lipschitz e isso não era algo que gostaria de dividir com alguém.

Paul se encontrara com Audrey um pouco antes de pegar Michael na prisão. Ela fora bem recomendada não apenas pela polícia de Berlim, mas também pelo chefão do circuito das boates, alguém que atendia pelo nome de Christian Croix. Paul não tinha certeza se Christian era homem ou mulher, pois ele/ela parecia estar em um gênero entre o masculino e o feminino, com uma camisa de lã que delineava o torso musculoso. Christian era o chefe das boates, um alemão de 20 e poucos anos que mandava na noite. O que dizia estar na moda, estava na moda. Se dissesse que um lugar estava acabado, bastava baixar as portas. Audrey e Vaughn eram freqüentadoras assíduas de boates, cultuadas pelo modo como dançavam, pelas roupas combinando, pelo talento sexual e pela habilidade de ganhar dinheiro usando a fraqueza dos outros. Christian dera o número de Audrey — depois de ter um ataque de raiva —, pois Paul ameaçara prendê-lo por posse de mescalina.

Paul marcou um encontro com ela em um café e explicou a ela como poderia ganhar dinheiro rápido fazendo o que melhor sabia fazer e, ao mesmo tempo, manter-se fora da prisão. Não que pudesse realmente prendê-la, pois sua jurisdição terminava do outro lado do oceano Atlântico. Paul pesquisara os hábitos de Finster, assim como seus gostos. Memorizara o dossiê durante o vôo. Tudo estava bem documentado. Audrey se encaixaria perfeitamente bem. Paul pagara a ela para entrar nas calças de Finster, mas sem tocá-lo. Não seria difícil encontrá-lo. Finster amava boates e sempre havia um alvoroço criado pelos *promoters* da boate escolhida para a noite.

Audrey não dissera uma palavra sobre isso para a amiga Vaughn, que ficou mais do que surpresa quando Audrey desistiu, na última hora, do programa noturno planejado para depois da boate. Alegou que estava se sentindo mal, mas sem deixar de lado o charme sedutor, conseguindo marcar um raro segundo encontro com o empresário.

— Você não está anotando a multa — observou Audrey.

— Hora da Parte Dois — respondeu ele. — Preciso de um último favor.

— Devo usar a mão ou a boca?

— Suborno? Esse é um crime grave. Pior do que dirigir em alta velocidade. Pior do que prostituição.

— Estou pronta, pode pedir — respondeu ela, esfregando as mãos, esperando o pagamento.

— Seria uma pena passar uma noite como essa na cadeia.

— O que você quer?

— Quero que o leve a um lugar.

— Quem? — perguntou ela, sabendo muito bem de quem estavam falando.

— Já chega de joguinhos — disse Paul, pegando um pacote de dinheiro.

— Onde? — ela perguntou com tom cansado e os olhos fixos na grana.

Paul entregou a ela um pedaço de papel.

Ela olhou para a filipeta.

— O que vai acontecer lá? Uma batida policial ou algo do tipo?

— Nada disso. Não haverá nenhuma operação policial. Não é nada de mais. É uma boate nova e um amigo é o proprietário — mentiu ele. — O lugar é quente, é impossível entrar e o seu amigo é melhor do que um ingresso, não é mesmo?

— E se eu me recusar?

— Terá de lidar com as conseqüências.

— O que você vai fazer? Vai me prender?

— Vou dizer a ele que você o estava espionando e acho que ele não vai gostar muito disso — respondeu Paul, deixando a ameaça pairando no ar.

Audrey estava pensando. Entre o dinheiro que Paul lhe pagaria e o que conseguiria arrancar de Finster, poderia ir para Nice e passar o resto do verão lá, e isso a atraía bastante. Sabia que o dinheiro que o policial estava lhe pagando era bom demais para ser verdade; se é que ele era um tira mesmo, do que duvidava muito. Sua mãe sempre lhe dissera que se você dança com o Diabo tem de pagar o preço.

— E como o convencerei de ir a esse lugar?

— Acho que você não terá problemas com isso. Use artimanhas femininas — disse entregando-lhe o maço de dinheiro. — Por sua atenção.

Sem olhar para ele, ela ligou o carro e dirigiu até a casa de Finster.

A quatro quilômetros e meio de distância da mansão, o Audi preto estava oculto na floresta, o motor frio e a lataria coberta com galhos de árvores. Simon estava atrás de uma barragem, com os binóculos fixos nos portões pretos da mansão proibida. O estilo dos portões era clássico, feito em ferro preto decorado, cujas enormes dobradiças estavam presas em duas colunas de pedra maciça. A ornamentação era gótica, mostrando querubins dançando por jardins de ferro e gárgulas sobre a amurada superior. Um par de luminárias a gás idênticas fora afixado nas colunas externas. Suas chamas forneciam apenas um brilho indistinto, longas sombras bruxuleando no caminho. Simon nunca vira uma entrada igual. Esses portões eram portões de uma fortaleza, no sentido literal da palavra.

Já fazia duas horas que os portões se abriram pela última vez para permitir a entrada de uma beldade de cabelos negros dirigindo um conversível vermelho. Simon lutava para manter os pensamentos em ordem. Embora nunca tivesse quebrado os votos de castidade, passava muitas horas repassando o Ato de Contrição. Os portões se fecharam rapidamente atrás do carro italiano. Era uma opção de dois segundos para se entrar, mas isso ainda não era necessário. Paul assegurou-lhes que a mulher cooperaria, que o atrairia para fora da casa. Era apenas uma questão de tempo. De qualquer forma, não entrariam pelos portões.

A mansão era cercada por um muro de pedra de quase cinco metros de altura. Quando Michael o visitara uma semana antes, notara que monitores Hiencen a laser varriam a parte interna do muro. Difícil de passar, mas não impossível. Sabia que o sistema de segurança da casa fora desenvolvido pela Highes Aircraft, o mesmo sistema usado pela força militar norte-americana nos locais de alto nível de segurança. O código criptográfico alterava-se diariamente. Era um sistema filho-da-puta, mas novamente, não era impossível passar por ele. Entretanto, havia um elemento de segurança para o qual Michael não fora treinado. Na verdade, sempre evitara ter de lidar com isso. Na visita anterior, Michael notara a equipe que trabalhava para Finster. Todos tinham ombros largos, quadris estreitos, corpos que haviam recebido treinamento militar. E todos estavam armados até os dentes.

Agora estava sentado pacientemente ao lado de Simon, atrás do Audi. Embora uma brisa quente de verão soprasse na estrada, sentiu um frio repentino. Era a floresta, o local ermo à volta deles, no qual faltava algo: vida. Não havia sons de vida, de pássaros ou de sapos no ar. As noites de verão geralmente eram cheias de sons de grilos. Mas ali reinava o silêncio total. E o que causava mais medo era a total ausência de insetos. Não havia minhocas na terra, moscas ou mosquitos em busca de sangue. Também não havia teias de aranha, com a tecelã aguardando, pacientemente a presa. Não havia nada disso ali. O mundo dos insetos estava sempre presente. Em períodos de fome ou de fartura, guerra ou paz, eles sempre eram a única coisa viva presente no planeta desde o início dos tempos. Nada podia acabar com eles ou expulsá-los de um lugar. Mas eles haviam sido expulsos da floresta de August Finster.

Ouvindo um assovio baixo, Michael virou-se apenas a tempo de ver uma limusine preta, a mesma que o perseguira quando chegara ao aeroporto, mas com a frente consertada e pintada, aproximando-se pela alameda. Os faróis de halogênio cortavam a escuridão da noite, iluminando até mesmo as entranhas da floresta. Os portões gigantescos se abriram para a saída da limusine, que acelerou ao entrar na estrada até desaparecer na escuridão.

*

Os 45 minutos de estrada até o destino final pareceram voar com a ajuda de alguns drinques. O bar da limusine estava abarrotado com o que havia de melhor: Dom Perignon, Chivas, Moët e Gray Goose. Nada de cerveja. O gelo tilintava em copos de cristal da Tiffany, enquanto a paisagem da região rural passava pela janela a 180 quilômetros por hora. As luzes da cidade de Berlim estavam à vista como estrelas brilhando na noite. Os quatro passageiros estavam sentados confortavelmente no banco de trás, rindo e se divertindo. Todos, exceto um. Finster parecia distante, com pensamentos em outro lugar, enquanto olhava a noite passar pela janela do carro. Finster sentia uma mistura de alegria e tristeza. A realização de um dos seus sonhos estava prestes a se concretizar.

Mas esse sentimento não durou muito. Voltou sua atenção para o momento, passando o braço em volta de Joy, a mulher com cachos cor de cobre. Seu seio quente e firme sob a mão direita, o toque um pouco rígido demais sob o fino tecido do vestido. Silicone. Mas isso não incomodava Finster, que conhecia bem demais as ilusões da vida e as máscaras que todos usamos. Zoe, uma loura estonteante sentada em frente a ele com as pernas esticadas no chão e o pé descalço descansando em seu colo, bebendo o terceiro drinque da noite. Ela fazia parte da equipe olímpica alemã de natação, e ele amava o modo como os ombros dela preenchiam a blusa de lamê prateado.

Queria muito provar esse fruto esta noite. Joy, a ruiva; Zoe, a loura; e Audrey, a beldade de cabelos negros, sentada à sua esquerda. Três sabores diferentes para sua noite de despedida.

— Para onde vamos? — perguntou Joy.

— Senhoras, deixarei que vocês escolham.

— Deixe-me escolher! — pediu Zoe como uma criança e já com nível alcoólico elevado.

— Não! Eu vou escolher! — afirmou Joy.

Audrey tocou o rosto de Finster, enquanto usava o próprio corpo para acariciar todo o corpo dele.

— Conheço o lugar perfeito. Novinho em folha, sensual e absolutamente decadente. O Paraíso na Terra.

— Esse é o meu tipo de lugar.

— Rapture? — perguntou Joy com os olhos brilhando.

— Rapture? — questionou Zoe esperançosa.

— Você acha que consegue entrar? — sussurrou Audrey no ouvido de Finster, sabendo que ele podia, mas o mais importante, sabendo que ele não resistiria ao desafio que lançara.

Finster permaneceu em silêncio, enquanto olhava o seu pequeno harém, com as mentes despreocupadas e os corpos desejosos. Estava indeciso quanto ao lugar a que deveriam ir. Rapture realmente era um lugar da moda que deveria ser visitado, mas Finster não estava bem certo se queria que essa fosse sua última lembrança de Berlim, uma cidade que passara a amar. Essa boate era tão nova que nem tivera chance de conhecer os artigos. Será que essa era uma noite para algo novo ou para nostalgia?

O Dr. Rhineheart correu pelo corredor com uma enfermeira de cada lado. Levavam um carrinho de emergência com aparelho para ressuscitação. Entraram no quarto particular do hospital de onde soava o alarme agudo. O monitor cardíaco próximo à cama exibia uma linha reta verde. Mary St. Pierre acabara de sofrer uma parada cardíaca, seu corpo imóvel sobre a cama.

Quatro horas antes, ela estava no carro voltando do viveiro, planejando ir para casa, onde almoçaria. Em vez disso, parara na igreja St. Pius em Byram Hills, onde se perdeu em orações. Agradeceu a Deus pelos amigos e pela vida; pelo amor que sentia. Agradeceu pelo marido, um homem que desistira da vida dele para conquistar seu coração. Pediu força. Não para ela, mas para Michael, para que conseguisse superar a tragédia e tivesse forças para prosseguir depois que ela tivesse partido. Rezou para que ele encontrasse um novo amor, pois era um homem bom demais para passar o resto da vida sozinho, ele tinha muito amor para dar. Pediu que ele tivesse filhos, felicidade e paciência. O que ela mais queria era poder seguir a vida com ele, ao seu lado, mas sabia que isso não seria possível. E pensou no dia, dali a muitos anos, quando finalmente estariam unidos de novo.

Fora apenas um espirro, um espirro de nada, curto e silencioso. Ela cobriu a boca como lhe fora ensinado anos antes. Resmungou um pouco enquanto buscava um pacote de lenços de papel na bolsa. Sentira um toque de frio se insinuando na noite anterior e sabia que isso era o suficiente para causar um estrago em sua saúde devido ao seu sistema imunológico extremamente enfraquecido e debilitado pelo câncer e pelo tratamento.

Saiu da igreja e encaminhou-se para o carro. Sempre havia um pacote de lenços de papel no porta-luvas. Não notara a mão até que abriu a porta do carro e se inclinou para abrir o porta-luva. Não era muito, apenas o suficiente para se notar. Pequenos pontos escuros, como se fossem sardas, cobriam a mão direita, a mão com a qual cobrira a boca para espirrar.

Seguindo direto para o hospital, Mary mal podia se controlar. As mãos tremiam descontroladamente e um suor frio escorria pelo pescoço. Seu medo voltara. Dessa vez, com força total. Precisava de Michael ao seu lado, e precisava agora.

O Dr. Rhineheart a internara imediatamente. Foi levada para um quarto particular. Ele disse que levaria algumas horas para o resultado dos exames ficar pronto. Disse que ela não precisava se preocupar. Expelir sangue pelas vias orais não era algo incomum. A pressão de um espirro às vezes fazia com que os capilares se rompessem nos pulmões. Embora ela não tivesse manifestado nenhum outro sintoma, era melhor permanecer no hospital aquela noite, apenas por precaução. Voltou a dizer que ela não precisava se preocupar, que todos os sinais apontavam para um quadro estável e que ela poderia voltar para casa de manhã.

Agora, três horas depois dessa conversa, Rhineheart colava o desfibrilador sobre o peito de Mary, ligando o botão. Uma voz automática soou na máquina:

— *Três... Dois... Um... AFASTAR.*

Um alarme Klaxon soou e uma carga elétrica atravessou o corpo de Mary. O corpo inconsciente curvou-se no ar; os braços inanimados colados ao colchão.

Em uma fração de segundo, o corpo voltou à posição normal sobre a cama, os olhos ainda fechados, o rosto totalmente sem cor. Rhineheart inclinou-se sobre ela com o estetoscópio na mão. Nada. O monitor cardíaco ainda exibia uma linha reta verde.

Ligou o aparelho novamente.

— *Três... Dois... Um... AFASTAR.*

Enquanto Mary estava deitada ali com o coração morto, sua mente corria solta. Estava perdida. Não no cenário clássico do quarto branco com uma luz brilhante diante dela. Em vez disso, encontrava-se em um saguão cavernoso e escuro. Algo indefinido e silencioso. Não sentia nada, nem dor, nem alegria. Nada. Conseguia ouvir, ao longe, as ordens do Dr. Rhineheart, que tentava salvar algum paciente — e ela esperava que conseguisse. Andou pelo corredor, tentando abrir as diversas portas, mas todas estavam trancadas. Ouviu um murmúrio de vozes vindo de algum lugar próximo de onde se encontrava. Seguiu na direção do som, o tom e a cadência ficando cada vez mais distintos à medida que se aproximava. Chegou ao final do corredor que terminava em um clássico T. Uma multidão, pois só uma multidão poderia causar esse som, parecia estar atrás de cada uma das portas. Devia haver milhares de pessoas. Será que devia seguir para a direita ou para a esquerda. Ainda estava indecisa quando uma dor cortante atravessou o seu corpo, correndo por todas as veias, queimando-a como fogo.

Tão rápido quanto chegou, a agonia se foi. Ainda estava diante da bifurcação. Direita ou esquerda? As vozes estavam cada vez mais altas, como uma torcida em um estádio de futebol. Era o som de homens e mulheres, o choro de crianças amedrontadas. Todos pareciam confusos, gritando por ela e pedindo ajuda. Parecia uma cidade de almas perdidas. Seguiu pela direita. Parecia que já estava andando há horas. As vozes amedrontadas a confundiam. Chegou à última porta que se destacava das demais: preta como ébano, antiga como o pó. Esticou a mão para pegar a maçaneta enferrujada. Entrou.

O rosto a chocou e a deixou aterrorizada. Não era necessário já tê-lo encontrado antes para saber exatamente quem era.

Seu corpo foi atingido pela força afiada novamente. A dor era tão forte que parecia erguê-la no ar. As luzes brilhantes tão fortes que ameaçavam cegá-la.

Rhineheart estava inclinado sobre ela com a sombra de um sorriso no rosto.

— Não vamos perdê-la assim tão fácil.

Mary ficou deitada ali, inconsciente, mas viva. O coração voltara a bater ritmadamente. O doutor olhou para as enfermeiras.

— Avisem-me assim que ela acordar.

Virou-se para a enfermeira Schrier, que estava em pé próxima à cama, com um ar de tristeza nos olhos. Puxou a mulher pelo braço e a levou até um canto.

— Não me importa o que você tenha de fazer. Encontre o marido dela — disse encaminhando-se para a porta. — Não sei quanto tempo ela vai agüentar. Seu estado está se deteriorando rápido demais.

TRINTA

Simon e Michael estavam escondidos na floresta a cerca de 20 metros dos portões negros da propriedade de Finster. Já haviam se passado duas horas e estavam em desvantagem. Simon não gostava nada disso; nem Michael. Não faziam idéia do número exato de homens que teriam de enfrentar antes de conseguirem chegar à casa. Calcularam por alto que seriam cerca de 12. O número fora estimado de acordo com a lembrança que Michael tinha de sua primeira visita, se os pontos de segurança fossem operados por guardas. Mas esse número seria o de um contingente mínimo para alguém com parcos recursos. E esse, definitivamente, não era o perfil de Finster.

E se as chaves não estivessem lá? Se o número de homens fosse mínimo eles teriam a resposta. Mas se as chaves ainda estivessem lá dentro, bem, então, eles teriam de enfrentar um exército. O truque seria entrar na casa sem serem detectados. Era como o pique-bandeira. O jogo infantil que consistia em pegar o prêmio sem ser detectado ou pego pelo adversário.

— O tempo está se esgotando — sussurrou Simon.

O dispositivo que usava no ouvido continha um microfone subvocal ligado ao seu telefone celular.

— *Paciência* — respondeu Paul pelo celular, a voz baixa e distante.

O sinal estava fraco e, às vezes, falhava devido ao número reduzido de torres distribuídas na região rural da Alemanha.

— *Ele vai aparecer.*

Simon não tinha mais tanta certeza, pois já se passara tempo demais, mas não admitiria a derrota.

Meia-noite e meia e a fila do lado de fora da boate não parava de crescer. A corda de veludo vinho continha centenas de joões-ninguém, enquanto quem era alguém passava sem problemas, sendo cumprimentado e acompanhado até a entrada. Havia uma excitação no ar que lembrava Paul da era de ouro de Nova York: *Studio 54, The Tunnel, The Palladium.* As coisas eram diferentes naquela época: a música era melhor (todas as gerações acreditam na superioridade de sua música), as pessoas eram menos esnobes e curtir uma noite não custava metade do seu salário.

Ele estava próximo à porta, pois se identificara antes como um policial de Nova York trabalhando com a Interpol para capturar um fugitivo. Não haveria ataque surpresa, buscas por drogas ou menores de idade ou comportamento obsceno. Paul apenas observaria seu homem de longe e faria uma abordagem discreta no momento certo. O segurança ficou bastante cooperativo depois que Paul explicara a situação a ele e garantira que nada de escandaloso aconteceria. Os 500 euros também foram um bom meio de persuasão.

Paul não tinha a mínima vontade de entrar. Nunca gostara de música *techno*, bate-estaca, com letras incoerentes misturadas com um *rap* sem sentido. Era fã incondicional de Bruce Springsteen. Mas tinha de fazer com que Finster entrasse na boate sem suspeitar do local onde estava entrando. Era a única chance que tinham para que Michael e Simon fossem bem-sucedidos.

— *Paul?* — chamou Simon pelo comunicador que se encontrava na orelha de Paul.

— Sim.

— *Por que seu apelido é Peaches?*

— Você está morrendo de curiosidade, não está? — perguntou Paul apoiando-se na porta.

— *Só quero matar o tempo.*

— Uma namorada antiga da Georgia amava o disco da banda Allman Brothers chamado *Eat a Peach*, e sempre me chamava de "Meu pêssego nova-iorquino".

— *Mesmo?* — respondeu Simon com um tom de suspeita.

— A história do Allman Brothers? — perguntou Michael, que estava deitado na grama observando os portões com binóculos.

Simon concordou com a cabeça e Michael negou com a sua.

— É o nome que a esposa deu para certas partes do corpo dele.

Simon segurou o riso.

Paul estava chateado. Embora Michael não estivesse usando o dispositivo de escuta, era possível ouvi-lo perguntando:

— *O que ele disse? Ele disse...*

— Relaxe — cortou Simon.

— *Relaxar o caramba...*

Mas depois Simon não ouviu mais nada, apenas o silêncio.

— Paul? Ele só está provocando você.

Nada. Bateu no dispositivo.

— Paul, você está ouvindo?

Michael olhou para Simon com uma expressão de dúvida.

— Pare de brincadeira.

Simon estava falando sério.

Finalmente, depois do que pareceu a eternidade, ouviu a voz de Paul informando:

— *Ele está aqui.*

*

A limusine estacionou e dela saltaram três beldades: Audrey, Zoe e Joy. Cada uma mais linda e sensual do que a outra, com os cabelos esvoaçando com a brisa de verão. As mulheres pararam ao lado da limusine enquanto todos observavam Finster sair do carro. As pessoas soltavam exclamações reservadas para os artistas. A multidão abriu espaço para a passagem dele e de suas acompanhantes no tapete vermelho, do mesmo modo que o mar Vermelho se abrira para Moisés. Alguns comentavam, outros assobiavam e acompanhavam a entrada triunfal do gigante empresário e suas beldades.

Paul deixou seu posto de observação e entrou silenciosamente na boate, vigiando em um canto enquanto davam as boas-vindas às celebridades. Viu-os entrando e se encaminhando para a pista de dança. Uma barreira invisível parecia acompanhá-los, fazendo com que os outros clientes abrissem espaço para eles em uma demonstração clara de respeito. As pessoas encaravam Finster ou o ignoravam, completamente enamorados por sua presença ou totalmente inconscientes dela. Uma inconsciência causada por bebidas, drogas ou ego. O carisma de Finster era irresistível, era como se ele fosse o dono da boate, das pessoas e do mundo.

Paul encostou na extremidade do bar e pediu uma dose de Jack Daniel's com gelo. Estava fora do seu hábitat agora. As calças cáqui e camisa jeans o tornavam um alvo fácil saído diretamente de um anúncio da Gap. Em toda a vida nunca tinha visto tantas partes do corpo exibindo piercings. Orelhas, narizes, lábios e sobrancelhas; umbigos, mamilos, bochechas e, até mesmo, queixos. Imaginou quantas outras partes do corpo podiam ter piercings também. E as tatuagens? Já vira muitos criminosos na vida e eles tatuavam vários tipos de coisas na pele, nada muito criativo, a maioria sobre as mães, namoradas ou fantasias. Mas, aqui, o dinheiro corria solto: essas pessoas poderiam comprar a Mona Lisa para o mosaico de seus corpos.

Paul abriu o telefone, enfiou o dispositivo na orelha e apertou o botão de rediscagem. Viu que uma conexão havia sido estabelecida, mas mal podia ouvir a voz de Simon do outro lado, devido à música alta. Bebeu o uísque e disse:

— Tudo certo.

Paul nem esperou a resposta. Desligou o aparelho e o colocou no bolso. Encostou-se no bar e olhou para cima. O teto elevava-se a mais de 30 metros de altura, mas ele conseguia ver os grossos caibros de madeira colocados mais de 200 anos antes. A névoa de fumaça era densa ali. Tentou imaginar o choque do arquiteto original se ele tivesse sobrevivido para ver o dia em que sua obra-prima foi profanada nesse futuro imprevisto. A música continuava alta enquanto os corpos contorciam-se em uma orgia sexual vestida. A bebida corria solta e havia drogas em abundância. Um dia moderno de Sodoma e Gomorra. Essa era a melhor representação do hedonismo.

Paul ficou no bar; não para beber, mas porque esse local ficava exatamente entre Finster e a saída. A única saída. Paul não conseguia acreditar nos corpos que apinhavam o lugar. Devia haver cerca de quinhentas pessoas ali dentro e, facilmente, o dobro do lado de fora esperando. Uma armadilha em caso de incêndio, e isso o fez parar para pensar, com todo o medo que tinha de fogo, mas ele poderia superar isso agora. Só havia uma saída e Finster não sairia sem que Paul soubesse. O plano estava em andamento agora e ele até começou a sentir um pouco de esperança. Simon e Michael deviam estar bem. Fora um risco. Finster poderia ter ido a vários lugares esta noite em vez desta boate, chamada Rapture, um nome que combinava muito bem com ela, mais do que as pessoas imaginavam.

Finster estava aqui. E até onde Paul sabia, não sairia dali tão cedo.

Al Graham servira na Guarda Nacional e estivera na missão Tempestade do Deserto, embora tivesse chegado em 28 de fevereiro de 1991, o último dia de luta, e não tivesse participado de nenhum combate. Na verdade, Al nunca usara uma arma em combate. Ficara sob o comando do coronel T. C. Roberts, um idiota mesquinho, um fuzileiro capaz de assustar até mesmo um escorpião com uma careta. O coronel havia entrado em contato com ele há quatro semanas, atraindo-o com essa tarefa fácil e extremamente bem paga. E, se tivesse sorte, poderia atirar em um ser humano para variar um pouco.

Al estava de vigia junto com Javeed Waquin a 23 metros de distância na entrada. Eles eram os guardiões do portão, mas como os portões eram bem fortes, não prestavam muita atenção a eles. Nunca ocorrera qualquer tentativa de invasão da propriedade do Sr. Finster e, de qualquer forma, quem seria tolo o suficiente para desafiar as precauções de segurança e os guardas? O coronel os informara de que esta seria a última noite de serviço deles e que, como resultado do alto padrão dos serviços prestados, ambos receberiam um bônus de cinco mil dólares na manhã seguinte. Para melhorar ainda mais, o coronel lhes oferecera uma posição de "guardiões da paz" de algum país africano presidido por um ditador militar que estava começando a enfrentar algumas revoltas. Seis meses de pagamento adiantado e a garantia de que, nesse serviço, usariam suas armas. Mas Al e Javeed não tiveram a menor chance. Morreram antes mesmo de atingir o solo.

Michael executara um trabalho rápido com os monitores de laser Hiecen, criando rapidamente um caminho alternativo. Ele e Simon escalaram o muro e pularam na floresta que circundava a alameda de entrada. Simon retirou os fones de ouvido de Al, limpando o sangue. Depois pegou o rádio de comunicação que se encontrava na cintura dele, colocando tudo no chão, ao lado de sua mochila. Simon abriu-a e pegou uma pequena caixa preta, do tamanho de um livro de bolso, que continha vários alto-falantes e LEDs. Não usava um analisador de freqüência há muito tempo, mas era fácil. Conectou os fones de ouvido sujos de sangue e apertou o botão. O som de estática parou quando o rádio entrou no modo de fala. Ainda funcionava. Pegou a pequena caixa preta e levantou a antena. Apertou o botão novamente. A caixa entrou no modo de varredura. Depois de cerca de três segundos, um LED verde se acendeu e a tela exibiu uma freqüência de rádio. Simon prendeu a caixa no cinto.

A floresta que ficava na propriedade de Finster era densa e escura como carvão. Simon usava um monóculo de visão noturna no olho esquerdo, movendo-se de forma cautelosa enquanto esquadrinhava o caminho. Michael estava bem atrás dele, esforçando-se para não perder Simon de vista. Quanto mais perto chegavam da casa, maior o aperto que sentia no estômago. O mau pressentimento que o atormentava desde a primeira morte crescia a cada passo. Ambos carregavam armas HK MP5. Simon tomara a liberdade de modificá-las para instalar um silenciador em cada uma. Eram armas de modo dual, capazes de disparar apenas um tiro ou, quando o gatilho era puxado até o limite, catorze tiros por segundo. O padre passara boa parte da tarde anterior e início da noite ensinando Michael a lidar com o sortimento de armas. Como evitar que uma metralhadora se eleve ao atirar, como manter a arma estável, como marcar o alvo e não hesitar. As pistolas nove milímetros continham 17 balas mais uma que ficava na agulha. Simon não perdeu tempo ensinando a Michael como lidar com o rifle Israeli Galil para atiradores de elite, já que levava anos para se tornar um exímio atirador. E um exímio atirador de elite tinha de ter o dom.

O rádio no ouvido de Simon começou a funcionar:

— *Verificação.*

— *Alfa* — respondeu uma voz profunda.

— *Bravo* — respondeu a próxima.

— *Charlie... Delta... Edward... Francis... Gary...* — cada uma com uma voz diferente, cada uma respondendo de um modo ensaiado. — *Hooper... Isaac... Jack...* — uma breve pausa — *Luke... Mark... Nathan... Oscar* — outra pausa e — *Quint... Richard... Steven... Thomas.*

Uma voz diferente com um tom autoritário falou:

— *Kevin? Paul? Voltem.*

Simon imediatamente apertou o botão de freqüência no cinto, apertou duas vezes enviando um sinal estático pela banda.

— Problemas no sinal — claro que a pessoa do outro lado ouviu apenas "Pro.... nal".

— *Mantenham a posição. Vou mandar alguém.*

A resposta de Simon foi apenas pressionar mais uma vez o botão. Pegou Michael pelo braço e moveram-se em direção à alameda. Ouviram uma motocicleta ser ligada, o motor roncando alto.

— São dezoito, mais o comandante — afirmou Simon enquanto caminhava.

Pegou o rifle Galil que possuía um poderoso monóculo de visão noturna.

— Dezenove guardas — repetiu Michael. — Como passaremos por eles?

Simon encaixou o silenciador na extremidade do cano e não respondeu.

A motocicleta estava mais próxima. Simon deitou-se na grama. Desdobrou sua coronha, armou o bipé e encaixou a terça parte anterior no cano e armou o rifle. A luz da moto que se aproximava brilhava através das árvores. Colocou um cartucho de vinte tiros e mirou bem no meio da alameda.

— Dezenove — repetiu Michael.

O ronco da moto estava cada vez mais próximo. Simon continuava concentrado na estrada. O brilho do farol da moto iluminou o caminho à frente deles. O motoqueiro estava próximo. Simon encolheu os ombros, alongou os dedos, virou o pescoço. Colocou o olho no dispositivo em que se encontrava a lente. A moto estava a cerca de 18 metros de distância. Andando a sessenta por hora. Simon inspirou fundo e segurou a respiração. E sem aviso, puxou o gatilho.

O som abafado produzido pelo rifle com o silenciador parecia o de uma arma de brinquedo. O guarda caiu para trás, pois Simon o atingira bem no meio da testa. Atingiu o solo, quicando e rolando como um saco de ossos. A moto continuou seu percurso, desgovernada, até bater em uma árvore da floresta. O guarda parou bem na frente deles; o estado do corpo estava bem pior do que o das roupas. Simon não perdeu tempo. Jogou o rifle para as costas e agarrou o corpo e, com a ajuda de Michael, puxou-o para a floresta.

A fumaça enchia o lugar, o cheiro de cigarro impregnando as roupas. Paul odiava essa cena: música alta sem uma letra coerente que parecia uma fábrica de concreto; as luzes piscando, deixando pontos negros nos olhos. Será que isso era muito diferente de quando era jovem? Nunca sentira a diferença de gerações como sentia ali, naquele descendente alemão bastardo do Studio 54.

Já fazia uma hora e o poderoso homem de cabelos prateados continuava na pista de dança acompanhado pelas três lindas beldades daquela noite, exibindo a energia de um adolescente. Não parara para beber ou para descansar. O cara devia ter tomado alguma coisa. Ninguém agüentava tanto tempo, movendo-se com aquela intensidade. Nenhum deles parecia suado ou cansado; na verdade, pareciam tão bem quanto ao chegarem.

Queria ligar para Michael, mas temia que o telefone acabasse sendo um fator de distração. Seu único trabalho esta noite era fazer com que Finster não saísse da boate. Finster estava totalmente sem poderes. A julgar pelo modo prazeroso como dançava, ele não iria a lugar nenhum. Michael e Simon teriam todo o tempo de que precisavam. E, enquanto bebia e olhava para as lindas mulheres, Paul pensou que tinha recebido a tarefa mais fácil da noite.

Finster e suas acompanhantes continuavam dançando. Misturando-se na multidão. Movendo-se pela pista de dança. Pulando. Ocasionalmente, ele se virava para outros clientes, dançando de um modo sedutor com as mulheres mais maravilhosas da boate. E o que Paul achava incrível era que as mulheres ficavam totalmente enamoradas. Ninguém ignorava o homem de cabelos brancos quando ele se aproximava, todas se esqueciam instantaneamente dos respectivos namorados. Mas ninguém reclamava, parecia ser uma noite em homenagem a Finster. Talvez todos esperassem obter um pouco da magia que ele emanava. De repente, Paul percebeu de onde vinha a energia que parecia emanar no bilionário: ele se alimentava da inveja, da luxúria, do modo como as pessoas pareciam enfeitiçadas na sua presença.

Enquanto a música continuava, todos os clientes pareciam ser atraídos para Finster, como se o seu magnetismo os prendesse. Paul observava o estranho comportamento dos seres humanos e não conseguiu compreender o que se passava. Era isso que Finster desejava: era o tipo de poder que usava quando queria, extremamente confiante em si mesmo. Ele podia ser o pior tipo de líder *cult*, seu carisma conquistando milhares de seguidores, fazendo com que Jim Jones ou qualquer outro líder fanático suicida parecesse apenas líder de um grupo de escoteiros. Talvez fosse assim que conseguisse ser bem-sucedido no mundo dos negócios: usando o charme para conseguir negócios vantajosos, sua atração funcionando como uma faca, um aliado letal para derrubar os oponentes.

A música ficava cada vez mais frenética e todos estavam cativos, dançando em volta de Finster, olhando para ele embevecidos como se ele fosse o chefe da tribo. Todos os olhos estavam concentrados nele. Os atendentes do bar, o DJ, toda a multidão que lotava a boate. Todos olhavam para ele, menos uma pessoa.

Audrey. Ela estava olhando para o bar. Finster seguiu seu olhar, enquanto diminuía o ritmo da dança. E foi quando viu Paul. Parecendo óbvio demais no seu ponto de observação no meio daquela massa de arianos.

O feitiço se quebrou, acabara a conexão. Todos voltaram para seus mundinhos. Finster voltou-se para Audrey, que tremia como se estivesse prestes a encarar a própria morte, sentindo um medo frio e aterrorizante cobrindo suas belas feições. Fora enganado, acreditara em uma falsa sensação de segurança. Finster não precisava de apresentações para saber que o estranho apoiado no balcão era Paul Busch. Não fazia a menor idéia do que o policial americano fazia ali, mas ele certamente não estava morto. Assim como Michael e o maldito padre também não deviam estar.

Teria de lidar com a falha de Thal mais tarde.

Tinha de chegar às chaves.

Audrey encolheu-se como se esperasse um soco, aguardando a morte. Zoe e Joy continuavam dançando como se não percebessem o terror de Audrey. Suas mãos ainda tocavam Finster, tentando atraí-lo de volta para a dança. Amaldiçoando-as, ele se afastou delas e encaminhou-se para a saída, tirando todos do caminho. Mas dessa vez a multidão não se abriu como o mar Vermelho. A parede de pessoas parecia ficar cada vez mais grossa conforme ele se aproximava. Seus olhos estavam flamejantes. A raiva prestes a explodir. Bateria em qualquer um que ousasse entrar em seu caminho. Tinha de sair dali e voltar para casa. Custasse o que custasse.

Paul fora pego e sentiu o pânico crescer dentro de si. Ficou paralisado enquanto assistia sua presa encaminhar-se para a saída, abrindo caminho entre a multidão. A música que castigava seus ouvidos um pouco antes parecia ter desaparecido e um silêncio mortal o envolvia, enquanto via o plano se desfazer diante dos olhos. Se Finster saísse por aquela porta, não havia como Simon e Michael terminarem o trabalho.

*

Chegaram ao jardim inglês ao sul da mansão, todo iluminado por holofotes. Michael não havia notado a grandiosidade da casa na primeira visita. A propriedade era realmente vasta, estendendo-se pelo terreno como um monstro pré-histórico. A fachada de pedra trazia sombras distorcidas esculpidas à mão. De repente, compreendeu a atração que o lugar exercera em uma pessoa como Finster: ela não era apenas uma afirmação de poder, mas representava um desafio para os que fossem tolos o suficiente para tentar penetrá-la.

Simon abriu o par de apoios em forma de V para o rifle Galil, colocando-os sobre um muro de pedras que ficava na penumbra. Tudo parecia deserto. O padre ligou a interferência de rádio, cortando todos os sinais de comunicação entre os 18 mercenários que restavam. Era uma questão de tempo até que entrassem em pânico, isolados em suas posições sem comunicação, o que era uma aflição comumente experimentada por muitos soldados. Eles precisavam estar em constante comunicação com o comando e, para chegar à precisão militar, tinham de agir de acordo com as ordens recebidas. Mas quando perdiam o contato com o comando, tornavam-se navios sem rumo, girando em círculos, prestes a naufragar.

Simon examinou a parte da frente da mansão, estudando seus detalhes, janelas e portas. Analisou o primeiro andar, o segundo e, por fim, o terceiro. Algo chamou sua atenção. No telhado de ardósia azul. Notou um movimento. Havia três homens ali. Colocados atrás de frisos e parapeitos decorativos. Todos tocavam os ouvidos, sussurrando entre si, provavelmente preocupados pela perda abrupta de comunicação.

Simon mirou no que se encontrava mais distante, o tolo usava um boné branco com a viseira voltada para trás, que voou de sua cabeça por algo que poderia ser confundido com uma brisa, não fosse a súbita mudança de cor. A bala atravessara a cabeça do homem.

Simon mirou agora no atirador que se encontrava no meio, que se virara para verificar o barulho que ouvira. O atirador acabara de registrar a morte do colega, quando se juntou a ele. Parecia que o terceiro atirador estava com mais sorte, pois encontrava-se agachado atrás de uma fachada de pedra, apontando o rifle em várias direções, em busca de um alvo.

E foi neste momento que os outros guardas começaram a se reunir na frente da mansão, como um rebanho perdido e confuso, todos batendo nos ouvidos e falando em tom abafado. O atirador viu os companheiros reunidos embaixo e inclinou-se sobre o parapeito para avisá-los, mas não teve tempo. O padre puxou o gatilho. O homem oscilou sobre o parapeito e caiu, o rifle preso nas mãos enquanto caía silenciosamente. Os guardas encolheram-se em choque, dispersando-se e xingando enquanto o corpo do companheiro ficava ali estendido e quebrado aos seus pés.

Simon não perdeu tempo. A confusão reinava enquanto os demais guardas corriam em busca de cobertura e as balas de Simon atingiam o chão e as paredes. Corpos caíam e o sangue escorria.

As notícias voaram e alguns dos guardas, que pareciam ter experiência e mantiveram calma, conseguiram localizar a posição de Simon pelo fogo que saía do cano do rifle que cuspia balas sem parar. Posicionando-se entre os carros e o muro, começaram a revidar.

Michael encostou-se no muro, enquanto as balas passavam voando por ele, batendo nas pedras e atingindo as árvores. Compreendia agora o medo que os soldados que ficavam paralisados enfrentavam, sem conseguir se mover ou atirar. Não importava o tipo de treinamento básico que um soltado recebia, ninguém podia prever o desempenho de um homem no campo de batalha até que estivesse sob fogo cruzado. Michael olhou para Simon, mas o padre parecia nem piscar, continuando seu ataque. Ele era extremamente eficiente, como um jogador de basquete acertando todas as cestas em um jogo perfeito. Atirava sem parar, com uma precisão letal, pegando um novo cartucho, mantendo um ritmo perfeito enquanto as cápsulas vazias caíam no chão.

Michael só conseguia pensar nos Cavaleiros Templários, os guerreiros de Deus, os primeiros a atacar e os últimos a bater em retirada durante as Cruzadas. Mas a História não fora sempre assim? Moisés matara os homens de Ramsés com o mar Vermelho... os cavaleiros em cruzada pela Cristandade... sem mencionar a Inquisição. No decorrer da História, a Igreja na prática e a Igreja pregadora não estavam sempre diametralmente em oposição? Mas sempre em nome de Deus. Sempre em busca do bem maior. E os que lutavam em nome da Igreja acreditavam com toda a fé que estavam lutando pelo bem. Michael conseguia ver esse fervor em Simon enquanto ele derrubava os homens à sua frente. Sem remorsos, sem hesitação. Simon tinha um e apenas um objetivo: recuperar as chaves de sua Igreja.

Foi o ponto vermelho que chamou a atenção de Michael, indo de um lado para o outro procurando por um alvo na escuridão, como um vaga-lume errante em busca de um lugar para pousar. O ponto parou nas costas de Simon e foi subindo até o pescoço. Simon não tinha consciência da marca mortal e continuava o ataque. O medo de Michael extinguiu-se. Levantando a HK, atirou, a cascata de balas atingindo a floresta enquanto movimentava a arma de um lado para outro, mirando na escuridão onde se encontrava o atirador não visto. Ele esvaziou o cartucho e colocou um novo, sentia o nariz arder devido ao cheiro acre de cordite. O ponto vermelho desapareceu. A fumaça se dissipou, mas Simon não chegara nem a piscar, os olhos ainda presos nos alvos, atirando sem parar. Havia oito corpos estendidos no chão.

— Deve haver mais deles — sussurrou o padre sem levantar os olhos.

Michael olhou para a floresta. Sempre adorara a escuridão, o modo como ela o envolvia, o abraçava e o protegia. Mas agora ela protegia os outros, ocultando-os enquanto aguardavam para matá-lo. Relutante, verificou a arma e, depois, rastejou até as árvores.

— Conte quantos matou — orientou Simon, enquanto Michael se afastava em direção às sombras.

Conte quantos matou. Isso se não fosse morto antes, pensou Michael, enquanto levantava. As luzes da mansão haviam desaparecido atrás das árvores. Cautelosamente, olhou o lugar, segurando a arma da maneira que Simon lhe ensinara. Os nós dos dedos estavam brancos pela força que fazia. Desenhara em sua mente uma linha que ia do ponto vermelho nas costas de Simon até sua origem.

— Um — murmurou Michael, quando sua bota tocou o corpo que jazia no chão.

Inclinou-se sobre o corpo, sem saber ao certo o que procurava, quando a árvore a sua direita foi atingida por tiros, fazendo com que fragmentos de madeira voassem para todos os lados, ferindo seu rosto. Rolou para a esquerda, tentando se afastar da árvore atingida, apontando a arma na direção de onde vieram os tiros. Como resposta, recebeu uma rajada furiosa de tiros. Sentiu o braço queimar quando uma bala penetrou sua pele. Estava caído e não tinha experiência suficiente para lidar com a situação. Afinal, esse não era o seu tipo de jogo. Seus conhecimentos se resumiam a sistemas eletrônicos e de alarme. Era um ladrão e estava fora do seu elemento.

Pressionou o corpo contra uma árvore, esperando que o tamanho do tronco fosse suficiente para protegê-lo. Simon ensinara-o a atirar em latas de refrigerante; e latas não se moviam. Esses alvos eram móveis e atiravam de volta. Não sabia se os outros tinham se juntado e, se não conseguia senti-los, Simon certamente havia morrido. E foi quando olhou para cima. Pendurou o rifle nas costas. Fez uma pausa, aguçou os ouvidos para detectar algum ruído. Como não ouviu nada, ficou em pé e começou a escalar.

*

Doze. Simon sentia-se estranhamente confortado. Algo que não sentia há anos. Por mais peculiar que parecesse, sentia-se em casa. E embora devesse se sentir culpado por estar tirando vidas, não se sentia. Afinal, aqueles homens protegiam o mal. Eram o pior tipo de soldados que podia existir, os que vendiam sua lealdade pelo maior preço. Não conseguia sentir remorso quando eles caíam mortos. Deixaria o julgamento deles para a vida após a morte — se ela ainda existisse depois dessa noite.

O tiroteio clareara seus pensamentos, forçando seus sentidos a reagirem com base no instinto. Haviam se passado 15 anos desde que servira ao exército italiano, mas era como se não tivesse passado um dia sequer. Só participara de um tiroteio como esse três vezes na vida e isso o energizava; ele crescia quando estava sob pressão. E se isso não era pressão, então o que era? Durante todo o tempo, em nenhum momento esquecera sua vocação, a vocação de padre. Um padre que tinha uma sanção especial para proteger a Igreja e suas crenças, a todo custo. Cada vez que puxava o gatilho fazia uma oração simples de louvor, renovação e perdão. Era a mesma oração que rezava sempre que derrubava um homem. Uma oração que já rezara mais vezes do que podia contar.

Lutava contra a dor no ombro direito. A bala passara direto, seu calor cauterizando parcialmente a ferida na entrada, mas a saída era outra coisa. Sentia o sangue encharcar a camisa. O tiroteio parara. O silêncio o envolvia. A tática que usara para confundir os guardas funcionara e ele conseguira eliminar uma boa parte deles. Os que restavam, porém, agora estavam preparados e estariam caçando os invasores. Eram os mais fortes e mais difíceis de matar. Mas era o oponente final o que representava o maior desafio.

O coronel T. C. Roberts saiu da casa, um homem forte com cerca de 1,80 m e cuja largura do tórax devia ter quase isso. Olhou à sua volta, vendo os corpos estendidos; não fazia idéia de quantos pereceram ou quantos estavam a postos. O rádio estava fora de operação, pois algo estava causando interferência no sinal.

Embora não fosse mais um fuzileiro, Roberts mantivera o título, pois era um modo de estabelecer imediatamente a hierarquia de comando e conquistar o respeito de seus homens. O tratamento que costumava dispensar aos soldados simplórios não fora visto com bons olhos pelo alto-comando, principalmente quando infligira castigos físicos, incluindo até a morte. O fato de ter dado o golpe fatal na cabeça de um jovem sulista com a coronha do rifle e ter colocado a culpa no sargento sob seu comando lhe rendera poucos aliados durante o julgamento. Mas escapar da prisão fora fácil, e encontrar soldados e fazer fortuna mais fácil ainda. Roberts conhecia muitos soldados que lutaram sob seu comando na missão Tempestade no Deserto que não haviam ficado satisfeitos com o rápido combate. Nem sempre eram os soldados mais talentosos, mas eram os que tinham um desejo latente. Um desejo que ia além do dinheiro; um desejo de sangue.

Roberts passou a mão pela cicatriz ao longo do nariz. Ela começava no olho esquerdo, passava pelo nariz e chegava até a bochecha direita, e fora causada por um vagabundo bêbado dois anos antes. Claro que o vagabundo não sobrevivera para contar a história, mas Roberts o amaldiçoava todos os dias por ter desfigurado o seu rosto. Ninguém entraria na casa. Essa fora uma promessa que fizera a Finster e que manteria a qualquer custo. Estava na dúvida se deveria ligar para o celular do chefe, mas desistiu. O melhor seria controlar a situação, atenuar os danos e pôr um fim ao ataque. Haveria bastante tempo para avisar o chefe e relatar o ocorrido.

Ligou o alarme da casa e ficou na *porte-còchere* de onde observou o terreno bem iluminado. Não conseguia enxergar além da área iluminada, embora amaldiçoasse mentalmente a burrice de seus homens. Eles ficaram completamente descobertos, alvos fáceis de serem atingidos. Roberts pegou seu Colt e, em uma rápida sucessão de tiros, apagou todas as luzes. Fora necessário apenas um tiro por holofote, que explodia em fagulhas e se apagava. A propriedade estava às escuras. Acabara de tentar igualar o campo de batalha, tirando a vantagem do inimigo. Era hora de virar o jogo.

TRINTA E UM

Paul abriu caminho entre a multidão que dançava, a música castigando os seus ouvidos. Parecia que tentava se locomover em um pântano, considerando o progresso que fazia. Os jovens e bonitos não davam brechas. Não tinham consciência do pânico que crescia dentro dele. Alguns poucos chegaram a dar cotoveladas ou mesmo esbarrar no americano totalmente fora de lugar.

Finster os conhecia e sabia como tirá-los do seu caminho de forma fácil, enquanto lutava para sair da boate lotada e ir para casa. O bilionário havia sido envolvido pelo momento, permitindo-se uma última noite de diversão. Toda a luxúria, a inveja — ele se tornara exatamente igual àqueles a quem manipulava. E embora houvesse uma força militar que contava com 21 homens em casa, sabia que podiam falhar. E não estava prestes a perder tudo pelo que lutara. As chaves eram o seu destino.

Finster tinha uma vantagem sobre o policial americano. Estava na pista de dança, apenas a vinte metros da porta. Perdera o policial de vista, nada que fosse importante. Não havia um homem que realmente preocupasse Finster, que tinha total confiança em si mesmo e em suas habilidades. Seu único pensamento agora eram as chaves e como mantê-las longe das mãos do padre e do ladrão. Dez metros da porta e, então, bateu em uma parede. Uma parede humana. Paul estava ali, com todo o seu peso e altura.

— Saia da frente! — gritou Finster tentando se fazer ouvir, usando um tom frio.

Paul manteve-se em silêncio. Encarou o homem que muitos reverenciavam. O homem que causava tanto medo em Michael.

— Você sabe quem eu sou? Posso cegá-lo antes que possa piscar — afirmou Finster, sem poder conter a fúria verbal, embora o corpo estivesse sob controle.

Paul finalmente conseguiu ver o homem. Não uma fotografia ou um videoteipe. Aquele era Finster. Havia algo atemorizante e artificial nele, um mau presságio na sua postura que contrastava de forma estranha com a raiva que sentia. Ele possuía uma aura que funcionava como um campo magnético à sua volta. E quando Paul olhou nos olhos de Finster, pensou que pareciam *errados*. Como algo que nunca vira antes. Não dava para explicar, mas eles não mentiam. Não eram os olhos de um homem; eram os olhos do mal. E contra toda a lógica, Paul finalmente acreditou em Michael e Simon. Fosse qual fosse sua religião, aquele homem era a encarnação das trevas. Mas, naquele exato momento, ele não dava a mínima para isso.

— Você não pode me cegar. Não aqui — respondeu Paul.

Finster não compreendeu e tentou passar por Paul. Mas o gigante não desistiria tão fácil.

— Você não faz idéia de onde está — disse Paul confiante.

Finster aproximou-se do rosto de Paul.

— Saia do meu caminho antes que eu...

— Você está em um local sagrado — informou-lhe Paul. — Este lugar — disse movendo as mãos para indicar o lugar — era uma igreja, consagrada em nome de Deus. Um santuário.

Finster olhou à sua volta, frustrado, e ferveu de raiva. Realmente estava em uma igreja. Os vitrais de quatro metros e meio representavam à Via Sacra com riqueza de detalhes. Na extremidade oposta à porta, havia uma plataforma elevada, um altar de mármore no qual o DJ colocava sua música. Os bancos eram de madeira. A sacada: a galeria para o coral. O formato da boate agora era óbvio: uma cruz.

— Pessoalmente, acho isso meio estranho, mas hoje à noite, este lugar serve muito bem aos meus propósitos — disse Paul começando a sorrir.

— Que seriam? — perguntou Finster começando a manifestar sua fúria de forma física, pois o rosto havia se tornado vermelho e o corpo tremia de raiva.

Paul pegou o braço de Finster e o apertou firme para enfatizar seu ponto de vista.

— Manter você aqui dentro, sem saber de nada e sem poder fazer nada.

Finster lutou, mas não conseguiu soltar o braço.

— Você está preso no único lugar no qual é proibido de entrar... e...você não tem saída.

Paul sorriu de orelha a orelha. Havia derrotado aquele que era considerado invencível.

Michael já se encontrava a 15 metros de altura e continuava a subir. Os movimentos eram fáceis, mas fazê-los de forma oculta provara-se muito difícil. O controle que fazia para manter o silêncio no meio dos galhos minava sua energia. Estava tirando proveito da escuridão e do tiroteio distante para abrir caminho entre as copas das árvores. O ferimento no ombro fora superficial e não sangrara muito. Ainda assim, as pontas dos dedos estavam machucadas, e seus pés davam sinais de que não agüentavam mais. Perguntava-se se conseguiria pegar as chaves antes que Finster voltasse para casa.

O som de folhas estalando no chão chegou aos seus ouvidos. Michael congelou. Movendo-se nas sombras abaixo dele, conseguia delinear a forma de um homem agachado no chão, ocultando-se nas árvores enquanto avançava. Um dos soldados de Finster. Michael encaixou-se entre dois galhos, posicionando-se de forma silenciosa. Pegou o rifle que carregava nos ombros e o apontou para baixo. Teria de acertar de primeira, pois queria preservar sua posição, sem revelá-la aos demais soldados. Se revelasse sua posição, estaria morto. Não havia para onde ir agora que estava aqui em cima. Por um breve instante, pensou em deixar o homem seguir caminho para, então, descer. Não tinha se dado conta da posição difícil em que se colocara. Sentado no alto de uma árvore, tornara-se um alvo restrito e parado.

O homem parou bem embaixo dele. Michael preparou-se e mirou bem na cabeça do guarda.

O guarda caiu exatamente onde estava. A bala perfurara seu crânio, descera pela garganta e pelo corpo. Michael olhou em volta.

— Dois — sussurrou, contando os corpos.

Aguardou um momento e desceu. Ele adorava escalar, mas estava tão acostumado com prédios de tijolo e cimento que esquecera do prazer que sentia em subir em árvores durante a infância. Nelas encontrava excelentes lugares para encaixar os pés e as mãos, além de poder se apoiar nos galhos. Pensou que seria bom poder voltar a ser criança; assim, pelo menos, não precisaria estar ali. Pulou os últimos dois metros, pousando ao lado do corpo do guarda. Inclinou-se para verificar se ele havia morrido.

— Não se mexa — Michael não sabia dizer de onde a voz vinha. — Mãos para o alto.

Alguém atrás dele retirou o rifle de suas costas. O cano de uma arma encostou na cabeça dele, empurrando-o para a frente.

— Quantos são? — perguntou o soldado.

Michael não respondeu e levou uma pancada na cabeça.

— Responda, seu filho-da-puta!

O nome do soldado era Jax, mas ele não forneceu essa informação a Michael, enquanto batia com a arma na parte inferior da coluna do seu novo prisioneiro para que ele caísse de joelhos, sentindo uma forte dor nos rins. Michael perdeu o fôlego. Ouviu o som alto provocado pelo metal, enquanto o rifle era engatilhado. O soldado colocou a arma no ouvido de Michael, pressionando a cabeça dele contra o chão e Michael sentia o cheiro de pinhos.

— Você tem dez segundos — afirmou o mercenário.

— OK — respondeu Michael, com os pensamentos a mil por hora. — Vou mostrar onde eles estão.

— Levante-se.

Com esforço, Michael conseguiu levantar e rezou que estivesse seguindo na direção certa.

— Temos uma missão aqui, cara — disse, tentando aliviar o clima, mas o soldado nada respondeu. — Deve ter um exército enorme aí dentro, não é? — continuou Michael, andando com as mãos para o alto.

Os passos do soldado soavam nos ouvidos de Michael. Michael tinha certeza de que o soldado atiraria em suas costas caso lhe desse algum motivo. Eles saíram na clareira onde Simon estivera. Mas parecia óbvio que ele não se encontrava mais ali. O cheiro de pólvora enchia o ar e, de onde estavam, podiam ver a pedra onde o rifle de Simon descansara.

— Bem? — perguntou Jax, suspeitando que havia algo errado.

Michael olhou em volta, sem fazer idéia de onde o parceiro tinha ido. Olhou na direção da mansão às escuras, nada mais do que uma sombra monstruosa sob o céu noturno.

— Continue andando — ordenou o soldado, cutucando suas costas com a arma e empurrando-lhe na direção da casa. Enquanto andavam pelo caminho de entrada, outros saíram das sombras que os ocultava. Havia cinco soldados, todos armados até os dentes: revólveres, rifles, uma faca de sobrevivência em cada perna.

— Alguém mais? — perguntou Jax aos seus companheiros.

— Ninguém — respondeu o soldado. — Você acha que era só um?

— Acho que havia pelo menos dois — replicou Jax.

Michael não sabia quem estava falando, mas nenhum deles exibia a autoridade de um líder. Sentiu um pouco de esperança no coração. Pelo menos, não haviam pegado Simon. Ou então, o padre poderia ter sido atingido, caído em uma poça de seu próprio sangue.

— Onde está o coronel? — perguntou Jax.

— Não o vi desde o tiroteio.

— O que você vai fazer com ele? — perguntou um dos mercenários.

— Torturá-lo, descobrir o que planejava e depois usá-lo como alvo na prática de tiros. Então — disse voltando-se para Michael. — O que há de tão importante na casa que o fez enfrentar 21 guardas.

— Não são mais 21, são? — retorquiu Michael.

Quando seu rosto atingiu o chão, arrependeu-se da atitude de macho que quis ter. Não sabia ao certo quem o atingira, mas agora era mais de um. Curvou o corpo tentando se proteger dos golpes que o atingiam. Os chutes que levava nos flancos eram os piores. Sentia as costelas quebradas e era difícil respirar. Sentiu o gosto de sangue na boca, enquanto lutava para se manter consciente. Os mercenários estavam em volta dele, como um bando de hienas famintas, rindo e falando enquanto acabavam com a presa indefesa. Enquanto Michael mal podia manter a consciência, percebeu que as perguntas que faziam davam mais informações sobre eles do que conseguiriam descobrir sobre Michael.

— Quantos?

— Para quem trabalha?

— O que você quer?

— Por que tentar atacar um pacato homem de negócios?

Eles não fazem idéia de nada. Esses homens não faziam idéia de quem Finster era, acreditando que trabalhavam para um respeitável homem de negócios. Não sabiam o que havia embaixo da casa. Michael olhou para cima de forma desafiadora, encarando Jax, seu interrogador. Ele tinha um rosto frio, sem vida. O pouco cabelo que tinha era grisalho sobre as orelhas. E seus olhos... Eram um pequeno poço de sanidade. Michael ouviu Jax falar algo sobre uma corda no pescoço, mas tudo ficou confuso, quando apagou.

TRINTA E DOIS

Paul e Finster estavam cara a cara, olho no olho. O sorriso que Paul exibia teria deixado seu dentista orgulhoso. As pessoas na boate ignoravam totalmente o confronto. A música ainda tocava e os dançarinos ainda giravam na pista de dança. Paul não sucumbira às crenças de Simon antes e achara o plano de Michael bobo. E, ainda assim, aqui estava ele, segurando o homem pelo braço, e tudo o que Finster conseguia fazer era um esforço vão.

O pânico tomara conta de Finster e isso era totalmente novo para ele. Pensava loucamente, procurando uma solução. Nunca se sentira tão fraco e impotente na vida. Estava preso naquele lugar opressivo. As imagens nos vitrais eram como gritos no seu coração negro. As paredes de mármore pareciam se fechar à sua volta. O riso no rosto do homem enorme à sua frente sufocava a vida que havia dentro dele.

E, então, Finster teve uma idéia e olhou, triunfante, para a alma de Paul e sorriu. Finster começou a ferver. Literalmente. Revirou os olhos, deixando apenas a parte branca aparecer. As mãos tremiam e se sacudiam. A boca abriu-se e uma espuma começou a se formar nos lábios. O corpo começou a tremer violentamente, como se tivesse tendo um ataque epilético. A cabeça sacudia para a frente e para trás até que ele caiu no chão. O corpo estremecia no chão, parecendo manteiga derretendo sobre uma chapa quente, os punhos fechados e a cabeça batendo de um lado para o outro, quicando no chão da pista de dança. As pessoas começaram a notar e a se afastar, abrindo espaço para o que acreditavam ser uma overdose.

A expressão dos olhos de Paul mudou de triunfo arrogante para medo total. Paul não sabia o que pensar enquanto Finster se debatia em um ataque incontrolável a seus pés. As pessoas começaram a se juntar em volta, formando um círculo. Alguns estavam curiosos e fascinados, outros amedrontados. O grito de uma mulher sobressaiu-se à musica. Paul foi afastado por três homens que pegaram Finster, carregando o homem que sofria um ataque até um sofá nas grutas. Parecia que esse era um procedimento de rotina para aqueles homens que, provavelmente, levavam algumas pessoas com sintomas de overdose até o andar de baixo todas as noites. O trabalho deles era se assegurar de que a morte não ocorresse dentro da boate, pois não poderiam lidar com as questões levantadas em um inquérito, não com a forma de diversão que promoviam ali.

A multidão crescente seguiu-os com uma curiosidade mórbida até o saguão, fascinados com o que ocorria com o pobre coitado com quem dançaram e se divertiram havia pouco. Tratava-se de uma celebridade no meio deles e, se tivessem sorte, poderiam dizer que haviam presenciado sua morte. Paul foi ficando cada vez mais distante de Finster.

Mais rápido do que Paul poderia imaginar, apareceu uma maca. Os seguranças rapidamente colocaram Finster sobre ela. A multidão era grande, praticamente metade das pessoas que lotavam o salão estavam em volta de Finster, mantendo Paul afastado. Ele gritou para que o deixassem passar, mas a música alta ainda tocava e ele foi totalmente ignorado. Era apenas um policial americano impotente em um país estranho. Estava trabalhando sem cobertura, autoridade ou jurisdição e estava muito afastado de Finster quando o levaram para fora. Apareceram mais seguranças para conter os curiosos enquanto os médicos cuidavam do famoso industrial.

Paul tentou abrir caminho no meio do mar de pessoas que surgiam na rua, passou por *paparazzi*, por esperançosos contidos pelas cordas de veludo, chegando, finalmente, à calçada apenas para ver as luzes da ambulância que partia, com a limusine de Finster seguindo atrás.

Michael acordou depois da carnificina. O sangue escorria pela alameda de entrada da mansão. Sentia o corpo e a cabeça dormentes. Não sabia se o sangue era dele e procurou não se mover quando ouviu o som de tiros. Quando conseguiu focalizar a visão, viu os corpos dos soldados estendidos à sua volta: havia dois caídos e três ainda resistiam. E os três atiravam em todas as direções.

Jax estava à direita de Michael, usando um Peugeot verde como cobertura. Com olhos esbugalhados, o mercenário observava atentamente os jardins, o corpo sacudido pelos coices do rifle. Um dos soldados foi atingido, aumentando o número de mortos. Michael ouviu o último suspiro do homem através do furo feito em seu pescoço.

— Onde está o coronel? — gritou o outro guarda, tentando se fazer ouvir sobre o som dos tiros.

— Não sei — respondeu Jax.

— Um pouco de ação e ele se esconde, não é? Pensei que fosse um líder bravo e forte.

Jax virou-se para o companheiro.

— Fique atento ao inimigo, ali — disse apontando com a arma para a escuridão que os cercava.

Michael aguardou, silenciosamente, enquanto a luta continuava. Esses não eram soldados. Eram a escória rejeitada pelo exército, guerreiros de fim de semana que estavam no limite entre a loucura e a sanidade. E estavam armados. Simon estava lá na escuridão em algum lugar, derrubando um por um. Mas até onde Michael via, ele não estava sendo rápido o suficiente.

Jax virou-se para Michael deitado ali, acordado entre os corpos, e os poucos neurônios com que contava começaram a funcionar.

— Olha quem acordou — disse agarrando Michael pelos cabelos e colocando-o de pé.

— Bom. Eu vou... — disse o outro guarda, enquanto se levantava.

— Shhhhh! — cortou Jax. — Abaixe-se!

— Quem disse que você é Deus? — respondeu o outro guarda, mantendo-se em pé, enquanto tentava ver alguma coisa no meio da escuridão. Um rifle disparou de algum lugar e o som reverberou pelo vale.

— Merda! — foi tudo o que o soldado conseguiu dizer antes de tombar morto.

Simon estava apoiado no muro de pedras, com os nervos pegando fogo. Os atiradores contratados não tinham a menor chance, cada um sendo derrubado, com as vidas arrancadas com um único tiro na cabeça. Simon nunca se desconcentrava ou perdia a cabeça.

Pelos cálculos de Simon ainda faltavam dois: o líder e o soldado com cabelos grisalhos que ainda estava atrás do Peugeot. Mas não fazia a menor idéia de onde o líder poderia estar. Simon observou através do monóculo de visão noturna a alameda que levava à mansão e viu Michael, que estava em pé, trêmulo, atrás do Peugeot. Estava bastante ferido, com o olho direito preto e inchado. O guarda grisalho estava atrás dele, mantendo o cano do revólver no queixo dele. Simon tentava desesperadamente conseguir um ângulo para atirar, mas o soldado não era burro e sacudia Michael de um lado para o outro, sem deixar espaço para um tiro certeiro. Noventa metros, com vento, para acertar um alvo pequeno em movimento. Simon não poderia arriscar. Avançou quarenta metros.

Deitou-se no chão sem cobertura, abriu os pés do rifle e pegou as pistolas. Flexionou os dedos, como de costume. Então, envolveu a coronha do rifle com a mão direita, encaixando-o no ombro esquerdo e posicionando o indicador sobre o gatilho e olhando através da mira. Moveu a arma de um lado para o outro até encontrar o carro verde e, gradualmente, foi levantando a mira, procurando achar o alvo, um pouco à esquerda do ombro direito de Michael. A cabeça do guarda entrava e saía da posição a todo momento. Simon procurou avaliar a força do vento, respirou fundo e começou a oração. À medida que a cabeça do guarda voltava para a posição adequada para o tiro, Simon preparou-se para atirar.

O chute pegou Simon no meio da têmpora. O rifle voou de sua mão, atirando na floresta. Ele rolou instintivamente, tentou amortecer o impacto. Sua cabeça latejava, quando conseguiu ficar de pé. À sua frente se encontrava um homem com uma das cicatrizes mais feias que ele já vira na vida, usando uniforme camuflado do exército — mas de qual exército, ninguém sabia. Mas foi a confiança do homem que fez Simon parar. Aquele "coronel" estava armado com pistolas, em ambos os coldres que trazia na cintura, mas não segurava nenhuma arma nas mãos. Aquele soldado sabia que podia matar, mesmo sem usar suas armas.

Estavam se avaliando, olhando um para o outro através de uma barreira invisível. O coronel fez o primeiro movimento, acertando as costelas de Simon, que cambaleou para trás, mas rapidamente retomou o equilíbrio bem a tempo de evitar outro soco. Resolveu dar vários golpes, que foram prontamente defendidos. Parecia que o inimigo era capaz de ler sua mente. Simon seria derrotado e sabia disso. O ataque veio em uma sucessão de socos e chutes. Cada soco fazia com que Simon cambaleasse para trás, sendo afastado de suas armas. Abaixou-se e atacou o estômago e as pernas do coronel, ele começava a se recuperar e a dor era evidente nos olhos do mercenário. Simon continuou o ataque, colocando toda a sua energia em cada soco, como se fosse o último. Mas, como em um jogo de xadrez, percebeu o erro tarde demais. O coronel deixou que ele gastasse energia, fingindo dor e derrota quando, na realidade, ele era o agressor constante. E, quando Simon percebeu a estratégia do oponente, o coronel voltou com tudo para ele, desferindo um golpe depois do outro, sem parar.

Simon sentiu o corpo enfraquecer e falhar. Defendeu-se o quanto pôde, mas os golpes o atingiam de forma brutal no rosto e na barriga. Continuou tentando se esquivar, afastando-se do oponente e das próprias armas, até que parou, pois encostou em um muro. Sentiu o frio das pedras na altura da cintura; tratava-se de um poço; Simon conseguia sentir o cheiro da umidade se elevando do fundo.

Sem aviso, o coronel fez mais uma investida, agarrando Simon pela garganta. Simon tentou, desesperadamente, soltar as mãos dele de seu pescoço, mas estava exausto. Ele encontrara um adversário que o derrotara, não apenas com a força, mas também com inteligência e estratégia. O coronel inclinou o corpo para a frente, colocando seu peso sobre Simon, fazendo com que ele se arqueasse em direção à abertura do poço. Simon podia ver a profundidade da cicatriz, a pele branca e calejada que chegava até os ossos. Enquanto os dedos poderosos do coronel cortavam sua respiração, ele conseguia ouvir o sangue pulsar misturado com o som de pedras soltas que caíam no poço atrás dele. A noite pareceu ficar mais escura à medida que sentia a vida se esvair.

E, de repente, os dedos que o sufocavam desapareceram. Enquanto Simon lutava para respirar, sentiu o peso do coronel sobre ele e uma dor de cabeça que nunca sentira antes, à medida que o oxigênio voltava a circular no sangue. Saiu da posição em que estava, desnorteado e ofegante. O corpo do coronel dobrou-se sobre a abertura do poço, com uma faca enfiada nas costas.

Michael estava de pé ali, sangrando e ferido, mal conseguindo sorrir para Simon, que caíra no chão e encostara-se no poço. Michael aproximou-se do coronel e retirou a longa faca das costas do mercenário, o uniforme do militar já escurecido de sangue. Sem hesitar, agarrou as pernas do soldado, levantou-as no ar e a força da gravidade fez o resto, jogando-o na escuridão do poço. Levou cerca de cinco segundos até que o chefe de segurança de Finster batesse na água bem abaixo.

Simon não perguntou a Michael como conseguira escapar do outro guarda, mas olhava com um respeito renovado para o homem que, há uma semana, ele pensara em matar. Fora a mesma faca que usara para matar seu algoz, Jax, o mercenário repulsivo que o mantivera sob tortura pela última meia hora.

Enquanto Michael era mantido como prisioneiro, jogado de um lado para o outro como um escudo humano, ouvira o tiro do rifle. Jax jogou Michael no chão e colocou o calcanhar sobre o pescoço dele, enquanto procurava a cobertura do Peugeot. Michael, fraco e sem forças, olhava para os corpos dos outros soldados estendidos no chão, em busca de uma arma, mas mal podia mexer a cabeça sob a bota preta do seu capturador. E, então, lembrou-se. Todos as usavam em torno de suas pernas. Jax afundou mais o pé sobre o pescoço de Michael, forçando seu rosto contra o asfalto da alameda de entrada para a mansão. Michael ergueu a mão, sentiu o joelho, a canela... e lá estava ela. Michael a puxou rapidamente e desferiu três golpes rápidos. O primeiro foi para cima e para o lado, atingindo o tendão do jarrete e a artéria femoral da perna direita; o segundo atingiu o mesmo local na perna esquerda. O guarda grisalho caiu no chão, enquanto o sangue jorrava da sua perna como uma torneira aberta. Livre da restrição do pescoço, Michael desferiu o golpe final.

Paul nunca dirigira acima de 200 quilômetros por hora, mas, nesta noite, não ficou abaixo dessa velocidade uma vez sequer. Levou dez minutos para conseguir chegar ao carro e outros cinco para sair das ruas de Berlim. O tempo todo discando desesperadamente no telefone celular, como um homem possuído. Uma voz feminina falando em alemão deveria estar informando:

— *Não foi possível completar sua ligação. O número discado encontra-se desligado ou fora da área de cobertura.*

Paul deixou uma mensagem, sem saber se eles a receberiam. Era simples:

— Saiam. Saiam agora! Ele está a caminho!!!

Em questão de minutos, o plano cuidadosamente concebido fora para o inferno — literalmente. Paul não tinha dúvidas quanto à capacidade de Simon de passar pelos guardas e entrar na mansão. Michael recuperaria as chaves e eles seguiriam para o aeroporto antes que qualquer um notasse. Tudo o que Paul tinha de fazer era manter Finster na boate, que anteriormente fora uma igreja.

Pressionou o botão de rediscagem do celular.

— Vamos, atenda. Atenda.

— *Es tut mir...*

— Merda! — exclamou Paul, fechando o telefone.

Por que não estavam com o telefone ligado? Avançava pelo tráfego como um louco, tentando falar ao telefone, piscando os faróis e buzinando. Cinco quilômetros depois que saiu dos limites da cidade, viu a ambulância parada no acostamento da estrada, as portas escancaradas, a sirene ainda ligada. Não precisou parar para saber que o motorista e o médico estavam mortos.

Paul só conseguia pensar em uma coisa: Finster estava solto, puto da vida e a caminho de casa.

TRINTA E TRÊS

Jeannie Busch estava em vigília. O som do respirador combinado com o cheiro estéril do hospital lhe causara uma enxaqueca insuportável há duas horas. Os últimos raios de sol conferiam ao quarto um tom alaranjado. Qualquer cor era bem-vinda depois de olhar por horas a fio o branco anti-séptico da unidade de tratamento intensivo.

Mary dormia um sono induzido por drogas. A medicação mantinha a dor sob controle, mas ela acabava mergulhando na inconsciência. Seu rosto estava pálido, abatido pelos tratamentos, os cabelos eram apenas sombra do que foram no passado. Estava definhando diante dos olhos de Jeannie. Os médicos não tinham como estimar quanto tempo ela ainda tinha, só sabiam que não era muito. Jeannie conhecia o maior medo de Mary: ela temia morrer sozinha. Se Michael não estivesse aqui para honrar o último desejo da amiga, ela estaria. Jeannie deixara as crianças na casa de sua irmã e não sairia do lado de Mary até que Michael voltasse para casa.

Ela ligara para o hotel que Paul lhe indicara e ficou aterrorizada quando a ligação fora transferida para um policial que lhe fizera várias perguntas cuja natureza a amedrontara. Sabia com quem o marido estava viajando? Falaram sobre tiroteios e mortos. Sabia aonde ele fora? As perguntas a assustaram e fizeram com que cortasse a ligação. Eles já deviam estar de volta. Foi o que Paul dissera. Prometera que ia num pé e voltaria no outro. Como esposa de um policial, uma vida que conhecia bem demais, resolvera bloquear todos os pensamentos. Mary precisava dela agora.

O ritmo cardíaco de Mary começou a subir, acelerando o bipe que indicava os batimentos no monitor. Começou a se agitar, contraindo as pernas e pressionando a cabeça contra o travesseiro. Jeannie viu o movimento rápido dos olhos: Mary estava sonhando. Mary começou a murmurar palavras incoerentes a princípio. O suor começou a brotar na testa e a espalhar-se pelo rosto.

Era um pesadelo. E Jeannie conhecia os pesadelos de Mary, pois ela sempre dividira com a melhor amiga seus temores. Todos tinham a ver com Michael, que ele voltasse ao mundo do crime e acabasse pagando com a própria vida enquanto Mary testemunhava a tudo sem nada poder fazer. Jeannie sabia que o pesadelo só acabava quando Mary acordava sobressaltada e amedrontada, voltando à realidade. Jeannie inclinou-se sobre a amiga.

— Shhhh. Calma — murmurou. — Estou aqui com você. Não precisa ter medo.

Maldizia os medicamentos que a aprisionavam no mundo dos sonhos.

O corpo de Mary estava tenso. Gentilmente, Jeannie pegou sua mão e o sentimento de impotência aumentou. Não havia nada que pudesse fazer para acabar com o sofrimento da amiga. A cabeça de Mary virava de um lado para o outro, tentando escapar do que quer que estivesse em sua mente. Estava presa em um reino do qual não tinha como escapar. Mary lhe contara que o pesadelo nunca chegava ao desfecho, pois sempre acordava antes do momento final, voltando à realidade, liberta do terror que a assolara. Esta noite, porém, Mary não teria escolha, a não ser viver o pesadelo até o final, assistindo ao desenrolar dos acontecimentos até o trágico desfecho.

A ligação de Jeannie com Mary e Michael já era antiga. Agora ela se sentia desmoronar junto com eles. Mary estava morrendo. Michael estava encrencado e Paul, desaparecido. Amava o marido pelo seu modo rude de ser, pela maneira como vivia para os filhos, pelo modo como mantinha o mesmo código de moral que muitos já haviam abandonado há muito tempo. Esperava que Paul e Michael estivessem seguros, mas sabia que o que quer que estivessem enfrentando ainda estava diante deles.

Os sinais vitais de Mary estavam altos, o corpo se debatia, os lençóis estavam molhados de suor. O sonho continuava. *Por favor, vocês têm de conseguir,* rezou Jeannie em silêncio.

A porta da mansão se abriu. Um alarme alto soou no andar de cima vindo de algum lugar.

— Podemos nos apressar? — murmurou Simon.

— Relaxe. Tenho 60 segundos.

— Cinqüenta e oito.

Michael entrou no vestíbulo. Todas as luzes estavam apagadas. A casa estava às escuras. Ligou a lanterna, abriu o armário de mogno próximo à porta de entrada e pegou a faca. Afastou os vários casacos pendurados, revelando uma caixa de segurança, e observou o indicador em contagem regressiva, a luz vermelha indicando o número 45. Não havia teclado, apenas o espaço para a inserção do cartão magnético. E Michael não tinha um cartão magnético.

— OK — disse Michael.

— OK, o quê? — perguntou Simon.

Michael fez uma pequena pausa, respirando fundo. Tinha 38 segundos.

— Você está vendo isto?

— Não precisa explicar — cortou Simon.

A última coisa de que precisavam era que a polícia local passasse pela casa. Vinte e um corpos estendidos do lado de fora seriam difíceis de esconder e, mais ainda, de explicar. O lugar logo estaria cheio de defensores da lei, deixando-os sem saída.

Michael se concentrou. Colocou a lanterna na boca, virou a faca e a deslizou para a parte de trás do painel de alarme. Retirou a tampa e olhou. O conjunto de fios parecia mais com um prato de espaguete do que com um sistema de alarme. Vinte e nove segundos. Os bipes agora soavam dobrados.

Tirou do bolso um par de fios com clipes na ponta. Procurou pelos vinte fios estranhos, pois não havia um fio azul e um vermelho, este sistema era codificado, cada cor com um número individual que combinava com um códice. As chances de encontrar os fios corretos eram de 380 a um. Infelizmente, tinham pouco tempo. Dezenove segundos. Os bipes pareciam mais altos. Michael apenas olhava para os fios, perdido em pensamentos.

— Não quero apressar você ou algo assim... — disse Simon, demonstrando uma ponta de nervosismo.

Nove segundos. Se ele tivesse uma hora... talvez pudesse vencer este sistema. E, então, encontrou a solução. Procurou os fios do indicador de tempo, seguindo o caminho da caixa até um pequeno *chip* preto. Colocou um dos clipes ali. Quatro segundos.

— Não temos o dia todo — afirmou Simon, mais nervoso agora do que estivera enquanto estavam sob fogo cruzado.

— Na verdade — disse Michael, conectando o outro clipe —, temos sim.

O indicador que antes mostrara apenas dois segundos exibia agora a contagem regressiva a partir de dez horas.

— Quando você não consegue desligar o alarme, tente reprogramar o relógio — explicou com um suspiro de alívio.

Michael levou Simon até o centro da mansão. Enquanto adentravam a casa, passando pelo saguão de entrada e pela biblioteca, uma luz fraca vinda dos aposentos e vão das escadas iluminava o caminho apenas o suficiente para que não precisassem usar as lanternas. Michael não perdeu tempo olhando os diversos aposentos. Dessa vez, tudo tinha um significado diferente. Antes, ficara admirado e boquiaberto com a vasta riqueza que o dono daquela casa possuía, mas agora... Não sentia nada.

Finalmente, chegaram à enorme porta de madeira. Estava semiaberta. Michael colocou a mão na grande maçaneta da porta, que rangeu em protesto contra a intrusão deles. Simon agitou-se e deixou a arma a postos, esperando que alguém chegasse a qualquer momento para verificar o barulho.

O cheiro de mofo rapidamente chegou a ele, despertando o temor de Michael. Simon tomou a dianteira, segurando a pistola firmemente apontada para a frente, enquanto eram engolidos pela escuridão. Mantiveram as lanternas desligadas para não se tornarem alvos fáceis, mas tiveram de descer os 60 metros no escuro, tendo apenas as pedras escorregadias como guias. Entravam cada vez mais fundo na terra pelos degraus cobertos de musgo. Michael não conseguia deixar de traçar paralelos entre aquele lugar e as celas da prisão alemã: uma ameaça intangível impregnava o ar de ambos os lugares.

Chegaram ao último degrau, pisando no chão duro e sujo. Não havia mais um corrimão para guiá-los, enquanto procuravam a direção certa. Ficaram ali por um momento. A escuridão pesada como uma venda sobre seus olhos e sentindo o cheiro pútrido.

— Que tal um pouco de luz? — perguntou Michael, antes que Simon o atirasse violentamente no chão.

O tiro veio de repente, um estalido que passou rente às suas orelhas, ecoando nas paredes de pedra. Agacharam-se, sem saber ao certo o que fazer ou onde o guarda que não esperavam encontrar estava.

— Vou rolar para a direita. Tente chamar a atenção dele — sussurrou Simon na escuridão.

— Nossa! Obrigado!

Simon silenciosamente se afastou, deixando Michael sozinho no local que lhe causara tantos pesadelos. *Chame a atenção dele. Ótimo!*

Ele se arrastou para trás nos degraus. Seus dedos afundaram em um ponto a um metro e oitenta de altura, onde a argamassa amolecera. Silenciosamente, ele pegou a faca e começou a abrir mais o buraco, onde enfiou a lanterna. Era alto e longe do alvo; o mesmo truque que usara com Simon no cemitério. Tudo era uma questão de perspectiva, ilusionismo, mágica; faça com que vejam o que você deseja que vejam.

Ergueu a mão, acendeu a lanterna e agachou-se em seguida. O facho de luz iluminou artefatos imorais. Manteve o corpo fora da linha de fogo, mas antes que pudesse dar um passo, explodiu uma rápida sucessão de cinco tiros, que pareciam vir de todas as direções.

A lanterna foi estilhaçada e a escuridão sufocante desceu novamente sobre eles. O silêncio que se seguiu era quase enlouquecedor. E não havia sinal de Simon. Ouviu um som fraco de algo arranhando vindo de um lugar mais adiante no porão. Tentando puxar pela memória, Michael avançou um pouco mais e entrou em uma sala, segurando firme sua arma, seguindo na direção do som que ouvia. Parecia que vinha de baixo, próximo ao chão, unhas arranhando a pedra. A cada passo, ouvia um novo som vindo da escuridão. O som de uma respiração difícil e agonizante parecia vir de alguém que lutava para puxar o ar e o som vinha de um lugar bem em frente a ele. Michael agachou-se. À distância de um braço, em frente a ele, o cano do revólver tocou algo macio. A respiração estava entrecortada e fraca. Michael usou o tato, sentiu uma cabeça e colocou a arma no chão. Os dedos continuaram a exploração. O cabelo parecia quebradiço, a pele fina como papel. Uma mão vinda de trás de Michael tocou em seu ombro, assustando-o. O padre acendeu sua lanterna e encontrou Michael agachado próximo ao corpo de um homem, que parecia já ter passado muito dos 90 anos.

Michael olhou para o amigo.

— É apenas um velho.

Simon abaixou a arma.

— Quem é ele?

— Charles. O mordomo de Finster. — Foi tudo o que Michael conseguiu dizer antes de o homem dar seu último suspiro.

Simon se benzeu, fez uma rápida oração para o morto. A Michael não passou despercebida a ironia da situação: Simon estava prestando os ritos finais a alguém que acabara de assassinar.

Afastaram-se do corpo, adentrando ainda mais na galeria. A escuridão pesava sobre eles e o cheiro de mofo impregnava o ar. Simon acendeu a lanterna e ficou atordoado com o que viu. Uma mãe gritava angustiada enquanto segurava o filho banhado de sangue. Um general estripava os que se acovardavam e se rendiam. Tapeçarias glorificavam a morte; telas representavam corpos deteriorados, cujas almas imploravam para ser libertadas; seres humanos cruelmente subjugados pelo mal. Milhares de obras de arte, cada qual mais terrível que a outra. Era como se estivesse atravessando o próprio inferno.

Um pensamento se insinuou na mente de Simon: antes de saírem, teriam de destruir aquele buraco. Não se tratava de arte; aquilo era algo pior do que qualquer coisa que já imaginara. Ninguém deveria jamais ver essa coleção macabra. Essas peças horrendas haviam sido criadas pelo homem e não por deuses do mal ou Satã. Eram obras feitas por artistas possuídos por pensamentos que Simon nunca conseguiria compreender.

— Vamos logo! — exclamou Michael, enquanto continuavam andando pela galeria.

Deu uma olhada rápida para a luz que batia nas paredes; a rocha escura coberta de ferrugem dava a impressão de que sangue escorria por ela. Mal dava para ver as estalactites no teto, penduradas como adagas prontas para cair sobre eles a qualquer momento.

— Não quero ficar aqui mais do que o necessário.

Simon continuou contra a vontade, mas foi atraído pelo último quadro. Encontrava-se na parede próxima a uma porta, pendurado mais alto do que os outros. Tinha um metro de altura por um metro de largura e se destacava dos demais, por sua incongruente presença. A única peça brilhante nas trevas, representando a Porta do Reino dos Céus, totalmente talhada e trabalhada. Simon olhou para ela com respeito e reverência, lembrando-se de que sempre haveria esperança, não importava a gravidade da situação. E ele então lembrou-se...

Finster não estava preocupado em ganhar uma alma aqui ou acolá, ele queria todas. Ele queria o lugar de onde, antes do início dos tempos, fora expulso. Simon sentiu-se fervilhar por dentro, e vendo as coisas sob uma outra perspectiva, seguiu pelo corredor.

Michael estava em pé em frente à porta que levava à câmara na qual se encontravam as chaves. Era feita de ébano, polida até brilhar, e tinha cerca de 1,80 m de altura. A soleira baixa fazia com que você se abaixasse para entrar. Conseguiu abrir facilmente a fechadura antiga e pegou a maçaneta de ferro. Quando Michael abriu a porta, Simon iluminou o aposento com a lanterna.

Num pedestal de pedra em uma pequena cripta, estavam as chaves sobre um almofada vermelho-sangue, parecendo tão inofensivas como quando Michael as roubara. A caixa simples de madeira entalhada encontrava-se em uma prateleira de pedra ao lado de centenas de velas, que já estavam quase se extinguindo. Michael sentiu uma ponta de esperança. Pela primeira vez, estava próximo de corrigir o erro que cometera e que colocara a esposa em perigo.

Simon e Michael encontravam-se cada um de um lado do pedestal; o aposento era tão apertado, que as costas deles quase tocavam a parede de trás. Michael olhou para o pedestal, verificando se havia alarmes ou armadilhas, passando os dedos pela base de pedra e coluna de madeira e embaixo da almofada. Tudo limpo. Quando levantou, um brilho chamou sua atenção. Olhou para Simon e depois para o aparelho de telefone celular na sua cintura. Uma pequena luz verde indicando que havia mensagens estava piscando. Simon pegou o telefone e o display indicava uma mensagem e 19 ligações não atendidas. Não havia sinal. Paul era o único que tinha o número desse celular.

Eles estavam 60 metros abaixo da terra, com milhares de toneladas de pedra sobre suas cabeças, mas o barulho ensurdecedor chegou facilmente até as entranhas da terra onde se encontravam. Era como um avião explodindo contra uma montanha. O chão e as pedras caíram do teto, envolvendo-os em uma nuvem de poeira. Estavam certos de que o mundo estava prestes a acabar.

A enorme porta de entrada da mansão voou longe, indo parar na escadaria principal. A força da explosão arruinou a grandiosa escadaria, transformando-a em um monte de entulho. Finster, furioso, adentrou a casa. Era como se uma onda invisível o precedesse: as paredes de madeira tremiam e se distendiam como se houvesse um balão em volta dele. Os quadros caíam das paredes, as estátuas espatifavam-se no chão. Tudo o que estava em seu caminho era destruído.

Depois de cinco minutos na ambulância, voltara a si. Nunca fora tão completamente enganado devido à luxúria, à vaidade e à ganância. Jurou que isso jamais voltaria a acontecer. Para a surpresa do médico que o acompanhava, soltou-se das amarras que o prendiam, abriu a porta traseira da ambulância e saltou para fora enquanto ela ainda seguia em alta velocidade pela via expressa. Seu chofer, que estivera ligado na situação, seguira o veículo, assistindo com um sorriso enquanto Finster saltava para a estrada. O chofer por pouco não atingiu o corpo que rolava pela estrada. Em seguida, emparelhou o carro com a ambulância e deu-lhe uma fechada com a limusine, fazendo com que a ambulância saísse da estrada. Finster levantou-se e limpou a sujeira da roupa.

Não foi Finster quem acabou com os médicos, mas sim seu chofer. Os dois paramédicos morreram com várias perguntas sobre o último salvamento que fizeram.

Quando a limusine passou pelos portões da mansão, arrancando-os do muro de pedra ao qual estavam presos, Finster viu as duas primeiras vítimas. Ele subestimara Michael e o padre e superestimara seu pequeno exército de mercenários. Os anos que passara como um empresário poderoso fizeram com que se esquecesse da força de um homem que tem de encarar a morte. E ainda mais a força de vontade de um homem que tenta salvar aqueles a quem ama. Quando a limusine chegou ao final do caminho de entrada, a carnificina estava bem à frente deles. Havia soldados mortos em todos os cantos, o sangue escorria pelo chão como se fosse tinta. Sua fúria cresceu exponencialmente, aumentando a cada passo que dava em direção à mansão. A fúria contida, finalmente, explodiu quando entrou na casa, destruindo a porta de entrada que estava em seu caminho.

Em segundos, estava em frente à porta que levava ao porão e arrancou-a das dobradiças que a prendiam na parede. Desceu os degraus a toda velocidade. Não precisava de luz. Conhecia bem o caminho. Estava em casa.

Finster parecia mais animalesco do que humano, movendo-se pela galeria com as costas arqueadas e em silêncio, observando atentamente à sua volta e farejando o ar. Detectou algo à direita, atrás da pilha de quadros da guerra russa, mas nem parou. Adorava a caça, a maneira como você procura e assusta sua presa, brincando com ela, permitindo que ela acreditasse que era mais esperta, que poderia enganá-lo, quando, na verdade, encontrava-se presa em uma armadilha.

Ele continuou andando pela escuridão até chegar à porta que levava ao aposento das chaves, passando pelo quadro que retratava as Portas para o Reino dos Céus, seu maior estímulo. Esse quadro o motivara, mantivera-o concentrado em seu objetivo, como um prisioneiro que mantém uma fotografia das montanhas presa à parede da cela para lembrá-lo de que teria sua liberdade de volta. A pintura lhe dera algo por que lutar. Quase lhe dera esperanças. Ninguém lhe roubaria aqueles objetos e qualquer um que se atrevesse a tentar pagaria o preço. Colocou a mão no aro enferrujado da porta e puxou-o, fazendo com que porta rangesse ao se abrir.

Sem aviso, ele ergueu e girou a mão esquerda, apoderando-se da noite. O aposento começou a tremer, o ar ficou carregado, faíscas azuladas surgiram na escuridão. As estátuas ruíram e quadros caíram no chão. O aposento, antes inanimado, parecia, de repente, vivo. Na escuridão, dois corpos ergueram-se: Simon e Michael. Flutuando para cima, carregados por uma força invisível. Cada vez mais alto, a 6 metros do chão, até que atingiram o teto, perigosamente próximos das estalactites. Com os braços e as pernas estendidos, os dois homens sentiam-se pressionados para cima, como se a força da gravidade tivesse sido invertida. Com um clarão, as armas que ambos carregavam foram arrancadas de seus corpos. Revólveres, facas, tudo caiu no chão.

— Por quê? — trovejou Finster. — Como puderam acreditar que seriam capazes de vencer a MIM? — Ficou em pé bem abaixo deles, olhando para cima, guiando-os com a mão como se fossem fantoches indefesos presos a uma corda invisível.

Qualquer dúvida que ainda pudesse existir na cabeça de Michael sobre a verdadeira identidade de seu contratante agora se transformara em medo total e absoluto. Viu velas e tochas ganhando vida, acendendo-se espontaneamente, por todo o perímetro da caverna, iluminando tudo. Ele não sabia da profundidade da arte depravada que Finster juntara com o tempo: eram mais de dez vezes o que vislumbrara, tudo sob a luz lúgubre alaranjada das tochas. Maior do que um campo de futebol, a área abaixo dele continha um mar de artefatos que se espalhava até onde a luz alcançava, cobrindo as paredes da maior caverna que alguém já vira. O teto se ondulava, as estalactites lembrando os dentes de alguma fera. Finster andava de um lado para o outro abaixo deles. As roupas feitas sob medida estavam rasgadas e esfarrapadas, sua postura encurvada. Mesmo a distância, Michael podia ver que seus olhos haviam se tornado vermelhos, profundos e ameaçadores, refletindo a luz das velas.

— Devolvam o que é meu! — ordenou Finster. — De-vol-vam-me... as mi-nhas... *chaves!*

A dor de Simon era óbvia. Um dos lados do rosto estava imprensado contra uma estalactite. O sangue escorria por seu rosto antes de cair, como chuva, molhando o chão de terra batida. Mas seus olhos nunca demonstraram medo, lutando contra a mão invisível.

— Elas nunca foram *suas*.

— Agora são, padre! E tudo o que vem com elas também. Agora, devolvam-me as chaves, antes que eu arranque o coração de vocês.

O rosto de Michael estava distorcido devido à agonia pela qual passava, enquanto fazia um esforço enorme para falar.

— Você... fez... uma... promessa — disse Michael, enquanto Simon o olhava sem entender. — Você disse que nunca quebra uma promessa.

— O que você quer dizer? — perguntou Finster.

— Você prometeu não me fazer nenhum mal.

Finster sorriu.

— Ah! Somos espertos, não é? Bem lembrado.

Olhou para Simon e completou:

— Acho que não temos nenhum trato a esse respeito, temos?

E Simon foi ainda mais pressionado contra o teto, o ar parecia ser arrancado de seus pulmões por uma força invisível.

— Agora devolva-as — rosnou Finster, sua voz exibindo apenas uma pequena fração da elegância e timbre anteriores.

Afastou-se, mas parou na frente da porta que o levaria à câmara na qual se encontravam as chaves. Virou-se e sorriu com desprezo.

— Você está certo, Michael. Prometi que não lhe faria mal. Mas ele trabalha para mim e eu não me lembro de ele ter feito tal promessa a você.

Descendo as escadas, chegou o chofer de Finster. O que o pegara na auto-estrada. Segurava uma pistola na mão esquerda, a mesma que usara para matar os paramédicos.

Dennis Thal finalmente se redimiria perante o chefe.

Chegara cedo naquela noite. Finster estava em pé na biblioteca curtindo a alegria do momento; o bilionário não disse nem uma palavra quando ele entrou, apenas olhou para Thal e seu aparente fracasso. Thal nunca imaginara que aquele renomado bilionário era quem puxava os pauzinhos, que era dele a voz misteriosa que lhe dava ordens ao telefone. Os olhos de Finster intimidaram tanto o assassino que Thal não conseguiu verbalizar o fracasso, pois temia estar morto antes que a última palavra saísse dos seus lábios.

E, então, Thal fez a única coisa que pensou para prolongar sua vida.

— Eles estão mortos.

Os olhos de Finster se suavizaram ao ouvir isso. O último obstáculo real para o seu sucesso. Michael St. Pierre e aquele padre doido tinham sido tirados do caminho. Mas ele ainda era o homem de negócios cauteloso e sagaz. Não podia deixar espaço para erros. Reforçara a segurança da casa com todos os recursos e homens que tinha à disposição. Todo o seu exército particular, incluindo o chofer, estavam mobilizados para continuar a proteção às chaves. Por causa disso, Finster ordenou que Thal fosse seu chofer naquela noite.

Enquanto Thal guiava a limusine pela noite com Finster e suas beldades no banco de trás, esperara que uma bala arrebentasse seu crânio a qualquer momento. O tiro não aconteceu. Achara que a mentira que contara sobre os assassinatos estava escrita em seu rosto. Tinha certeza de que seria descoberto. Durante duas horas esperara do lado de fora da boate, imaginando como Finster o demitiria quando descobrisse a verdade. Mas o tempo passou e ele se convenceu de que Finster nunca descobriria a verdade, ou talvez... Talvez ele devesse matar Finster.

Seus planos foram interrompidos quando seu comandante foi carregado para fora da boate em uma maca. Thal correu para o carro e seguiu a ambulância. Quando Finster saltou pela porta traseira da ambulância, Thal achou que o homem estava morto e partiu para se vingar dos paramédicos, dando um tiro em cada um. Virou-se para ir embora e viu Finster se levantar tirando o pó da roupa, sem ter sofrido um arranhão sequer. E foi então que Thal percebeu que havia muito mais coisas sobre seu chefe que ele não sabia ou imaginava. Seus pensamentos estavam a mil por hora quando atravessaram os portões da mansão e ele viu corpos espalhados pelo chão. Quando as portas explodiram com um mero toque de Finster, bem, Thal ficou ainda mais encantado com seu chefe.

Thal observou enquanto os dois homens estavam imprensados contra o teto da caverna. Finalmente, descobrira para quem prestava seus serviços nos últimos cinco anos. Não sentiu medo, não sentiu o coração disparar.

— Você será detido — afirmou Simon, que estava totalmente preso ao teto, com o rosto vermelho, os tendões do pescoço distendidos.

Era difícil saber se o barulho que ouviam era do corpo de Simon imprensado contra o teto ou se era dos ossos dele.

— Você não pode...

— Claro que não — debochou Finster enquanto abria a porta para o aposento das chaves.

— Você não pode roubar o Reino dos Céus — falou Simon, sem ar.

— Eu já fiz isso. Agora coloquem as chaves de v...

Finster parou no meio da frase, quando a porta para o aposento das chaves rangeu e abriu-se totalmente, com as chamas bruxuleantes das velas iluminado a câmara escura. Ele olhou. Um brilho sobre a almofada chamou sua atenção. Empinou a cabeça, olhando com olhos apertados e exibindo um sorriso de triunfo no rosto.

E com isso, Simon e Michael despencaram do teto da caverna, até atingirem o chão, dois andares abaixo.

Finster estava embasbacado pelas chaves: os ladrões não haviam chegado ao destino final. Haviam sido impedidos no ato. Empertigou-se. Em pé, com as mãos nas têmporas, puxou os longos cabelos brancos de volta, recuperando a compostura anterior.

— Tire-os daqui — ordenou a Thal sem nem ao menos olhar para os homens que haviam tentado enfrentá-lo, o tom de sua voz novamente triunfante e melodiosa. — E faça o que você sabe fazer melhor.

TRINTA E QUATRO

Thal levou Simon e Michael para o lado de fora da mansão, com a arma apontada para as suas costas. Passaram pelos soldados mortos e chegaram à limusine preta. Os dois homens estavam feridos, sangravam e ainda estavam tontos, tentando compreender o poder terrível que tinham acabado de testemunhar.

Thal pegou dois pares de algemas e prendeu as mãos de ambos atrás das costas. Em seguida, abriu a porta da frente do lado do passageiro e os empurrou para dentro. Sentou-se no banco do motorista do carro, cujo motor já estava ligado, apontando a arma para a cabeça de Simon. Dirigiu pela noite, passando pelos vastos jardins e muros de pedra, saiu da alameda de entrada e atravessou o campo. Os faróis do carro cortavam a escuridão, até que, finalmente, chegaram ao destino final, parando a 6 metros de distância do antigo poço.

Thal saiu do carro, abriu a porta do carona e puxou, violentamente, Michael para fora, pelos cabelos, jogando-o contra a estrutura de pedra, onde ele caiu, iluminado pelos faróis do carro, como se estivesse em um palco. Thal foi até o carro e retornou segundos depois segurando uma faca na garganta de Simon.

— Nunca matei um padre antes — disse Thal, atirando Simon de cara no chão.

O padre não ofereceu qualquer resistência, pois o corpo ainda estava enfraquecido devido ao ataque de Finster.

Sob os faróis do carro, estava mais claro do que a luz do dia, produzindo sombras grandes e cruéis.

Era como se estivessem sob os holofotes de um teatro cuja platéia ficava na mais absoluta escuridão. Thal colocou a arma na cintura e abriu na grama úmida um acervo vil de facas: serra, faca butterfly, filete, serra para cortar ossos, bisturis. Uma coleção que seria natural em um açougue, mas que, neste cenário, representava um objetivo muito maléfico.

— Vocês já viram a remoção da carne de um veado que acabou de morrer? — perguntou Thal a Michael de forma fria e direta.

Michael, com a voz presa na garganta, apenas o olhou de forma indefesa.

— Não? Então, agora, você saberá o que esperar — disse Thal pegando um de seus bisturis. — Esta lâmina é a mais afiada de todas. Corta a pele como se fosse seda. É tão afiada que quem é cortado mal nota enquanto o trabalho é executado. Você só nota a falta da pele quando o vento frio toca os nervos recém-expostos.

Thal pressionou o joelho contra a parte de trás da cabeça de Simon, imobilizando-o totalmente.

— Então, eu fiquei sabendo sobre a história da sua mãe e fiquei bastante inspirado.

— Salve a sua alma — murmurou Simon com o rosto afundado na grama.

— Esse é um ensinamento padrão que ensinam no seminário?

— Você está...

— Ai, que saco! Vamos lá. Aleluia, amém. Jesus Cristo, o Senhor. Salve-me Senhor etc. etc. etc. — disse Thal revirando os olhos. — Poupe-me, OK? Você está atrapalhando a minha concentração.

Com a experiência de um cirurgião, Thal cortou a camisa de Simon, expondo suas costas.

Michael fez um esforço contra o muro de pedras do poço, gemendo pela força que fazia.

— Esta faca em particular é uma lâmina de artesão e deve ser segurada de forma delicada, como um pincel, com o polegar, o indicador e o dedo médio — demonstrou Thal.

Uma coisa estranha atraiu a atenção de Michael. O dedo mínimo e o anelar de Thal ficavam esticados de forma anormal, sem se dobrar sob os demais como deveriam. Não notara isso antes, mas agora... Ficou ainda mais pessimista. Já vira aquelas ferramentas antes. Lembrava-se bem daquela noite. Lembrava-se da própria faca sendo enterrada em seu ombro, até atingir o osso e como fora arremessado contra o chão do estúdio de arte por um maníaco. Como ainda sentia dor quando o tempo mudava. E lembrava-se de que aquela fora a primeira vez que sentira vontade de matar alguém, uma criatura tão vil, tão repugnante, um homem que desejava executar um ato desumano em uma mulher.

— Como está o ombro? — perguntou Thal com um sorriso.

E tudo fez sentido para Michael. Quem Thal realmente era.... Como Finster soubera sobre as habilidades de Michael. Por que Thal desprezara Michael desde que se conheceram.

As ferramentas que estavam diante deles eram as mesmas que estavam no apartamento na Quinta Avenida cinco anos e meio antes. Fora Dennis Thal quem atacara Helen Staten e preparava-se para executar coisas inimagináveis no corpo da mulher. Fora por causa de Thal que Michael abortara sua fuga da embaixada do Abiquestão. Era o homem com quem Michael lutara no apartamento de Helen. E, por causa dele, Michael fora capturado e enviado para a prisão.

— Agora você percebe por que tenho tanto interesse por você — disse Thal alegremente, enquanto voltava ao trabalho. — Esse será apenas um pequeno treinamento, para que você sinta o gostinho do que está por vir. A previsão do que está para acontecer é muito melhor do que a realização em si, você não acha? Já há algum tempo tenho planos de como quero acabar com você. Quando recomendei seus serviços para Finster, esperava ser recompensado no final. Você será a minha Capela Sistina.

Preso, Michael apenas se contorceu contra a parede do poço, sentindo a bile subir pela garganta.

— Fique quieto! — ordenou Thal. — Você pode me assustar, fazendo com que essa belezinha aqui perfure o coração do seu amigo.

Simon procurou acabar com todos os sentimentos, afastando qualquer sensação. As imagens do pai cometendo o mesmo ato horrível contra o corpo da mãe não saíam de sua mente. Ela encarara o seu destino sem nenhum treinamento, sem ter a mente endurecida por meio de técnicas militares. Seu respeito por ela e por tudo o que sofrera cresceu ainda mais, agora que estava prestes a passar pelo mesmo sofrimento que ela. A violação da própria alma.

Thal estava concentrado, curvado sobre Simon, determinado a tirar a carne do músculo. Estava vivendo totalmente o momento e esse foi seu erro. Não ouviu o zunido de ar que antecedeu o pé que o atingiu. Não viu a sombra de um gigante possesso de raiva.

A ponta da bota atingiu Thal bem na orelha. A força do impacto o fez estatelar e ir deslizando pela grama. O sangue jorrou de sua orelha. Não conseguia pensar de forma clara e coerente, mas de uma coisa sabia: a silhueta gigante o mataria. Como um animal acuado, agindo por instinto e com a energia produzida pela adrenalina, Thal levantou-se e levou a mão à cintura. Mas não foi rápido o suficiente. Os dois policiais, o agente da condicional e o assassino, olharam-se nos olhos. Cada um apontava a arma para o outro, em uma pose clássica de filmes policiais.

— Um pouco fora de jurisdição, não? — provocou Thal.

— Isso não tem nada a ver com a lei — respondeu Paul, com a arma apontada firmemente para o rosto de Thal.

Pela segunda vez na vida, Thal sentiu medo, o tipo de medo que faz as mãos tremerem, que se originava nos pés, subia pelo corpo, passava pelo coração e se instalava nos olhos. Thal se alimentava do medo que inspirava nos outros, uma iguaria para seus sentidos. Mas, até este momento, não havia experimentado o sentimento com tal intensidade. A sensação era incapacitante, as pernas pareciam ter virado gelatina, os pensamentos se embaralhavam de forma confusa. E ele fez a única coisa que lhe veio à cabeça. Jogou-se para a esquerda, enquanto atirava.

Paul desviou e revidou os tiros. Thal desapareceu na escuridão. Michael e Simon eram alvos fáceis para Thal, e Paul não podia aceitar isso. O policial puxou o amigo e o ocultou atrás do poço. E voltou para a luz cegante dos faróis, correndo até Simon. Quando uma saraivada de tiros explodiu atrás dele, atingindo o chão sob seus pés, não parou, mas mergulhou, rolou e levantou. Agarrou as pernas do padre e o puxou sob o ataque de Thal.

De volta às sombras, Paul encostou Simon no poço. Ele virou-se e pegou as algemas que prendiam as mãos de Michael às suas costas e colocou a corrente contra a pedra do poço.

— Nem pense em respirar — ordenou o policial, encostando o cano do revólver na corrente e atirando.

Logo depois, fez o mesmo com as algemas que prendiam Simon.

— Fiquem aqui — avisou Paul antes de encaminhar-se para a escuridão.

Paul moveu-se furtivamente, confiando na escuridão. A noite estava silenciosa, a não ser pelo ronco suave do motor da limusine. Se ele conseguisse entrar no carro, poderia pegar os amigos e fugir daquele lugar. Mesmo se Thal atirasse nos pneus, conseguiriam abrir uma boa distância entre eles e os perseguidores, chegando a um lugar seguro. Paul passou por trás do carro, consciente de que, a qualquer momento, poderia levar um tiro e morrer. Seus pensamentos estavam confusos. Não poderia ser coincidência o fato de Thal se envolver com ele ou com Finster. Os instintos de Paul sempre lhe foram valiosos: e agora se arrependia por tê-lo ignorado em relação a Dennis Thal. Dessa vez, não hesitaria, não haveria conversa, atiraria em Thal para matar e que a lei fosse para o inferno.

Tiros atingiram a limusine, perfurando sua carcaça de metal. Paul agachou-se. Havia cinco balas em sua arma, mas de nada adiantariam se Thal o atingisse primeiro. Correu para a limusine e abriu a porta do lado do motorista.

A bala atingiu seu ombro direito, fazendo com que o braço ficasse parado, estendido ao lado do corpo. A força do impacto o jogou para trás e fez com que perdesse o chão e cambaleasse. A mão esquerda tentou pegar a arma, ele se arrastou pela grama tentando alcançá-la e estava quase conseguindo...

O chute veio forte e Paul sentiu dois de seus dedos começarem a queimar, os ossos se quebrando sob o impacto brutal. Thal abaixou-se e pegou a arma de Paul e a atirou para a escuridão.

— Olá, *Peaches*. — O sangue não parava de escorrer da orelha de Thal. — Erros, erros e mais erros. Alguns facilmente esquecidos e outros fatais. O que aconteceu com a lei? — provocou ele. — Lembra-se da lei? Da sua lei? De nunca se comprometer ou tentar burlá-la?

A acusação atingia Paul tanto quanto a dor que assolava todo o seu corpo. Ainda era um policial. E embora Thal o acusasse de estar quebrando seu código de lei, não fizera isso. Apenas o colocara em uma prateleira no momento em que uma lei maior entrou em cena, uma lei que tinha a ver com amizade e lealdade. Compromisso moral. Em certas circunstâncias era necessário fazer vista grossa enquanto a vida dava uma guinada temporária. Mas havia sempre um preço a pagar.

Apertando ainda mais a mão de Paul contra o chão, as luzes traseiras do carro conferindo um brilho avermelhado ao seu rosto, Thal colocou um novo cartucho na arma, apontando-a diretamente para a cabeça do homem que desprezava e sorriu.

— A morte de sua esposa será lenta e dolorosa. O oposto da sua, que será rápida e indolor.

Paul ficou pálido ao ver seus piores pesadelos virarem realidade.

Thal segurou a arma com ambas as mãos, preparando a mira. Não tinha como errar.

E, de repente, de uma vez só, Thal sentiu o ar fugir dos pulmões, como um balão de gás sendo esvaziado. Caiu de costas sobre a limusine sem tempo para se recompor, sem tempo para procurar uma cobertura contra o segundo e o terceiro golpes. Michael e Simon estavam sobre ele, movendo-se rapidamente e, do mesmo modo que atacaram, afastaram-se.

Thal mal se agüentava em pé. Sua arma desaparecera, o corpo fora gravemente ferido. Pela segunda vez naquela noite interminável, esperou que um tiro lhe tirasse a vida. Mas não foi o que aconteceu. Eles estavam em pé, olhando para ele: Paul, Simon e Michael. Mas não se mexiam ou falavam. Apenas aguardavam e observavam. Thal não conseguia entender o que se passava. Mas também não conseguia respirar e não sabia por quê. Colocou a mão sobre o abdome, e ela ficou grudenta e oleosa. Em um borrão de lembranças, viu os rostos de todas as suas vítimas: Helen Staten, James Staten, as mulheres, os homens, dezenas de vítimas, todas olhando para ele, em silêncio, testemunhando o momento de sua morte.

Não sentira a incisão — o bisturi era afiado para isso — não chegou nem a ver Simon fazer os cortes, mas podia sentir os intestinos saindo do corpo, escorregando por entre os dedos, enquanto tentava desesperadamente segurá-los. Suas entranhas caíram da barriga aberta sobre a grama úmida. Ele as pegava, tentando, em vão, colocá-las de volta na cavidade aberta. Cambaleou e caiu. E então os tentáculos frios da morte o envolveram.

E ele morreu.

TRINTA E CINCO

A sombra de Finster dançava na parede do pequeno cômodo. A chama das velas remanescentes estava quase se extinguindo. Era novamente um homem calmo, reservado e culto admirando suas chaves sobre a almofada. Seus temores momentâneos de fracasso haviam acabado, ele as possuía e, em breve, voltaria para casa.

Apesar do que dissera, nunca reservara um momento para admirar o seu prêmio. Olhara para elas apenas na noite em que as adquirira. Na verdade, pouco lhe importava a aparência das chaves. O que importava era o que elas significavam. Mas seu ego entrou em ação e sua vaidade fez com que olhasse para elas. E ficou ali, observando-as, sem nada para atrapalhá-lo.

Na galeria, na seção dedicada ao deus hindu Kali, enfiado em um canto atrás de uma pilha de quadros, o brilho vermelho de um cronômetro digital mostrava que a contagem estava próxima ao zero. Havia cinco cronômetros espalhados pela caverna, prontos para explodirem de trinta em trinta segundos. Bombas incendiárias, compactas, mas poderosas, colocariam fogo em tudo. Não se tratava de dispositivos explosivos, na verdade eram sprays químicos. Quando ativados, espalhavam uma substância semelhante a um gel que se inflamava ao entrar em contato com o ar.

Finster não deu atenção ao bipe que vinha de trás da pesada porta preta ou do som das chamas que se seguiram. Em vez disso, rodeou o pedestal e inclinou-se para a frente para ver mais de perto, como se estivesse estudando os detalhes das chaves pela primeira vez. Os sapatos de couro deixavam marcas no chão de terra, enquanto ele andava em volta do pedestal. Um assobio alto veio por debaixo da porta, o ar estava sendo tragado da pequena câmara para alimentar o fogo infernal que crescia na caverna. As velas que restavam se apagaram por falta de oxigênio. As poucas que continuavam acesas iluminavam seu troféu, seu brilho refletindo no metal precioso e mostrando a expressão de frustração no rosto de Finster.

Havia algo errado. E não era o que estava atrás da porta que o preocupava. Michael e Simon estiveram próximos demais de serem bem-sucedidos. Homens tão motivados nunca desistiriam ou se entregariam. O amor de Michael pela esposa era mais forte do que tudo que Finster já vira, mas então, por que desistira tão facilmente? A não ser que...

Finster olhou mais de perto. Hesitante, esticou a mão em direção à chave de prata, sabendo muito bem que não poderia entrar em contato direto com objetos sagrados. Seus dedos se aproximaram. Era a única maneira de ter certeza. O único teste que funcionaria de verdade. Com um medo repentino, sua mão cobriu as chaves. E foi quando tudo aconteceu. Ele explodiu, um furacão de puro ódio. Gritou com toda a força de seu ser. Não por sentir dor, mas por raiva. Reconheceu que fora enganado. Na chave de ouro, já esmaecida pelo tempo, mas ainda visível, estava a gravação sutil: 585.

Finster virou-se e abriu as portas e foi recebido por uma bola de fogo que chegava ao teto. A caverna estava em chamas. As telas queimavam, emitindo uma fumaça preta oleosa. Ondas de calor derretiam as esculturas de metal. A última bomba incendiária explodiu, o gel queimava tudo o que tocava, mas nada se comparava ao grito não humano que saiu dos lábios de Finster.

TRINTA E SEIS

Paul estava acabado. Simon e Michael enfaixaram sua mão e amarraram um pano no ombro ferido. Estava deitado desconfortavelmente sobre o capô da limusine, mas, para ele, estava tudo bem, pois viveria para ver outro dia.

— Você acabou com eles — disse Paul, cuja voz não passava de um murmúrio.

Simon fez que sim com a cabeça, admirando com reverência as chaves que trazia nas mãos, segurando-as como se fossem feitas de cristal e pudessem se desfazer com um simples toque.

— Tão simples...

— Sim.

— Senhores, temos de fugir — interrompeu Michael.

Paul, porém, continuava olhando, admirado, para as chaves. E não conseguiu se conter.

— Posso?

De maneira bem gentil, Simon colocou as chaves nas mãos de Paul. Eram maiores do que Paul imaginara e não tão enfeitadas. Enquanto as segurava, pensou que se sentiria abençoado, sentindo o Senhor mais próximo a ele, mas não foi o que aconteceu. Em vez disso, sentiu admiração e espanto. Como dois objetos tão pequenos poderiam carregar um significado tão profundo? Michael arriscara sua liberdade, sua vida, tudo, para devolver esses dois pedaços de metal. E o que chocava Paul não era o simbolismo inerente a elas, mas sim o poder que inspiravam. Uma crença no intangível, uma fé tão forte que homens estavam dispostos a entrar em guerra por elas, morrer por elas, sacrificar tudo o que tinham na convicção de uma promessa. Era um milagre. O milagre da fé. Um milagre que entendia bem, mas que até aquele momento não havia experimentado. E por causa delas, tudo, de algum modo, acabaria bem. Tinha certeza disso.

— Vamos, gente — chamou Michael cada vez mais impaciente.

Paul devolveu as chaves para Simon, que as enrolou em um tecido aveludado antes de colocá-las no bolso. Uma calma sensação de alívio tomou conta de Paul. Apesar de tudo, ele e Michael voltariam para casa.

As portas em estilo francês da biblioteca abriram-se com um estrondo. As chamas espalharam-se por todos os lados. A enorme casa de pedra virara um inferno. Os vidros das janelas se quebravam devido ao calor, fazendo com que a fumaça e as chamas se elevassem iluminando o céu noturno. Uma figura surgiu das chamas e partiu na direção deles. Como uma fera negra e enfurecida, atravessou os duzentos metros que os separavam em segundos.

— Vocês não vão a lugar nenhum! — A voz reverberou vinda de todos os lugares.

E antes que pudessem esboçar qualquer reação, ele estava bem à frente deles, as roupas esfarrapadas, completamente queimadas, formando um estranho contraste com a pele, que se mostrava pura e imaculada, sem uma queimadura sequer, algo impossível para qualquer um que tivesse acabado de sair de um incêndio, cuja temperatura devia ter ultrapassado 1.200 graus.

Michael deu um passo à frente, o corpo pronto para o ataque.

— O que o faz pensar que...

Mas antes que pudesse concluir a frase, Finster fez um rápido movimento com o pulso que jogou Michael longe.

— Vou causar a você um sofrimento tão grande que você nunca conseguiu vislumbrar.

— Você me deu sua palavra — respondeu Michael, ainda caído no chão.

— Eu não estava falando com você — afirmou Finster, olhando na direção de Paul. — Não. Nada de santuários — rosnou para o policial ferido.

Paul encolheu-se, tentando fugir desesperadamente. Caiu rolando do capô do carro, o ombro ferido parecia ter se quebrado em mil pedaços quando bateu no chão. Paralisado. Recusou-se a emitir um som, mas na sua cabeça, soltou um grito horripilante. Seu pior pesadelo virara realidade: estava queimando. A pele parecia estar em chamas, sendo que elas eram invisíveis. Estava de volta ao barco do pai, as chamas tomando conta do deque, subindo por suas pernas e chegando ao torso. Era novamente uma criança indefesa, sem nada poder fazer contra o monstro que o atacava. Era difícil suportar a agonia, enquanto se retorcia na grama.

— Pare! — gritou Michael, levantando-se.

— Devolva-me as chaves! — ordenou Finster, lançando um olhar penetrante para Michael.

Seu tom de voz era tão mortal quanto as chamas que devoravam a mansão de pedra. Os olhos de Finster eram frios, negros como as profundezas do oceano. Michael sentia um medo que nunca imaginara existir. Não era um medo por ele ou por Mary, mas por Paul, por Simon, por todo o mundo. Voltou-se para Simon, desnorteado, procurando respostas. O padre negou enfaticamente com a cabeça.

— Devolva-me as chaves ou eu farei todos a quem você conhece e ama sofrerem — afirmou Finster.

— Nunca! — respondeu Simon.

Impotente, Michael assistia Paul se debater na grama úmida, batendo no próprio rosto e envolvendo o corpo com os braços em uma tentativa de apagar as chamas invisíveis.

— Não! Pare! — gritou Michael, incapaz de testemunhar o sofrimento do policial. — Eu as entregarei a você se você prometer parar com isso. Você promete que não fará mais ninguém sofrer...

— Claro que não! — rosnou Finster.

O sussurro de Michael era quase inaudível.

— Então, não faremos negócios — disse ele, sabendo que suas palavras selavam o destino do melhor amigo.

Paul lutou para conseguir falar.

— Michael, não negocie com ele.

— As chaves! — disse Finster, cara a cara com Michael, seu hálito nauseante atingindo as narinas de Michael.

Paul se contorceu, revirando-se de um lado para o outro.

— Eu não servirei como barganha.

E, então, viu algo na grama. Esticou o braço e tentou alcançar o objeto.

Com a visão periférica, Michael conseguia ver Paul.

— Paul. Não faça isso. Meu Deus...

— Ele não está aqui... — debochou Finster.

Os dedos de Paul alcançaram sua arma, e ele a levantou apontando para Finster.

— Você não pode me atingir com isso — sibilou ele, sem se dar a trabalho de olhar para a arma apontada para as suas costas.

Mas a intenção de Paul não era atirar em Finster. O grande policial apontou a arma para a própria cabeça.

— Prometa que vai cuidar de Jeannie e das crianças.

— Paul!!

— Não faça com que o meu sacrifício ou os seus esforços sejam em vão...

A clareza do momento era mais óbvia do que qualquer experiência já vivida por Paul. Era como se a dor que sentia fosse um batismo de fogo, insuportável, mas, ao mesmo tempo, purificante. Acreditava em Michael. Acreditava em Simon. E, acima de tudo, acreditava nas chaves.

— Paul, não...

— Prometa — implorou o policial, com olhos lacrimejantes voltados para Michael.

A angústia de Michael era palpável. Seu coração lutava com a razão, mas acabou dizendo:

— Claro que prometo.

E, com isso, sabia que tinha acabado de decretar a sentença de mor te do melhor amigo.

O dedo de Paul envolveu o gatilho e, com um esforço hercúleo, puxou o gatilho. Mas sua mão caiu. A arma não disparou. O corpo se arqueou, lutando para respirar, os olhos se arregalando, enquanto o coração entrava em colapso.

— Você o matou — gritou Michael.

— Não — respondeu Finster. — Não seria bom se eu o tivesse feito? Seria tão conveniente, não é? Ele não agüentou, sofreu um ataque cardíaco. Imagino que se ele não chegar rapidamente ao hospital, acabará *morrendo*. Entregue-me as chaves e o deixarei partir. Entregue-me as chaves e poderá salvá-lo. Ainda há tempo. Você está pronto para negociar a vida de seu amigo? Caso contrário, a morte dele pesará para sempre em sua consciência.

Michael estava paralisado. A vida de Paul ou a alma de Mary? Não importava a escolha que fizesse, Finster estava certo: ele se consumiria com a culpa pelo resto de seus dias.

E então Michael sentiu muita raiva, uma raiva que sobrepujou toda a lógica e a razão. Partiu para cima de Finster, cuja resposta foi apenas uma risada de deboche. Tomado pela raiva, Michael agarrou Finster pelo pescoço, sacudindo-o.

E, então, ela estava lá.

No lugar de Finster.

Mary St. Pierre.

As mãos de Michael tirando-lhe a vida.

— Michael, por favor... Não me mate — suplicou Mary já sem ar.

Michael congelou de medo, enquanto a esposa lutava para respirar.

— Mary! Mary! Sinto muito...

— Feche os olhos, Michael! É um truque — avisou Simon. — Você sabe, em seu coração, que essa não é a sua esposa. Não se entregue.

Essa foi a primeira vez que Michael detectou um pouco de compreensão na voz de Simon.

Os braços de Michael estavam soltos ao lado do corpo. Encolheu-se no chão, com a cabeça baixa, soluçando: a representação de um homem derrotado. Mary colocou a mão em seu ombro e quando Michael olhou para cima, a imagem de Finster já retornara.

— Se você me entregar as chaves, Michael, poderá salvar a vida de seu amigo e eu permitirei que sua esposa entre no Reino dos Céus. É isso que ela deseja e é por isso que você está aqui. Garanto a você que ela terá a paz eterna — Finster fez uma pausa. — Dou-lhe minha palavra.

Michael nunca se sentiu tão perdido na vida. Olhou para Simon.

— A palavra dele não significa nada.

Michael levantou-se em silêncio. As lágrimas escorriam pelo seu rosto. Caminhou em direção a Simon e ordenou:

— Entregue-me as chaves.

Michael não conseguia olhar Simon nos olhos.

— O quê? — O padre não conseguia acreditar no que ouvia. — Não cheguei a esse ponto para... — Mal podia se controlar. — Não importa o que aconteça conosco, Michael. Isso é para *Deus*...

A frustração finalmente tomou conta de Michael.

— Chegamos até aqui graças aos nossos esforços! Deus não nos ajudou. Onde Ele estava? Se Ele quer as chaves de volta, por que não nos ajuda? Por que não dá um sinal? — Sua voz expressava desprezo. — Ele mesmo pode vir pegá-las. Ele não fez nada por mim. Nada. E nada, nada por minha esposa.

— Michael, não...

— Sim, Michael — afirmou Finster, detectando uma brecha. — Ele o abandonou há muito tempo.

— Não. Ele não o abandonou, Michael. Seu nome: St. Pierre. São Pedro. Você acha que é coincidência? Esse é o seu destino.

— Não! — gritou Finster. — Isso não é verdade. Pense, Michael. Pense! — Sua voz estava cheia de charme. — Se esse é o seu destino, então Deus trouxe todo esse sofrimento para sua vida. E se não foi... — disse aproximando-se — então, Ele o abandonou.

As palavras de Finster ecoavam nos ouvidos de Michael, que se voltou para Simon.

— Entregue-me as chaves.

— Você terá de me matar primeiro.

— Não me faça fazer isso...

— Deixe que eu o ajude... — ofereceu Finster, enquanto o corpo de Simon se contorcia em agonia.

Seus braços estenderam-se no formato de cruz.

— Você está me lembrando alguém. Ummm? Quem será? — perguntou-se Finster coçando o queixo.

As palavras de Simon vieram entrecortadas:

— Michael, você está traindo Deus e não verá as portas para o Reino dos Céus.

Michael pegou as chaves envoltas em veludo no bolso de Simon. Voltou-se para Finster, desembrulhando-as.

— Se eu lhe entregar essas chaves, a alma de minha esposa pertencerá a Deus e ela terá a vida eterna ao lado Dele e descansará em paz.

E, voltando para o corpo curvado de Paul, acrescentou:

— E você não nos impedirá de salvá-lo. Deixará Simon em paz e não fará mal a ninguém que conheço. Você promete isso?

Finster tentou pegar as chaves.

— Prometa! — ordenou Michael, puxando as chaves.

— Você tem a minha palavra — rendeu-se Finster.

Simon caiu no chão, sem forças, mas ainda vivo.

Michael avançou em direção a Finster com as mãos abertas. As duas chaves sobre as palmas.

Estremecendo, Finster afastou-se depressa.

— Espere. Eu não posso tocá-las.

— Então, eu as colocarei em um lugar seguro.

— Michael, pense bem — suplicou Simon. — Perdão, Michael. Lembre-se de que sempre há a possibilidade de obter o perdão.

— Então, perdoe-me, Simon.

E, para a surpresa e choque de Finster e Simon, caminhou até a estrutura de pedra ainda iluminada pelos faróis da limusine e, sem parar para pensar...

Atirou as chaves no poço.

— O que você fez?! — perguntou Finster correndo até o poço, enlouquecido.

— Este é o seu poço. Tenho certeza de que encontrará um modo de recuperá-las.

— Mas eu não posso tocá-las — protestou Finster com os dentes cerrados.

— Isso não é problema meu.

Michael afastou-se, abriu a porta do carro. Pegou Simon, que o afastou com raiva. Sem nada dizer. Michael aproximou-se de Paul e pegou o amigo, segurando-o por baixo dos braços e arrastando-o. Sem uma palavra, Simon o ajudou, pegando as pernas de Paul. Os dois homens colocaram o corpo do policial no banco de trás e partiram a toda velocidade atravessando a noite de Berlim.

TRINTA E SETE

A floresta das montanhas bávaras era um dos lugares mais primitivos da face da Terra. Não era surpresa que os contos de Siegfried, o matador de dragões, se passassem neste lugar. A luz do sol tinha de passar pela cobertura das copas das árvores para chegar ao chão. E isso só era possível nos dias mais ensolarados. E ainda assim, a luz não era suficiente para se ler um livro. As folhas que caíam das árvores formavam um leito macio, o lar de vários insetos, pássaros e lobos. A civilização está em segundo plano, sendo que, em muitas regiões, o homem nem sequer chegou a colocar os pés desde a época dos antigos lenhadores. Antigas estradas vicinais cobertas de musgo eram o único caminho para os vilarejos primitivos, remanescentes da época áurea do corte de árvores e que, agora, mal conseguiam sobreviver do comércio local.

Na extremidade noroeste da floresta, a 20 quilômetros da cidade mais próxima, havia um conjunto de construções antigas e uma cerca de pedra e madeira de aproximadamente 800 metros de comprimento, coberta de vinhas e ervas daninhas. As cabanas de madeira e pedras datavam de séculos atrás e haviam sido construídas em torno de uma estrutura de pedra que chegava a quatro andares de altura, competindo com o tamanho da copa das árvores. A estrutura semelhante a um castelo ficava sobre um afloramento de granito e era impossível determinar onde o ambiente natural acabava e onde começava a estrutura construída pelo homem. Corriam rumores de que toda a cidade surgira da terra, como um passo a mais da Mãe Natureza no caminho da evolução. Mas não havia ninguém à vista, era como se todos tivessem juntado seus pertences e partido de volta à civilização, incapazes de lidar com aquele mundo selvagem e indomado.

Na extremidade da comunidade abandonada, oculta na sombra noturna, havia uma taberna de pedra. O teto de madeira em ruínas estava coberto de musgo com fragmentos de grama crescendo por entre as gretas. Era uma estrutura construída dentro da própria floresta. Um sinal de boas-vindas para os viajantes cansados e sedentos por uma cerveja.

O interior era tão simples e antigo quanto a parte externa. Havia cerca de cinco mesas e bancos sobre o chão de ardósia. As janelas estavam quebradas e precisando de uma de mão de tinta. Nas paredes, havia trabalhos de tapeçaria medieval representando cavaleiros, dragões e paisagens. Michael estava sentado, sozinho, em uma das mesas de madeira, de cara amarrada, bebendo uma cerveja. Não havia mais ninguém ali, a não ser o atendente, que estava de costas para Michael, concentrado no seu trabalho, limpando copos. Michael tentara desesperadamente falar com Mary nos Estados Unidos para dizer-lhe que estava a caminho, mas ficou em choque, com o coração quase parando de bater, quando a ligação fora transferida para o quarto da esposa e uma atendente respondeu:

— Unidade de Tratamento Intensivo. Posso ajudá-lo?

A enfermeira implorara que ele voltasse rápido para casa. A esposa o estava chamando, dissera-lhe ela, e o tempo estava se esgotando. Mary entrara em coma quinze horas atrás.

Michael queria dizer a Mary que resolvera tudo. Em vez disso, fora informado pela enfermeira da UTI que ele tinha de conseguir chegar lá nas próximas 24 horas.

*

A porta abriu-se com um estrondo. A força do vento invadiu a pequena taberna, fazendo com que tudo voasse. Michael segurou seu copo com firmeza, enquanto o vento atiçava o fogo na lareira, levantado nuvens de poeira por todos os lados. E, então, ele entrou. Fervendo de raiva. Os olhos queimavam enquanto atravessava a taberna e sentava-se em frente a Michael. Vestido todo de preto, seu cabelo branco preso em um rabo-de-cavalo severo e os punhos cerrados. A luz parecia ter sido tragada do aposento, desaparecendo no corpo de Finster como se fosse um buraco negro, emanando uma escuridão sobrenatural, que se espalhava como uma praga.

— Devolva as minhas chaves.

Michael não se moveu, o coração disparado. Fora tolice achar que Finster não desceria o poço, que poderia esquecer todo o pesadelo que vivera. Mas agora percebia o quanto fora ridículo. Michael arriscara e perdera. Fora um movimento mal planejado que servira apenas para adiar o inevitável. Saíra da casa de Finster a toda velocidade, enquanto Simon dava a extrema-unção ao seu melhor amigo, Paul, cujo corpo estava estendido no banco de trás, a vida se esvaindo. Chegaram a um hospital nos arredores de Berlim, carregando Paul até a Emergência. Assim que os médicos começaram a atender Paul, Michael e Simon voltaram ao carro. Seguiram para o sul, dirigindo pela auto-estrada por doze horas, sabendo que a fuga servia apenas para adiar o destino.

— Como? — perguntou Michael, sem saber o que dizer, segurando o copo com mais força, como se isso fosse capaz de lhe salvar a vida.

O rosto de Finster estava horrivelmente vermelho. Suas mãos estavam sobre a mesa com as palmas voltadas para cima. Seus olhos atravessaram Michael, que não desviou o olhar. Não era necessário. Sabia o que o homem segurava em cada mão: uma chave de ouro e uma de prata.

Michael concordou com a cabeça:

— Ah! Então, alguém entrou no poço.

Finster o encarou, o ódio transbordando, e arremessou as inúteis peças de metal em Michael.

— Quero as minhas chaves. Agora!

Michael ficou ali sentado.

Finster debruçou-se sobre a mesa, agarrando Michael pelo pescoço e erguendo-o facilmente.

— A alma de sua esposa é minha.

As mãos dele estavam arrancando a vida de Michael, que lutava para se soltar, sem sucesso.

— Arrancarei a alma de Mary do corpo dela, torturando-a todos os dias por toda a eternidade. Você está entendendo? — perguntou sacudindo Michael violentamente. — Entregue-me as CHAVES!

Como um boneco de pano, Michael foi arremessado contra a parede. Encolheu-se. Estava tonto e sangrando. Parecia que todo o ar fora arrancado de seu peito. Não tinha forças para se mover. Tinha certeza de que quebrara outra costela. Procurou o atendente, esperando por ajuda, mas o homem não estava mais lá. Provavelmente fugira sem ser percebido. Estava claro que Finster viera pegar algo e que, em seguida, partiria.

— Filho-da-puta! Você se acha muito esperto, não é? — perguntou, enquanto pegava a cerveja de Michael. — Nunca quebre uma promessa ou descumpra um trato, Michael. Sua mãe não lhe ensinou isso? Porque, se o fizer, terá de lidar com as conseqüências — afirmou tomando o conteúdo do copo de um gole só e limpando a espuma da boca. — Eu lhe dei o que você queria. Você recebeu o dinheiro para pagar o tratamento de sua esposa. Não é minha culpa se o tratamento não funcionou. Eu não tenho esse poder, apesar do que os livros de história contam por aí. Dar vida ultrapassa o poder de qualquer um... Mas tirar a vida, aí o assunto muda de figura... — disse, deixando a ameaça no ar. — Eu ajudei você, Michael, e você me traiu. Concordei com os termos que você determinou, permiti que aquele padre maluco vivesse. Jurei que sua esposa teria a vida eterna. E você me traiu mais uma vez. Você quebrou sua palavra, Michael. Então, agora Mary é minha.

O ódio brilhava no olhar de Michael, enquanto lutava para ficar de pé.

— Não se preocupe — disse Finster movendo o punho, fazendo com que Michael permanecesse sentado.

Moveu novamente o punho e a mesa levitou e foi atirada na direção de Michael.

— Você tinha dois jogos de chaves — vociferou Finster.

— Três, na verdade — respondeu uma voz que vinha do bar. — Mas você nunca foi conhecido pela inteligência, não é mesmo?

Finster virou-se e viu o atendente encostado no balcão. O homem trazia ataduras e curativos, e o braço estava preso a uma tipóia. Os ferimentos no seu rosto logo estariam curados, mas as cicatrizes seriam constantes lembretes do que passara. Sem parar para pensar, Finster agarrou Simon pelos cabelos e bateu sua cabeça contra o balcão, depois o ergueu e o jogou contra a parede de garrafas.

Do outro lado do bar, Michael disse:

— Você estava nervoso demais para pensar de forma clara....

— Eu quero as chaves *verdadeiras* e quero-as agora!

Correu até Michael, um borrão veloz, e o levantou do chão, ficando cara a cara com o homem que se atrevera a enganá-lo.

— Apenas *um* de vocês pode estar com a chave, então, apenas *um de vocês* está protegido por elas — afirmou, enquanto deixava Michael em um canto.

Finster fechou os olhos. Estava começando a tremer, ficando mais animalesco do que humano. À medida que a frustração crescia, os traços de humanidade sumiam. O vento continuava castigando o lugar, o fogo na lareira agitando-se, lançando sombras no teto.

Simon ficou em pé, ainda tonto, mas lutando para se recuperar. Encaixou o ombro que não estava ferido no balcão e, com toda a sua força, empurrou. E, lentamente, o bar começou a se mover. Não muito, apenas alguns centímetros, mas se moveu, deslizando pelo chão, enquanto o silencioso padre colocava todas as suas forças nisso.

Finster, perplexo, agarrou Simon novamente e ergueu-o no ar.

— O que você pensa...

— Você já ouviu a expressão "Engane-me uma vez, vergonha para você..." — cortou Michael, que se encontrava do outro lado do aposento. — "...engane-me duas vezes, vergonha para mim"?

Finster ignorou Michael, apertando a garganta de Simon.

— Nada poderá salvá-lo dessa vez, homem de Deus, nenhuma arma ou faca. Deus não entrará aqui e o salvará da morte. E, quando você morrer, não terá para onde ir. Nada de Reino dos Céus ou a recompensa da eternidade por todos os sacrifícios que fez em nome de Deus.

Atirou Simon contra a parede e concluiu:

— Você só terá a *mim*.

Michael conseguiu ficar de joelhos.

— De qualquer maneira, acho que posso dizer que consegui enganá-lo três...

Finster ergueu a mão e girou o punho e Michael foi atraído para suas mãos, voando pelo aposento como se fosse metal atraído por um ímã. Michael lutou para se libertar da mão de ferro que apertava sua garganta.

— Quatro — corrigiu-o Simon, enquanto tentava recuperar o fôlego.

— Enganado quatro vezes — concordou Michael, com a voz e a consciência se esvaindo. Ferido e sangrando, cerrou os dentes e lutou para manter a consciência. — Nós o atraímos para a boate, que, na verdade, era uma igreja. Essa foi a primeira. — As palavras não passavam de sussurros. — A segunda foi com o par de chaves falsas na galeria.

— O segundo conjunto de chaves falsas no poço — acrescentou Simon.

— Essa foi a terceira — concordou Michael, olhando para o padre. — E a quarta...

Finster chegou ao limite. Ninguém brincava com a morte. Principalmente uma morte malevolente, e ele era a personificação disso. Estava farto dos jogos de Michael e Simon. Esse seria o último jogo que esses dois jogavam.

— Nada de número quatro para você. Acorrentarei a sua alma aos meus pés e, assim, você testemunhará durante toda a eternidade o sofrimento pelo qual farei sua esposa passar.

Atirou Michael novamente contra a parede, mas dessa vez, Michael não caiu, ficou preso ali como se fosse um quadro. O sangue escorria pelo nariz e pelo corte na cabeça.

Finster ergueu a mão esquerda e, do cinto de Michael, ergueu-se sua faca que voou pelo aposento apontada para Finster, parando um pouco antes de atingi-lo, quando virou no ar e pousou sobre a mão esticada do demônio. Ele manuseou a faca para um lado e para o outro, admirando o brilho da lâmina e a maneira como a ponta havia sido amolada para se transformar em uma arma mortal. Finster ergueu novamente a mão esquerda e a camisa de Michael abriu-se, fazendo com que os botões voassem para todos os lados. Seu peito estava nu e completamente exposto.

Finster aproximou-se de Michael, segurando a lâmina diante dos olhos dele.

— Você vai acabar com sua própria vida.

Michael estava em silêncio e seus lábios tremiam.

— *Eu* não posso fazer isso — zombou Finster. — Mas posso acabar com sua força de vontade, fazer com que você fique prestes a morrer, torturá-lo até que você deseje a libertação do sofrimento pela morte. Mas não posso ultrapassar esse limite. Aliás, parece que você aprendeu bem esse segredo com o seu amigo moribundo ali — afirmou Finster, apontando a faca para Simon. — Não posso cometer o ato final, então você fará isso por mim. Você me dará as chaves. E, depois, pegará esta faca e a enfiará no coração. E, se você não quiser entregá-las a mim em vida, não terei problemas em tirá-las de você depois que morrer.

O terror de Michael estava evidente em seus olhos. Seu corpo não se movia ao comando de sua mente. Qualquer resposta que quisesse dar às ameaças de Finster se perdeu, substituída pelo medo... Medo de que tivesse falhado com Simon, de que tivesse falhado com sua esposa. E, Michael acabou admitindo, de que tivesse falhado com Deus.

Finster arrastou a lâmina pelo peito de Michael, até que a ponta ficasse sobre o coração. Pegou a mão esquerda de Michael e, sem nenhum esforço, puxou-a em sua direção. Contra a vontade de Michael, seus dedos se abriram, pressionados por uma força invisível. Finster colocou a faca em sua mão e os dedos de Michael envolveram o cabo. Um filete de sangue escorreu do ponto em que a ponta da faca pressionava o peito de Michael, bem sobre o coração. Finster afastou-se, admirando a forma de Michael contra a parede, à beira de cometer suicídio.

Michael lutou com todas as suas forças. Seu braço tremia devido ao esforço, o suor brotava na testa, mas não conseguia afastar a faca do corpo. Mesmo com toda a concentração e todos os músculos distendidos no esforço, não conseguia vencer a força do punhal.

E, de repente, sem aviso, o seu braço se afastou do corpo com um solavanco, parecendo uma catapulta. A mão que segurava a faca bateu violentamente contra a parede. Surpreendentemente, havia conseguido retomar o controle do braço. Deslizou lentamente pela parede, confuso e sem saber por quê. Até olhar para Finster, que encarava Michael, na verdade, olhava fixamente para o bolso da camisa de Michael. Finster perdera a concentração, seu foco não era mais a morte imediata de Michael. Um sorriso afetado cruzou as feições de Finster, pois percebera o crucifixo de Mary, preso a uma longa corrente de ouro, saindo do bolso de Michael. E junto a ele, estavam as duas chaves.

Finster ergueu a mão.

— Você não pode tocá-las — afirmou Michael.

— Tolo — gargalhou Finster, inclinando-se para puxá-las do bolso de Michael, segurando-as pela longa corrente.

Enquanto balançavam no ar, Finster sentiu a náusea familiar envolvê-lo. Seu corpo foi arremessado para trás à medida que as chaves se aproximavam. Sim. Aquelas eram as chaves verdadeiras. E, apesar da dor que agora atravessava seu corpo, sentiu uma onda de triunfo.

— Minhas — afirmou com a mais pura satisfação.

Michael olhou para o peito, onde o crucifixo de Mary estivera pendurado. E agora, ele se fora. Usara-o não por reverência a Deus, mas por reverência à esposa, que insistira que o objeto o manteria a salvo, protegendo-o até que voltasse para ela. Não acreditara nela na época. Mas acreditava agora.

— Sim, totalmente suas.

E, com essas palavras, agarrou a corrente que trazia o crucifixo de Mary e as chaves e a forçou sobre a cabeça de Finster, colocando-a ao redor do pescoço dele. Finster tentou se afastar, mas era tarde demais. Seus pensamentos estavam anuviados e o corpo enfraquecido pela presença das chaves verdadeiras.

Com a corrente ao redor do pescoço, as chaves encostaram no peito de Finster. Um grito pagão surgiu das profundezas do inferno. A dor era insuportável, Finster debateu-se pelo aposento, chocando-se contra as paredes e mesas, girando freneticamente, até cair no chão, onde se contorceu em uma agonia insuportável. Vertia fogo e sangue pela camisa preta enquanto as chaves queimavam sua carne, cravando-se na sua pele.

Michael se afastou e encostou-se na parede, tentando ficar fora do caminho. Simon assistia, impassível, ao que desejara por tanto tempo. E, então, Finster ficou parado. Não fazia um movimento sequer. Não emitia nenhum som. Seu peito expelia uma fumaça e os olhos se reviraram. As mesas e cadeiras que flutuavam caíram no chão. A vida se extinguira do corpo do bilionário.

Michael olhou para Simon. O padre mal conseguia manter a consciência. Eles haviam perdido bastante sangue e tinham vários ferimentos e ossos fraturados. E Michael pensou: "Para Simon isso deve ser algo comum, mas para mim, é a primeira e a última vez."

Michael aproximou-se de Finster. Olhou para as chaves encravadas no seu peito, para as marcas de queimadura em seu torso. Ninguém acreditaria no que acabara de testemunhar. Ele vira mais do que o suficiente por dez vidas. Mas, no fim, conseguira o que queria e mais um bônus: sobrevivera.

Michael agachou-se ao lado do corpo estendido, o cheiro de carne queimada envolvendo-o. As chaves estavam pelando. Jogou um pano sobre elas e puxou. Elas não se moveram. Haviam queimado a pele de Finster e se entranhado no esterno do demônio. Michael ficou de pé, segurou-as firme e puxou-as com toda a sua força.

Os olhos de Finster se abriram. Michael ficou paralisado pelo choque, enquanto Finster ficava de pé, girando, esfregando os dedos sobre o peito, arrancando a própria pele ao tentar, desesperadamente, acabar com a sentença de morte que pairava sobre ele. Com a pele removida, os dedos se enterraram na carne, tentando libertar o corpo do poder das chaves. E, então, aconteceu. Em um último esforço, pegou a corrente e soltou as chaves, que voaram pelo aposento, indo parar debaixo de uma mesa.

Finster agarrou Michael pelo pescoço. Michael estava sem ar, sufocando, e tudo no que conseguia pensar era na pele queimada diante dele e o formato das chaves no peito de Finster.

— Chega de truques! — a voz de Finster era totalmente maléfica. Não havia mais o tom sedutor alemão, que os chefes da indústria conheciam tão bem.

Michael estava sufocando. Os olhos tremiam, a escuridão ameaçando envolver sua visão. Lutava para conseguir apenas um pouco mais de energia, apenas um pouco mais para que pudesse acabar com aquela loucura. E com seu último suspiro, disse:

— Número quatro.

Michael ergueu a mão e puxou uma tapeçaria que cobria a parede, que representava um cavaleiro montado em um corcel negro, atirando uma lança no coração de um enorme dragão. A peça caiu no chão para revelar um altar recuado em um átrio. Havia apenas um objeto ali. Um crucifixo simples, feito de madeira e pedra, datado de séculos atrás.

Finster arregalou os olhos.

Michael continuou com energia renovada.

— Dessa vez, não há ninguém aqui para carregá-lo para fora.

Finster encolheu-se no chão, ficando em posição fetal, sem poder controlar a dor que se apoderava do seu corpo. Um último pensamento atravessou sua mente, antes de se desfazer em cinzas. Chegara tão perto de se vingar Dele, que o expulsara. Finster se amaldiçoou por ter adotado a forma humana. Por ter sido atraído pelos vícios e prazeres humanos. Fora uma presa da fragilidade do homem, viciado na luxúria e na ganância que infectam a muitos. A única explicação para ter sido tão facilmente atraído para aquela igreja foi a fraqueza do próprio corpo, que entorpecera seus sentidos, cegando-o para a verdade. E agora que essa concha humana se desfazia, seu espírito não mais protegido pela carne e pela pele, a dor o atingia como um inferno. Sua alma estava banhada em luz: era como ser forçado a olhar para o sol sem poder desviar os olhos. O corpo de Finster tremia, começando a emitir fumaça e a pegar fogo.

A concha que era August Finster estava sendo destruída.

Michael ergueu-se com dificuldade, ajudando Simon a se levantar. Os dois homens arrumaram a pequena capela, empurrando o falso bar para fora e organizando os bancos de madeira em fileiras de modo que os párocos pudessem se reunir em oração. Com muito cuidado, recolocaram o cálice e as velas no altar, deixando-o pronto para uma missa que nunca seria realizada.

Simon pegou a tapeçaria que exibia o cavaleiro valente e passou uma ponta para Michael. Eles carregaram a peça pela pequena igreja e pararam perto do pouco que sobrara do corpo de Finster. Simon colocou uma das extremidades sobre os pés, enquanto Michael esticava a peça até que cobrisse a cabeça. Uma mão enegrecida, carbonizada, exibindo garras em vez de dedos se elevou, virando o punho.

O que mal poderia ser chamado de olhos brilhou nas sombras do chão. Eram vermelhos e vingativos em um rosto que não mais existia, enegrecido e transformado em algo que Michael não conseguia descrever. Aquele era o monstro deitado perante ele, não mais a fachada conhecida como August Finster.

A voz não saiu dos lábios e nem foi ouvida por Simon. Ela falava diretamente com a mente de Michael. E Michael sabia que o que dizia era verdade.

— *Eu nunca morrerei* — afirmou a voz que parecia vir de todos os lugares. — *Sem as trevas, não pode haver luz.* — Michael olhou diretamente nos olhos da coisa, enquanto a voz continuava: — *Eu sempre existirei.*

Sem parar para pensar, Michael removeu a mão deplorável de Finster de seu pulso, atravessou o aposento e pegou as chaves, que segurou com reverência, passando os dedos pelo metal antigo. Assim como o crucifixo de Mary, eram objetos pouco trabalhados, modestos em sua simplicidade, mas, ainda assim, a fé e o poder que invocavam eram muito maiores do que qualquer coisa que Michael jamais imaginara. Para o mundo, eles representavam a fé. Para Mary, significavam esperança. E, para Michael, representavam amor.

Retirou as chaves da corrente, deixando apenas o crucifixo de Mary preso a ela. Entregou as chaves a Simon e encaminhou-se até o corpo de Finster, agachando-se. Finster não se movia, seus olhos estavam abertos e congelados, o corpo carbonizado continuava emitindo fumaça. Com cuidado, Michael passou a corrente ao redor do pescoço do corpo, colocando o crucifixo bem no centro do peito enegrecido.

TRINTA E OITO

Cinco minutos depois, os dois homens saíram da capela. A noite caíra, mais profunda e clara do que qualquer anoitecer que presenciaram. A floresta parecia viva em volta deles, grilos e corujas, sapos e cigarras. Uma lua crescente brilhava sobre as árvores, fornecendo luz suficiente para que enxergassem o caminho.

Simon ajudara Michael a colocar a tapeçaria medieval sobre os restos queimados de Finster e o empurraram até a frente do altar. Apagaram o fogo que crepitava na lareira e colocaram as mesas e cadeiras em um canto, deixando o lugar do mesmo modo como encontraram.

Michael estava parado sob o luar, enquanto Simon retirava o falso letreiro do bar que produziram às pressas e pegaram a tabuleta verdadeira oculta sob a vegetação rasteira. As palavras esculpidas estavam em alemão, mas Simon as traduziu para Michael:

CAPELA DO SAGRADO REDENTOR
NENHUMA MISSA PROGRAMADA
TODOS OS VIAJANTES SÃO BEM-VINDOS PARA ORAR
OU BUSCAR REFÚGIO

Fora um plano concebido às pressas, fruto do desespero. Certamente não era o método favorito de Michael, mas até que ele estava se tornando bom nisso. Os aliados a quem contataram foram mais do que prestativos, disfarçando a capela como um bar, bem antes da chegada de Michael e Simon.

Enquanto Simon recolocava a tabuleta da Igreja, ocorreu um movimento quase imperceptível nas construções adjacentes. Como se estivessem voltando à vida, várias pessoas saíram dos prédios e encaminharam-se para a igreja. Elas se moviam silenciosamente, suas batinas e saias arrastando na terra enquanto caminhavam. Outros saíram da escuridão, carregando ferramentas e material de construção. Um outro monge empurrava um carrinho de mão carregado de tijolos e areia.

Em questão de horas, novas paredes foram erigidas; em dias, a nova construção estava concluída. Uma estrutura de pedra e cal envolvia toda a capela. Não havia portas ou janelas. Nenhuma entrada ou saída. O solo demorou um pouco mais. Cerca de um mês. Fora feito à mão e, quando concluído, um monte de terra cobria todo o prédio. Árvores, flores e grama foram plantadas para que se parecesse com os arredores. No topo do monte foi colocada uma estátua de mármore enviada diretamente do Vaticano, vinda da Capela Sistina. Feita por Michelangelo no ano de 1530, abençoada pelo papa e reverenciada pela Igreja por seu significado comovente: Jesus entregando um par de chaves ao apóstolo Simão Pedro.

TRINTA E NOVE

O ar úmido embaçava as janelas do hospital Fazia 35° e eram apenas sete horas da manhã. Era a troca de turnos. Médicos e enfermeiras com ar cansado eram substituídos por médicos e enfermeiras com o olhar igualmente cansado. Michael, machucado e cansado, andava pelos corredores brancos, passando por quartos e leitos vazios. Tinha a nítida impressão de que só havia uma paciente no hospital.

Embarcara no primeiro vôo que conseguira saindo de Munique, ao amanhecer, seguindo o sol. Atravessara o oceano sempre durante o nascer do sol, o brilho luminoso seguindo para a parte leste do mundo. Embora estivesse morto de cansado, acordado pelas últimas setenta e duas horas, não conseguira pregar os olhos nem por um momento. Manteve o olhar fixo no horizonte. O céu acima estava claro, misturando tons de azul e rosa, antes que qualquer um acordasse. Michael desejava que o avião fosse mais rápido.

Entrou silenciosamente no quarto, esperando encontrar Mary em coma profundo. Mas ela estava acordada, aguardando a chegada do marido, pois sabia que ele chegaria a qualquer momento. Se a aparência frágil da esposa o surpreendera, ele não demonstrou. Seus olhos encheram-se de lágrimas ao avistá-la. Sem nada dizer, tomou-a nos braços e a abraçou por uma eternidade. Estavam felizes pelo milagre de ainda estarem vivos.

— Desculpe o atraso — sussurrou ele, passando a mão pelo rosto dela.

— Você conseguiu voltar — respondeu ela, suavemente. — Isso é o que importa.

— Vou levá-la para casa.

Mary sorriu sem se afastar do abraço do marido.

— Estava pensando que podíamos viajar para a praia por uma semana, nos hospedarmos no Ship's Bell Inn e fazer amor nas dunas — disse Michael baixinho no ouvido da esposa, enterrando a cabeça em seu ombro.

— Mmmmm. Tomar sopa portuguesa e comer lagosta fresca — respondeu Mary com o coração batendo feliz.

— Correr na praia, nadar pelas ondas, sentir o sol queimar nossas costas.

Michael a embalou, enquanto os raios de sol entravam pela janela do quarto de hospital, iluminando o rosto de sua amada.

QUARENTA

Para a surpresa de todos, Paul Busch sobreviveu. Os médicos alemães disseram-lhe que tivera muita sorte por não ter morrido do coração e o aconselharam a fazer uma dieta balanceada, cortando a carne vermelha e o colesterol. Deram pontos no seu ombro e colocaram os dedos no lugar. Quaisquer perguntas sobre a origem dos ferimentos foram esquecidas pelos cinco mil euros que Simon lhes deu. Paul estava bem o suficiente para voltar para casa cinco dias depois, quando saiu do avião e caiu direto nos braços de Jeannie. Ela o abraçou por dez minutos, antes de brigar com ele por toda a preocupação que lhe causara.

Estava sentado na sala do capitão Delia, enquanto o chefe gritava com ele.

— E você está me dizendo que vai retirar a violação da condicional? — trovejou o capitão.

— A esposa do cara está morrendo, ele prestou alguns serviços honestos para tentar salvá-la — respondeu Paul.

— Então, por que todo o estardalhaço de antes? — perguntou o capitão, andando de um lado para o outro. — Vocês chegaram a colocar o cara em prisão domiciliar.

— Tive uma reação exagerada. Ele é um bom amigo. Achei que estivesse tirando vantagem disso. Mas tudo mudou quando descobri as circunstâncias. Ele não infringiu nenhuma lei dos Estados Unidos, a não ser uma pequena violação da condicional ao deixar o estado. Eu não poderia viver, sabendo que fui o responsável por mandar um homem de volta para a prisão por um motivo desses. Você poderia?

— Nada de fazer amizade com os condenados que receberam a condicional, Paul. Estou falando sério.

Sentou pesadamente na cadeira atrás da escrivaninha e olhou de forma interrogativa para a bandagem nos dedos de Paul.

— O que foi que houve?

— Filhos, a porta do carro, meus dedos e uma dor insuportável.

O capitão sorriu.

— Você está desmoronando. Estão dizendo que está com problemas cardíacos. No ritmo que está, acho que não dura mais um ano.

— Eu estou bem. Muita carne vermelha. Mas Jeannie me obriga a viver.

— E o que você pensa disso?

— Estou pensando em fazer como todo mundo e abrir um bar. Não sei ainda. Mas acho que não serei capaz de continuar vendo sua cara feliz todos os dias — brincou Paul, enquanto se levantava.

Mas o capitão o deteve.

— Você tem visto Thal?

— Thal? — perguntou Paul.

— É. Thal. Você se lembra? Assuntos Internos. Você está sendo investigado.

— Para mim, ele pode até estar morto.

— Ei, não gosto desse tipo de brincadeira.

— Se eu o vir, aviso a você — disse Paul, saindo calmamente do escritório do capitão.

QUARENTA E UM

Os aposentos do papa ficavam na seção leste do Palácio do Vaticano, com um conjunto de janelas que davam para a praça de São Pedro. Um lugar nunca visto pelo mundo, este sempre fora o local de solidão para o papa, onde o líder da Igreja podia ter uma vaga sensação de que tinha uma vida normal. A biblioteca contava com cinco mil títulos em suas prateleiras de mogno. Aquele era um lugar reservado, onde podia ler livros, revistas, jornais e acontecimentos do mundo moderno e, ao mesmo tempo, manter as tradições antigas do seu chamado espiritual. Três grandes aparelhos de TV ficavam em um canto, exibindo as notícias do mundo. Homem que dominava oito idiomas, o papa estava em casa em qualquer país e gostava de assistir aos noticiários que moldavam a opinião humana.

Simon estava sentado na sala de estar vermelha com os olhos baixos. Os sofás e cadeiras eram de veludo vermelho e detalhes em dourado, o que dava a sensação de que Simon havia voltado à época da Renascença, quando aquele local era o centro do mundo político e espiritual. A batina preta de Simon e o colarinho branco contrastavam com a rica decoração. Essas vestes sempre o deixavam desconfortável, como se não merecesse usá-las, embora as roupas tradicionais de padre exercessem um poder calmante sobre ele. Era como se absorvesse as intenções espirituais do material. Com as mãos no colo, segurava solenemente a caixa de madeira, entalhada por um carpinteiro dois mil anos antes, na qual se encontravam as chaves. Levantou a tampa, admirando as chaves uma última vez.

Uma porta interna se abriu.

— O papa o receberá agora, padre — disse em italiano um homem baixo e careca. O arcebispo Baptiste, secretário pessoal do papa, usava as vestimentas roxas tradicionais para um homem de seu posto.

— Obrigado, eminência — agradeceu Simon em genuflexão. — Você informou o Santo Padre sobre meu pedido?

Na cabeça de Simon só havia um lugar seguro para as chaves: elas deveriam ficar com o homem mais bem protegido do planeta.

— Sua Santidade achou o pedido engraçado — respondeu o cardeal. — Ele nunca usou um chaveiro antes.

Entraram no aposento sagrado onde o papa humildemente aguardava.

QUARENTA E DOIS

Os dias de folhas verdejantes estavam contados. A mudança estava prestes a acontecer. As cores logo mudariam para um mosaico de dourado e vermelho, como sempre desde os tempos imemoriais. As flores que plantara mês passado ainda estavam viçosas. Eram as favoritas dela: margaridas. Michael ajoelhou-se diante da lápide simples, os ventos de setembro revolviam-lhe os cabelos, e leu pela centésima vez a inscrição:

MARY ST. PIERRE
O PRESENTE DE DEUS PARA MICHAEL
O PRESENTE DE MICHAEL PARA DEUS

Tiveram três semanas inteiras. Mary parecia ter adquirido um novo ânimo. Seu sorriso estava mais brilhante, os olhos mais verdes, claros e radiantes. Passaram o tempo sem fazer nada. Desligaram o telefone, a televisão e o computador. Todas as compras eram entregues em casa. Durante esse tempo, a vida deles se resumiu a conversar, comer, rir e a encontrar conforto na presença um do outro. Há um conforto em um grande amor que apenas os que realmente o conhecem são capazes de sentir. É um sentimento de calor e segurança, sem raiva ou ciúmes.

É eufórico além das drogas e deixa quem o sente imune às crueldades da vida.

E, então, sem aviso e sem dor, ela morreu.

Durante o sono, ao lado do marido.

Michael ficou deitado ao lado dela durante horas, segurando sua mão, enquanto chorava em silêncio.

QUARENTA E TRÊS

Michael estava sentado à sua escrivaninha, olhando para o extrato bancário à sua frente. A conta nas ilhas Cayman tinha 276 mil dólares. Mas de nada serviram. Mary se fora. Todos os seus esforços e todos os riscos que correra foram para nada. Tudo o que queria era dinheiro para poder salvá-la e isso o levara por um caminho que deixara a questão da vida eterna de Mary sem respostas. Simon assegurara-lhe que as coisas haviam entrado nos eixos. Mas Michael não tinha certeza.

E ainda havia o dinheiro. Ele viera de Finster. Estava contaminado e era fruto do mal, uma gratificação por um serviço contra Deus e contra a Igreja. Esse dinheiro só lhe trouxera sofrimento.

Hawk latiu, tirando Michael de seus devaneios, e, enquanto o cachorro saía do aposento, soou a campainha. Michael colocou o extrato bancário no bolso de trás da calça e saiu do escritório. Abriu a porta. Diante dele estava uma mulher cuja idade não conseguia determinar.

— Sr. St. Pierre? — perguntou a mulher com um sotaque que Michael não conseguia identificar.

Michael a estudou. Ela poderia ter 30 e poucos anos, assim como podia ser uma bem conservada senhora de 50 anos.

— Sinto muito por sua esposa — disse, entregando um envelope a Michael. — O Vaticano envia suas condolências e orações por seu luto.

Michael revirou os olhos. Não sabia bem como era considerado pela Igreja, depois de todo o caos que causara.

A mulher sorriu, parecendo perceber a vergonha que sentia.

— Sr. St. Pierre, por favor, tente compreender, a Igreja entende as armadilhas da tentação. Mas o mais importante, a Igreja acredita no perdão.

Michael olhou para o cartão.

— Você é uma freira?

Ela sorriu e deixou escapar uma gargalhada.

— Não. Meu nome é Genevieve. Simon é um amigo antigo. Sou a diretora de um orfanato na Itália e estou na cidade em busca de doações.

Michael permaneceu em silêncio, olhando para o envelope do Vaticano.

Sorriu novamente.

— Não do senhor, é claro. Vou me encontrar com um angariador de fundos aqui na cidade e Simon me pediu que viesse até aqui ver como o senhor estava.

— Estou bem — afirmou ele, mas ambos sabiam que isso era mentira.

— Se houver algo que eu possa fazer... — disse erguendo a mão. — Cada pessoa lida com o sofrimento a seu próprio modo. Às vezes quem já esteve assim pode ajudar.

Michael pegou a mão que ela lhe oferecia. Era macia e surpreendentemente delicada. Por um momento, sentiu conforto pela presença daquela mulher. Não tinha certeza se era devido ao seu jeito meigo ou ao fato de que dirigia um orfanato. Embora tivesse sido adotado quando ainda era um bebê e tivesse sido criado por pais amorosos, sempre sentira um vínculo com aqueles que eram órfãos. As pessoas que realmente eram sozinhas no mundo. E, à sua frente, estava uma mulher que se preocupava com as crianças esquecidas, ajudando-as a saberem que não estavam sozinhas, levando até elas o poder do amor.

Michael enfiou a mão no bolso, sentiu o extrato bancário e pensou: *talvez algum bem possa vir disso.* Sabia o que faria com o dinheiro.

Mas isso não traria paz ao seu coração, ninguém poderia fazer isso. Nem aquela mulher, nem Simon, nem Paul, nem mesmo a Igreja, não importando o seu grau de poder.

Pois nenhum deles poderia responder à pergunta que ainda assombrava seus sonhos. Não sabia se Mary estava em paz. Será que ela encontrara o Céu de suas orações?

QUARENTA E QUATRO

Era tarde da noite. Michael estava sentado na cadeira favorita de Mary, Hawk dormia a seus pés e CJ estava deitada em seu colo. Estava exausto, sucumbindo finalmente à necessidade de dormir. Tinha se oferecido para ajudar Paul a treinar o time de futebol do filho. A temporada começara há algumas semanas e eles haviam vencido o jogo do dia: 18 a 12. E ainda não haviam conhecido a derrota.

Michael esperava estabelecer uma rotina, algo para lhe dar alguma estrutura, ajudá-lo a preencher o vazio. Trabalho e o futebol das crianças. Isso era tudo o que conseguira até agora. Mas era um começo.

Embora as chaves de ouro e de prata tivessem sido devolvidas e ele tivesse testemunhado coisas que nunca poderia explicar, ainda carregava dúvidas no peito. Elas o assombravam durante o dia e durante a noite. Era o "e se" que oprimia seu coração.

A questão da vida eterna.

E ele precisava desesperadamente de uma resposta: as divagações de sua mente estavam acabando com ele nas últimas semanas. O que aconteceria com o passar dos anos?

Dormiu por nove horas seguidas, sem mover um músculo. Fora o sono mais longo que tivera em meses. Silenciosamente, Mary entrou no escritório, os cabelos novamente viçosos e brilhantes. Sua pele, como alabastro, os olhos verdes, cheios de luz. Ficou em pé, olhando para Michael, sorrindo para a figura adormecida do marido. Sentou-se à escrivaninha é abriu a gaveta sem fazer barulho. Procurou por algo e encontrou, puxando o objeto. Foi até a estante, absorvendo as lembranças nas fotografias e objetos diante dela. Os olhos brilhando enquanto a felicidade tomava conta de seu ser.

Ela o colocou de volta à parede. O prego ainda estava ali. Depois, deu um passo para trás, admirando a completude que agora preenchia o vazio que há muito estivera ali.

O crucifixo barato e cafona ficou ali pendurado com todo o significado que trazia.

Voltou para o lado de Michael, inclinou-se e beijou-o suavemente.

Seus olhos se abriram devagar como se soubesse que ela estaria ali e, por um breve instante, dividiram um sorriso de calor e intimidade, antes que o sol matinal entrasse pelo vidro e fizesse com que ela se dissolvesse nos raios de luz.

Michael se espreguiçou, totalmente desperto. CJ pulou no sofá. Michael se levantou e foi até a parede.

Ajeitou o crucifixou e sorriu, pois sabia que ela estava em paz.

Sua pergunta fora respondida com um milagre.

QUARENTA E CINCO

No coração da floresta Negra, em uma região freqüentada por poucos, há uma área constantemente vigiada nos confins de um antigo mosteiro abandonado. Cinco sentinelas da Guarda Suíça, destacados pelo Vaticano, permanecem em constante vigília. Misturados entre monges, irmãos e padres, esses soldados não são obrigados a usar o uniforme tradicional azul, vinho e amarelo. Eles estão ali para proteger uma estátua de quinhentos anos. Ou, para ser mais preciso, a tumba que está abaixo dela.

Este é o único lugar do mundo onde há soldados da Guarda Suíça em missão fora do Vaticano.